Juri Rytchëu

Der letzte Schamane

Zu diesem Buch

Juri Rytchëus Familiengeschichte ist zugleich die Saga des tschuktschischen Volkes. Denn von Generation zu Generation wurden seit Anbeginn der Zeiten die Taten, Verdienste und Schicksalsschläge weitergegeben. Wir hören von Göttern, Geistern, Händlern und Zaren, vom Segen der Nähnadel, vom Fluch des Alkohols. Doch eine fremde, barbarische Zivilisation voll technischer Wunder bricht über die kleine Siedlung an der Küste herein. Die hohe Kunst, im Einklang mit den rauen Naturkräften der Arktis zu leben, droht in Vergessenheit zu geraten. Da beschließt der letzte Schamane Mletkin, auf eine große Reise zu gehen. Als er schließlich an sein heimisches Ufer am arktischen Meer zurückkehrt, versucht er, das alte und das neue Wissen zu vereinen, um seinem Volk eine Zukunft zu sichern.

»Juri Rytchëu spannt einen faszinierenden Bogen von der grauen Vorzeit zur Gegenwart. Beeindruckend und sehr lesenswert.« *Blick*

»Rytchëu erzählt vom Schöpfungsmythos seines Volkes, der Tschuktschen, schildert die Zeit vor unserer Zeit, erzählt vom Auftauchen der Menschen und vom Einbruch der Neuzeit in die arktische Unberührtheit und gibt Einblick auf seinen eigenen Stammbaum. Es sind Geschichten voller Wunder und Leben, packend, rührend und tiefsinnig – wunderbar.«
Schweizer Familie

Der Autor

Juri Rytchëu, geboren 1930 als Sohn eines Jägers in der Siedlung Uëlen auf der Tschuktschenhalbinsel im äußersten Nordosten Sibiriens, war der erste Schriftsteller dieses nur zwölftausend Menschen zählenden Volkes. Mit seinen Romanen und Erzählungen wurde er zu einem berufenen Zeugen einer bedrohten Kultur. Rytchëu starb 2008 in St. Petersburg.

Im Unionsverlag sind außerdem lieferbar: *Alphabet meines Lebens; Die Frau am See; Gold der Tundra; Im Spiegel des Vergessenen; Die Kraft der Schamanen; Der Mondhund; Polarfeuer; Die Reise der Anna Odinzowa; Die Suche nach der letzten Zahl; Teryky; Traum im Polarnebel; Unna; Unter dem Sternbild der Trauer* und *Wenn die Wale fortziehen.*

Die Übersetzerin

Antje Leetz, geboren 1947 in Frankfurt am Main, war Lektorin für neue russische Literatur im Verlag Volk und Welt Berlin und Redakteurin in einem Verlag in Moskau. Sie ist als Herausgeberin, Übersetzerin und Autorin von Radiofeatures zum Thema Russland tätig.

Mehr über Buch und Autor im Anhang und auf *www.unionsverlag.com*

Juri Rytchëu

Der letzte Schamane

Die Tschuktschen-Saga

Aus dem Russischen
von Antje Leetz

Unionsverlag

Aus dem russischen Manuskript
Biblija po-čukotski, ili poslednij šaman Uėlena.
Die deutsche Originalausgabe erschien 2002
im Unionsverlag, Zürich.

Im Internet
Aktuelle Informationen, Dokumente und Materialien
zu Juri Rytchëu und diesem Buch
www.unionsverlag.com

Unionsverlag Taschenbuch 673

Neptunstrasse 20, CH-8032 Zürich
Telefon +41 44 283 20 00
mail@unionsverlag.ch

Reihengestaltung: Heinz Unternährer
Umschlaggestaltung: Martina Heuer
Umschlagbild: Steffen Graupner
Druck und Bindung: CPI – Clausen & Bosse, Leck
ISBN 978-3-293-20673-1
3. Auflage dieser Ausgabe, Dezember 2024
4. Auflage als Taschenbuch

Der Unionsverlag wird vom Bundesamt für Kultur mit einem
Verlagsförderungs-Strukturbeitrag für die Jahre 2021–2025 unterstützt.

Auch als E-Book erhältlich

*»Und Gott schuf den Menschen ihm zum Bilde,
zum Bilde Gottes …«*

Das erste Buch Mose, Genesis 1. Kapitel

*»Die Menschen schaffen
die Götter nach ihrem Bild und Ebenbild …«*

Mletkin, der letzte Schamane von Uëlen

Nach altem Brauch wird die Abstammung eines Menschen als Baum mit vielen verzweigten Ästen dargestellt.

Wo ich geboren wurde, da wachsen kein Wald und keine hohen Bäume. Aber das heißt nicht, dass es dort überhaupt keine Pflanzen gibt. Es gibt sogar Birken, Zedern, Weiden, Erlen. Allerdings ragt die Krone des größten dieser »Bäume« nur wenige Zentimeter aus dem Erdboden.

Meine Ahnentafel gleicht dem Tundragewächs Junëu – der Goldenen Wurzel, die fest in der Muttererde verankert ist. Sie sitzt nicht tief, denn der ewige Frost macht den Boden hart. Aber kein Sturm kann sie ausreißen, keine Kälte ihre Wurzeln abtöten.

Genauso stelle ich mir meine Wurzeln vor, die ich in diesem Buch bis zu den frühsten Ursprüngen zu ergründen suche.

Viele Berichte über meine Vorfahren, insbesondere über die fernen, sind nicht dokumentarisch belegt, weder auf Papier noch in einer anderen Form, über die die moderne Zivilisation verfügt, wie sonst üblich bei historischen Personen. Aber sie leben im Gedächtnis der Menschen, wie auch unsere Vergangenheit in der Erinnerung weiterlebt, sie wird von Generation zu Generation mündlich weitergegeben. Die zeitlich jüngeren Ereignisse treten natürlich deutlicher hervor. Je weiter das Leben meiner Vorfahren in die Vergangenheit zurückreicht, desto nebelhafter erscheint es. Um es wieder zu erwecken, muss ich nicht nur mein Gedächtnis anstrengen, sondern auch meine Vorstellungskraft, gleich einem Künder vergangener Zeiten.

Möglich, dass meine Berichte über die vergangene Zeit von den so genannten wissenschaftlichen Forschungen abweichen. Hier bin ich bereit, mit den Männern der Wissenschaft zu streiten. Erstens, woher nehmen sie die Gewissheit, dass ihre eigenen Berichte wahr sind, wenn sie kein einziges Mal am Abend den langen Geschichten der berühmten Legendenerzähler zugehört haben, wie zum Beispiel dem Walrosselfenbeinschnitzer Nonno und meiner Großmutter Giwewnëu? Warum sollte den Erzählungen eines russischen Kosaken mehr zu trauen sein, der einen Tschuktschen oder Eskimo nicht von einem Tundratier unterscheiden kann, als den Berichten, die die Ureinwohner der Tschuktschenhalbinsel über Jahrhunderte überliefert haben?

Der Nebel, der die alten Mythen einhüllt, die uns den Geist des alten Lebens überbringen, soll sich ein wenig auflösen, hell und deutlich sollen die lebendigen Gesichter meiner Vorfahren werden, auf die ich nicht weniger stolz bin als die Vertreter angesehener europäischer Familien auf ihre ehrwürdige Herkunft.

In den Überlieferungen wird als erster Name unser Vorfahre Ermen erwähnt, der einen Sohn, Akmol, hatte. Der wiederum nahm sich in der benachbarten Eskimosiedlung Nuwuken die Eskimofrau Ulessik. Beide sollen einen Sohn, Mlemekym, gehabt haben und der wiederum einen jüngeren Bruder, Goigoi, den eine Eisscholle wegtrug und der sich in ein Teryky, einen Tiermenschen, verwandelte. Der Nachkomme von Mlemekym, Mlerynnyn, stahl den Ewenen eine Rentierherde und begründete auf der Tschuktschenhalbinsel die Rentierzucht, wofür er den Beinamen Mlakoran erhielt. Mlakoran nahm sich als zweite Frau die Ewenin Tulma, die die Tochter Koranau gebar. Durch die Hand dieser Tochter starb Mlakoran, denn nach Aussagen der beiden Schamanen Këu und Kelëu konnte nur dieses Opfer die Bewohner von Uëlen vor dem Massensterben retten. Der älteste Sohn Mlakorans, Tynemlen, wird in den Überlieferungen neben Kunlelju genannt, der berühmt war wegen seiner Siege über die russischen Kosaken. Zum Gedenken an die Vorfahren gaben die Schamanen dem nächsten Nachkommen unseres Stammes den Namen Mlemekym.

Die Namen wiederholen sich von Zeit zu Zeit. Mehrmals taucht der Name Tynemlen auf, der die Tochter des Rentiermenschen Tynawana zur Frau nahm. Ihr ältester Sohn, Mlatangin, heiratete Korginau, die Tochter des Schamanen Kaljantagrau, der die Verbindung der Ureinwohner von Uëlen mit dem Schamanengeschlecht begründete. Aus dieser Ehe ging mein Großvater Mletkin hervor, der die Tochter des Rentiermenschen Rentyrgin, Giwewnëu, heiratete, er war der letzte Schamane von Uëlen. Schamane heißt auf Tschuktschisch Enenylyn – jemand, der die Gabe des Enen hat, des Heilers. Übrigens besitzt das Wort Enen – Gott – in unserer Sprache die gleiche Wurzel wie das Wort Ener – Stern.

Dieses Buch soll jedoch nicht nur vom Stammbaum meines Geschlechts berichten, es ist nicht nur die Geschichte unseres Clans, es erzählt auch von der Quelle meiner Bücher. Einige tschuktschische Mythen kennen manche Leser vielleicht bereits aus *Wenn die Wale fortziehen* und *Teryky*. Mein Großvater Mletkin tauchte bereits als Kagot im Roman *Die Suche nach der letzten Zahl* und als Rinto in *Die Reise der Anna Odinzowa* auf. Der aufmerksame Leser wird Züge meiner Vorfahren in vielen Helden meiner Werke wiederfinden.

Und dennoch ist dieses Buch die Geschichte des letzten Schamanen von Uëlen.

Sankt Petersburg, 1998–2000

Erster Teil

Die Erschaffung der Erde, des Himmels, der Wasser und des Menschen

Einst flog ein Rabe über die Erde. Von Zeit zu Zeit verlangsamte er seinen Flug und entleerte sich. Dort, wo das Feste hinfiel, entstand das Festland, wo das Flüssige hinfiel, bildeten sich Flüsse und Seen und ganz zum Schluss winzige Teiche und Bäche. Manchmal geschah es, dass sich die Ausscheidungen des Erstvogels vermischten, dort entstanden die Tundrasümpfe. Die härtesten Teile des Rabenkots dienten als Material für Geröll, Berge und Felsen.

Aber die aus dem Inhalt von Darm und Blase des Erstvogels erschaffene Welt lag in undurchdringlicher Finsternis.

Da rief der Rabe die Vögel zu Hilfe und schickte sie nach Osten, damit sie in das feste, dunkle Himmelsgewölbe eine Öffnung für die Sonnenstrahlen hackten. Als Erster flog der Adler los. Der schwere Schlag seiner Flügel war lange in der Dunkelheit zu hören. Kraftlos und flügellahm kehrte er zurück, mit einem verbogenen Schnabel, aber ohne Erfolg. Als Nächsten schickte der Rabe den Hornlund. Er ist zwar klein, aber sein Schnabel kräftig und scharf. Auch der Hornlund kehrte erfolglos zurück. Desgleichen die Möwe, die Scharbe, die Schnepfe, die Lumme, die Ente und die langsame Eidergans.

Da meldete sich die kleine Schneeammer. Der Rabe zweifelte, aber es gab keinen Ausweg, kein anderer wollte mehr in das feste Himmelsgewölbe ein Loch hacken.

Die Schneeammer flog fort, und lange kam keine Nachricht von ihr.

Der Rabe dachte schon, der kleine Vogel wäre ebenfalls gescheitert. Aber eines Tages entdeckte er im Osten einen kleinen purpurroten Fleck. Der Fleck wurde immer größer, als ob sich Blut über das dunkle Himmelsgewölbe ergösse.

Gleich darauf tauchte alles in purpurrotes Licht – die vom Raben erschaffene Tundra, die Seen, Flüsse, Bäche, Hügel, Berge und steinernen Felsen. Und in diesem blutroten Streifen funkelte plötzlich ein Sonnenstrahl auf, der die Erde erhellte.

Auf der Spitze des Sonnenstrahls kehrte die Schneeammer zurück, die Vögel erkannten sie anfangs nicht: Die Brust des kleinen Vogels war mit purpurroten, blutigen Federn bedeckt und der Schnabel fast bis zum Stumpf abgewetzt.

So holte die kleine Schneeammer der Erde die Sonne, ihr ganzes übriges Leben aber musste sie mit einem winzigen, abgewetzten Schnabel und roten Federn auf der Brust herumfliegen.

Die anderen Tiere wurden teils aus unbeseelten Gegenständen erschaffen, teils aus größeren Tieren. Aber die allerersten Vertreter der Tierwelt entstanden immer paarweise, damit sie in Zukunft eigenständig leben und Nachkommen zeugen konnten.

Die erste Frau hieß Nau. Sie erkannte sich noch nicht als ein Wesen, das sich von den Tieren, von den niedrigen Tundrablumen, die zum Licht drängten, von den Keimen der Goldenen Wurzel Junëu, von den Wolken, die über den Himmel zum Meer zogen, unterschied. Ihre nackten Füße wurden vom Moos und vom weichen Gras gestreichelt und gekitzelt, und sie lachte leise. Ihr Lachen vermischte sich mit dem leisen Rauschen der Meeresbrandung, mit dem Raunen des Windes, mit dem Pfeifen der Zieselmäuse aus der Tundra.

Etwas Unüberwindliches zog sie zum Meeresufer, zur Brandung, zu den farbigen Steinchen, die im Wasser murmelten. Jedes Mal, wenn sie sich dem Ufer näherte, kamen die Meerestiere angeschwommen – die Ringelrobben, die Walrosse, die Seehunde, die Mähnenrobben.

Doch die stärkste Erregung und Freude empfand Nau, wenn der Wal angeschwommen kam und laut blasend eine Fontäne ausstieß – R-r-re-u! Sie antwortete mit einem Lachen und nannte den Wal – Rëu.

Einmal kam der Wal Rëu angeschwommen, als die Sommersonne schon tief über dem Horizont stand und ein heller Pfad von dem grellen Ball zum steinigen Ufer führte. Kaum hatte Rëu das nasse Ufergeröll berührt, verwandelte er sich in einen wunderschönen Jüngling, nahm Nau bei der Hand und führte sie in die Tundra auf einen grünen Moosteppich. Dort liebte er sie und streichelte sie, doch jedes Mal, wenn die Sonne zur Hälfte im Meer versank, eilte er zurück zum Ufer, ging ins Wasser, verwandelte sich mit dem letzten verlöschenden Strahl wieder in einen Wal und schwamm davon, wobei er eine Fontäne hoch in den Himmel stieß – R-r-r-rëu!

Und Nau rief ihm vom Ufer zu: R-r-r-rëu!

So ging es den ganzen Sommer, und es schien, als nähme das Glück kein Ende. Aber die Tage wurden kürzer, und immer häufiger glänzte Nachttau auf dem Hochzeitsbett aus Tundramoos und Gras. Die Sonnenstrahlen wurden spärlicher. In der Luft tanzten die ersten Schneeflocken. Wenig Zeit war geblieben bis zu dem Augenblick, wo das Eis das weite Meer erstarren ließ und tiefer Schnee die Erde zudeckte. Bald sollte Rëu mit seinen Verwandten in warme Gegenden ziehen, wo der Ozean immer frei ist von Eis. An jenem Abend konnte sich Rëu lange nicht entschließen, zurück ins Wasser zu gehen, obwohl die Wellen seine Beine umschmeichelten und die Brandung ihn leise rief: R-r-r-rëu … Nau stand wie immer in einiger Entfernung vom Ufer und beobachtete ihn.

Plötzlich wandte sich Rëu um und sagte: »Nein, ich kann dich nicht verlassen. Ich bleibe bei dir.«

Im Frühjahr, als die Flüsse aufbrachen und die Eisschicht in der Lagune taute, gebar Nau. Sie gebar kleine Wale und setzte sie gleich ins Wasser. Rëu betrachtete sie und lachte glücklich. Um die Kinder zu säugen, stieg Nau in die Lagune und ließ ihre von Milch prallen Brüste auf dem Wasser schwimmen. Die Waljungen kamen angeschwommen und saugten schmatzend. Sie wuchsen schnell, und im Herbst musste Nau sie ins offene Meer lassen, denn die Lagune wurde ihnen zu klein und zu flach. Im freien Meer schlossen sie sich ihren Walbrüdern an, die aus den warmen Gewässern kamen, wo das Meer niemals gefror. Nau und Rëu standen am Ufer und schauten auf ihre ausgelassenen Kinder, die sie kaum von den anderen Waljungen unterscheiden konnten.

Vor Einzug des Winters, als am Horizont die Eiskante auftauchte, zog die Walherde weg und mit ihr die Kinder von Nau und Rëu.

Im nächsten Frühjahr gebar Nau neue Kinder, die bereits ein menschliches Aussehen hatten. Danach gebar sie nur noch Menschen, die allmählich die Küstengegend besiedelten.

Die Seele von Rëu ging durch die Wolken, der Leib aber wurde nach seinem Wunsch in einem Meeresstrudel versenkt.

Nau jedoch blieb noch lange am Leben, und alle glaubten, es gäbe sie ewig. Sie wurde sogar die Ewig Lebende genannt.

Die Menschen wussten um ihre Herkunft, denn Nau erzählte oft davon. Im Sommer wimmelte das Meer von Tieren, die die Walbrüder herantrieben. Die Menschen jagten Walrosse, Seehunde und Ringelrobben, aber die Wale rührten sie im Angedenken an ihre Verwandten nicht an. Sicher hätte das ewig so fortgedauert, hätte sich nicht ein Mensch gefunden, der an der Verwandtschaft der Menschen mit den Walen zweifelte.

Er sagte: »Sie sind uns überhaupt nicht ähnlich. Sie sind sehr groß, stumm, nur ein Berg von Fett und Fleisch.«

Er legte eine Harpune auf einen Wal an. Nau ermahnte ihn, wollte ihn abhalten, aber der Mann blieb hart. Und er tötete den Wal. Im selben Augenblick, als die Harpune in das

Herz des Meeresriesen drang, hörte das Herz der ewig Lebenden Nau auf zu schlagen.

Eine der Naturkatastrophen, die die Menschen als Bestrafung für ihre Sünden und für die Abkehr von jahrhundertealten Geboten zu erleiden hatten, war die verheerende Überschwemmung, die die Landverbindung zwischen den Inseln Imaklik und Inalit zerstörte und die Strecke zwischen dem Kap Konetschny und Kygmin – das ist Alaska – mit Wasser überflutete.

Die zweite Version der Herkunft des Uëlener Menschen besagt, dass die Uëlener nicht nur vom Wal Rëu abstammen, sondern auch vom Eisbären. Und die Uëlener Frauen seien Töchter der Sonne.

Im Pantheon der tschuktschischen Mythologie kann man sich leicht verirren. Aber nur auf den ersten Blick. Alle Widersprüche, unlogischen Beschreibungen der Helden in den alten Berichten, die Ungereimtheiten in ihren Handlungen ordnen sich dem Willen des Enantomgyn unter, des Schöpfers, der manchmal auch »Höhere Kräfte« genannt wird. Er oder sie tragen für alles die Verantwortung. Enantomgyn ist niemandem untertan, über ihm gibt es kein Wesen. Deshalb hängen sogar die Dämonen des Bösen – die Kelen – von seinem Willen ab und sind seiner unverständlichen Logik und seinen Absichten untergeordnet.

Der erste Mensch unseres Geschlechts

Ermen stieg langsam auf das hohe Kap, das über die schaumige Meeresbrandung ragte. Die aufgeregten Möwen und Lummen ließen ihren stinkenden Kot auf ihn fallen, der schmatzend auf den Umhang aus Walrossdärmen klatschte. Ermen drehte sich um und schaute auf die dunklen Punkte der Jarangas, die im weißen Schnee standen, der die lange, steinige Landzunge bedeckte. Dieser Ort gefiel ihm immer besser. Die Landzunge wurde im Süden von einer weiten Lagune umspült, vom Norden her rückte die Eiskante des zugefrorenen Ozeans heran. Der wasserreiche Bach, eingezwängt in ein schmales Tal und bis zum Grund zugefroren, schlief noch, aber bald würden die heißen Sonnenstrahlen des Frühlings Schnee und Eis schmelzen lassen, der helle, reine Strom würde über die Steine murmeln.

Die fernen Jarangas erinnerten Ermen an auf Schnee verteilten Kot. An fetten, schwarzen Kot, den der Wind noch nicht getrocknet hatte. »Uw-elen – Schwarzer Kot«, dachte Ermen und lächelte vor sich hin.

So erhielt die Siedlung der Luorawetlan, wie sich die Tschuktschen selbst nannten und was wörtlich »Mensch in der wahren Bedeutung« heißt, ihren Namen.

Der Ort erwies sich tatsächlich als außergewöhnlich. Wenn der Schnee taute und das Eis wegzog, lag die Landzunge, vom Wintermantel befreit, zwischen zwei Wassern. Es gab genug Meerestiere zum Jagen, und im Herbst lagerte unter dem Felsen eine riesige Walrossherde.

Mit geschärften Speeren machten sich die Uëlener in aller Frühe auf die Walrossjagd. Die Beute zerlegten sie gleich an Ort und Stelle und verstauten sie in Löchern, die sie in die gefrorene Erde gruben. Über das blutbefleckte Ufer kreisten Möwen, haschten nach den Eingeweiden und flogen damit aufs offene Meer.

Ermen suchte sich aus den von Blut und Fett glitschigen Kieselsteinen einen passenden Stein aus und machte sich daran, das stumpf gewordene Messer zu wetzen. Er hob den Blick und entdeckte auf dem Kamm des Felsens über dem Lagerplatz der Tiere menschliche Figuren, die die Uëlener schweigend beobachteten. Sogar auf große Entfernung konnte man erkennen, dass es sich um Aiwanalinen, Eskimos, handelte, die aus der benachbarten Siedlung Nuwuken auf dem Kap Deshnjow kamen und mit langen Speeren und Pfeil und Bogen bewaffnet waren. Ermen beobachtete die Aiwanalinen unverwandt, aber sie schossen keinen einzigen Pfeil ab.

Die Uëlener hatten sich die Lagerstätte der Walrosse angeeignet, die die Nachbarn als ihr althergebrachtes Eigentum betrachteten. Ermen wollte keinen Kampf mit ihnen, aber es gab keinen anderen Weg. Eine Verständigung war zwecklos, denn diese Menschen sprachen eine andere Sprache, und auch in ihrem Aussehen unterschieden sie sich von den Luorawetlan.

Die zahlreichen Zusammenstöße mit feindlichen Stämmen hatten Ermen auf dem langen Weg nach Uëlen eine einfache Regel gelehrt: Es siegt immer der, der als Erster angreift, der den Feind überrascht.

Mehrere Tage und Nächte wurden in Uëlen die Speere geschärft, die Frauen nähten dicke Walrosshäute für Panzer, die Alten schliffen beim Licht steinerner Tranlämpchen, in denen brennendes Moos schwamm, aus Walrosshauern scharfe Spitzen für die Pfeile.

Im Schutz der nächtlichen Dunkelheit stiegen die bewaffneten Männer in die Kajaks aus Leder, stießen lautlos ab und fuhren ganz dicht am Ufer entlang, wo die Felsen über dem Meer hingen, nach Nuwuken.

Im Hauptboot saß im Bug Ermens Sohn, Akmol. Der Junge wurde zusehends erwachsen, ein richtiger Mann, ein furchtloser Krieger. Wäre der nächtliche Angriff erfolgreich, könnte Akmol sich in Nuwuken eine Frau holen. Der Krieg hatte eine gute Seite: Die einsamen Männer des Stammes erhielten die Möglichkeit, sich eine Lebenskameradin zu beschaffen. Akmols ältere Brüder hatten bereits Familie, nun war die Reihe am Jüngsten. Wenn alles gelang, konnte man auf eine Erneuerung des Blutes hoffen. Die Ehen zwischen Luorawetlan und Fremden wurden für sehr fruchtbar gehalten, es wurden kräftige und gesunde Kinder geboren.

Akmol kannte seine Aufgabe, doch er war so aufgeregt,

dass seine Hand, die den Speer hielt, taub wurde, in ihm erkaltete alles und das Herz schlug bis zum Hals.

Die Paddel hoben und senkten sich lautlos, nur das schwache Schimmern der Wassertropfen zeugte vom Vorhandensein der Angreifer. Jeglicher Laut wurde vom ewigen Tosen der Brandung verschluckt, die gegen das Meeresufer schlug, solange das Eis sie nicht bändigte.

Kaum hatten die Lederboote das Ufer erreicht, stürzten die Luorawetlan vorwärts. Sie kletterten leichtfüßig und lautlos den steilen Felsen hoch und drangen wie ein Sturmwind in die zur Hälfte unterirdischen Behausungen der Aiwanalinen ein. Schreie ertönten, Stöhnen, Aufrufe zum Widerstand.

Akmol riss die schwere Walrosshaut weg, die als Wohnungstür diente. In einer kleinen steinernen Lampenschale zitterte ein winziges Flämmchen. Aber sein Licht reichte aus, um die Menschen zu erkennen, die sich, zu Tode erschrocken, in einer Ecke zusammendrängten. Den Jüngling blickten die brennenden, kohlschwarzen Augen eines jungen Mädchens an. Akmol ging zu ihr, griff sie und zog sie mit sich. Er spürte nicht einmal, wie sich ihre Zähne, spitz wie bei einem jungen Hund, in seine Hand bohrten. Das Wehklagen von Frauen erscholl in der Dunkelheit neben den Behausungen aus Gestein, Stöhnen, Flüche in beiden Sprachen und laute, drohende Schamanenlieder, begleitet von donnergleichen Schlägen der Schellentrommeln. Hier und da leuchteten Feuer auf, die sich, als wären sie lebendig, von Hütte zu Hütte bewegten. An manchen Stellen brannte das Feuer heller, und im Schein der lodernden Flammen blinkten Speerspitzen auf und blitzten die Augen der Krieger.

Akmol schleppte das Mädchen zum Boot. Die Uëlener Krieger hatten sich hier bereits mit ihrer Beute, jungen Mädchen, versammelt. Die Aiwanalinen aus Nuwuken verfolgten die Lederkajaks nicht. Die Uëlener hissten die Segel und fuhren bereits beim Licht des anbrechenden Tages zu ihrer Landzunge zurück.

Akmols Beute lag gebunden auf dem Boden des Kajaks.

Erst als der allein stehende Felsen Senlun deutlich hervortrat, gab Ermen seinem Sohn ein Zeichen, er solle das Mädchen losbinden. Die Aiwanalinin wandte ihr Gesicht ab, und einmal traf ihre Spucke sogar Akmols Auge. Er wollte die Gefangene schlagen, aber der Vater hielt ihn streng zurück: »Wage nicht, die zukünftige Mutter deiner Kinder anzurühren!«

Akmol musste Ulessik, so hieß das Eskimomädchen, wie ein wildes Tier zähmen. Es vergingen mehrere Monate, bis sie ihn an sich heranließ.

Indes machten die Aiwanalinen den Versuch, sich an den Uëlenern zu rächen, wurden aber am Zugang zur Landzunge im Tal von Ekwen, einer verlassenen Siedlung zwischen Uëlen und Nuwuken, geschlagen und zogen sich mit großen Verlusten in ihre Steinbehausungen zurück.

Als die meisten jungen Frauen, die beim ersten Kriegszug geraubt worden waren, schwanger wurden, beschloss Ermen, mit den Nuwukenern Frieden zu schließen. Diesmal fuhren sie an einem hellen Sonnentag los, ohne sich im Schatten der dunklen Felsen zu verstecken.

Von weitem sah Nuwuken wunderlich aus. Wie eine Anhäufung von Steinen, die vom Felsen gefallen sind. Als Ulessik ihre Heimatsiedlung entdeckte, rief sie fröhlich etwas in einer krächzenden, kehligen Sprache. Sie hatte ihre Heimatgegend erkannt und war so ungeduldig, dass sie nach vorn sprang und fast aus dem Boot gefallen wäre.

Ulessiks Leute standen dicht zusammengedrängt am Ufer. Über ihren Häuptern blitzten scharfe Speerspitzen aus harten Walrosshauern. Hinter den bewaffneten Männern standen Schamanen mit riesigen Schellentrommeln. Ihr Unheil verkündendes Gedröhn war weithin zu hören.

Die Uëlener waren unbewaffnet. Sogar die Harpunen für die Walrossjagd hatten sie zu Hause gelassen.

Als die Boote sich dem Ufer näherten, pfiffen hoch über den Köpfen der Uëlener Pfeile: Die Aiwanalinen gaben den Fremden zu verstehen, dass sie umkehren sollten.

Plötzlich vernahmen alle den lauten Schrei einer Frau. Das war Ulessiks Stimme. Sie flehte die Verwandten an, nicht zu schießen, sie schrie, sie seien mit guter Absicht gekommen, ohne Waffen. Sie war so erregt, dass sie mehrmals schluchzte und nicht weiterreden konnte. Der Pfeilbeschuss hörte auf, aber Ulessiks Schrei verstummte nicht, er verwandelte sich in einen Schrei von Schmerz und Leid. Akmol glaubte, seine Frau wäre von einem Pfeil getroffen worden, aber die anderen Frauen und die älteren Männer im Boot ahnten, was los war: Die Wehen hatten eingesetzt. Unter dem Stöhnen der Gebärenden stieß das Lederboot der Luorawetlan ans Ufer. Die älteren Frauen holten das Kind, trennten die Nabelschnur mit einem einfachen Jagdmesser an Stelle der üblichen Steinklinge durch, wickelten das Kind in das flauschige Fell eines jungen Rens und reichten es der glücklichen Mutter.

Akmol und Ulessik betraten gemeinsam mit ihrem Kind als Erste das Ufer von Nuwuken. Der Älteste der Aiwanalinen trat zu ihnen, und als er sich überzeugt hatte, dass das Neugeborene ein Junge war, zerbrach er über ihm einen Pfeil als Zeichen des ewigen Friedens.

Das Neugeborene erhielt den Namen Mle-mekym, was bedeutet: Zerbrochener Pfeil.

Leben und Prüfungen Mlemekyms

Mlemekym hatte mehrere Brüder und Schwestern, die als einträchtige Familie neben dem Felsen der Uëlener Landzunge lebten und deshalb den Beinamen Enmyralinen erhielten, was bedeutet: die bei den Felsen wohnen.

Im Sommer jagten die Brüder Walrosse, Wale und Seevögel und im Winter Nerze, Seehunde und den Umka, wie die Tschuktschen den Eisbär nennen. Die Frauen nähten aus dem Fell der Bären Winterpologs, in denen es sogar bei der härtesten Kälte warm und gemütlich war.

Von den vier Brüdern heiratete der jüngste mit Namen Goigoi als Letzter. Er nahm sich eine Frau aus der Nachbarsiedlung der Aiwanalinen, so war es bei den Uëlenern Brauch geworden. Die junge Frau hieß Tintin, Süßwassereis.

Jeden Morgen, wenn sie ihren Mann auf den langen und schweren Weg ins vereiste Meer begleitet hatte, setzte sie sich in den kalten Teil der Jaranga und summte ihr Lied.

Eines Abends kehrte Goigoi nicht mehr vom Meer zurück.

Tintin heftete ihren Blick auf das Packeis, bis die Augen schmerzten und tränten, und tastete jede Falte des vereisten Ufers ab. Als er auch am nächsten Tag nicht kam, ging Tintin zum Schamanen Këu.

Gemeinsam mit Tintin vollführte der Schamane den unvermeidlichen Ritus und sagte, Goigoi sei entweder umgekommen oder habe sich in ein schreckliches, wildes, behaartes Wesen verwandelt, in einen Teryky.

Innerhalb von drei Frosttagen war das Eis, das mit dem Ufer zusammengewachsen war, fest geworden. Der Druck hatte das Packeis aufgetürmt, aber zwischen Eisbergen und Ufer lag eine gleichmäßige, glatte Schneefläche.

Tintin beschloss, ein Süßwassereisstück vom kleinen Wasserfall unter den Felsen zu holen. Sie spannte sich selbst vor einen leichten Hundeschlitten und lief im Schutz der blauen, tiefen Schatten der Felsblöcke, die über dem Meer hingen. Hier herrschte Stille. Aber etwas ließ sie aufhorchen. Tintin schaute sich um und beruhigte sich gleich wieder: Der Schnee war zu gering, als dass sie vor einer Lawine hätte Angst haben müssen, und bis zur Ankunft der Eisbären war noch viel Zeit.

Da hörte Tintin ein schwaches Stöhnen. Sie zuckte zusammen.

Goigoi lag zwischen zwei aufgetürmten Eisschollen, so als wollte er zwischen ihnen Schutz suchen. Wegen des Fells auf

Gesicht und Körper war er kaum wiederzuerkennen. Seine Kleidung war zerfetzt.

Ein Mensch, der sich in einen Teryky verwandelt, kann sich nicht selbst töten. In einer alten Legende heißt es, dass der Teryky verdammt ist, den Tod von Menschenhand entgegenzunehmen.

»Goigoi!«, schrie Tintin. »Ich wusste, dass du zu mir zurückkehrst, ich war immer sicher, dass du lebst!«

Tintin fand eine Höhle, versteckte ihren Mann darin und befahl ihm, sich nicht in der Siedlung zu zeigen. Sie besuchte ihn heimlich und brachte ihm Essen.

Goigoi konnte nicht lange in der Höhle bleiben. Die Steinwände beengten ihn, der Gedanke an die Zukunft rief ihn ins Freie, und seine Augen suchten die vertrauten Umrisse der benachbarten Berge. In den Nächten kroch er aus der Höhle. Von der Anhöhe aus sah er den Widerschein der Feuer vor den offenen Türen der Jarangas. Eines Tages hielt er es nicht mehr aus, rutschte den Hügel hinunter, vergaß alle Vorsicht und kroch zu seiner Jaranga, die sich in der heraufziehenden Nacht dunkel vom Himmel abhob.

Plötzlich fingen die Hunde laut und wütend zu bellen an. Sie witterten ihn. Mlemekym kam mit einem Speer aus der Jaranga gerannt. Er sah, wie jemand wegrannte und in der Dunkelheit verschwand. Vielleicht war es nur eine Sinnestäuschung? Aber vielleicht war es der Teryky! Das Tier, in das sich der unglückliche Goigoi verwandelt hatte.

Këu trat zu ihm. »Mir ist sehr bang ums Herz, es war, als ob jemand hinter dem Hügel verschwunden ist.«

»Weder unser Vater«, sagte Mlemekym, »noch unsere Vorfahren, die wir noch kennen gelernt haben, haben berichtet, dass sie mit eigenen Augen einen Teryky gesehen haben. Sie haben nur davon erzählt. Sollte es uns etwa zuteil werden, eins zu sehen?«

»Und es zu töten«, sagte Këu.

»Und wenn es Goigoi ist?«

»Goigoi existiert nicht mehr … Nur der Teryky.«

»Was sollen wir tun?«

»Wir befragen die Götter.«

Aber der Teryky Goigoi kam von selbst zu den Menschen. Es stieg langsam den Hügel hinab und ging zu den Jarangas. Mlemekym versuchte das Gesicht des Tieres zu erkennen, doch die aufgehende Sonne blendete ihn, und dem Teryky ging sein mächtiger Schatten voran.

Mlemekym kehrte in die Jaranga zurück und holte Pfeil und Bogen. Auch Këu trat bewaffnet aus seiner Jaranga.

Die Brüder gingen langsam dem Teryky entgegen. Als sie so nah waren, dass sie seinen schweren Atem hörten, schien es Mlemekym, als ob jemand spräche.

Goigoi war in Hörweite seiner Brüder, die die Bögen gespannt hatten. Er schrie, sie sollten ihn gleich töten und nicht lange quälen.

»Als ob er spricht«, sagte Mlemekym.

»Ein Teryky kann nicht sprechen«, entgegnete Këu fest.

Plötzlich vernahmen alle Tintins Schrei. Sie rannte mit wehenden Haaren zu ihnen. Wie der Schatten einer Wolke, die der Wind wegträgt, raste sie an den Brüdern vorbei und rief: »Tötet ihn nicht! Er ist euer Bruder! Tötet ihn nicht!«

Goigoi ergriff Tintin. Seine Augen waren voller Tränen. Er sah sie das letzte Mal, das letzte Mal die Welt, die Wolken, das letzte Mal spürte er den kalten Wind, sah er die Brüder, die auf ihn zielten.

Goigoi nahm alle Kraft zusammen, stieß Tintin weg und schritt auf die Brüder zu. Im selben Augenblick fühlte er, wie sich mit einem dumpfen Geräusch zwei Pfeile in seine Brust bohrten. Er spürte keinen Schmerz. Er sah ein unglaublich helles Licht, in dem er schwamm, und er hörte, wie die Stimmen der Menschen sich immer weiter entfernten.

Tintin rannte zu Goigoi, aber auf seinen weit geöffneten Augen schmolzen die Schneeflocken nicht mehr.

Unter dem Schnee verschwand das Fell vom Gesicht des

Teryky, und Goigoi erschien Tintin und den verwunderten Brüdern so, wie er an jenem Frühlingsmorgen von ihnen gegangen war ...

Der dritte Pfeil, den Këu abgeschossen hatte, durchbohrte Tintins Kherker, und sie fiel vornüber, mit dem Gesicht auf Goigoi.

Mlemekym wird bereits im Zyklus »Über die Rekken« erwähnt, der zu den »Alten Legenden« gehört, wo wundersame Verwandlungen vor sich gehen, wo die Steine, Berge, Meereswellen, Wolken, das Gras eine Seele haben, wo die einen Tiere sich in andere verwandeln, der Mensch in verschiedenen Gestalten existieren und von einem Zustand in den anderen übergehen kann.

Mlemekyms ältester Sohn, der unser Geschlecht fortsetzte, wurde als ungewöhnlich großes und kräftiges Kind geboren. In seinem Mund war schon ein Vorderzahn zu sehen, und seine Mutter Ulessik hatte anfangs Angst, ihn zu stillen.

Mlemekym gab ihm lange Zeit keinen Namen, aus Furcht fehlzugehen. Bis sich das Kind eines Tages mit dem Kopf am Holzbalken des Bettes stieß und der einzige Zahn abbrach.

Da riefen alle wie aus einem Munde: »Er heißt Mlerynnyn! Gebrochener Zahn!«

Später änderte Mlerynnyn seinen Namen in Mlakoran um, was bedeutet »Der das Ren gebrochen hat«.

Aber das ist bereits eine andere Legende.

Das Erscheinen der Rentiermenschen

In der Mitte des Winters, wenn das Wetter umschlägt und sich die rote Frostsonne am Horizont zeigt, beginnt die Zeit der Entbehrung. Die Herbstvorräte an Kopalchen und gesäuerten Kräutern gehen zu Ende. Doch was noch wichtiger ist: Immer öfter kehrten die Jäger ohne Beute heim. Die Fröste, die in dieser Zeit sehr streng sind, überziehen das zwischen den Eisschollen bereits aufgetaute Wasser wieder mit einer Eishaut, und die Seehunde ziehen nach Süden.

In den kalten Jarangas wurde mit der einzigen Licht- und Wärmequelle, dem Seehundtran, sehr sparsam umgegangen, und um die langen, kalten und dunklen Winterabende zu verkürzen und zu verschönern, berichteten die Erzähler von vergangenen Zeiten, von zauberhaften Verwandlungen und von der Herkunft alles Lebens auf der Erde.

Aber die größte Anziehungskraft besaßen die Erzählungen über die Völker im Süden von Tschukotka, die hinter den felsigen Gebirgsketten lebten. Diese Menschen hatten ein ungewöhnliches Tier gezähmt, ein Ren mit weichem Fell, aus dem Winterkleidung hergestellt wurde, durch die kein eisiger Wind dringen konnte. Auf dem Kopf dieses wundersamen Tieres wuchs ein beinerner Strauch. Das Fleisch des Tieres hatte einen ungewöhnlich guten Geschmack. Die Herde weidete friedlich vor den Jarangas. »Das Essen weidet auf vier Beinen direkt vor der Jaranga«, berichteten die Erzähler und schluckten den kalten Speichel hinunter.

Mlerynnyn hatte bereits das Ufer, das von der steinigen Landzunge bis zu den Eisschollen mit einer dicken Schneeschicht bedeckt war, hinter sich gelassen, konnte aber nirgendwo auch nur das geringste Anzeichen von offenem Wasser entdecken. Einige Male kletterte er auf einen hohen Eishügel und schaute sich um, doch seine Augen tränten, und die heiß ersehnte dunkle Wolke über der Wasseroberfläche oder hellen Dampf konnte er nicht entdecken.

Die Nerze tauten mit ihrem Atem für gewöhnlich kleine Löcher in das dünne Eis, das sich gerade gebildet hatte. Aber überall war die Eisoberfläche gleichmäßig glatt und leicht mit Schnee bedeckt. Das Morgenrot verwandelte sich in einen verwaschenen, blassroten Streifen am Horizont, die Sonne tauchte nur für einen kurzen Augenblick auf, um gleich wieder im Meer zu verschwinden, so als wollte sie sich vor der schrecklichen Kälte verstecken.

Der Pelzbesatz rund um das Gesicht des Jägers war längst mit Reif bedeckt, und Mlerynnyn musste ihn mehrmals ab klopfen, um besser sehen zu können. Es war Zeit zurückzukehren.

Er stieg auf einen kleinen Eisberg und musste plötzlich lächeln: In der Nähe der Insel in der Meerenge lag auf einer flachen jungen Eisscholle ausgestreckt ein riesiger Umka – ein Eisbär – und beobachtete eine Ringelrobbe. Er lag so still und unbeweglich, dass er aussah wie tot. Mlerynnyn kannte diese trügerische Erscheinung gut. Er wusste, dass der Bär in diesem Zustand besonders hellhörig und vorsichtig war, ganz Aufmerksamkeit.

Der Jäger schlich sich von der windabgewandten Seite an und bemühte sich so leise aufzutreten, dass der Schnee unter seinen Füßen nicht knirschte. Manchmal schien ihm, dass der Bär ihn spürte, dann hielt der Jäger inne und hörte für eine Weile sogar auf zu atmen. Wenn der Eisbär den Kopf hebt und sich scheinbar verschlafen umschaut, ist es besonders gefährlich, sich zu bewegen. In solchen Augenblicken glaubte Mlerynnyn, sein Herz bliebe stehen. Natürlich hätte er sich mit dem Speer auf den Bären werfen können, um zu versuchen, das Tier sofort zu töten. Aber mit einem derart geschmeidigen Bären, der nur scheinbar schwerfällig dalag, war das kaum möglich. Um das Herz zu durchbohren, hätte Mlerynnyn mit der Speerspitze genau unter die linke Schulter treffen müssen. Der beste Augenblick des Angriffs war, wenn der Bär ganz mit der Ringelrobbe beschäftigt war. Allerdings brauchte man dazu viel Zeit. Und unbeweglich in der Kälte auf dem Eis zu liegen, war kein Vergnügen. Man konnte zu Tode erstarren.

Während Mlerynnyn nachdachte und bemüht war, sich durch keine einzige Bewegung zu verraten, fasste der Bär plötzlich mit einer blitzschnellen, geschickten Bewegung den glatten Kopf einer zum Atmen an die Oberfläche gekommenen Ringelrobbe und zog sie aufs Eis. Blut färbte den frischen Schnee und das riesige Tier knurrte vor Vergnügen. Verzaubert beobachtete Mlerynnyn die Bewegungen des Riesen und stürzte sich mit Geschrei auf den triumphierenden Bären.

Der Bär erstarrte vor Verwunderung. Diesen Augenblick nutzte Mlerynnyn, um den Speer mehrmals in den Körper zu stoßen. Das Tier fiel zuerst auf die Knie und sackte dann röchelnd, mit blutigem Schaum vor dem Maul, die Ringelrobbe unter sich begrabend, auf die Scholle.

Bei solcher Kälte musste sich Mlerynnyn beeilen: Der Frost machte das Fleisch hart, noch während er es schnell zerlegte und die schweren Knochen zur Seite warf. Das abgezogene Fell füllte er mit dem Fleisch, steckte noch die Robbe dazu und schleppte die Beute zum Ufer. In der Aufregung hatte er ganz die Zeit vergessen, den Rest des Weges musste er beim Schein des Polarlichts zurücklegen.

Nach altem Brauch bekam jeder aus der Siedlung ein Stück von der Beute ab – vom zahnlosen Alten bis zum Säugling. Das Festessen fand in Mlerynnyns Jaranga statt und dauerte vom Morgen bis zum Abend. Als die Menschen satt waren und eine gesetzte und gemütliche Unterhaltung begann, kam wieder der alte Traum vom »Essen, das auf vier Beinen direkt vor der Jaranga weidet« hoch.

Wieder und wieder erzählte man sich, dass die Luorawetlan, die in der südlichen Tundra siedelten, von diesen wunderbaren Tieren so viele besaßen, dass sie sie nicht zählen konnten. Diese Rene hatten sie von benachbarten Völkern, die eine andere Sprache sprachen. Die Inbesitznahme der Rentiere war allerdings durchaus keine friedliche Angelegenheit gewesen, zeitweise war es sehr blutig zugegangen. Doch das hatte die Luorawetlan nicht aufgehalten: Das Überleben auf dieser Erde, die arm war an Nahrung, war die Hauptsache.

Im Frühjahr, als die Schneekruste noch fest genug war, um

die schwer beladenen Schlitten zu tragen, machte sich Mlerynnyn mit einigen gut ausgerüsteten Kameraden auf den weiten Weg, um sich Rentiere zu holen.

Anfangs fuhren sie am Meeresufer entlang, überwanden unbekannte Gebirgsketten, Täler und die von den fernen, blauen Bergen umrahmten endlosen Weiten der Tundra.

Mlerynnyn ließ sich von den wenigen Kenntnissen leiten, die er über die Kaaramkyner, eine ewenische Sippe, besaß. Ihre Lebensart weckte Bewunderung! Sie waren weder groß gewachsen noch stattlich. Aber sie ritten auf den gehörnten Tieren, statt sich den Strapazen eines langen Fußwegs auszusetzen.

Das Land, durch das Mlerynnyns kleine Truppe zog, war karg und menschenleer. Das Gesicht der Erde wechselte allerdings: In einigen windgeschützten Tälern wuchsen hier und da hohe Sträucher und sogar richtige Birken, deren Holz für die leichten Kufen der Winterschlitten verwendet werden konnte.

Die geschwächten Hunde schafften es kaum, die mit Walbarten schwer beladenen Schlitten durch die feuchte Tundra zu ziehen. Unterwegs jagten die Männer Wild und fingen Fische. Der Winter war längst zu Ende, der Schnee schmolz, und die Erde bedeckte sich mit Gras und Blumen. Aber von den Kaaramkynern keine Spur. An einem hellen Tag jedoch nahm Mlerynnyn in dem Duft der Tundrapflanzen einen kaum spürbaren Rauchgeruch wahr. Er war so fein wie eine Spinnwebe im Herbst, er verschwand, um kurz darauf wieder aufzutauchen, und es verging einige Zeit, bevor sich Mlerynnyn sicher war, dass der Geruch aus südöstlicher Richtung kam.

Es war der Geruch von Feuer, die Vorahnung eines Lebens, in dem das Aroma von gekochtem Rentierfleisch zu spüren war.

Als die Männer einen Hügel überwunden hatten, erblickten sie das Lager der Kaaramkyner – die nach oben spitz zugehenden Jarangas, über denen eine feine, zartblaue Rauchsäule stand. Kinder spielten, Frauen liefen hin und her und riefen sich mit unbekannten Kehllauten etwas zu. Doch Rentiere waren nicht zu sehen. Kein »Essen, das auf vier Beinen direkt vor der Jaranga weidet«.

Dann entdeckten sie die Tiere.

Zuerst dachte Mlerynnyn, das sei ein breiter Busch. Doch dieser Busch bewegte sich, und aus dieser sich bewegenden, lebendigen Masse drang ein Laut, der entfernt an das Grunzen von Walrossen erinnerte. Dieses Grunzen vermischte sich mit dem dumpfen Klang aneinander stoßender Geweihe, und dieser Laut weckte in Mlerynnyns erregtem Herzen die Erwartung eines reichen Festmahls, und dieses Gefühl war jenem ähnlich, das er empfand, wenn er ein großes Meerestier jagte. Schließlich entdeckten sie auch die Kaaramkyner selbst, die Rentierhirten. Sie rannten auf ihren krummen Beinen hin und her und trieben die Herde zusammen.

Mlerynnyn teilte seine Truppe auf: Den größeren Teil schickte er los, damit dieser die Hirten zusammen mit den Rentieren ergriff, und er selbst überfiel mit zwei Kriegern das Lager und drang in die verräucherten, dämmrigen Behausungen ein.

Hier roch es ganz anders als in den Jarangas der Meeresjäger, zu denen Mlerynnyn gehörte. Es überwog der Geruch harzigen Holzes, vermischt mit dem süßlichen Aroma gekochten Rentierfleischs, sauren Bluts und roher Häute.

Die Frauen drängten sich erschrocken in der hintersten Ecke der Jaranga. Mlerynnyn erblickte ein ängstliches junges Mädchen, und es überkam ihn heftiges Verlangen. Er zerrte sie an der Hand nach draußen, hinter die Winterschlitten, und nahm sie auf einem weichen, grasbewachsenen Hügel. Ihn verwunderte die ungewöhnliche Blässe und Zartheit der Mädchenhaut und das fast völlige Fehlen eines Haarpelzes auf dem Schoß, die begehrte weibliche Stelle erschien ihm wie ein weiches Kinderknie.

Das Mädchen weinte nicht und wehrte sich auch nicht sehr. Sie gab nach und bog sich sanft unter der Last des Mannes, und Mlerynnyn, versunken in süßer Wollust, war für einen Moment sogar dem grausamen Alltag entrückt.

Von nun an mussten die Überfallenen Sklaven sein, denn die Luorawetlan selbst, die von einem »Essen auf vier Beinen direkt vor der Jaranga« träumten, wussten nicht, wie mit den Rentieren umzugehen war, und fürchteten die Gehörnten sogar in der ersten Zeit.

Mlerynnyn musste sich beeilen: Sie mussten so schnell wie möglich das fremde Land verlassen, denn andere Kaaramkyner konnten angreifen und ihre Stammesgenossen befreien. Am dritten Tag versuchte der älteste der Kaaramkyner auf dem Rücken eines Rens zu fliehen, kam aber nicht weit. Mlerynnyn holte ihn ein, zog sein langes Jagdmesser heraus und stieß es dem Alten ins Herz. Wäre Mlerynnyn Gefangener gewesen, hätten sie mit ihm das Gleiche gemacht. Er erfüllte seine Pflicht. Der Mensch eines fremden Stammes war in den Augen der Luorawetlan kein Mensch. Er war ein Fremder, ein Feind, der den augenblicklichen Tod verdiente.

Die junge Gefangene schaute mit weit geöffneten Augen auf die Hinrichtung ihres Vaters, aber kein Muskel zuckte auf ihrem ebenmäßigen Gesicht, so als wäre sie versteinert. Die anderen, überzeugt von der Entschlossenheit des Führers der Luorawetlan, machten keine weiteren Fluchtversuche mehr.

In das heimatliche Uëlen kehrten sie auf bekannten Pfaden zurück, unter der warmen Sommersonne, die in der Tundra die Luft zeitweilig so erhitzte, dass sie, wären keine Mücken gewesen, mit nacktem Oberkörper hätten gehen können. Den Kaaramkynern machten die Bisse der blutrünstigen Insekten scheinbar nichts aus, sie verjagten sie träge von ihrem Gesicht und schritten völlig ruhig neben den Rentieren einher.

Mlerynnyn schlief in der Jaranga der Rentiermenschen, und jede Nacht nahm er viele Male die gefügige und süße Gefangene, die ihm mit jedem Tag lieber wurde. Mit Mühe gelang es ihm, ihren Namen zu erfahren – Dilma, Tilma oder Tulma. Er konnte ihn nie richtig aussprechen, und die junge

Frau lächelte verschämt. Ihr flaches Gesicht, das an das aus Holz geschnitzte Gesicht eines guten Geistes erinnerte, drückte Nachdenklichkeit und Verständnis aus, und Mlerynnins Herz schmolz vor heißem, süßem Gefühl.

Sich aus einem fremden Stamm eine Frau zu nehmen, war ein alter Brauch, der noch aus den Zeiten stammte, da die Luorawetlan keine mit eigenen Händen gebauten Behausungen besaßen und gleich wilden Tieren in steinernen Höhlen lebten. So wurden Nachkommen mit erneuertem, frischem Blut gezeugt. Diesem Brauch war es zu verdanken, dass die Uëlener stark und gesund waren und Geisteskraft besaßen.

Mlerynnins Verhalten rief bei keinem seiner Gefolgsmänner Missbilligung hervor. Bedauerlich war nur, dass sich in der Siedlung nur ein einziges junges Mädchen fand, alle übrigen schienen uralte Weiber zu sein, die nur dazu taugten, das Haus ordentlich zu halten, Essen zu kochen und die schadhafte Kleidung zu flicken.

Manchmal erklärten die Kaaramkyner, dass eine Rast notwendig sei, damit die gehörnten Tiere ausruhen und auf dem Rentiermoos grasen konnten. Dann verließ Mlerynnyn seine Geliebte und begab sich zur Rentierherde. Er hielt respektvollen Abstand zu den Tieren, die ihn mit großen, vorwurfsvollen Augen ansahen und ihre spitzen, verzweigten Geweihe schüttelten. Sein Herz war voll von dem Gefühl erfüllter Pflicht: Von nun an würden seine Leute im Winter nicht mehr Hungers sterben, denn jetzt weidete tatsächlich direkt vor den Jarangas das »Essen auf vier Beinen«. Allerdings zeigte sich, dass das zarte, süße Rentierfleisch weniger sättigend war als das der Robben und Walrosse. Dafür waren es viele Tiere, nicht zu zählen!

Mlerynnyn wies seine Leute an, die Tätigkeit der Kaaramkyner aufmerksam zu beobachten, den Umgang mit den Renen zu lernen, um in Zukunft allein mit den Tieren fertig zu werden. Am schwersten erwies sich das Reiten. Die Kaaramkyner saßen auf dem Rücken des gehörnten Tieres, als wären sie festgewachsen. Allerdings waren sie kleiner und folglich auch leichter als die Luorawetlan, ein gutes Reittier konnte das Gewicht eines erwachsenen Kaaramkyners mit Leichtigkeit tragen.

Die Kaaramkyner lachten über die erfolglosen Versuche der Luorawetlan, auf das Rentier zu steigen. Es schien, als ob sie die Unfreiheit nicht im Geringsten bedrückte. Sie lebten so wie immer. Nur dass sie nicht mehr nach ihrem Willen nomadisieren konnten, denn Mlerynnyn zeigte ihnen jeden Morgen die Richtung an.

Sie bewegten sich langsam vorwärts, denn sie warteten auf den Winter, hofften, dass die Flüsse zufroren. Mlerynnyns kleine Truppe konnte die Wasserhindernisse mit dem Kajak überwinden, aber für eine riesige Rentierherde brauchte man einen zuverlässigen Übergang, obwohl die Tiere über kleine Flüsse ohne große Schwierigkeiten schwimmen konnten.

Mlerynnyn wurde klar, dass die Rene noch verhältnismäßig wilde Tiere waren, die den Menschen nicht an sich heranließen. Sogar die Reittiere musste man mit Bedacht aus einer großen Zahl völlig gleich aussehender Tiere auswählen. Das Geschick der Kaaramkyner rief bei Mlerynnyn Entzücken hervor. Sie konnten ein rennendes Rentier mit einem Lasso einfangen, mit einem Schlag zu Boden werfen und im selben Augenblick töten. Zum Zerlegen des Körpers brauchten sie nur einen kurzen Moment. Dabei verloren sie nicht einen Tropfen des kostbaren Blutes, das sie in den ersten Kammern des Magens auffingen und in einer warmen Ecke ihrer Jaranga aufhängten. Nach einigen Tagen war der dicke Brei aus halb verdautem Hautschlauch und gegorenem Blut gar. Das war ein sättigendes und nahrhaftes Essen, aber man musste sich erst daran gewöhnen. Das Rentier wurde voll und ganz genutzt, von den schwarzen Nüsschen des Kots zum Gerben der Haut bis zur letzten Sehne. Von den Rentierläufen zum Beispiel wurde die Haut abgezogen und Schuhe und Winterfäustlinge daraus hergestellt. Die übrige Haut wurde mit dem

Messer abgekratzt und gegessen. Der größte Leckerbissen war das Mark aus den Knochen der Läufe, rosa, süß und fett, es hinterließ auf den Lippen noch lange Zeit eine dünne Fettschicht, die man nicht abwaschen konnte. Kaum ein Teil des Rens, der sich nicht als schmackhaft erwies. Sogar die Hufe wurden, wenn sie für eine bestimmte Zeit auf heißer Kohle gelegen hatten, weich und zart, und es war ein Genuss, sie abzunagen. Hatten sie einem getöteten Ren die Haut abgezogen, kamen gleich die Kinder angerannt und warteten ungeduldig darauf, dass sie ihnen gereicht wurde. Unter der Haut nisteten nämlich die großen weißen Larven der Bremsen – ein beliebter Leckerbissen.

Das »Essen, das auf vier Beinen direkt vor der Jaranga weidet« erforderte allerdings, wie sich herausstellte, unermüdlich Zuwendung. Vor allem durften die Rene nicht allein gelassen werden: Ständig versuchten sie, in die weite Tundra zu laufen, und dann würde es Tage dauern, die abtrünnigen Tiere wiederzufinden und zur Herde zurückzubringen. Deshalb waren immer mindestens zwei Hirten bei der Herde. Die Tiere mussten sich an Orten aufhalten, an denen es genügend Rentiermoos gab – unansehnliche, bläuliche Flechten, die Hauptnahrung der Tiere. Auch Wasser musste nahe sein, und es war wünschenswert, dass ein leichter Wind über die Herde wehte, der die Mücken und Bremsen vertrieb. Außer den Insekten machten auch die Tundrawölfe, kräftige und blutrünstige Tiere, auf Rene Jagd. Sie wurden mit Pfeilen abgeschossen, mit Fallen gefangen oder mit speziell darauf trainierten Hunden verjagt.

In der zweiten Sommerhälfte, als die Kälber herangewachsen waren, erklärten die Kaaramkyner, die Zeit der Schlachtung sei gekommen. Gerade jetzt sei das Rentierfell noch weich und eigne sich gut zum Nähen von Winterkleidung.

Die Kaaramkyner baten die Luorawetlan, sich bei der feierlichen Opferung für den Großen Geist des Rens nicht einzumischen und Abstand zu halten. Mlerynnyn versprach es. Er hatte Scheu vor den unsichtbaren Kräften, die auf das Menschenleben Einfluss ausübten. Auf alle mögliche Weise konnten sie auf die Menschen einwirken. Dass sie unsichtbar waren und namenlos, jagte ihm Angst ein, und er wollte sie lieber nicht verärgern.

Die Kaaramkyner fassten sich bei den Händen und stampften im Kreis um ein getötetes Rentier, wobei sie herzzerreißende Kehllaute ausstießen, die offenbar Gesang sein sollten. Sie bewegten sich in einem bestimmten Rhythmus, blieben auf einmal unverhofft stehen, ließen die gefassten Hände los und stießen aus weit geöffneter Kehle einsilbige Rufe aus. An diesem Tanz nahmen auch die festlich gekleideten Kinder teil. Tulma sah Mlerynnyn kokett an und machte eine einladende Geste, sich am Jubel zu beteiligen. Aber Mlerynnyn zögerte. Alles erschien ihm merkwürdig wild, unverständlich, Furcht einflößend.

In den folgenden Tagen waren die Frauen mit der Bearbeitung der frischen Haut beschäftigt. Außerdem waren die Tundrabeeren reif, im blauen Moos leuchteten die Hüte der Pilze, auf die die Rentiere besonders wild waren. Die gesammelten Beeren lagen fest zusammengepresst in Körben aus Baumrinde und wurden in die dunklen Ecken der Nomadenjaranga gestellt.

Gefangene und Sieger begannen sich allmählich zu verstehen. Die Kaaramkyner hatten sich offenbar mit ihrem Schicksal abgefunden. Sie wussten, dass die Unbekannten ihre Rene und ihre Kenntnisse brauchten. Sie sahen jetzt sogar fröhlicher aus, immer häufiger erklang in ihren Jarangas Lachen. Wenn sie ihre herzzerreißenden Lieder sangen, tanzten und die Arme in die Höhe warfen, dachte Mlerynnyn, dass sie eigentlich gar keine schlechten Leute seien. Aber um sie als Gleichgestellte zu betrachten, fehlte, dass sie die menschliche Rede kannten, außerdem stießen sie merkwürdige Laute aus, die sie wohl für Gesang hielten, auch waren sie klein, hatten flache Gesichter und ihre Augen waren unglaublich schmal. Wenn sie die Schlitze in der hellen Sonne auch noch zusammenkniffen, verstand Mlerynnyn gar nicht, wie sie überhaupt sehen konnten.

Erstaunlicherweise regten diese Mängel, die die Kaaramkyner von den Luorawetlan trennten, Mlerynnyns Manneskraft an, wenn er dabei an Tulma dachte. Gerade diese Unähnlichkeit mit den eigenen Frauen übte auf ihn große Anziehungskraft aus. Die junge Frau trug in ihrem Schoß schon die Frucht, und Mlerynnyn achtete darauf, dass sie von schwerer Arbeit verschont blieb, vor allem beim Aufbau des Nomadenlagers an einem neuen Ort, wenn die Frauen lange, mit fettigem Rauch getränkte Stangen schleppen und über das Gerippe der Jaranga eine riesige Flickendecke aus zusammengenähten Rentierfellen ziehen mussten.

Als die ersten Schneeflocken zu tanzen begannen und die Rentiere morgens knirschend die zugefrorenen Pfützen zertraten, brachte Tulma ein Mädchen zur Welt.

Die Kleine quäkte laut in der verräucherten Jaranga und öffnete lange ihre Augen nicht, als wollte sie diese Welt nicht sehen.

Mlerynnyns Herz füllte sich mit einer Zärtlichkeit, die er bis zu diesem Augenblick nicht gekannt hatte. Er hatte bereits Kinder von seiner ersten Frau, die er sich nach altem Brauch in der Nachbarsiedlung Nuwuken genommen hatte. Er liebte die Kinder und sorgte sich um sie, und wenn die Hungertage anbrachen, litt er vor allem unter seinem Unvermögen, sie satt zu machen. Aber dieses kleine Wesen mit den ungewöhnlich schmalen Augen erzeugte in ihm ein Meer von unerwartet warmen Gefühlen. Jedes Mal, wenn er das kleine Mädchen betrachtete und sah, wie es gierig an der blau geäderten Brust der Mutter saugte, glaubte er zu spüren, wie heißes Blut seine Adern füllte. Manchmal öffnete es seine verschleierten Augen und sah seinen Vater durchdringend an.

Das heimatliche Uëlen erreichten sie, als die Lagune schon mit festem Eis bedeckt war.

Die Uëlener betrachteten verwundert und skeptisch die riesige Rentierherde, die sich auf der weißen Eisdecke der Lagune verteilt hatte. Sogar die Hunde wagten nur aus der Ferne, die gehörnten Tiere anzubellen.

Këu trat zu Mlerynnyn und sagte: »Von nun an heißt du Mlakoran, denn du hast für unser Volk ein unschätzbares Geschenk geholt, das Essen, das auf vier Beinen direkt vor der Jaranga weidet.«

Mlakoran stieg zu seiner Jaranga hoch, auf dem Arm das in Fell gewickelte Mädchen. Einige Schritte hinter ihm ging Tulma, gekleidet in ein reich geschmücktes Frauengewand. Sie hatte die Augen gesenkt, aber Mlakoran sagte laut und deutlich, damit es alle hörten:

»Das hier ist meine neue Frau und mein neues Kind – Koranau!«

Die Prüfung der Schamanen

Nun teilte Mlakoran seine Zeit zwischen Uëlen und dem Nomadenlager, zwischen der Familie am Meeresufer und der in der Tundra. Er wurde zu einem guten Rentierhirten und fuhr nur noch selten zum Jagen aufs Meer. Er lernte sogar, sich mit den Kaaramkynern zu verständigen, und die kleine Koranau plapperte in zwei Sprachen gleichzeitig, womit sie bei den Erwachsenen ein wohlwollendes Lächeln hervorrief.

Mlakoran wählte zwei Uëlener Familien aus, wies sie an, ein eigenes Tundralager zu errichten, und teilte ihnen je eine Herde zu. Sie mussten alle Weisheiten des Umgangs mit den gehörnten Tieren lernen, um in Zukunft die Kaaramkyner ersetzen zu können.

Allerdings erwies sich der erste Versuch als erfolglos. Gleich im ersten Winter aßen die Rentierzüchter von Uëlen den fruchtbaren Teil der Herde auf und brachten das Vieh damit um die Möglichkeit, sich zu vermehren. Mlakoran war drauf und dran, seine Stammesgenossen deshalb zu schlagen, aber er wollte das nicht vor den Augen der gefangenen Kaaramkyner tun, die, obwohl sie sich frei in der Tundra bewegen konnten, niemals vergessen sollten, dass sie im Grunde Sklaven waren. Nicht genug, dass die neuen Herden um ihren Nachwuchs gekommen waren, die Rentiere flüchteten dazu noch in die Tundra, und die Gefangenen brauchten mehrere Tage, um wenigstens einen Teil der Herde zurückzubringen.

Die Rentierzucht war also gar nicht so leicht wie angenommen. Das »Essen, das auf vier Beinen direkt vor der Jaranga weidet« erforderte ständige Aufmerksamkeit. Die Gehörnten warteten nur darauf, dass der Hirte sich abwandte und mit einer anderen Sache befasst war.

Die Rentierzüchter murrten und verfluchten den Tag und die Stunde, als sie, verführt von der Aussicht auf ein leichtes Leben mit ständiger Nahrung, sich einverstanden erklärt hatten, in die Tundra zu ziehen. Aber sie verloren kein Wort darüber. Mlakoran war sehr schroff in der Bestrafung Unwilliger, egal, ob Gefangener oder eigener Stammesgenosse. Aus diesem Grund kam es oft zum Streit zwischen ihm und dem Hauptschamanen von Uëlen – Këu, einem kräftigen, betagten Mann, der für immer in seinem Alter eingetrocknet zu sein schien. Er allein konnte die Stimme gegen Mlakoran erheben. Er warf ihm vor, dass das Haupt des Stammes sich nicht mehr um sein Volk kümmerte und sich sogar mit einer Fremdstämmigen verbunden hatte, obwohl Këu selbst mit einer Aiwanalinin aus Nuwuken verheiratet war.

Tulma wurde in Uëlen nicht angenommen. Wenn Mlakoran die Heimatsiedlung und seine Jaranga besuchte, wurde für die Tundrafamilie ein abgeschiedener Polog vorbereitet, als seien sie ausgestoßen oder mit einer ansteckenden Krankheit behaftet. Obwohl Tulma die Sprache gelernt hatte, redete kaum einer mit ihr, meist ging sie mit der Tochter ans Meer und beobachtete stundenlang das endlose Wasser, Wellen und Meeresvögel, die zahlreich waren in der Sommerzeit. Manchmal stimmte sie ein sehnsüchtiges Lied an, das aus der Tiefe ihrer Kehle zu kommen schien, und Këu, der den unbekannten Lauten lauschte, schüttelte vorwurfsvoll den Kopf und sagte offen heraus, diese Frau hätte Mlakoran behext.

Këu sagte in einer riesigen Jaranga ununterbrochen Beschwörungsformeln auf. Er wollte seinen Stammesgenossen vom Zauber der fremden Frau befreien. Er rief alle helfenden Geister zu sich und beschenkte sie freigebig mit heiligen Opfergaben, doch umsonst: Mlakoran hatte das Leben am Meer schnell über und kehrte mit unverhohlener Freude in die Tundra zurück.

Das »Essen, das auf vier Beinen direkt vor der Jaranga weidet« bewahrte die Uëlener im Winter nicht vor Hunger. Gerade dann nämlich, wenn die schwerste Zeit nahte, der Höhepunkt des Winters mit spärlichem Licht und langen Frösten, die die freie Wasserfläche zwischen den Eisschollen mit einer dicken Eisschicht bedeckte, gerade in dieser Zeit zog die Rentierherde weit weg vom Meeresufer auf die Winterweiden. Um dorthin zu gelangen, musste eine mehrtägige Reise mit vom Hunger geschwächten Schlittenhunden unternommen werden.

Das ärgerte Këu, der genauso wie die anderen Uëlener darbte. Er glaubte, Mlakoran hätte sich absichtlich von der hungrigen und lästigen Verwandtschaft entfernt, nur um nichts vom Rentierfleisch abgeben zu müssen. Wenn Këu sah, wie die Uëlener Meeresjäger mit leeren Händen zurückkehrten, nachdem sie den ganzen Tag im Eiswind verbracht hatten, inmitten des Treibeises, dann erinnerte er sich, wie erfolgreich Mlakoran bei der Jagd gewesen war, bevor er zu den Rentieren zog. Und noch etwas konnte Këu beobachten: Ein echter Rentierzüchter überlegt lange, ob er das Ren tötet oder ob er diese Handlung umgehen kann.

Këu kam oft in die Jaranga der von Mlakoran verlassenen

Frau, hörte ihr Wehklagen und seufzte mitleidig. Nach und nach brachte er die Rede auf die Hexerei, die ihren armen Mann verwandelt hatte.

»Wir haben doch bis jetzt ohne diese Rentiere gelebt und es war gut so«, sagte der Schamane. »Was für einen Nutzen bringen diese gehörnten Tiere, die man sowieso immer nur suchen muss? Versuch mal, in der Schneewüste so ein winziges Nomadenlager zu finden.«

Er fühlte, wie sein Hass auf Mlakoran wuchs. Dieser Hass drückte sein Herz ab und ließ ihn nicht frei atmen.

Këu hatte einen Sohn, dem er sein Schamanenwissen beibrachte. Der junge Mann lernte vom Vater die Kunst, wie man die Leiden Kranker milderte, er konnte kranke Hunde heilen, verjagte Hexenkräfte, vollführte den Ritus beim Abschied von einem Toten.

Kelëu, ein Jüngling von ungewöhnlicher Kraft, mit ungewöhnlich großen, durchdringenden Augen, rasierte sich nicht den Schädel, sondern ließ seine Haare wild wachsen. Sein langer, spärlicher Bart wehte, wenn er schnell lief, und langsam ging Kelëu nie. Der junge Schamane hatte eine volltönende, melodische Stimme, und beim Tanz und beim Dichten neuer Lieder konnte es keiner mit ihm aufnehmen. Er war der erste Luorawetlan, der in seinem künstlerischen Schaffen den Gesang der benachbarten Aiwanalinen aufnahm, er entlehnte von ihnen den großen, klangvollen Jarat, die Schellentrommel. Sie wurde aus besonders behandeltem Walrossmagen hergestellt, den man über einen Reifen aus schwarzen Walbarten spannte. Ihr Laut drang weit, man konnte ihn sogar vom anderen Ufer der Uëlener Lagune aus hören. Kelëu fertigte gern allerlei kleine Figuren aus den Hauern von Walrossen, dem Walrosselfenbein, an und verzierte gewöhnliche Knöpfe aus Bein mit Ornamenten. Auf der polierten Oberfläche eines Walrosshauers stellte er als Erster in kleinen Bildern die Erschaffung der Erde, des Himmels und des Menschen dar.

Zu allem Überfluss war Kelëu auch noch ein erfolgreicher Jäger, er konnte, ohne müde zu werden, den Eisbären verfolgen, bei der Walfischjagd nahm er sofort den Platz am Bug des Lederkajaks ein, den Platz des ersten Harpuniers.

Und gutmütig war er, seine Leute sahen ihn nie zornig oder mürrisch. Man konnte ihn mitten in der Nacht wecken, er kam sofort, um einem Kranken zu helfen.

Mlakoran gab sich Mühe, Kelëu an sich zu binden, er brachte ihm viel Aufmerksamkeit entgegen, doch Kelëu war nach wie vor zu allen gleichermaßen gerecht und nahm weder für die eine noch die andere Seite Partei.

Këus Clan wurde in Uëlen immer bedeutender und einflussreicher. In Streitfällen hatte das letzte Wort der alte Schamane, und da Mlakoran meist abwesend war, wurden die allgemeinen Angelegenheiten von Këus wachsender Familie gelenkt.

Warum kommen die Rekken immer dann, wenn der Winter bereits über seinen Höhepunkt hinaus ist und die Sonne schon wieder hinter dem Horizont aufsteigt? Ausgerechnet an den stillen Sonnentagen wurde ganz Uëlen von einer Krankheit heimgesucht. Die Menschen starben innerhalb kurzer Zeit an einem ungewöhnlich hohen Fieber und an ununterbrochenem Husten. Man schaffte es kaum, die Toten zu begraben.

Selbst Këu wurde krank.

Kelëu ging an den Rand der Siedlung, wo die Rekken im Schatten einer Schneewehe ausruhten. Ihr Anführer erklärte Kelëu, dass die winzigen Hunde gefüttert werden müssten, anderenfalls würden sie mehrere Monate rennen müssen, bis sie den langen Weg von der ersten Jaranga bis zur letzten zurückgelegt hätten, der sich längs über die steinerne Landzunge hinzog.

Kelëu schleppte den Rekken die letzten Vorräte hin, die sie für die Opfergaben im Frühling aufbewahrt hatten, und bat die kleinen Männchen, ja flehte sie an, so schnell wie möglich wegzuziehen.

»Das hängt nicht von uns ab«, sagte der Anführer der Rekken. »Du musst mit den Höheren Mächten selbst sprechen.«

Kelëu legte das Gewand des Vaters an – einen mit dem Fell eines Vielfraßes besetzten Kittel aus Rentierleder, geschmückt mit kleinen Gehängen, an deren Enden verschiedenfarbige Steinchen angebracht waren. Die Haare fasste er mit einem Lederband aus der weißen Haut der Ringelrobbe zusammen, auf dem heilige Ornamente aufgenäht waren. Er nahm die Schellentrommel und verschwand im Dunkel des Fellpologs, in dem die steinernen Tranlämpchen gelöscht waren. In der Ecke atmete schwer der Vater, sein Atem rasselte, als müsste er sich einen Weg durch kleine Steinhäufchen bahnen.

Kelëu brachte sich langsam in den Zustand höchster Entrückung. Als er schon vom Boden abzuheben und mit dem Kopf die Decke des Fellpologs zu berühren glaubte, mäßigte er seine Hitze. Ihm war wichtig zu lauschen. Den unbekannten Stimmen zu lauschen, den aus dem Unbekannten kommenden menschlichen Worten. Er hielt seinen keuchenden Atem an und konzentrierte sich. Was er hörte, erschien ihm anfangs als eine sinnlose Anhäufung von Worten.

> Aus der Tundra kam der Wind,
> Brachte den Geruch des Rentierkots.
> Verstreute ihn im Schnee, verschmierte ihn in der Schlittenspur …
> Der schlitzäugige Blick dringt tief.
> Die auf den Renen sitzen, bringen Tod …

Und weiter ganz deutlich, ohne nebelhafte Andeutung:

> Um das Leben zu erhalten und die Menschen zu retten,
> Muss Mlakoran fallen
> Von der Hand seiner Tochter Koranau …

Kelëu fiel vor Verwunderung und Schrecken auf den Boden zurück. Er konnte die Worte, die er gehört hatte, nicht glauben. Das war ungeheuerlich! In alten Zeiten war es vorgekommen, dass Menschen geopfert wurden. Aber soweit Kelëu zurückdenken konnte, hatte es so etwas nicht mehr gegeben.

In der Ecke wälzte sich der Vater und bat: »Gib mir Wasser.«

Kelëu rief die Frauen und gebot ihnen, dem Vater zu trinken zu geben.

Die schrecklichen Worte, die er bei der Beschwörung der Höheren Mächte gehört hatte, gingen dem jungen Schamanen nicht aus dem Kopf. Er versuchte sie abzuschütteln, bemühte sich, an etwas anderes zu denken, lenkte sich ab, ging den ganzen Tag aufs Eismeer hinaus, um einen Eisbären zu suchen. Aber sobald er stehen blieb, kam wie vom Himmel die Stimme, die den ganzen Raum erfüllte: »Mlakoran muss von der Hand seiner Tochter fallen!«

Es vergingen mehrere Tage, bis er sich seinem Vater anvertraute. Këu hörte seinem Sohn schweigend zu und sagte: »Das verheißt großes Unglück. Wir müssen den Stimmen von Oben gehorchen, aber Mlakoran wird sich nicht so leicht ergeben.«

»Was sollen wir tun?«

Këu antwortete nicht gleich. Es war nicht das erste Mal in seinem Leben, dass er eine schwere Wahl treffen musste, aber so etwas war noch nicht vorgekommen. »Wir fragen die Höheren Mächte noch einmal«, sagte er.

Von den Schlägen der Schellentrommel erzitterte die Jaranga so sehr, dass sie über den Köpfen von Vater und Sohn, die schweißüberströmt, heiser vom Gesang, geschwächt vom Tanz im engen Fellpolog saßen, einzustürzen drohte.

Aber sobald beide verstummten und mit der Hand die dröhnende Schellentrommel beruhigten, wiederholten die Stimmen von Oben den Heiligen Befehl: Mlakoran muss durch die Hand seiner Tochter fallen.

»Wie kann«, so fragte sich Kelëu, »ein kleines, schwaches Kind einen erwachsenen, starken Mann töten?«

Bestürzt wandte er sich mit dieser Frage an den Vater, doch der antwortete nur: »Die Höheren Mächte wissen es …«

Indes starben immer mehr Menschen in Uëlen, und die Rekken waren noch nicht einmal bis zur Hälfte der Siedlung vorgedrungen. Bald war ein Drittel der Bewohner zum Hort des Ewigen Schlafs gegangen, auf den Hügel der Herzensruhe.

Kelëu spannte die verwilderten, sich von menschlichen Überresten ernährenden Hunde vor den Schlitten und begab sich zum Lager der Kaaramkyner. Wäre die Mission, die dem jungen Schamanen zugefallen war, nicht so traurig gewesen, so hätte die Fahrt mit dem Hundeschlitten bei diesem klaren Wetter, wo die Sonne schon spürbar wärmte, ein reines Vergnügen sein können. Aber düstere Gedanken beherrschten Kelëu, und er verschwendete seine Aufmerksamkeit weder an die Schönheit der fernen blauen Berge noch an die auffliegenden Rebhühner und auch nicht an das wundervolle Licht des Frühlingshimmels. Mit welchen Worten sollte er Mlakoran den Heiligen Befehl mitteilen, ihm von diesem ungewöhnlichen Menschenopfer berichten?

Glaubte Mlakoran ihm nicht, hatte er das Recht, die Schamanen zu prüfen. Das bedeutete unmenschliche Folter … Hielt der Schamane diese Folter aus, dann musste der Heilige Befehl ausgeführt werden.

Er entdeckte die schwarzen Nüsschen des Rentierkots, das Lager war also nicht mehr fern.

Mlakoran empfing Kelëu zurückhaltend, befragte ihn nach Neuigkeiten aus Uëlen. Sein Gesicht verfinsterte sich, als er hörte, dass das Sterben nicht nachließ.

»Bei uns gibt es keine alten Leute mehr«, sagte Kelëu finster.

»Wie geht es Këu?«, fragte Mlakoran.

»Er ist auf dem Weg der Besserung«, antwortete Kelëu. Er wusste nicht, wie er mit dem Wichtigsten beginnen, wie er Mlakoran den schrecklichen Befehl von Oben mitteilen sollte.

»Wir beladen deinen Hundeschlitten mit Rentierfleisch«, versprach Mlakoran. »Du nimmst so viel mit, wie du tragen kannst.«

Das kleine Mädchen spielte auf dem Boden des Fellpologs mit Walrosshauern und hob von Zeit zu Zeit ihr lächelndes Gesicht zum Gast auf. Kelëu betrachtete sie mit wachsendem Schrecken und dachte: Wie kann sie bloß ihren Vater töten, solch einen starken Mann? Tulma reichte das Essen und mischte sich nicht in das Männergespräch ein, obwohl sie ihre Sprache bereits beherrschte.

»Es gibt eine schlechte Nachricht«, presste Kelëu hervor. Dann verstummte er, um Kräfte zu sammeln.

»Es gibt einen Befehl von Oben, damit die Menschen in Uëlen gerettet werden können. Er hat etwas mit dir zu tun.«

»Ich bin bereit, alles zu tun, um den Menschen zu helfen«, entgegnete Mlakoran. »Wenn nötig, treibe ich die Rentiere näher an die Siedlung heran, ans Ufer der Lagune, damit die Menschen Fleisch haben.«

»Vater und ich haben lange die Götter beschworen und sie befragt. Sie beharren fest auf ihrer Meinung, und ich höre immer ihre Stimmen, sogar hier in der Tundra.«

»Wir sind bereit, alle Opfer zu bringen, um die Menschen zu retten«, wiederholte Mlakoran.

»Sie wollen Menschenopfer«, sagte Kelëu leise.

Mlakoran dachte, dieser Brauch gehöre unwiderruflich der Vergangenheit an. Um heute die Geister zu besänftigen, tötete man lebendige Tiere wie Hunde, Rene … Aber Menschenopfer …

»Sie holen sich sowieso schon jeden Tag Menschenopfer«, brummte Mlakoran. »Du hast selbst gesagt, dass es den Toten auf dem Hügel der Herzensruhe zu eng wird.«

»Aber die Höheren Mächte verlangen ein besonderes Opfer«, brachte Kelëu mühevoll heraus. »Sie wollen einen bestimmten Menschen.«

»Wen denn?«, fragte Mlakoran ungeduldig.

»Dich!«, entgegnete Kelëu schnell und zog in Erwartung eines Schlages den Kopf ein.

Aber es kam keiner. Er hob den Kopf und sah Mlakoran nicht mehr neben sich.

Mlakoran stand vor der Jaranga und schaute auf die fernen Berge, die im Frühlingslicht leuchteten. Sein Gesicht war im tiefen Schmerz erstarrt.

Ein Befehl von Oben wurde niemals zurückgenommen. Weder Këu noch Kelëu durften ihn missachten. Mlakoran hörte die Schritte des jungen Schamanen und fragte, ohne sich nach ihm umzuwenden: »Habt ihr die Frage mehrere Male gestellt?«

»Ja. Wir haben einige Tage die Götter beschworen. Wir sind völlig entkräftet, aber die Antwort war immer ein und dieselbe – du musst durch die Hand deiner kleinen Tochter den Tod empfangen.«

»Sie ist doch noch ein kleines und schwaches Kind …«

»Sie«, Kelëu deutete mit den Augen nach oben, »beharren darauf.«

»Weißt du, dass ich dich und deinen Vater prüfen kann?«

»Wir sind dazu bereit«, entgegnete Kelëu.

Waren die Schamanen für eine Prüfung bereit, so war die Lage ernst. Andererseits wusste Mlakoran, dass die beiden von Oben Behauchten sein Verhalten nicht besonders guthießen, vor allem nicht die Verwandtschaft mit den Kaaramkynern und seine Verwandlung in einen Rentiermenschen.

Aber was Mlakoran da annehmen sollte, war ungeheuerlich. Wenn der Befehl in den Köpfen der Schamanen entstanden war, so war es eine unglaubliche Hinterlist. Also musste er sie prüfen …

Mlakoran begab sich nach Uëlen und nahm seine Tochter und eine Herde mit mehreren Dutzend Rentieren mit, um die Kranken und Sterbenden zu ernähren. Vorn auf dem Hundegespann saß Kelëu.

Niemals zuvor hatte Mlakoran den Frühling so geliebt. Das klare Wetter, die helle Sonne, die ihren Glanz auf den schmelzenden Schnee übertrug. Die Gipfel der blauen Berge am Horizont, die Luft, die so weich war wie geschmolzener Schnee und die man mit weit geöffnetem Mund tief einatmen konnte, ohne Angst zu haben, sich die Lunge zu verkühlen. Und das Vorgefühl der Wärme, die Verwandlung in der Natur, in der das Leben aufblühte. Die Rentierkühe waren schwerer geworden, denn sie trugen die zukünftigen Rene in sich, sogar die Tundramäuse kamen aus ihren Löchern und bohrten sich durch den schmelzenden Schnee einen Pfad. Die Sonne stand hoch am Himmel und gab ein Zeichen: Beeilt euch mit dem Leben, genießt das Leben, genießt die Natur, erfreut euch an allem Lebenden gemeinsam mit euren Verwandten und Freunden! Vergesst die Kränkungen, erinnert euch an die guten Worte und melodischen Lieder!

Doch das war alles für die, die am Leben blieben, die mit lebendigen Augen die ersten Kälber schauten, die aufblühende Tundra, die ersten Walrossherden und das vom Eis befreite Meer! Erfüllte sich der Befehl von Oben, dann sollte Mlakoran das alles nicht mehr sehen. Er würde in einer symbolischen Begrenzung aus Steinen ruhen, nackt, neben sich die persönliche Habe – die Harpune, einen leichten Hundeschlitten, die hölzerne Schöpfkelle, aus der er Wasser und Fleischbrühe getrunken hatte. Bereits vom Hügel aus konnte man Uëlen hinter der vereisten und schneebedeckten Lagune sehen. Die Jarangas zogen sich wie eine Kette längs über die steinige Landzunge, vom Fuß des Felsens bis zu der im Eis erstarrten Meerenge zwischen dem offenen Wasser und der Lagune. Kein Rauch über den Behausungen, kein Hundegebell, keine menschliche Stimme. Nur Unheil verkündende, glitzernde Stille, angefüllt mit blendendem Sonnenlicht, lag über dem heimatlichen Uëlen, und Mlakorans Herz zog sich im Vorgefühl des Unheils zusammen. Der Gedanke, dass er das alles zum letzten Mal sah, gab ihm keine Ruhe und verstärkte seinen Schmerz ... Andere Augen würden sich an den Jarangas erfreuen, ein fremdes Herz die Freude erleben, die es bei der Annäherung an den warmen, heimatlichen Herd fühlte. Sein Herz aber wurde immer leerer, und tödliche Kälte ergriff von ihm Besitz.

Mlakoran stieg zu seiner Jaranga hoch und trat ein. Während sich die Augen nach dem blendenden Sonnenlicht an die Dämmerung gewöhnten, hörte er hinter dem Vorhang unterdrücktes Stöhnen. Er hob den Vorhang des Pologs hoch und erblickte seine älteren Kinder und seine Frau, die alle unter Rentierfellen lagen. Hier hatte schon lange Zeit die Tranlampe nicht gebrannt, und Reif bedeckte die Innenwände der Behausung.

»Rette uns!«, stöhnte die Frau unter der Felldecke. »Du bist unsere einzige Hoffnung!«

»Hast du gehört, was die Schamanen für die Errettung der Uëlener fordern?«, fragte Mlakoran.

»Nicht die Schamanen fordern es, das ist ein Befehl von Oben«, entgegnete die Frau.

Die Prüfung begann noch am selben Abend in der Jaranga der Schamanen. Alle hatten die Behausung verlassen, nur Këu und Kelëu waren geblieben. Mlakoran betrat den engen Polog und erblickte im spärlichen Licht die bis zum Gürtel nackten Schamanen – Vater und Sohn.

»Zieht euch ganz aus!«, rief Mlakoran.

Beide Schamanen erfüllten die Forderung, sie knüpften die aus Rentiersehnen gefertigten Schnüre der Fellhosen auf. Këu war erbärmlich anzuschauen – ein Skelett mit ausgetrockneter, dunkelbrauner Haut und hervorstechenden Knochen. Doch von ihm ging die Hauptgefahr aus. Es gab keinen Zweifel, er war es gewesen, der seinem Sohn den Gedanken an den grausamen Befehl von Oben eingegeben hatte.

Für den Anfang drückte Mlakoran, nachdem er Këu auf den Rücken gelegt hatte, mit aller Kraft beide Daumen auf dessen Augäpfel. Der alte Schamane gab keinen Laut von sich. Mlakoran spürte, dass die Augäpfel jeden Moment platzen konnten. Er verminderte den Druck, legte den Alten auf den Bauch und begann ihm den Arm auszurenken. Këu gab wieder keinen Laut von sich. Offenbar war der alte und kranke Mensch in einem Zustand, in dem er den Schmerz nicht mehr so spürte wie ein gesunder.

Mlakoran ließ den Alten in Ruhe und machte sich an den Sohn.

Er begann wieder mit dem Druck auf die Augen. Aber Kelëu stöhnte nur vor Schmerz und knirschte mit den Zähnen. Einen Augenblick lang dachte Mlakoran, der junge Schamane sei bereit, um Gnade zu bitten, er verminderte den Druck auf die Augen und fragte laut: »Bleibst du weiter dabei, dass du einen Befehl von Oben erhalten hast?«

»Ja«, stöhnte Kelëu.

Mlakoran presste Kelëus Körper zusammen, drückte auf das Rückgrat, ließ ihn lange keine Luft schnappen, aber Kelëu antwortete jedes Mal, er hätte tatsächlich einen Befehl von Oben erhalten.

Da begann Mlakoran mit dem Schmerzhaftesten. Er nahm die Genitalien des jungen Schamanen in seine kräftige Faust und begann sie langsam zu quetschen, manchmal minderte er den Druck, um Kelëu die Möglichkeit zu geben, Luft zu holen und zu sich zu kommen. Die Eier rutschten hin und her, als wollten sie davonlaufen, aber die kräftigen Finger ließen sie nicht weggleiten. Kelëu wimmerte, sein Gesicht bedeckte sich mit einer Mischung aus salzigem Schweiß, Tränen und Schleim, die aufgebissenen Lippen bluteten, aber die Antwort war immer dieselbe: Es gibt einen Befehl von Oben.

Ein gewöhnlicher Mensch kann solch eine Folter, die Mlakoran dem jungen Schamanen auferlegte, nicht verkraften.

Da begriff Mlakoran, dass Kelëu eher seine Genitalien opferte und vor Schmerz starb, als zuzugeben, er hätte keinen Befehl von Oben erhalten und alles sei ein Hirngespinst seines Vaters und von ihm.

Mlakoran ließ von dem mit klebrigem Schweiß bedeckten Kelëu ab. Der junge Schamane roch nach Urin und Kot. Der unmenschliche Schmerz hatte bewirkt, dass sich die Blase und der Darm unwillkürlich entleerten.

Mlakoran bezwang seinen Ekel und Brechreiz und ging an die frische Luft. Das helle Sonnenlicht blendete ihn für einige Augenblicke. Langsam und mit mehreren Pausen stieg er auf den Felsen, der über dem östlichen Teil von Uëlen hing, und schaute zurück.

Mlakoran nahm den Speer von der Wand der Jaranga und schliff ihn lange mit einer Klinge aus Vulkanglas.

Alle Menschen in Uëlen wussten schon von dem Befehl von Oben und dass die Schamanen den Willen der Götter bekräftigt hatten, indem sie die unmenschlichen Qualen der Prüfung aushielten.

Schweigend verfolgten sie die Vorbereitungen zur heiligen Handlung des Menschenopfers.

Die Schamanen wählten einen Ort aus, an dem die Hinrichtung stattfinden sollte. In der Mitte der vereisten Lagune befreiten sie das Eis von Schnee und zündeten ein heiliges Feuer an. Eine blasse Flamme, die von hellen Sonnenstrahlen durchleuchtet war, flackerte zum Himmel.

Aber niemand trat aus seiner Jaranga.

Die Menschen versteckten sich in ihren Behausungen, nur Këu, der sich kaum auf den Beinen halten konnte, und Kelëu, geschmückt mit riesigen Augenrändern und gekleidet in lange, heilige Gewänder, standen neben dem Opferfeuer.

Mlakoran erschien in einer Kuchljanka aus weißem Rentierfell, in Hosen aus dem weißen Fell von Rentierläufen und in ebenfalls weißen Torbasen. Seine Haare, gestern noch dunkel, waren grau geworden und glichen der Farbe seiner Todeskleidung. In der einen Hand trug er den Speer, an der anderen führte er seine Tochter, die wie ihr Vater Festtagskleidung trug, einen leichten Kherker aus dem weichen, weißen Fell eines jungen Rens, umsäumt mit dem Fell eines Vielfraßes.

Sie gingen schweigend in die Mitte der blanken Eisfläche. Mlakoran bohrte das Ende des Speers ins Eis und reichte der Tochter den Schaft, damit sie ihn festhalten konnte.

Das alles geschah in völliger Stille bei blendendem Sonnenlicht.

Mlakoran stellte seine Tochter hin und prüfte, ob sie den Schaft fest in der Hand hatte, dann trat er einen Schritt zurück und warf sich mit seiner Brust auf den Speer. Das Blut floss in Strömen über den Schaft, Mlakoran fiel und zog den Speer mit sich.

In der angespannten Stille war das Weinen des Kindes zu hören, dann das Heulen von Mlakorans erster Frau, die mit aufgelöstem Haar auf das mit hellrotem Blut bedeckte Eis der Lagune gerannt kam.

Mlakoran wurde am Fuß des Hügels der Herzensruhe begraben.

Am Abend desselben Tages ging Kelëu zu den Rekken. Aber sie waren bereits fort. Nur ein aufmerksamer Beobachter konnte die in den tanzenden Schneeflocken kaum erkennbare regelmäßige Spur ihrer winzigen Hundeschlitten erkennen.

Aber mit Mlakorans Tod brach unsere Familienlinie nicht ab, sie setzte sich fort in den Taten seines älteren Sohnes, der Tynemlen hieß, und zwar deshalb, weil er zu Beginn des Sonnenaufgangs geboren wurde, als der erste Sonnenstrahl den purpurroten Streifen am östlichen Horizont durchbrach.

Die Bewahrung des Namens

Der Schamane Kaljatsch ging, bekleidet mit einem Umhang aus Walrossdarm, am Meeresufer entlang in Richtung des Felsens, der über dem schmalen Kieselstrand hing. Riesige Wellen schlugen ans Ufer, so als wollten sie nach dem einsamen Menschen greifen, aber nur die letzten Schaumzungen berührten seine hohen, wasserdichten Torbasen. Von Zeit zu Zeit verfingen sich die Füße im Tang, den die Wellen ans Ufer gespült hatten. Kaljatsch bückte sich, riss einen schweren, glitschigen Strang ab, legte ihn in den Mund und presste, langsam kauend, den süßsauren Saft aus den Fasern. Manchmal fand er kleine Krebse, und das Innere ihrer feinen Scheren verschwand ebenfalls im Magen des Wanderers. Seesterne weckten seine Aufmerksamkeit nicht minder. Der Schamane legte die Stacheln des Tieres auf sein Gesicht, saugte die Flüssigkeit aus der Mundöffnung und warf die Frucht des Meeres mit Schwung zurück in die Wellen.

Dabei vergaß er sein Hauptziel nicht: Er suchte das Bruchstück eines von den Wellen glatt polierten Walrosshauers, das vom langen Liegen im Meer schwarz geworden war. Genau dieses Elfenbein brauchte er, um den Namen des eben in Tynemlens Jaranga geborenen kleinen Mannes zu erfahren, des Nachkommen des legendären Mlemekym.

So war es Brauch: Damit die Erinnerung an die Vergangenheit sich nicht restlos in Nebel auflöste, gab man einem Neuankömmling nach einer gewissen Anzahl von Generationen den Namen eines Vorfahren, als ob man ein auffälliges Glied auf die Kette fädelte, an dem sich die kommenden Generationen orientieren konnten.

Noch einige Tage, und das Eis, dessen Kante sich bereits am Horizont zeigte, würde das Ufer erreichen, das gesamte

Wasser erstarren lassen und für die lange Winterzeit alles Leben im Meer besänftigen. Zu Ende war der kurze Sommer, und vor ihnen lag die dunkle Zeit der Prüfungen, der Schneestürme, der schneidenden Kälte.

Die Sonne war bereits am Horizont aufgestiegen, das Licht durch die tiefen Wolken gebrochen, unter dem Felsen aber herrschte immer noch Halbdunkel. Die Meeressteine wanderten im trüben Glanz, und es war sehr schwer, zwischen ihnen einen alten, schwarzen Walrosshauer zu finden. Kaljatsch hatte sich schon mehrere Male vergriffen und enttäuscht den glänzenden Kieselstein wieder zurückgeworfen.

Da war er – der alte Walrosshauer, ein Stück davon!

Kaljatsch wischte mit dem Ärmel seines Umhangs seinen Fund vorsichtig ab, berührte ihn leicht mit der Zunge, um sich zu vergewissern, ob die Oberfläche des Knochens glatt und fest genug war, und machte sich auf den Rückweg.

Als er aus dem Schatten des Felsens trat, stieg er nach oben. An dieser Stelle ging das hohe Ufer in die Tundra über, die schon mit trockenem, gelbem Gras bedeckt war, die einzige Stelle auf der Landzunge, wo zwischen den Jarangas genügend Pflanzen wuchsen. Das erklärte sich dadurch, dass laut den Überlieferungen hier ein alter Tempel gestanden haben soll, in dem Opferhandlungen vollführt wurden, hier lagen die Schädel von getöteten Walrossen und Walen. Die Knochen waren tief in den Kieselsteinen vergraben, die das vergossene Blut aufgesogen hatte, bis es sich schließlich in Erde verwandelte. Der Tempel verlor im Lauf der Zeit an Bedeutung, dazu war er noch auf die westliche Landzunge verlegt worden, nachdem ein Feuerstein aus dem Himmel gebrochen war und sich bis zur Hälfte in den Kiesel gebohrt hatte.

Dieser riesige Stein glänzte feucht in der herbstlichen Morgendämmerung und erinnerte an den Rücken eines großen Grönlandwals, den die Uëlener Lygirëu nannten – den echten Wal.

Der Meereswind blies dem Schamanen ins Gesicht, kroch unter seinen Umhang und tastete den ganzen Körper ab. Das Geschlecht der Winde war vielfältig, sie kamen aus verschiedenen Richtungen und unterschieden sich in ihrem Charakter. Der Keralgin zum Beispiel, der Nordostwind, zeichnet sich durch Hinterhältigkeit aus. Er schleicht sich unbemerkt an, umweht dich sanft, als flüstere er dir zärtliche Worte zu, liebkost mit seiner kühlen Hand leise die ruhige Meeresoberfläche, die Schneefelder, wird dann aber allmählich stärker, füllt sich mit Kraft, unerbittlicher Wut und Kälte. Sogar in der wärmsten Jahreszeit, auf dem Höhepunkt des Sommers, kann der Keralgin einen Schneesturm und bittere Kälte bringen. Der Südwind – Amnon –, der in den Tundrahügeln hinter der Lagune seinen Ursprung hat, kommt gleich angesaust, ohne Vorbereitung, und fegt alles weg, was nicht fest genug in der Erde verwurzelt ist. Es kommt vor, dass er sogar die mit großen Steinen beschwerten Jarangas emporhebt und die auf hohen Gestellen lagernden Kajaks ins Meer trägt. Er weht üblicherweise im Sommer und kommt auch bei klarem Sonnenwetter. Aus dem Osten weht es in Uëlen fast nie. Wenn schon der Wind von dort kommt – der Enmynyrgin –, so ist er nicht besonders stark. Einer der Hauptwinde in Uëlen ist der Niken, der Nordwind, der sich durch die Vielfalt seines Charakters auszeichnet. Er kann still und sanft sein, lang und kurz, böse und kräftig. Dieser Wind tobt vor allem im Herbst, und dann treibt er vom Horizont die Eisfelder zur Uëlener Landzunge.

Mit jedem Wind führte Kaljatsch ein eigenes Gespräch, tauschte mit jedem Einzelnen die nur ihm geltenden heiligen Worte aus und brachte jedem ein spezielles Opfer. Der Keralgin liebte langes Bitten, vieldeutige Gespräche und das dicke, sauer gewordene Blut von Meerestieren. Der Niken zog getrocknetes Walrossfleisch vor und dass auf dem schwarzen Stück nur ja weiße Würmer krabbelten. Der Südwind kriegte zerkleinertes Rentierfleisch, vielleicht weil er aus der Tundra kam. Der Ostwind gab sich oft mit einer kleinen Menge eingesäuerter Kräuter zufrieden.

Die Umgebung, auf den ersten Blick ganz leer, war angefüllt mit für das einfache Auge nicht sichtbaren Wesen, Geistern – unsichtbare Mächte, die man kennen und achten musste. Der Mensch nahm in dieser Welt seinen eigenen, von Enantomgyn, dem Schöpfer, vorherbestimmten Platz ein. Geriet er nicht in Konflikt mit den Höheren Mächten, lebte er mit ihnen in Freundschaft und Übereinstimmung, so konnte ihm keiner etwas Böses antun. Der Großteil des menschlichen Unglücks kam von gewollten und ungewollten Zusammenstößen mit den Höheren Mächten. Kaljatsch musste seine Stammesbrüder schützen und einen Menschen, der von dem vorherbestimmten Pfad abgewichen war, wieder an seinen Platz zurückführen.

Der Wind zerriss die Wolken, und die aufwühlende Sonne beleuchtete für einen Augenblick die feuchten Lederdächer der Jarangas, die Kajaks und die Menschen, die sich gegen den Wind stemmten.

Kaljatsch betrat den Tschottagin und zog den nassen Umhang aus. Links vom Eingang brannte langsam ein Feuer und rauchte. In einer steinernen Schale wurde Walrossfleisch angewärmt, das mit seinem Duft die Behausung erfüllte. Kaljatsch rollte den Walwirbel zum Feuer, setzte sich und machte sich daran, das dunkle Walrosselfenbein zu untersuchen. Er strich über die glatte Oberfläche. Die Gespreizten Flügel, geschnitzt und verziert mit runden und gebogenen Ornamenten, sah Kaljatsch schon vor sich, aber die mühselige Arbeit würde viel Zeit in Anspruch nehmen.

Er schob die Sache nicht auf die lange Bank und machte sich, nachdem er sich mit warmem Walrossfleisch und einem Stück vom süßen Junëu, schmackhaft gemacht mit zerlassenem Ringelrobbenfett, gestärkt hatte, gleich an seine Aufgabe.

Inzwischen saugte in der Nachbarjaranga der gerade geborene Junge selig an der Mutterbrust, er hatte noch keinen Namen und wartete auf den Ritus der Namensgebung. Die über ihn gebeugte glückliche Mutter sang leise ein altes Wiegenlied.

Wachse, wachse, du mein Sohn!
Wachse immer schneller!
Wirst das Tier im Meer töten,
Wirst uns alle ernähren …
Wachse, wachse, du mein Sohn!
Wirst ein starker Jäger,
Wirst schneller als alle rennen,
Weiter als alle springen …

Der Junge war der Erstgeborene der Frau, und sie genoss das zarte, tiefe, neue Gefühl der Mutterschaft, drückte den kleinen, warmen Körper an sich. Der Gesang wurde mal leiser, mal lauter, vermischte sich mit dem Geheul des Windes, der um die Jaranga tobte. Schade, dass man das Schicksal eines Menschen nicht schon bei seiner Geburt vorhersagen konnte! Was würde aus diesem Menschen werden, der dort süß schnaufte und nur selten seine kleinen Augen öffnete, schwarz und glänzend wie ein von Wellen umspülter Stein? Zweifellos würde er ein Jäger werden, sein Leben in dieser alten Jaranga verbringen, aber wen er in den langen Winternächten liebkosen und wie viel Kinder er haben würde, das konnte nicht einmal der Schamane Kaljatsch vorhersehen. Aber vielleicht war das auch gar nicht nötig. Das Menschenleben war ja deshalb so interessant, weil man nicht einmal den nächsten Tag vorherbestimmen konnte. Vieles hing natürlich von ihm selbst ab, aber auch vom Wetter, vom Erfolg, von der Menge der Tiere am Ufer von Uëlen. Der Junge würde wahrscheinlich ein Mädchen aus dem benachbarten Nuwuken, der Heimat seiner Mutter, heiraten.

Kaljatsch setzte sich ans schwankende, flackernde Feuer und begann zu schnitzen. Zuerst bearbeitete er das Stück grob mit einem kleinen Steinbeil, das auf einem beinernen Griff steckte. Aus dem formlosen Elfenbein trat langsam der geflügelte, kopflose Vogel hervor. Einen Kopf würde er nie besitzen, denn das Schicksal hatte keine Augen und keinen Geruchssinn. Das Schicksal wurde von anderen Kräften gelenkt, die sich hinter der Grenze des menschlichen Denkens befanden. Ihre Existenz konnte man nur erahnen. Sie handelten nie direkt, nur über Andeutungen und Zeichen. Kaljatsch opferte beinahe die Hälfte seines Lebens diesen unsichtbar anwesenden Schicksalskräften. Noch in der Kindheit wurde er oft von fröhlichen Kinderspielen weggerufen, an seine besondere Bestimmung erinnert und Prüfungen und sogar Qualen unterzogen. Der kleine Kaljatsch bekam das schlechteste Essen, er durfte nicht seinen Durst stillen, keine warme und trockene Kleidung tragen. Der älteste Schamane von Uëlen, ein direkter Nachkomme von Këu und Kelëu, stellte ihn oft an den Rand des Küstenfelsens und lehrte ihn, die Angst und den Schwindel zu überwinden. Als kleiner Junge musste Kaljatsch über die buckligen Kieselsteine an einem Riemen aus Walrossleder zuerst einen Walrosskopf, dann einen Walkopf ziehen und schließlich einen schweren Stein, um die Muskeln zu stärken. Bei Schneesturm und bei kaltem Sommerregen rannte er bis nach Keniskun und zurück, kletterte auf den Berg Pygek mit einem Ledersack über der Schulter, der mit Steinen gefüllt war. Er nahm an den Riten der Alten teil, die freiwillig aus dem Leben scheiden wollten, schaute in ihre Gesichter, die verzerrt waren von Schmerz und Qual. Das nannte man dem Tod ins Gesicht sehen, seinen Atem spüren. In dunklen Nächten wurde Kaljatsch gezwungen, neben einem gerade erst begrabenen Menschen auf dem Hügel der Herzensruhe zu sitzen und dem Gespräch der Toten zu lauschen, deren Seelen im Schutz der Finsternis zum Himmel flogen. Nicht jeder konnte solch eine Prüfung überstehen, viele Altersgenossen von Kaljatsch brachen zusammen, andere wurden für immer verrückt, aber er hielt durch.

Jetzt aß Kaljatsch das schmackhafteste Essen, das ihm die Bewohner von Uëlen brachten, und zog warme, Wasser abweisende Kleider an. Kälte und Hunger ertrug er leicht, und er konnte große Entfernungen zurücklegen, ohne ein einziges Mal auszuruhen.

Das Letzte, was er noch nicht erreicht hatte, war die direkte Verbindung mit den Höheren Mächten. Um ihre Wünsche einzufangen, verlangte es manchmal nach listigen Beschwörungen. Eine solche Beschwörung waren die Gespreizten Flügel.

Als Kaljatsch seine Arbeit beendet hatte, lag ein merkwürdig aussehender Gegenstand vor ihm, der tatsächlich an einen Vogel ohne Kopf erinnerte. Seine kurzen Flügel waren mit Ornamenten verziert. Die Linien hatte Kaljatsch nach seiner eigenen Eingebung eingeritzt und in sie den leidenschaftlichen Wunsch gelegt, zum Geheimnis des Kontakts mit den Höheren Mächten vorzudringen. Die kleinen, auf den ersten Blick kaum zu unterscheidenden Striche und Kreise trugen von alters her einen verborgenen Sinn, und wenn man sie mit den Augen einsog, konnte man einen ganzen Satz aussprechen, nicht nur einzelne Worte. Von Generation zu Generation waren diese Zeichen weitergereicht worden und zu einem Verbindungsglied zwischen den Gedanken und Worten der früheren Schamanen und den heutigen geworden, so als brächten sie lautlose Nachrichten aus der alten Zeit in die neue.

Um das in Bein geritzte Ornament hervorzuheben, hatte Kaljatsch in einer steinernen Schale geronnenes Walrossblut, das als besonders haltbare Farbe diente, mit Tran vermischt und trug es auf die Zeichnung auf. Jede Linie, jeder Strich trat nun deutlich und klar hervor.

Aber das war noch nicht alles.

Er musste noch eine dünne, lange Schnur herstellen, die keine Knoten hatte. Diese Schnur wurde, Windung für Windung, aus gegerbter Robbenhaut herausgeschnitten, die wie ein Strumpf abgezogen worden war.

Endlich war alles bereit für den wichtigen Ritus.

Schon seit dem Morgen kamen die Menschen zum Klegran – der Jaranga für Kulthandlungen, die genau in der Mitte von Uëlen stand. In ihr wohnte niemand, denn sie diente nur für öffentliche Versammlungen, Rituale, Schamanenbeschwörungen, wichtige Beschlüsse durch die Männer, die das Leben aller betrafen, und für Feierlichkeiten mit Liedern und Tänzen.

In dem geräumigen Tschottagin brannte hell das Feuer, und in einem Steintopf brodelte eine Brühe aus Walrossfleisch.

Die Gespreizten Flügel schwebten bereits in den Schwaden des blauen Rauchs, der vom dämmrigen Licht des Herbsttages erleuchtet war, der durch den Rauchabzug an der Decke drang. Sie drehten sich langsam und zeigten mal den einen, mal den anderen mit rätselhaften Zeichen verzierten Flügel.

Die Menschen wandten den Blick ab: Obwohl die Gespreizten Flügel von Menschenhand erschaffen waren, symbolisierten sie etwas Überirdisches, das zu einer anderen Welt gehörte.

Die Menschen setzten sich vor eine lange, aus einem ganzen Holzstück gehauene Schale, nahmen sich heiße Walrossfleischstücke und warfen sie von einer Hand in die andere, damit sie abkühlten.

Die junge Mutter saß auf einem großen Walwirbel an der Stelle, wo sich in einer normalen Jaranga der Schlafpolog befand. Sie unterschied sich von allen anderen durch ihre weiße Festkleidung aus ausgewählten Rentierhäuten der Herbstschlachtung, in ihre Haare waren Plättchen aus Walrosselfenbein geflochten. Das Kind hatte seine schwarzen Augen weit geöffnet und schien an der Versammlung der vielen Menschen sehr interessiert zu sein.

Der Junge sollte den Namen Mlemekym erhalten, damit er die Taten seines Vorfahren fortsetzte und sie vermehrte. Wenn er zu den großen Taten der vorangegangenen Träger dieses ruhmreichen Namens noch einen kleinen Deut hinzufügte, konnte er als Verbindungsglied und sichtbarer Meilenstein in der Reihe der vergehenden Jahre dienen. Denn mit der Zeit verblasste die lange und schwere Erfahrung im Widerstand gegen die raue Umwelt.

»Das hat Mlemekym gesagt!« ... »Das hat Mlemekym gemacht!« ... Diese Worte sollten wie eine Beschwörung an den Zusammenhang der Zeiten erinnern und daran, dass der Jetzt-Mensch zurückreichte in die Tiefe der vergangenen Jahrhunderte, die ihm Erfahrung und Wissen gebracht hatten.

Kaljatsch spritzte Wasser auf die bunte Oberfläche der Schamanentrommel und strich mit der Hand darüber. Die straff gespannte Haut des Walrossmagens gab einen leisen Laut von sich, der an das stille Stöhnen eines Menschen erinnerte. Um die in der rauchigen Luft kreisenden Gespreizten Flügel saßen die ehrbarsten Männer von Uëlen. Gaimo aus der westlichsten Jaranga, ein großer Eisbärfänger, Aljanto von den auf der Lagunenseite lebenden Meistern im Bauen der ledernen Boote und Kultyn aus dem östlichen Ende von Uëlen, das dadurch berühmt war, dass von dort die Wal- und Walrossjäger kamen. Das Neugeborene war aus Kultyns Clan, aber aus einer Familie, deren Jaranga in der Mitte der Siedlung stand und deren Bewohner ihre Herkunft von Mlemekym ableiteten.

Kaljatsch nahm die Schellentrommel in die Hand, und bevor er mit dem heiligen Gesang begann, schloss er die Augen. Er fühlte, wie die vergangene Zeit, die sich hinter den Grenzen seines Lebens befand, in ihn drang und ihn mit dem Gefühl von Wissensschwere anfüllte.

Winde der Zeit, Winde der Vergangenheit,
Eure unsichtbaren Strahlen umspülen mich,
Dringen in mich und bringen das längst Vergangene
zurück ...

Sie gehen in mich ein, sie heben mich hoch,
Und ich gehe durch den Rauchabzug …

Und tatsächlich, die um die Gespreizten Flügel sitzenden Menschen sahen, wie Kaljatschs Beine in den Torbasen aus Robbenleder plötzlich im hellen Kreis des Rauchabzugs aufleuchteten und wie er verschwand und auf dem Erdboden der Jaranga nur das steinerne Gefäß zurückließ, aus dem er Wasser geschöpft hatte, um die Haut der Trommel zu befeuchten und weich zu machen. Ein Ausruf der Verwunderung und des Schreckens ging durch die Gruppe der auf den Walwirbeln sitzenden Menschen. Sogar der lallende Kleine verstummte, und seine Mutter legte ihn ängstlich auf den leeren Platz, auf dem kurz zuvor noch der Schamane gestanden und gesungen hatte.

Nur die Gespreizten Flügel blieben ruhig und kreisten langsam und bedächtig an der Schnur aus dünnem Robbenleder um ihre eigene Achse.

Lärm war zu hören, für einen Augenblick versank die Jaranga in Dunkelheit, und da stand Kaljatsch wieder auf seinem alten Platz, lebendig und unversehrt, mit der Schellentrommel in der Hand. Er fuhr in seinem Gesang fort, als ob es sein wunderbares Verschwinden nicht gegeben hätte, das die Zuschauer so in Erstaunen versetzte:

Aus den vergangenen Jahren
Holen wir neue Kraft.
Holen wir einen neuen Namen,
Holen zurück den ruhmreichen Namen!

Kaljatsch legte die Trommel auf den Erdboden und starrte, leicht vorgebeugt, auf die Gespreizten Flügel. Vielen Anwesenden schien es, als flögen Funken aus den leeren Augenhöhlen des Vogels und träfen das mit Ornamenten geschmückte Elfenbein.

»Heißt der Neuankömmling Mlemekym?«, fragte Kaljatsch mit dröhnender Stimme und zeigte auf das leise weinende Kind. Es schien, als würde sein Finger unglaublich lang und berührte den Jungen.

Alle schauten mit angehaltenem Atem auf die Gespreizten Flügel, aber diese drehten sich weiterhin leidenschaftslos im lichtdurchdrungenen Rauch des Feuers.

Kaljatsch nahm erneut die Trommel zur Hand. Diesmal konnte man seine Worte nicht verstehen, nur von Zeit zu Zeit hörte man den Namen Mlemekym.

Das Kind fing laut zu weinen an. Die Mutter versuchte es zu beruhigen, aber Kaljatsch gab ihr mit der Hand ein Zeichen und sagte laut: »Soll es schreien! Soll es schreien! Das bedeutet, dass der Name sich ihm nähert!«

Und erneut fragte er mit dröhnender Stimme: »Heißt dieser neu angekommene Mensch Mlemekym? Wir fragen und hören! Ist der Mensch, auf den wir so lange gewartet haben, zu uns gekommen?«

Die Gespreizten Flügel hielten inne, so als wollten sie nachdenken, und plötzlich schlugen sie in die Richtung des weinenden Jungen aus. Und genau in diesem Moment verstummte das Kind.

Stille herrschte im Klegran.

»Er ist zu uns gekommen! Er ist zu uns zurückgekehrt – Mlemekym!«, rief Kaljatsch fröhlich und nahm das Kind auf den Arm. »Schaut her! Da ist er, er hat einen langen Weg durch die Jahrhunderte zurückgelegt, durch die vergangenen Jahre! Wir heißen dich willkommen, Mlemekym!«

In die Mitte der Jaranga traten unter die Gespreizten Flügel Jungen und Mädchen, und es begann der Tanz der Freude.

Kaljatsch wanderte am Meeresufer entlang. Der Wind hatte zwar nachgelassen, aber die mächtigen Wellen schlugen nach wie vor an den Kieselstrand. Niedrige Wolken schienen sein Gesicht zu berühren und hinterließen eine feuchte, salzige

Schicht auf der Haut. Kaljatsch leckte sie mit der Zunge ab. Eigentlich hätte er zufrieden sein können. Er hatte die Menschen mit seinem Können in Erstaunen versetzt, als er vor ihren Augen aus dem Tschottagin flog, den fast vergessenen Namen des legendären Mlemekym wiederbelebte, eines Mannes, der die Erfahrungen legendärer Zeiten in sich vereinte. Und dennoch … Eine unklare Unruhe lag als dunkle Wolke auf seiner Seele, sie überschattete die Freude durch das Vorgefühl eines Unglücks. Ziemlich ruhig hatte Uëlen in den letzten Jahren gelebt. Das konnte nicht ewig fortdauern. Etwas lag in der Luft. Wie in der Natur das gute Wetter nicht ewig anhält, so gibt es auch im Leben der Menschen schwere Zeiten der Prüfung. Schade, dass Kaljatsch trotz großer Geistesanstrengung nicht voraussehen konnte, was seine Landsleute in der Zukunft erwartete …

Mit seinem scharfen Verstand fühlte er das Nahen großer Veränderungen, aber er konnte nicht sehen, was kam. Die Wiederbelebung des Namens Mlemekym war ein schwacher Versuch, die Uëlener zu zwingen, sich an die heroische, wunderbare Vergangenheit zu erinnern, sich als Menschen zu sehen, die fest auf diesem schmalen, steinigen Landstreifen standen, der unter den Schlägen der riesigen Ozeanwellen erzitterte.

Die ersten Haarmünder

Das folgende Ereignis kann man bereits mit großer Genauigkeit datieren, denn es ist in die Geschichtsschreibung eingegangen, vermerkt auf Papier von Augenzeugen und Teilnehmern, wissenschaftliche Untersuchungen wurden darüber angestellt, es wird in Poemen und Romanen besungen, in Filmen nachgespielt. Ihm sind Denkmäler gewidmet, eines davon steht dreißig Kilometer östlich von Uëlen, in der verlassenen alten Eskimosiedlung Nuwuken, die Ende der Fünfzigerjahre mit der Ankunft sowjetischer Beamter vernichtet wurde.

Als Anführer der ersten russischen Ankömmlinge in Uëlen nennt man den aus der nordrussischen Siedlung Weliki Ustjug stammenden Semjon Deshnjow, einen Kosaken und Seefahrer. Für ihn wurde auch das Denkmal an der Stelle des alten Leuchtturms auf dem Kap errichtet, das seinen Namen trägt. Er war mit seinen Kameraden in großen Segelbooten von der Mündung der Kolyma nach Uëlen gekommen. Sie hatten die unerwartet günstigen Eisverhältnisse genutzt.

An einem windstillen regnerischen Abend im tschuktschischen Frühherbst 1648 sammelte die alte Tschejwune Tang, mit dem sie den dicken Brei aus Walrossfleisch würzen wollte. Über dem weiten Meer hing dichter, grauer Nebel, der sich weich anfasste, und hinter diesem Nebelvorhang hörte sie durch das Säuseln der sanften Brandung seltsame Laute und sogar menschliche Worte in einer ihr unbekannten Sprache. In den letzten Jahren war ihr dies schon häufig widerfahren, und Tschejwune schrieb das ihrem hohen Alter zu, wenn das Ohr eines Tschuktschen anfängt, Laute aus der jenseitigen Welt aufzufangen.

Aber plötzlich riss der Nebelschleier auf, und die alte Frau erblickte märchenhafte Ungeheuer, die man nicht einmal in den schrecklichsten Träumen sieht.

Das waren riesige Monster mit schwarzen, im Wind flatternden Flügeln, die sich gnadenlos dem Ufer näherten. Von den hohen Bordwänden herunter schauten menschenähnliche haarmündige Wesen, die unbekannte Kehllaute ausstießen. Mit einem verzweifelten Schrei verließ die Alte fluchtartig das Ufer und verlor dabei die für das späte Mahl gesammelten Meeresgaben. Ihr Schrei war so schrill und laut, dass man ihn in fast allen Jarangas hörte. Die Menschen kamen aus ihren Behausungen gelaufen und entdeckten mit Schreck die schwarzen Ungeheuer. Von weitem erinnerten sie an riesige Kajaks und die im sanften Wind flatternden schwarzen Flügel an Segel.

Mlemekym, den man der Kürze halber in Uëlen einfach Mekym nannte, sprang gemeinsam mit seinen Verwandten aus der Jaranga, und ein eisiger Schreck überkam ihn. Monster dieser Art wurden weder in Märchen beschrieben noch in alten Legenden.

Die Menschen griffen ihre Kinder und ihr kärgliches Hab und Gut und rannten auf das andere Ufer der Lagune, wo die Tundra begann. In der Abenddämmerung vermischten sich Kinder- und Weibergeschrei.

Von der Seite des Meeres, wo die Ungeheuer gelandet waren, drangen Stimmen herüber, die menschlichen ähnlich waren. Es war, als ob sie jemanden riefen oder antworteten, aber die Sprache war unverständlich, so ganz und gar der Rede der benachbarten Stämme unähnlich.

Mekym verließ als einer der Letzten Uëlen. Die Männer schafften es noch, ihre Waffen zu greifen – Pfeil und Bogen und Speere. Manchen war es sogar gelungen, die Kampfschilde und Rüstungen aus Walrosshaut mitzunehmen. Der junge Schamane Kaljanto sah sehr erschrocken aus und redete mit leiser Stimme.

Die Uëlener stiegen auf den Uferfelsen und sahen, wie aus drei schwarzen, riesigen Ungeheuern wie Würmchen aus faulem Walrossfleisch merkwürdig aussehende Menschen ans Ufer krabbelten. Weder ihre Kleidung noch ihr Äußeres erinnerten an früher Gesehenes oder Gehörtes. Die bis zu den Augen zugewachsenen Gesichter sahen wild aus, und auch die Rede erinnerte eher an Wolfsgebrüll, an das Grunzen eines Walrosses oder das Krächzen einer Krähe. Sie redeten so laut miteinander, dass sie die Meeresbrandung übertönten.

»So etwas hat es bei uns in Uëlen noch nie gegeben«, sagte Kaljanto nachdenklich.

»Und wenn sie sich jetzt für immer bei uns ansiedeln?«, fragte Unu.

»Wenn sie sich nicht von selbst davonmachen«, sagte Mekym, »müssen wir sie töten …«

»Ob sie sterblich sind?«, zweifelte Kaljanto.

»Das kriegen wir ganz einfach raus«, entgegnete Mekym geheimnisvoll.

Die Männer von Uëlen verließen nicht das hohe Kap, sie behielten die verlassene Siedlung ununterbrochen im Auge.

Als die Dunkelheit anbrach, zündeten die Ankömmlinge Feuer an. Im Licht der flackernden Flammen liefen sie aus einer Jaranga in die andere, nahmen Sachen mit und schleppten sie ans Ufer.

Dennoch verlief die Nacht verhältnismäßig ruhig, wenn man davon absah, dass die Ankömmlinge mit ihrem lauten Schnarchen die aufgeregten Uëlener Hunde, die von Zeit zu Zeit im Chor bellten und heulten, um ihren Schlaf brachten.

Bei Sonnenaufgang folgten die Ankömmlinge den Spuren der Flüchtlinge und kamen ans andere Ufer der Lagune. Die Späher schafften es noch, ihre Stammesbrüder zu warnen, und die Männer empfingen die Fremdländischen in einer fest geschlossenen, bewaffneten Formation.

Mekym konnte die ungebetenen Gäste nun eingehender betrachten. Sie zeichneten sich tatsächlich durch starken Haarwuchs im Gesicht aus, aber die tief liegenden Augen bestachen durch ihr Himmelblau. Die Ankömmlinge trugen zerrissene Kleider und versuchten ganz offensichtlich, mit Gesten ihre freundschaftlichen Absichten zu bekunden, sie streckten ihre breiten, schwieligen Hände den Uëlenern entgegen und zeigten, dass sie keine Waffen besaßen. Durch das dichte Gestrüpp im Gesicht schien ein Lächeln hindurch.

Einer von ihnen, ein hoch gewachsener Mann mit einem Lederband um die Stirn, das die dichten Haare zusammenhielt, schleuderte etwas vor seine Füße, so als schütte er eine Hand voll verschiedenfarbiger Tropfen aus. Die Tropfen blieben auf dem vergilbten Gras liegen, aber keiner der Uëlener Krieger bückte sich danach.

Der Mann mit dem Lederband um die Stirn strich mit seinen Händen, die so breit wie Walfischflossen waren, über seinen ganzen Körper.

»Er zeigt seine friedlichen Absichten«, erriet Mekym, legte Pfeil und Bogen und Speer auf den Boden und machte einen Schritt in Richtung des Fremden.

Der lachte breit, stieß freudige Rufe aus, tat ebenfalls einen Schritt auf Mekym zu und umfing ihn mit seinen kräftigen Armen. Mekyms Herz erstarrte vor Angst und der Atem stockte ihm. Aber der Fremde ließ ihn schnell wieder los und begleitete seine Bewegungen mit lautem Lachen. Seinem Beispiel folgten die anderen Fremden.

»Werft die Waffen nieder!«, sagte Mekym zu seinen Leuten. »Auf Frieden antworten wir mit Frieden.«

Mekym hob nicht ohne Skepsis einige von den bunten Tröpfchen auf und legte sie auf seine Handfläche. Sie schillerten wie ein Regenbogen, fühlten sich aber kalt an, als seien sie aus besonderem, nicht schmelzendem Eis. Als der Fremde mit dem Stirnband das sah, holte er aus seiner Tasche neue Tröpfchen und ließ sie vorsichtig in Mekyms hingehaltene Hand rollen. Dann schlug er sich gegen die Brust und sagte laut: »Semjon!«

Er stieß mit dem Finger gegen Mekyms Brust und fragte etwas. Als er keine Antwort erhielt, schlug er sich erneut gegen die Brust und wiederholte: »Semjon!«

Und bohrte seinen Finger in Mekyms Brust.

»Er nennt seinen Namen und möchte deinen erfahren«, erriet Kaljanto.

Da schlug sich Mekym ebenfalls gegen die Brust – er ahmte den Fremden nach – und sagte genauso laut: »Mekym!«

»Semjon!«, wiederholte der Ankömmling, zeigte auf Mekym und sagte langsam: »Me-kim!«

Diesmal lachten nicht nur die Ankömmlinge, sondern

auch die Uëlener, die aber nach wie vor auf der Hut waren. Die Fremden näherten sich vereint den Luorawetlan. Sie streckten die Hände aus, umarmten sie, klopften ihnen auf den Rücken und lachten laut.

Auf den ersten Blick konnte man bei diesen Menschen keinen Mund erkennen. Er tauchte unerwartet zwischen den auf dem Gesicht wachsenden Haaren auf, als Reihe gelblicher Zähne. Nicht einmal der Schamane Kaljanto verstand in der Rede der Ankömmlinge irgendein Wort, obwohl er das Aiwanalinische beherrschte und die Rede der Kaaramkyner kannte.

Die Verbrüderung wurde auf dem Kieselstrand fortgesetzt, wohin die in Angst und Schrecken geflohenen Uëlener zurückkehrten. Die Ankömmlinge hatten in den Behausungen nichts angerührt, wenn man davon absieht, dass sie aus den Steintöpfen das gekochte Fleisch bis auf das letzte Stück herausgeklaubt hatten.

Derjenige, der sich Semjon nannte, fand Mekym offensichtlich am sympathischsten. Freundschaftlich seinen Arm um ihn legend, führte er ihn zu dem großen Boot, das zur Hälfte auf den Kieselstrand gezogen war. Aber Mekym zögerte, an Bord zu gehen. Er untersuchte die Meeresfahrzeuge der bärtigen Ankömmlinge erst genau. Das waren riesige Boote mit hohen Wänden, eingerieben mit einem schwarzen Mittel, vielleicht mit Holzfett, das in diesen Breiten eine große Seltenheit war. Das Segel war aus einem unbekanntem Stoff genäht, der fest und leicht genug war.

Die Uëlener schleppten frisches Robbenfleisch ans Ufer, die Ankömmlinge zündeten Feuer an und hängten riesige Kessel aus einem dunklen, feuerfesten Material darüber.

Sie waren mit ungewöhnlich scharfen Messern ausgerüstet, die in hölzernen Griffen steckten. Das war offensichtlich jenes Metall, über das Nachricht bis nach Uëlen gedrungen war. Solch ein festes Material besaßen die südlichen Nachbarn, die Korjaken. Das Eisen, so hieß das feste Metall, war ein unerfüllter Traum, ein Objekt der Begierde. Anscheinend hatten die Fremden genug davon. Aus ihm waren die Kessel hergestellt, die Messer, die Äxte und sogar die Knöpfe an der zerrissenen Kleidung.

Als Semjon ihr Interesse an dem Metall bemerkte, gab er eine Anweisung, und vor Mekym lagen plötzlich unzählige Reichtümer: Messer in verschiedenen Größen, Äxte, Hämmer, Kessel, ein Band, das an einer Seite Zähne hatte und mit dem, wie Mekym erriet, die Ankömmlinge Bäume zerschnitten. Die Krönung des Ganzen war ein Berg von Metallnadeln, den Semjon auf Mekyms hingehaltene Handfläche schüttete. All das erschien ihm wie ein Wunder. Gleich würde er aufwachen und die Augen öffnen, und alles wäre verschwunden: das Schiffsungeheuer, die Menschen mit den haarigen Mündern und der ganze Reichtum aus Metall.

Aber nichts verschwand. Mekyms Stammesbrüder durchstöberten den Reichtum, zeigten sich gegenseitig die Messer und testeten vorsichtig die scharfen Klingen, schnipsten mit dem Fingernagel gegen die Metallkessel, die einen tiefen Ton von sich gaben.

Wenigstens eins von diesen Messern hätte ich gern!, dachte Mekym.

Semjon deutete auf Mekyms Kleidung, auf die der anderen Uëlener, dann zeigte er auf seine eigene … Er breitete seine Arme aus, als wollte er einen großen Haufen Eisen umfangen, und machte ein Zeichen, das keinen Zweifel daran aufkommen ließ, dass er für diesen ganzen Reichtum Luorawetlan-Kleider haben wollte.

»Er will tauschen!«, erriet Unu.

Der Brauch des Tauschs existierte schon von alters her. Sie tauschten mit den Rentiernomaden. Sie gaben Leder von Walrossen, Seehunden und Robben und Tran, und sie erhielten Rentierleder, Fell von Rentierläufen, Fleisch und Rentiersehnen, aus denen die Frauen Schnüre flochten. Sie tauschten auch mit den Bewohnern der Inseln und den Leuten vom anderen Ufer des Irwytgyr, der Beringstraße. Es war auch schon vorgekommen, dass zu den Uëlenern Metallgegenstände gelangten, die auf Umwegen zum Ufer des Eismeeres gekommen waren. Aber sie waren so klein und so selten, dass sie zwar als wertvolle, aber nutzlose Wunderstücke angesehen wurden.

Und nun lag da ein ganzer Berg von Eisen! Und nicht irgendwelche Stücke, sondern notwendiges Werkzeug und Gerät.

»Wir können uns diesen ganzen Reichtum einfach nehmen«, hörte Mekym hinter seinem Rücken ein heißes Flüstern. Er erkannte Unus Stimme.

Aber die Zahl der Ankömmlinge war groß. Und weil sie alle gleich aussahen – behaarte Münder, lange Zotteln bis zu den Schultern und zerrissene Kleider –, schien ihre Zahl noch größer zu sein. Nur zwei Uëlener konnten entscheiden, ob die Ankömmlinge getötet oder freigelassen werden sollten – Mekym und der Schamane Kaljanto.

Aber wer weiß, wer hinter diesen Menschen stand? Wie viele sie in Wirklichkeit waren und was sie für Waffen besaßen? Wenn die anderen vom Tod ihrer Brüder erfuhren, konnte es passieren, dass unzählige Heerscharen von Haarmündern, wie sie Mekym im Geist nannte, anrückten.

Er antwortete nicht, sondern brummte nur leise: »Tauschen ist einfacher!«

Den Uëlenern schien, dass die Ankömmlinge den wahren Wert ihres Eisengeräts gar nicht kannten. Für ein großes Messer waren sie mit einem Umhang aus Walrossdärmen und einem Paar wasserdichter Torbasen aus Robbenleder zufrieden. Für ein Paar lederne Handschuhe bekamen die Frauen zwei spitze, glänzende Nadeln, die dickes Leder mit Leichtigkeit durchdringen konnten. Die schwarzen Eisenkessel bekamen sie gar für irgendwelchen Plunder wie Polarfuchs- und Fuchsfell, das sowieso nur für die Verzierung von Frauenkleidern verwendet wurde, denn es taugte nicht für richtige Winterkleidung, weil es schnell abgewetzt war.

Die Uëlener wurden vom Handelsrausch erfasst. Sie schleppten alles herbei, was sie zu geben hatten. Besonders schätzten die Ankömmlinge die Hauer von Walrossen, von denen sich in Uëlen über die Jahrhunderte eine ganze Menge angesammelt hatte. Fast jede Uëlener Familie versorgte sich mit irgendeinem Gegenstand aus Eisen – einem Messer, einer Axt, einer Säge, einem Kessel und nicht zuletzt mit Eisennadeln.

Die Haarmünder bekundeten großes Interesse an den jungen Uëlener Mädchen. Manchmal gingen die Paare zum anderen Ufer der Lagune. Die Nächte waren dunkel geworden, und das Sternenlicht reichte nicht, um die Menschen zu erkennen, die sich im ausgetrockneten Tundragras umarmten.

Die Fremden bezogen die Wände ihrer Schiffe mit Walrossleder, indem sie es mit riesigen Eisennägeln an das Holz nagelten, sie stopften Risse und flickten die Segel.

Am Abend vor ihrer Abfahrt zündeten sie große Feuer an und sangen mit heiserer Stimme lang gezogene, herzerweichende Lieder. In diesen Gesängen klang die Sehnsucht nach der in der Ferne zurückgelassenen Heimat, nach den Freunden und Verwandten.

Was hat sie bloß so weit getrieben, dachte Mekym, der dem ungewöhnlichen, herzzerreißenden Gesang lauschte. Jemandes böser Wille oder ein unwiderruflicher Befehl? Oder die eigene Neugier, der unüberwindliche Wunsch, über die Grenzen der bekannten Erde hinauszufahren? Mekym kannte dieses Gefühl. In der Kindheit, wenn er auf die Hügel hinter der Lagune schaute, auf die dahinter liegenden blauen Berge, war er in seiner Fantasie weit weggeflogen, hatte sich in Gedanken in einen Vogel verwandelt, der über die Hügel, die Wasser und die Flusstäler schwebte. In seinem Leben hatte er große Strecken auf Hundeschlitten zurückgelegt, und mit dem Boot war er in südliche Richtung bis Kytryn gefahren, wo in verschiedenen Nomadenlagern seine Stammesbrüder lebten, auch auf die andere Seite des Irwytgyr nach Kygmin, das von Aiwanalinen besiedelt war – Waljäger, die Wange und Kinn mit kleinen Plättchen aus glatt poliertem Walrosselfenbein verzierten.

Diese Menschen waren ihnen feindlich gesinnt und immer auf der Hut, denn die Überfälle der Uëlener, bei denen Bräute und Gegenstände geraubt wurden, waren nicht vergessen.

Die Haarmünder aber stammten offensichtlich aus einem anderen Land.

Möglicherweise vom Mond, auf dem man undeutliche Schatten von Wesen erkennen konnte, deren Umrisse an Menschen erinnerten. Vielleicht aber auch von anderen, weiter entfernten Sternen. Das Wahrscheinlichste war, dass sie vom Mond stammten. Manches Mal, vor allem bei Neumond, wenn der leuchtende Ball direkt über dem Horizont aufging, schien er so nah zu sein, dass man mit einem Hundeschlitten hinfahren und ihn mit der Hand hätte berühren können.

Die ganze Siedlung verabschiedete sich von den Haarmündern. Sogar die Nachbarn aus der Siedlung Nuwuken waren mit großen Kajaks gekommen. Die geflickten Schiffe schaukelten auf den Wellen, und die Haarmünder riefen sich laut und fröhlich etwas zu, sie waren aufgeregt wie Schlittenhunde vor einem langen Weg.

Etwas abseits standen die Mädchen und schauten traurig zu, wie ihr kurzes Glück in unbekannte Fernen fuhr. Ihre Augen waren trüb von Wehmut.

Als die Schiffe die Segel setzten und erst langsam, dann immer schneller in Richtung des Felsens Senlun fuhren, stimmten die Haarmünder das traurige Lied an, das die Uëlener bereits kannten.

Mekym stieg auf den Uferfelsen und begleitete die sich entfernenden Schiffe lange mit den Augen. Die Erde war grenzenlos, vielleicht hatte der Mensch nicht die Kraft, sie ganz zu umschiffen. Mekym hatte immer noch nicht verstanden, warum die Haarmünder nach Uëlen gekommen waren, aber offenbar war die Siedlung nicht ihr letztes Ziel. Wohin fuhren die Schiffe? Weiter nach Osten, an das andere Ufer des Irwytgyr? Oder folgten sie der Küstenlinie, die von den Luorawetlan besiedelt war?

Die Schiffe verschwanden hinter dem Kap, Mekym wandte sich um, und da traf sein versonnener Blick auf Kaljanto.

Krieg mit den Tangitan

Lange Zeit kamen keine Fremden mehr nach Uëlen. Jener Besuch der Kosaken, die die Russen später Entdecker nannten, war in die Vergangenheit gerückt, in die Erinnerung, umrankt von wunderlichen Einzelheiten.

Die geschliffenen Eisenmesser, Äxte, Nadeln, die bunten Glasperlen und die Kessel riefen das unerwartete, zauberhafte Auftauchen der ersten Haarmünder ins Gedächtnis zurück, obwohl es den Uëlenern zeitweilig gelang, Eisengegenstände auch bei den amerikanischen Eskimos, den jakutischen Nachbarn, die entlang der westlichen, wasserreichen Flüsse nomadisierten, und bei den Jukagiren, Korjaken und Kaaramkynern zu tauschen.

Aber noch etwas erinnerte an die Ankömmlinge – die Geburt ungewöhnlich aussehender Kinder mit hellen Haaren, heller Haut und Augen von himmelblauer Farbe. Junge Frauen mit solchen Kindern wurden zu begehrten Bräuten in Uëlen.

Immer öfter drangen Nachrichten über blutige Zusammenstöße mit den Tangitan nach Uëlen. Die Jakuten, Korjaken und Jukagiren, die früher friedlich neben den Tschuktschen gelebt hatten, gingen ein Bündnis mit den Eroberern ein, denen sie die günstigsten Wege ins alte Luorawetlan-Land zeigten.

In den Überlieferungen der russischen Kosaken taucht der russische Name des Luorawetlan-Volkes erstmals auf – Tschuktschi oder Tschjuchtschi. Ohne Zweifel stammte dieses Wort von der Selbstbezeichnung der nomadisierenden Rentierzüchter, die sich im Unterschied zu den Stammesbrüdern, die am Meer siedelten und Seetiere jagten, selbst Tschautschu nannten.

Allerdings sei gesagt, dass alle diese historischen Arbeiten erst unter der Sowjetmacht erschienen. Die Versuche, die Tschuktschen-Halbinsel von Nordosten her zu erobern, und die Unterwerfung des tschuktschischen Volkes werden dort als fortschrittliche Handlungen der kosakischen Entdecker beschrieben und die Versuche der Christianisierung als Bestreben, die ungebildeten, unwissenden Wilden aufzuklären. In Wirklichkeit aber hatten sich die Zusammenstöße zwischen den mit Feuerwaffen ausgerüsteten russischen Kosaken und den Luorawetlan, die lediglich mit Pfeil und Bogen und Speeren bewaffnet waren, längst in ein gnadenloses Abschlachten von fast wehrlosen Menschen verwandelt. Nur die unendliche Tapferkeit und Selbstaufopferung, das Bestreben, die Heimaterde, die Frauen, die Alten und die Kinder um jeden Preis zu verteidigen, bewirkten, dass die Tschuktschen Siege davontrugen. So konnte verhindert werden, dass die Russen ins Innere der Tschuktschen-Halbinsel vordrangen.

Der Kampf wurde durch den Verrat der Nachbarn erschwert – der Korjaken und Jakuten, der Jukagiren, die die russische Staatsbürgerschaft und Religion annahmen. Die russischen Kosaken warben Verbündete bei den russifizierten Jukagiren, die vor den Mauern der russischen Festung Anadyr lebten.

Die tschuktschischen Krieger, die gegen die Eindringlinge kämpften, rekrutierten sich nicht nur aus den Orten, in die

die russischen Kosaken vorgedrungen waren. Auch Freiwillige aus Uëlen machten sich auf den Weg und nahmen Krieger der Eskimos mit, der einzigen Verbündeten im fernen Nordosten.

Die Ausrüstung der tschuktschischen Krieger bestand aus federgeschmückten Pfeilen und Köchern, einem langen Speer und aus Rüstungen, genäht aus dicker Walrosshaut. Geschützt wurde die Brust, der Schoß und die Beine. Einige hatten noch fein geschliffene Plättchen aus Walrosselfenbein aufgenäht. Kopf und Hals bedeckten die Krieger mit Platten aus dem gleichen Material.

Glaubt man den Erzählungen der Alten, so schickte in unserer Siedlung fast jede Familie einen Mann in die blutigen Kämpfe mit den Russen. Viele kehrten nicht zurück, sie wurden gefangen genommen und qualvoll getötet.

Aus jener Zeit haben sich einige Überlieferungen erhalten. Doch wie in jedem Heldenepos werden die Ereignisse so beschrieben, dass die Luorawetlan immer als Sieger erscheinen, die den russischen Kosaken überlegen waren.

Leider wurde gerade aus diesem Grund die gesamte Heldenfolklore der Tschuktschen von den Wissenschaftlern als historisches Dokument abgelehnt. Sie wurde nicht in ihrer Urform aufgeschrieben, sondern bis zur Unkenntlichkeit verstümmelt, die Tschuktschen selbst hatten sogar Angst, sie mündlich weiterzugeben, um den Zuhörern keine Unannehmlichkeiten zu bereiten. Auch dem Erzähler selbst drohte kein geringes Unglück: Jedes schlechte Wort über die Russen galt als gefährlich.

Die Kosakeneinheiten waren in Wirklichkeit gar nicht an geografischen Entdeckungen interessiert, wie die russischen Historiker behaupten. Keine Rede auch davon, die wilden Stämme zu zivilisieren, ihnen Kultur und wissenschaftliche Kenntnisse zu vermitteln. Das Hauptziel waren Fell und Walrosselfenbein. Die Gesandten des russischen Zaren, die durch die Nomadenlager am Meer und in der Tundra streiften, verlangten als Abgabe für ihren unsichtbaren und unersättlichen Herrscher Zobel. Auf die Erklärung der Bewohner, dass es im waldlosen Teil der Halbinsel keinen Zobel gäbe, antworteten die Gesandten mit Gefangennahme der Männer, Folterung der Alten, Vergewaltigung der Frauen und Mädchen.

Die Tschuktschen jedoch leisteten verzweifelten Widerstand. Im Jahr 1690 durchquerte der Kosakenataman Wassili Kusnezow das korjakische Gebiet und drang tief in das Land der Tschuktschen ein. Er geriet in einen Hinterhalt und wurde zusammen mit seiner Truppe vernichtet.

Im Jahr 1709 unternahm der kosakische Soldat Iwan Lokossow einen Feldzug gegen die Tschuktschen. Er nahm einen Tschuktschen gefangen und erzwang von ihm das Versprechen, Abgaben zu zahlen, und befreite gleichzeitig den Kosakensohn Iwan Ankudinow, der zwölfeinhalb Jahre in tschuktschischer Gefangenschaft zugebracht hatte.

Die russischen Historiker behaupten, der Hauptgrund der Straffeldzüge seien die ständigen Beschwerden der Nachbarn über die Raubüberfälle seitens der Tschuktschen gewesen. Aber meist endeten die russischen Militärzüge mit einem Misserfolg: Im Jahr 1730 wurde die Truppe von Schestakow vernichtet, er selbst wurde gefangen genommen und hingerichtet.

Erfolgreicher war Pawluzki oder auch Jakunin, wie die Tschuktschen den russischen Ataman nannten. Unter der Vielzahl von »glaubwürdigen Erzählungen«, wie die Luorawetlan die mündlichen Überlieferungen im Unterschied zu den historischen Schriften nannten, sind die Mitteilungen über ihn am häufigsten. Sein erster Straffeldzug begann 1731 in Anadyr, der Hauptstadt der Tschuktschenhalbinsel. Unter seinem Kommando standen 250 russische Kosaken und etwa 200 Korjaken und Jukagiren. Der Marsch zum Meeresufer dauerte zwei Wochen. In diesem Feldzug besiegte Pawluzki die tschuktschischen Truppen, nahm viele Rentierherden und mehrere hundert Tschuktschen gefangen. Allerdings lässt die letzte Zahl große Zweifel aufkommen. Andererseits könnte das indirekt davon zeugen, dass vor dem Konflikt mit den russischen Kosaken die tschuktschische Bevölkerung wesentlich größer war und ein Hauptgrund der Dezimierung nicht Epidemien waren, wie die russischen Historiker zu beweisen versuchen, sondern das blutige Gemetzel der russischen Kosaken.

Aus Rache überfielen im Jahr 1738 an die 2000 Tschuktschen, bewaffnet mit Pfeil, Bogen und Speeren, die Korjaken im Gebiet Anadyr, töteten viele Menschen und jagten ihnen Rentierherden ab. Darauf ordnete die Zarenregierung an, die Garnison in Anadyr zu verstärken. Aber die Tschuktschen setzten ihre Überfälle auf die Korjaken fort und bestraften sie für ihr Bündnis mit den Russen.

Im Jahr 1744 unternahm Pawluzki-Jakunin mit hunderten von Kosaken einen recht mutigen Feldzug am Meer entlang, wobei er unterwegs Lager der am Meer nomadisierenden Tschuktschen vernichtete und kein Mitleid mit Frauen, Alten und Kindern zeigte. Seine Feldzüge endeten erst, als er von den Tschuktschen gefangen und hingerichtet wurde.

Aus unserem Geschlecht hat sich vor allem Kunlelju, der nur auf der einen Seite des Mundes einen Schnurrbart trug, einen Namen gemacht. Laut Überlieferung hat sich Kunlelju nur den halben Schnurrbart wachsen lassen, damit man ihn ja nicht mit einem Haarmünder verwechselte. Es war er, so sagt man, der Jakunin besiegt hat.

Kunleljus Taktik war einfach. Ihm fiel auf, dass die Furcht erregenden, Feuer speienden tangitanischen Stöcke viel Zeit brauchten, um wieder zu Kräften zu kommen. Die Hauptsache war also, sich vor der ersten Salve in Acht zu nehmen. Um einen Pfeil zu spannen, brauchten die Tschuktschen viel weniger Zeit. Kunlelju errang einen Sieg nach dem anderen, bis er Jakunin von Angesicht zu Angesicht gegenüberstand. Den einen Überlieferungen zufolge kämpfte Kunlelju Mann gegen Mann mit dem mächtigen russischen Kosaken und bezwang ihn im Zweikampf, anderen zufolge traten zuerst die

Krieger in den Kampf, dann erst die Anführer. Jakunin soll gefangen genommen, dann aus Rache für die erschlagenen und gequälten tschuktschischen Krieger qualvoll getötet worden sein.

Die Zarenregierung erkannte schließlich, dass es sinnlos war, das tschuktschische Volk mit Gewalt zu erobern und es zu zwingen, den Eid auf den Sonnenherrscher, den russischen Zaren, zu schwören und Abgaben zu zahlen. Die Tschuktschen würden den Russen den Weg über die Beringstraße nach Amerika auf diese Weise nicht freigeben. Da änderte sich die Politik. Viele Garnisonen auf tschuktschischem Land wurden abgezogen und Festungen wieder abgeschafft.

Es kam die Zeit der friedlichen Beziehungen zwischen Russen und Tschuktschen, die Zeit des Handels und der erfolglosen Versuche, das Tschuktschenvolk zum orthodoxen Glauben zu bekehren.

In unserer Familie wurde ein Lied aufbewahrt, das Kunlelju – dem mit dem halben Schnurrbart – gewidmet ist:

Unser Kunlelju zog in den Krieg,
Um die Haarmünder zu verjagen.
Sie kamen als hungrige Wölfe
Aus einem fremden, warmen Land.
Einen Speer nahm Kunlelju, schärfte die Spitze
Und verzierte die Pfeile mit Rabenfedern
Und füllte den Köcher. Und zog sich an
Eine Rüstung aus Walrosshaut.

In jener Schlacht
Bezwang er den Russen Jakunin
Und nahm ihn gefangen. Und schob in den Mund ihm
Einen Rentierknebel und stopfte Nase und Ohren zu.
Einen Strick knüpfte er um seinen weißen Schwanz,
Den Hintern verstopfte er ihm mit einem Holzpfropfen.

Und unter Qualen starb der Feind Tangitan,
Erstickte im eigenen bösen Saft.
So rächte sich Kunlelju für sein Geschlecht,
Für seine Luorawetlan!

Der Jahrmarkt am Fluss Anjui

Die Sonne hatte sich noch nicht weit über den Horizont erhoben, und der Frost zwickte in die unbedeckten Teile des Körpers, vor allem in die Hände, mit denen sie die beinernen Knöpfe an den Hundeleinen zuknöpfen und die Riemen um das Gepäck festziehen mussten. Die Hunde fiepten, heulten kurz auf, weil sie den langen Weg vorausfühlten. Den Männern stand eine schwere Reise von Uëlen bis zum Kolymaer Land bevor, wo jedes Jahr am Ufer des Flusses Anjui ein großer Markt stattfand. Es wurden die für den Tausch vorgesehenen Walrosshauer verpackt, Gürtel aus Seehundleder, Fellkleider, aber vor allem und mit großer Vorsicht Häute von Füchsen, Polarfüchsen, Hermelinen, dem Vielfraß und das seidenweiche Fell von jungen Rentieren. Die Reisenden träumten davon, außer den wichtigsten Dingen – Messer, Äxte, Sägen, Kessel, Tabak und Tee – auch den süßen, in heißem Wasser wie Schnee schmelzenden Zucker zu kaufen, Stoffe für Frauen- und Männerkamlejkas und schließlich, wenn es gelänge, im Tausch auch noch das Zaubergetränk zu kriegen, von dem der Mensch ungewöhnlich stark wurde, und zwar nicht nur am Körper, sondern auch am Geist, und so mutig, dass er mit jedem Beliebigen den Kampf aufnahm.

Der Jüngling Tynemlen, der Sohn des Hauptschamanen Mleryntyn, lauschte mit hellem Ohr dem Gespräch der Erwachsenen. Kommende Abenteuer, Begegnungen mit Vertretern anderer Stämme, mit den Tangitan vor allem. Riesige

Reichtümer besaßen die, wunderbare Dinge! Die zusammengenähten weißen Blätter aus einem Material, das gebleichter Ringelrobbenhaut glich und auf die eine lebendige menschliche Sprache eingedrückt war, weckten in ihm große Neugier und erregten ihn. Es wurde erzählt, der tangitanische Schamane müsste, um einen Zauberspruch auszusprechen, nur das Gesicht an das weiße Blatt halten, um sich an alle Worte zu erinnern.

Die Tangitan stammten aus einem warmen Land, doch ihr oberster Herr, von den Luorawetlan Tirkerym, der Sonnenherrscher, genannt, war empfindlich gegenüber Kälte und benötigte eine Unzahl warmer, weicher Pelze. Alle Stämme waren verpflichtet, den Boten des Sonnenherrschers jährlich Fell abzuliefern, nur den Leuten von Uëlen war es erlaubt, dem ewig frierenden Zaren freiwillig ein Geschenk zu machen. Gewöhnlich wurden nicht die besten Häute abgegeben, denn das gute Fell wurde für den Tausch aufbewahrt.

Tynemlen überprüfte noch einmal die ledernen Füßlinge für die Hunde: Auf dem Rückweg würde der Schnee am Tag bereits schmelzen, sich am Morgen aber mit scharfen Kristallen bedecken, die die Pfoten verletzen konnten.

Mleryntyns Hunde wurden in Uëlen für die besten gehalten. Sie unterschieden sich auch äußerlich von den anderen Schlittenhunden – sie waren groß, hatten dickes Fell und klare, blaue Augen. Vor den väterlichen Hauptschlitten waren zwölf Hunde gespannt, Tynemlen selbst aber fuhr auf einem leichteren Schlitten, den nur sechs Hunde zogen.

Bei der Hundeschlittenfahrt gab es strenge Regeln, die, wenn man sie befolgte, die Reise sehr erleichterten, besonders wenn sie so lang und weit war wie diese. Die Hauptsache war, die Hunde ausreichend mit Kopalchen zu füttern, dieser universellen Nahrung, die für Menschen wie für Hunde gleichermaßen taugte. Aß der Mensch morgens Kopalchen, konnte er sich den ganzen Tag im Freien aufhalten, ohne Hunger und Kälte zu spüren.

Tynemlen hatte sich für den Weg ein Hemd aus dem Fell eines jungen Rens mit der flauschigen Seite nach innen angezogen. In diesem Hemd schwitzte die Haut nie, und reinigen konnte man es ganz einfach – man wendete es und hängte es für einige Stunden in den Frost. Die unteren Hosen waren ebenfalls aus dem Fell junger Rene genäht und lagen ziemlich eng an. Die darüber gezogene Kuchljanka hing wie ein weites Hemd bis über die Knie. Für sie war die Haut eines im Herbst geschlachteten einjährigen Rens verwendet worden. Die oberen Hosen wurden meist aus dem Fell von Rentierläufen genäht. Für nasses Wetter hatte man Hosen aus dem Fell der Frühlingsringelrobbe in Reserve.

Große Bedeutung wurde den Schuhen beigemessen. Fellstrümpfe aus dickem, dichtem Rentierfell sogen den Schweiß auf, und die Füße blieben immer trocken. Darüber wurden die Torbasen aus ausgewähltem Rentierfell gezogen. Der Raum zwischen den Innensohlen der Torbasen und den Fellstrümpfen wurde mit besonderem Tundragras ausgestopft. Handschuhe mit dem Fell nach außen hielten die Wärme der Hände, aber manchmal mussten sie sogar bei starkem Frost ausgezogen werden, wenn die Reisenden etwas anknüpfen und die Hundepfoten von vereistem Schnee reinigen mussten. Auf dem Kopf trugen sie eine warme Pelzmütze, meist aus dem Fell junger Rene. Die Kuchljankas waren unten mit langem Fell vom Vielfraß besetzt wie auch die Pelzmütze und die Kapuze der Kamlejka, des Umhangs, der die Fellkleidung vor Schnee und Feuchtigkeit schützte.

Ein unabdingbarer Teil der Ausrüstung war ein Stück Eisbärfell und ein kleiner Behälter aus wasserdichter Haut – in späterer Zeit einfach eine Glasflasche –, der mit Schnee gefüllt wurde. Er wurde unters Hemd gesteckt, auf die nackte Brust, damit die Reisenden stets Tauwasser hatten, das auf die dünne Eisschicht an den Kufen aufgetragen wurde. So glitten die Schlittenkufen immer leicht über den vom Frost ausgetrockneten Schnee.

Die Vorbereitungen für die Abfahrt der Handelskarawane waren abgeschlossen. Die Zurückbleibenden standen schweigend abseits. Der Brauch wollte es, dass keinerlei Worte oder gute Wünsche auf den Weg gesagt wurden. Bei Morgengrauen hatte Tynemlens Vater Mleryntyn bereits alles Wichtige erledigt. Er hatte den Göttern Opfer dargebracht und eine Beschwörungsformel ausgesprochen, wobei er sich in die vier Richtungen des Lichts verneigte – nach Westen, Norden, Osten und Süden – und sich an die Hauptwinde und an die Höheren Mächte wandte, die die Reisenden beschützten.

Anfang März des Jahres 1870 machte sich die Karawane auf den Weg. Die Reisenden machten in Nomadenlagern Rast, die verstreut am Ufer des Eismeers auf steinigen Landzungen und hohen Kaps lagen.

Die Gäste wurden mit großer Freude empfangen, die Gastgeber waren bemüht, die Hunde mit ihren eigenen Vorräten zu füttern und die besten Betten zu bereiten. Die Frauen reinigten die Kleider von Schnee, reparierten abgewetzte Stellen und wechselten die Schuhfütterung aus Tundragras aus.

Die Karawane musste einige tief ins Festland eingedrungene zugefrorene Gewässer überwinden, sich durch Packeis und hoch aufgetürmte Eisschichten quälen oder um aufgetürmtes, abgebrochenes Eis einen Bogen machen. Von Zeit zu Zeit hielten sie an, um zu jagen. Manchmal gelang es, eine Ringelrobbe zu harpunieren, und einmal erbeutete Mleryntyn mit dem Speer einen Eisbären.

Die Hunde hatten das Tier schon aus der Ferne gewittert. Mleryntyn spannte vier Rüden aus, die sogleich mit lautem Gebell über das Packeis zu den Uferfelsen rannten. Zu dieser Jahreszeit zogen sich für gewöhnlich die Eisbärinnen zum Gebären in Schneehöhlen zurück. Aber das war keine Bärin, sondern ein riesiger Eisbär, dessen Fell bereits gelb geworden war und sich vom weißen Eis abhob. Die Hunde hielten den flüchtenden Bären auf und warfen sich jedes Mal auf ihn, wenn er versuchte, ihrer Umzingelung zu entkommen. Mleryntyn zog in aller Ruhe seinen Speer, überprüfte mit dem Daumen die Spitze, befahl dem Sohn, das Gespann festzuhalten, und ging zu dem Tier. Zwei Gefährten deckten den Jäger für alle Fälle. Als der Bär den Menschen kommen sah, machte er einen letzten Fluchtversuch, aber zwei Hunde hingen an seinem Hinterteil und ließen nicht locker. Mleryntyn trat näher heran und stieß den Speer in den Bären. Er traf genau das Ziel. Der Bär fiel zuerst brüllend auf die Vorderpfoten, sank dann zur Seite und begrub den unter der linken Vorderpfote steckenden Schaft unter sich. Erst jetzt ließen die Hunde los und kamen schwanzwedelnd auf ihren Herrn zu.

Der Bär wurde sofort zerlegt. Die Jäger beeilten sich, denn das Fleisch wäre im Frost schnell gefroren, und dann hätten sie es mit keinem Messer mehr zerschneiden können. Im nächsten Lager, das nur aus fünf Jarangas bestand, machten sie über Nacht Halt und veranstalteten ein Festessen nicht nur für die Menschen, sondern auch für die Hunde.

Diese winzige Siedlung lag auf einer Kiesellandzunge, die unter der dicken Schneeschicht kaum zu sehen war. In den kleinen Jarangas lebten die Menschen sehr ärmlich, offenbar hatten sie sich schon lange nicht mehr satt gegessen.

Mleryntyn kam mit seinem Sohn in der äußersten Jaranga unter, die etwas größer war als die übrigen. Hier wohnte eine Familie, die aus drei Menschen bestand: ein Mann mit seiner Frau und ein halbwüchsiges Mädchen, die Tynemlen mit offensichtlicher Sympathie und Neugier betrachtete.

»Wir haben einen schweren Winter hinter uns«, teilte der Hausherr am reich gedeckten Abendtisch mit. »Zuerst hat uns die rote Krankheit heimgesucht. Die Hälfte der Siedlung ist gleich gestorben. Darauf folgte das nächste Unglück – ein schrecklicher Husten. Unser Schamane ist gestorben, fast als Erster, und wir hatten keinen mehr, der uns helfen konnte. Haben nur auf uns selbst gehofft. Aber die von der Krankheit geschwächten Männer konnten nicht weit aufs Meer hinaus fahren … Wir haben weder Alte noch Kinder. Ich selbst habe meine Eltern verloren und eine Frau. Zwei Söhne sind durch die Wolken gegangen …«

Die Bewohner der Jaranga verschlangen gierig das Fleisch. Als sie satt waren, legten sie sich jedoch nicht gleich schlafen, sondern aßen nochmals jeder ein großes Stück.

Tynemlen wälzte sich lange auf dem abgewetzten Rentierbett hin und her, fiel mal in einen bewusstlosen Schlaf, mal wachte er wieder auf. Mitten in der Nacht hörte er plötzlich ein lautes Schmatzen, er glaubte, ein Hund wäre in die Behausung eingedrungen und stünde nun vor dem Kessel mit gekochtem Bärenfleisch. Durch die vielen kahlen Stellen des alten Fellpologs schien schwaches Licht. Tynemlen gewahrte im Dämmerlicht die Bewohner der Jaranga. Über den Kessel gebeugt fraßen sie gierig und schmatzend das kalt gewordene Bärenfleisch.

Danach konnte Tynemlen nicht mehr einschlafen, er lag mit fest geschlossenen Augen da. Erst gegen Morgen fiel er in tiefen Schlaf, und als er die Augen öffnete, sah er über sich das glückliche Gesicht des satten Mädchens, das ihn mit Zärtlichkeit und Liebe anschaute.

Sein ganzes Leben erinnerte sich Tynemlen an diesen Blick. Der Blick eines vollkommen glücklichen Menschen, obwohl das Mädchen Joo hieß – Schlechtes Wetter.

Der Weg diktierte den Rhythmus. Gewöhnlich brachen sie bei Sonnenaufgang auf. Wenn es ihnen bis zum Dunkelwerden nicht gelang, ein Lager oder eine Siedlung am Meer zu erreichen, übernachteten sie im Freien, und wenn der Frost sehr hart war, standen sie mitten in der Nacht auf und gingen weiter, um das Blut in den tauben Zehen in Bewegung zu bringen. Einmal am Tag mussten sie ein heißes Mahl zu sich nehmen, wozu sie sich irgendwo am Ufer zwischen angeschwemmtem Holz niederließen. Feuer machten sie, indem sie in eine spezielle Holzplatte eine Feueröffnung bohrten und im Kreis große Flammen entzündeten, sie selbst blieben innerhalb dieses Feuerrings, trockneten sich, wärmten sich, schmolzen im Kessel Schnee und kochten frisches Robbenfleisch.

Auf dem ganzen weiten Weg von Uëlen bis zur Mündung der Kolyma wurde in allen Nomadenlagern in der vertrauten luorawtlanischen Sprache gesprochen. Lediglich die Musik der Rede veränderte sich. Je weiter von Uëlen entfernt, desto singender wurde die Aussprache, und Tynemlen schien es zuweilen, dass er nicht die gewohnten Worte hörte, sondern ein wundervolles Lied.

Wie sehr die Reisenden sich auch um die Hunde bemühten, ihnen Ruhe und Futter gaben, gegen Ende der Reise waren sie ermattet. Besonders nach einem starken Schneesturm, wenn sie völlig eingeschneit waren. Wenn sie das Gespann freigruben, fanden sie erstarrte, erfrorene Hunde.

»So haben wir nichts, was uns wieder zurückbringt«, bemerkte Tynemlen.

»Dort, an der Kolyma«, entgegnete der Vater, »gibt es sehr gute Schlittenhunde. Ich werde welche kaufen.«

Wenn sie nachts fuhren und der Untergrund eben war, legte sich Tynemlen auf den Schlitten und sah in den Sternhimmel, wobei ihm die Erzählungen des Vaters über das Leben der Himmelskörper in den Kopf kamen. Im Geist verband er die Sternbilder mit ausgedachten Linien und empfand riesiges Vergnügen, wenn er das Sternbild der Trauer neben dem Unpener erkannte, wo die berühmten Helden und die in Schlachten Gefallenen ewige Ruhe finden. Dort waren auch seine Vorfahren – Mlemekym, Mlakoran, Kunlelju und andere. Entlang des Sandigen Himmelsflusses weideten wilde Rene. Und da war die Flüchtende Jungfrau … Tynemlen erinnerte sich an Joo. Je weiter das hungrige Lager zurücklag, desto häufiger dachte er an das glückliche Gesicht des Mädchens, und der Gedanke, dass er sie auf dem Heimweg wieder sehen würde, wärmte sein Herz.

Noch vor der Mündung der Kolyma verließen sie das Meeresufer und bogen in die Tundra ab.

Einige Nächte verbrachten sie bei ihren nomadisierenden Stammesbrüdern. Tynemlen lernte zum ersten Mal reiche und mächtige Tschautschu kennen. In einigen Zelten, die aus geschorenem Rentierfell genäht waren, hingen drei bis vier Pologs. So sah die Jaranga des Besitzers zahlreicher Herden, Kymykej, aus, der schon lange mit den Russen in Kontakt stand und ihre Bräuche kannte. Die Reisenden aßen sich an Rentierfleisch satt und genossen die Gastfreundschaft. Ein Schneesturm zwang sie, ihren Aufenthalt bei den freundlichen Stammesgenossen auszudehnen.

Sie streckten sich im warmen Fellpolog aus, der noch nach frischem Schnee roch, denn jeden Tag wurde er in den Frost gebracht, auf sauberen Schnee gelegt, und mit speziellen Geweihen wurde die Feuchtigkeit der Nacht ausgeklopft. Im satten Halbschlaf lauschten sie den alten Erzählungen über die Kriege mit den Tangitan und den Jakuten. Sieger in diesen Erzählungen waren jedes Mal die tapferen Luorawetlan. Hier, im Tundrapolog, hörte Tynemlen eine neue Version über die Heldentaten seines Vorfahren Kunlelju.

Als das Unwetter sich gelegt hatte, zogen sie weiter. Zu den Uëlenern gesellten sich die Tschautschu, die statt Hunden Rene vor die Schlitten spannten und eine lange Karawane bildeten.

Die feinen Nasen der Reisenden rochen den fremden, ungewohnten Rauch. Aber es musste noch einige Zeit vergehen, bis sich die tangitanischen Lager mit blauen Pfählen, die den klaren Abendhimmel zu stützen schienen, abzeichneten. Der Rauch kam aus nie gesehenen Behausungen, die hinter einem hohen Holzzaun versteckt waren.

Um die Festung hatten sich aus ganz Tschukotka angereiste Luorawetlan versammelt: Sie kamen vom Meer und von den Rentierweiden der Tundra. Sie hatten sich in einiger Entfernung voneinander niedergelassen, damit die Hunde nicht die Rene angriffen.

Kymykej erzählte, dass dem Handel eine Anbetung des

russischen Gottes vorangehe. Die Beschwörungen des russischen Schamanen sollten in einer besonderen Gebetsjaranga aus Holz stattfinden, die einen kleinen, mit einem Kreuz verzierten Turm hatte. Diese Holzjaranga stand inmitten der Festung. Unter dem Kreuz hing eine Messingglocke, die war so groß, dass kein Rentier sie am Hals hätte tragen können.

Kymykej erklärte Tynemlen, dass der russische Schamane mit dieser Glocke den schlafenden Gott wecke und gleichzeitig die Menschen zum gemeinsamen Anhören der Beschwörungen rufe.

Wäre Kymykej nicht gewesen, wären Tynemlen und sein Vater wahrscheinlich nicht ins russische Gebetshaus gekommen. Die Zahl der Angereisten war riesig. Es waren nicht nur Luorawetlan aus nahen und fernen Lagern gekommen, sondern auch die breitgesichtigen Jakuten, die dünnbeinigen, eleganten Kaaramkyner, die Tschuwanzen und sogar die ewig mit den Luorawetlan im Krieg stehenden Korjaken, obwohl sie dem Blut nach die engsten Verwandten waren. Auf Geheiß der russischen Zarin Katharina waren die Kriege zwischen den Tschuktschen und den Korjaken und anderen Nachbarn unterbunden worden, dafür waren die Luorawetlan von der pflichtgemäßen Abgabe von Geschenken an den Zarenhof befreit, außerdem war es ihnen gestattet, auf ihrem Land nach eigenen Gesetzen zu leben und den russischen Glauben nur freiwillig anzunehmen.

»Ich bin dreimal getauft worden!«, brüstete sich Kymykej. »Und jedes Mal hat der russische Schamane mir ein Stoffhemd und ein Kreuzamulett aus Metall geschenkt, aus dem ich Angelhaken für Äschen gemacht habe.«

»Ist deine Seele anders geworden, nachdem du den russischen Glauben angenommen hast?«, fragte Mleryntyn vorsichtig.

»Nein!«, antwortete Kymykej fröhlich. »Mein Glaube an unsere Geister ist kein bisschen ins Schwanken geraten, obwohl ich neben unsere Idole eine Abbildung des russischen Gottes namens Nikolai gestellt habe.«

»Den russischen Glauben kann man also mehrmals annehmen?«, fragte Tynemlen.

»Eigentlich kann man sich nach ihrem Gesetz nur einmal taufen lassen«, entgegnete Kymykej. »Aber wenn viele Leute da sind und es in der Schamanenjaranga dazu noch dämmrig ist, dann sehen für den russischen Schamanen alle Luorawetlan gleich aus. Ich glaube, er kann nicht mal unterscheiden, wer Korjake und wer Kaaramkyner ist. Vielleicht findet er nur die Jakuten wegen ihres breiten Gesichts heraus.«

In der Menge der Erwählten, die beim russischen Schamanengebet und bei der Annahme des russischen Glaubens anwesend sein durften, gelangten Mleryntyn und sein Sohn in Kymykejs Begleitung durch einen besonderen Eingang in die Festung.

Das Lager der Tangitan unterschied sich sehr von dem der Tschuktschen. Hier waren alle Behausungen aus Holz. Aus jedem Dach ragte ein rauchendes Rohr, aber es gab auch große Häuser mit zwei, manchmal sogar drei Rohren. An den Wänden glänzten bei Sonnenlicht Öffnungen, in die ein eisähnliches Material eingesetzt war, durch das das Tageslicht ins Haus drang.

Die Tangitan und einige Ortsbewohner schauten, wenn sie sich der Schamanenjaranga näherten, inbrünstig zu dem Kreuz auf dem Dach hoch und führten die rechte Hand erst den Körper hinunter und dann schräg von Schulter zu Schulter. Ihr Gesichtsausdruck veränderte sich, es war, als würden sie eins mit etwas Überirdischem, Erhabenem. Tynemlen glaubte sie dabei mit stummen Lippen flüstern zu sehen.

Während der Jüngling das alles beobachtete, erinnerte er sich, wie er mit dem Vater bei Sonnenaufgang den tschuktschischen Göttern Opfergaben gebracht hatte, um sie mit schmackhaften Stücken von Rentierfleisch geneigt zu machen und sie um Erfolg beim Handel mit den Tangitan zu bitten.

Die Menge zwängte sich durch die weit geöffnete Tür des Schamanenhauses. Im Inneren flackerte das gelbe Licht einer Kerze, das von den goldenen Verzierungen und dem festtäglichen Gewand des Geistlichen und seines Helfers matt widergespiegelt wurde.

Kymykej und seine Begleiter wurden wie teure Gäste nach vorn gebracht, und Tynemlen stand mit seinem Vater nun direkt vor der Abbildung eines bärtigen und langhaarigen Mannes in einem Goldrahmen. Der Mann war ziemlich dünn und hatte riesige Glubschaugen, wie eine Flunder.

»Das ist der Hauptgott der Tangitan«, flüsterte Kymykej und deutete mit dem Kopf auf das Abbild. »Jesus Christus.«

»Und warum ist er so dünn?«, fragte Tynemlen leise.

»Er hat sich gequält«, entgegnete Kymykej, aber da sah der russische Schamane ihn streng an.

Kymykejs Mitteilung brachte Tynemlen in Verwirrung: Wie kann sich ein mächtiger Gott, dem alles untergeordnet ist, quälen? Betrachtete man sein Abbild, sah man in seinen großen, hervorquellenden Augen tatsächlich Spuren von bitterem Leid und Schmerz.

Die Rede des russischen Schamanen unterschied sich von der normalen tangitanischen Rede durch gedehntes und lang gezogenes Heulen, wie bei einem trauernden Hund. Im Strom der unbekannten Worte schnappte Tynemlen das russische Wort Brot auf, ein Essen, das aus einem weißen Staub hergestellt wurde, der Mehl hieß.

Der Übersetzer, ein Tschuwanze, übertrug in die kaum wiederzuerkennende tschuktschische Sprache: »Unser Gott Vater lebt hoch im Himmel. Sein Name soll weit bekannt sein und sein Reich soll kommen. Er soll uns Essen geben, Kakaw, gebackene Fladen, jeden Tag, und wenn wir schuldig sind, dann soll er uns diese Schulden verzeihen ...«

Der russische Schamane blickte von Zeit zu Zeit in ein geöffnetes, mit kleinen Zeichen geschmücktes Ding, das auf einem speziellen Ständer vor ihm lag. Tynemlen erriet, dass es sich dabei um das berühmte Heilige Buch handeln musste, aus dem der russische Schamane die nötigen Zauberformeln entnahm. Weitere solcher Bücher lagen auf einem mit buntem Stoff bedeckten Tisch.

Die stickige Luft in der Schamanenjaranga, der monotone Gesang und der Fluss der unbekannten Rede machten Tynemlen schläfrig, und er musste ein Gähnen unterdrücken. Er wurde wieder wach, als ein kleiner Chor zu singen begann. Der Gesang war angenehm.

Der russische Schamane heulte nicht nur und schaute in das Heilige Buch, er rußte auch noch in verschiedene Richtungen, indem er ein kleines, qualmendes Metallgefäß an einer langen Kette hin und her schwenkte.

Nach alldem wandte sich der russische Schamane mit einer Rede an die Menge.

Tynemlen argwöhnte, dass der Tschuwanze weniger übersetzte, als seinen Landsleuten vielmehr mitteilte, was er selbst erst vor kurzem erfahren hatte.

»Die Russen haben auch ihre Schamanen und Götter!«, begann er. »Am Anfang erschuf der Gott nur einen Mann und aus seiner Rippe eine Frau. Sie lebten in einer blühenden, warmen Tundra, wo große Büsche mit riesigen Beeren wuchsen, die Äpfel hießen. Von diesen Äpfeln verbot der Gott zu kosten. So wie es bei uns auf dem Jahrmarkt verboten ist, das üble Feuerwasser zu trinken. Die ersten Menschen waren glücklich und ganz ohne Kleider, wie in einem warmen Fellpolog. Der Mann hieß Adam und die Frau Eva. Aber dann kam ein großer Wurm angekrochen, der die ersten Menschen überredete, von der großen Apfelbeere zu kosten. Schrecklich erzürnt war der Gott über die Verletzung des Verbots, und er jagte die ersten Menschen aus der blühenden Tundra in die Kälte, wahrscheinlich hierher, in unser Gebiet. Und befahl, sie sollen sich mit schwerer Arbeit ihr Essen verdienen. Und die Menschen wurden immer schlechter – sie stahlen, erschlugen einander, so wie die Tschuktschen die Korjaken, nahmen sich, ohne zu fragen, fremde Frauen … Und Gott beschloss, die Menschen zu retten. Er reiste unsichtbar und schlief mit der Frau eines Mannes, der war Holzschnitzer und hieß Josef. Und es wurde der Gottessohn geboren, dem Aussehen nach ein Mensch. Aber viele böse Menschen erkannten ihn nicht an, obwohl er Wunder vollbrachte. Mit einem einzigen Fisch ernährte er eine große Menschenmenge, heilte Kranke, lief auf der Wasseroberfläche wie über Eis. Und die dummen Menschen beschlossen, ihn zu vernichten, ihn zu töten und an einem Holzkreuz zu trocknen wie die Haut einer Ringelrobbe. Aber der Gottessohn wurde wieder lebendig und stieg zum Himmel auf, von wo er jetzt auf uns niederschaut und uns lehrt, wie wir richtig leben sollen!«

Tynemlen blickte unwillkürlich zur Holzdecke der Jaranga hoch, die im Rauch verschwand.

Es begann die Taufe der Willigen. Sie wurde unter vielen Scherzen, die sich die Neubekehrten zuwarfen, durchgeführt, mit Stolz und Prahlerei wurden die neuen Hemden und die Metallkreuze vorgeführt. Einige gingen sogar mehrmals nach vorn.

Fast alle Uëlener ließen sich taufen und erhielten russische Namen. Nur Mleryntyn und Tynemlen hielten sich zurück, obwohl Kymykej sie zu überreden versuchte, es sei doch nichts Besonderes daran, und für ein weißes Hemd und ein kleines Kreuz kann man sich doch den Kopf nass machen lassen.

»Das trocknet schnell wieder!«, sagte er.

Aber irgendetwas hielt Vater und Sohn zurück, dem russischen Brauch zu folgen. Vielleicht, weil sie zur Familie der angestammten Schamanen von Uëlen gehörten.

Das wichtigste Ereignis des Jahrmarkts am Anjui begann im Morgengrauen des folgenden Tages.

Die Schlitten wurden in einem weiten Halbkreis aufgestellt, sowohl die Hunde- als auch die Rentierschlitten, die Zugtiere selbst allerdings – Hunde und Rene – wurden ans andere Ufer des Flusses gebracht. Auf den Schlitten lagen, sortiert, die Pelzwaren und Bündel von Polarfuchs- und Fuchsfell, Girlanden mit Hermelinpelzen schwankten an hohen Stangen im Wind. Direkt auf dem Schnee waren Rentierbetten und Bündel mit Walrosshauern ausgebreitet. Die Besitzer dieser Waren standen etwas abseits, neben den Schlitten, die Mehrheit mit einem gleichgültigen Gesichtsausdruck. Nur Tynemlen erwartete etwas Besonderes, nie zuvor Gesehenes.

»Wenn du eine Flasche mit dem üblen Wasser kriegen willst«, redete der erfahrene Kymykej auf Mleryntyn ein, »dann machst du Folgendes ...« Und er schnipste mit dem Finger gegen die Kehle.

»Das ist doch streng verboten, denk dran, was der Vorsteher der Festung gesagt hat und der russische Schamane«, erinnerte ihn Mleryntyn, der die Regeln nicht verletzen wollte.

»Was nicht alles verboten ist!«, kicherte Kymykej. »Aber das Verbotene schmeckt am süßesten. Denk dran, was die ersten Menschen gemacht haben. Sie haben das Verbot Gottes verletzt und die große, süße Apfelbeere gegessen. Und wir sind immerhin ihre Nachfahren ...«

»Aber die Menschen von Uëlen leiten ihre Herkunft von den Walen ab«, erinnerte ihn Mleryntyn und fühlte, wie seine Kehle vor Verlangen nach dem tangitanischen Zaubergetränk immer trockner wurde.

Lautes Glockengeläut ertönte, gleichzeitig wurden die Festungstore weit geöffnet und die Menge strömte herbei: Die mit Waren behängten russischen Kaufleute versuchten einander zu überholen, jeder wollte zuerst bei den einheimischen Händlern sein.

Aber vor den ausgelegten Waren verlangsamten die Kaufleute ihre Schritte. Wenn sie eine Ware sahen, die sie brauchten, oder einen Pelz, der ihnen gefiel, dann blieben sie stehen und legten ihre Tauschwaren direkt in den Schnee: Bündel mit schwarzem Tabak, Kupferkessel, Messer, Äxte, Metallnadeln, Stoffe.

Jedes Mal, bevor Mleryntyn einmal wohlwollend, ein andermal, wenn der angebotene Preis ihm nicht behagte oder er die Ware nicht brauchte, verneinend den Kopf schüttelte, vergewisserte er sich bei Kymykej. Lehnte Mleryntyn ab, trat der Kaufmann zur Seite, und an seiner Stelle tauchte ein neuer auf.

Die Warenvielfalt der Tangitan war frappierend. Oft boten sie Dinge an, deren Zweck unbekannt war. Ein Kaufmann zum Beispiel versuchte andauernd, ein Bündel Kerzen gegen Pelzwaren zu tauschen, hatte aber keinen Erfolg. Die Luorawetlan nahmen hauptsächlich Sachen, die sie wirklich benötigten.

Der anfangs chaotische Handel nahm allmählich sinnvolle Formen an. Nachdem Mleryntyn die notwendigsten Dinge erworben hatte, tauschte er noch einen Sack Mehl, mit dem sie in den tschuktschischen Jarangas schmackhafte Fladen buken, und noch ein bisschen von der festen, süßen, eisähnlichen Ware – Zucker. Obwohl das Teetrinken bei den Uëlenern noch nicht weit verbreitet war, erwarb Mleryntyn auf Kymykejs Rat hin einige Ziegel schwarzen chinesischen Tees. Der Handel dauerte bis zum Beginn der Dunkelheit. Helle Feuer wurden angezündet, zum Glück gab es in dem nahen, kümmerlichen Wald genug Holz.

Einige benahmen sich gegen Tagesende merkwürdig, als wäre ihnen einen Teil der Vernunft abhanden gekommen. Sie redeten laut, lachten und versuchten sogar zu singen. Andere spazierten unsicheren Schritts durch die Handelsreihen und schwankten dabei hin und her.

»Sie haben vom Feuerwasser gekostet!«, erriet Mleryntyn und sah Kymykej an.

Der lachte vieldeutig und wies verstohlen mit den Augen auf einen näher kommenden Kaufmann, der schon in der Ferne seine Rentierfäustlinge auszog und die Hand ausstreckte. Der russische Gruß bestand darin, dass man sich fest die Hand drückte, lachte und zueinander »Sdrastwuitje!« sagte, was in der Übersetzung »Seien Sie gesund« bedeutete.

Dieser Russe aber schrie auf Tschuktschisch: »Amyn etti – Guten Tag, Kamakaj!«

»Guten Tag, Koljaj!«, rief Kymykej und schnipste energisch mit dem Zeigefinger gegen die Kehle.

Koljaj nickte, schaute sich verstohlen um und ließ schnell etwas im Halsausschnitt von Kymykejs Kuchljanka verschwinden. Kymykej zog daraufhin ein sorgfältig in Rentierfell eingewickeltes Bündel mit ausgewählten Rotfuchsfellen aus dem Gepäck.

Dann kam die Reihe an Mleryntyn. Auf Kymykejs Zeichen hin ließ der russische Kaufmann im Kragen des Uëleners ein Gefäß verschwinden, das so kalt wie Eiswasser aus dem Fluss war. Als Bezahlung erhielt er ein Bündel Walrosshauer. Für zwölf Feuerfüchse aus Kamtschatka erhielt er eine zweite Flasche, die unter der Kuchljanka fröhlich gegen die erste stieß.

Als Tynemlen einen Mann in Schwarz kommen sah, dessen Mantel bis zum Boden reichte, und in ihm den russischen Schamanen wiedererkannte, erschrak er heftig: Wenn der Mann nun die Flaschen gesehen hatte, die unter der Kuchljanka des Vaters verschwunden waren? Kam er etwa, um sie zu bestrafen? Tynemlen hatte gehört, dass nach tangitanischem Glauben Sünder ihre Strafe am heißesten Platz der Hölle verbüßen müssen. Darin sah er eigentlich nichts Schreckliches. Jeder Tschuktsche hatte schon so viel gefroren, dass es für das ganze Leben reichte, und er träumte davon, ewig im Warmen zu sitzen … Der russische Schamane kam in Begleitung des Dolmetschers, der einen großen Sack schleppte.

Er schritt langsam dahin und blieb mal vor dem einen, mal vor dem anderen Schlitten stehen, bis er plötzlich vor Mleryntyn auftauchte. »Hast du Hermelin?«, fragte der Dolmetscher.

Mleryntyn hatte nur noch das Fell des unterwegs getöteten Eisbären. Der russische Schamane begutachtete es aufmerksam, indem er mit der Hand fachmännisch über den Pelz strich, ihn schüttelte und gegen die Haare pustete, damit sich das Fell aufstellte. Man sah gleich, dieser Mann kannte sich in Pelzwaren aus.

»Wie viel willst du für dieses Fell?«, wollte der Dolmetscher wissen, der die Frage des russischen Schamanen übersetzte.

Tynemlen flüsterte seinem Vater eifrig ins Ohr: »Bitte ihn um das Heilige Buch!«

»Das geht doch nicht! Das ist doch das Gleiche, als ob er mich um meine Schamanentrommel bittet«, entgegnete der Vater.

»Er hat aber viele davon«, beharrte Tynemlen. »Ich habs gesehen.«

Der Tschuwanze übersetzte, und zu ihrer Verwunderung lächelte der russische Schamane und nickte zustimmend. Der Tschuwanze rannte nach dem Buch, der russische Schamane fuhr fort, freundlich zu lächeln, und unterhielt sich mit ihnen unter Verwendung einiger tschuktschischer Wörter: »Nymelkin! Warkyn! Amyn etti! Tschaipaurken! – Gut! Ist da! Guten Tag! Bleib gesund! Tee trinken!«

Das Buch war schwer, der Einband aus dem bedruckten Leder eines unbekannten Tieres.

»Der russische Schamane verkauft dieses Heilige Buch nicht«, übersetzte der Tschuwanze feierlich, »aber er schenkt es eurer Familie im Namen des russischen Gottes. Für das Eisbärfell bietet er euch ein Bündel Tabakblätter.«

Beide Seiten gingen zufrieden auseinander. Tynemlen wusste anfangs nicht, wohin er das heilige Geschenk legen sollte, doch dann fiel es ihm ein, und er steckte das Buch zwischen Fellkuchljanka und nackten Körper, neben das Gefäß mit dem Tauwasser.

Vor dem weiten Heimweg blieben sie noch einige Tage in Kymykejs gastfreundlichem Lager.

Am ersten Tag probierten sie die tangitanischen Waren aus. In dem geräumigen Tschottagin vermischte sich der Rauch des Feuers mit dem des Tabaks. Es rauchten alle – Männer, Frauen, und sogar die Kinder ließen sie an der Pfeife ziehen. Tynemlen hatte noch nie geraucht, und als er den bitteren Qualm einatmete, musste er so qualvoll husten, dass er dachte, es reiße ihn auseinander. Die Augen füllten sich mit trüben Tränen, die Kehle kratzte und Übelkeit stieg aus dem Magen hoch. Dann tranken sie vom üblen Feuerwasser. Tynemlen spürte mit Schrecken, wie das brennende Getränk in den Magen strömte. Ihm wurde erneut schlecht, und angeekelt gab er dem Vater seine noch fast volle Schale.

Er holte das Heilige Buch unter der Kuchljanka hervor, strich mit der Hand über die lederne Oberfläche, drehte es hin und her und betrachtete aufmerksam die mit kleinen Zeichen bedruckten weißen Seiten. Er versuchte, irgendein Zeichen zu hören, einen Laut, aber in dem allgemeinen Gemurmel war das nicht möglich.

Unterdessen hatten sich die, die vom üblen Feuerwasser probierten, völlig verwandelt. Der zurückhaltende Vater, der nie viel Worte machte, wurde plötzlich gesprächig und prahlte. Er teilte den anderen mit, dass er in Uëlen und den benachbarten Siedlungen als der mächtigste Schamane galt, und wollte die ganze Zeit eine Beschwörungsformel sprechen. Auch der Hausherr Kymykej hatte sich verändert, im Überschwang der Gefühle gab er seinem neuen Freund für die Nacht seine mittlere Frau, die fröhliche und schöne Ainau. Sie legte sich gehorsam in den Gästepolog, und Tynemlen erwachte mehrmals in der Nacht von dem schweren Atmen des Paares, das sich dem Liebesvergnügen hingab. Aus irgendeinem Grund dachte er in diesen Minuten an die junge Joo aus dem hungrigen Lager, und eine zarte Sehnsucht presste sein Herz zusammen.

Mleryntyn bekam von Kymykej zum Zeichen der besonderen Freundschaft zwei junge, blauäugige Kolymaer Schlittenhunde geschenkt, sodass Tynemlen jetzt acht Hunde besaß.

Auf dem Rückweg besuchten sie wieder das hungrige Lager.

Noch von weitem spürte Tynemlen, wie erregt er in Erwartung des Wiedersehens mit Joo war. Und als das Mädchen aus der Jaranga trat und sich zu den wenigen Menschen stellte, die die Reisenden begrüßten, ergriff eine Welle des Glücks den Jüngling, und er lachte ihr zu, nur ihr. Joo fühlte das und senkte die Augen, ein sicheres Zeichen, dass sie die Gefühle des jungen Uëleners teilte.

Im engen Polog schlief einer neben dem anderen. Die nackte Joo schmiegte sich an Tynemlen, der sich vor Verlangen verzehrte. Mitten in der Nacht vereinigten sich die jungen Leute in heißer Umarmung.

Am anderen Morgen reisten sie weiter, sie wollten vor dem nahenden Frühling fliehen, vor der Frühlingssonne, die den Schnee mürbe und schwer machte und die unter der dicken Eisschicht schlafenden Flüsse weckte, die den Weg nach Hause abschneiden konnten.

Joos Blick war nur auf Tynemlen gerichtet, als die Reisenden verabschiedet wurden.

Mitte Mai 1870, als am Himmel schon die ersten Zugvögel auftauchten, berührten die Schlitten der Handelskarawane das Eis der Uëlener Lagune, das bereits an vielen Stellen mit Tauwasserpfützen bedeckt war.

Tynemlen sog mit den Augen das Bild der heimatlichen Siedlung auf, die Jarangas, die in zwei Reihen im funkelnden Frühlingsschnee standen, sein Herz wollte zerspringen vor Glück über die Heimkehr. Nur eine Wolke verdunkelte das wolkenlose Glück – die Erinnerung an die junge Joo, die am öden Ufer des Eismeers zurückgeblieben war.

Der Angriff der Tangitan

Die Gerüchte über das reiche, »starke Land«, das hinter der Steinernen Nase lag, die Wege in unbekannte, geheimnisumwobene Länder lockten die russischen Reisenden auf riskante Märsche. Viele hatten begriffen, dass das tschuktschische Land, rau und karg, nicht viel hergab, und deshalb waren sie um friedliche Beziehungen zu den Luorawetlan bemüht, damit sie ungehindert nach Kamtschatka, nach Alaska und in die südlichen Meere hinter der Beringstraße fahren konnten.

Einer dieser Seefahrer war Nikita Schalaurow. Im Jahr 1757 unternahm er eine tollkühne Überfahrt von der Mündung der Lena zur Mündung der Kolyma, doch dort musste er mehrere Jahre überwintern, um Kräfte für den entscheidenden Sprung zum Kap Tschukotski zu machen. Im Jahr 1762 erlitt er beim Versuch, seine Reise fortzusetzen, einen Misserfolg, es gelang ihm lediglich, zur Insel Aion in der Bucht von Tschaunsk vorzudringen und von dort wieder zurückzukehren. Aber der unermüdliche Tangitan gab nicht auf und machte noch im Jahr 1762 den Versuch, das Kap Schelagski zu umschiffen. Hier verlieren sich die Spuren von Nikita Schalaurows Expedition. Zum Gedenken an seine erfolglosen Seereisen wurde später eine kleine Insel am Eingang des Meerbusens Nolde nach ihm benannt, und ein kleines Standlager hieß lange Zeit »Die Schalaurow-Hütte«.

Die russischen Reisenden wollten nicht nur neue Wege in ferne Länder hinter den Meeren ergründen, sie handelten auch emsig und kehrten jedes Mal mit reicher Beute heim, die die Ausgaben für die Expeditionen mehrfach deckte.

Aber neugierig auf diese rauen Länder waren nicht nur die Russen, sondern auch die Amerikaner und Engländer, die gut ausgerüstete Schiffe besaßen.

Bis zur Erfindung der Gasbeleuchtung auf den Straßen Europas wurden die Laternen mit Waltran gespeist. Die Walfänger entdeckten die Wanderwege der riesigen Grönlandwale von der Küste Kaliforniens bis zu den Ufern der Tschuktschen-Halbinsel. In dem Dreieck, das von der Küste der Tschuktschen-Halbinsel und Alaska gebildet wird, im nördlichen Teil des Stillen Ozeans also mit der Spitze in der Beringstraße, wurden die größten Herden des wandernden Meeresriesen beobachtet. Manche Walfänger konnten während einer einzigen Saison ein ganzes Vermögen verdienen, indem sie nicht nur Tran verkauften, sondern auch Walbarten, ein wertvolles elastisches Material, auch Fischbein genannt, unersetzlich nicht nur für die Herstellung von Damenkorsetts. Die europäischen Parfumhersteller entdeckten die unschätzbare Bedeutung einer besonderen Magensubstanz des Wals, des Spermazets, das den zartesten Pariser Düften Beständigkeit verlieh.

Die einzige Behinderung war das raue Klima der Arktis und die schwimmenden Eisfelder im Sommer. Aber die Tangitan strebten beharrlich in die nördlichen Weiten. Der bekannte englische Seefahrer James Cook passierte 1778 die Beringstraße und gelangte bis zum Nordkap, auf Tschuktschisch Ryrkaipi.

Die Nachrichten von den Überseeschiffen, die ungehindert die Küste der Tschuktschen-Halbinsel erforschten, drangen bis nach Petersburg. Auf einen Ukas der Zarin Katharina II. hin wurde im Jahr 1785 eine Expedition für die Erschließung und Beschreibung der Küste von Tschukotka ausgerüstet. In dieser Zeit begann neu auch die Vermessung und genaue Erforschung der nordöstlichen Grenzen des Russischen Imperiums. Die Expedition wurde von dem bekannten Seefahrer Joseph Billings geleitet. Seine engsten Mitarbeiter waren Gawriil Sarytschew und Christian Bering, der Enkel des berühmten dänischen Forschers und Seefahrers Vitus Bering, nach dem später die Meerenge Irwytgyr, die das amerikanische Festland von Asien trennt, benannt wurde – die Beringstraße.

Die Siedlung Lorino oder Ljuren lag früher nicht da, wo sie sich heute befindet, auf dem hohen Tundraufer, sondern auf der Kiesellandzunge, da, wo ein kleiner Fluss in den Ozean mündet. Die Flussmündung diente den Lederkajaks der Jäger als Zuflucht bei Unwetter. Ljuren war eine reiche Siedlung. Im Sommer wurden Wale gejagt, und in der Tundra, an der Wasserscheide des Flusses Kurupka, weideten die Herden von Imlyret, einem entfernten Verwandten des Uëlener Meeresjägers Tynemlen, dessen Vorfahre Mlakoran in diesem Teil der Tschuktschen-Halbinsel die Rentierzucht begründete.

Tynemlen erschien im Spätherbst im Lager des Rentierzüchters, er war mit dem Lederkajak des Vaters nach Ljuren gekommen.

Tynawana stand in der Menge der Begrüßenden, sie erkannte sofort den Mann, der für sie bestimmt war, obwohl sie ihn nie vorher gesehen hatte. Er war größer als alle anderen, ein prächtiger Bursche mit einem schmalen, schwarzen Bärtchen auf der Oberlippe. Seine schwarzen Augen, die denen einer Robbe glichen und Funken sprühten, blickten durchdringend. Er entdeckte Tynawana ebenfalls gleich und lächelte ihr aus der Ferne mit den Augen zu. Tynawana trug nur einen leichten, herbstlichen Fellkherker. Im Freien war es warm genug, sogar im kalten Meereswind, sie hatte einen Ärmel heruntergelassen, sodass ihre feste Mädchenbrust und ihr Lederhalsband mit der blauen Perle sichtbar waren. Eine ähnliche Perle hatte sie in ihren dicken Zopf geflochten.

Aber Tynemlen war es nicht gegönnt, mit seiner zukünftigen Frau gleich zu schlafen. Ihm wurde ein Platz am äußersten Rand des Pologs zugeteilt, weit weg von Tynawana, um ihn an einer vorzeitigen Eroberung der Braut zu hindern.

Die übrige Zeit verbrachte das zukünftige Paar gemeinsam, sie weideten zusammen die Herde, und es geschah auch, dass sie auf dem warmen, weichen Moos miteinander schliefen. Manchmal zog Tynemlen aus seinem Ledersack das Heilige

Buch hervor und zeigte es den Bewohnern des Nomadenlagers.

»Ach, wenn ich nur rauskriegen könnte, was darin aufgezeichnet ist!«, sagte Imlyret, der gierig auf alles Neue war, träumerisch. »Ich glaube, dort sind alle tangitanischen Geheimnisse eingedruckt. Sie wissen viel, können viel und beherrschen eine Menge ungewöhnlicher Dinge und Zaubereien. Wir sollten uns mit ihnen anfreunden und nicht in Feindschaft leben!«

Die Tangitan tauchten vom Süden her auf, von den Bergen, die den Metschigmensker Meerbusen umgaben.

»Tangitan!«, schallte es von Jaranga zu Jaranga. »Tangitan!«

Imlyret rannte aus seiner Behausung. Er hatte niemals erwartet, dass die Tangitan je zu seinen Besitztümern vordringen würden. Im Süden, in den Tälern des großen tschuktschischen Flusses Whän-Anadyr, lebten Stammesgenossen, die sich in offener Feindschaft zu den Russen befanden und sie nicht nach Norden durchließen. Im Westen allerdings waren die Jakuten und Kaaramkyner ihre Nachbarn. Auf dieses Volk konnte man sich nicht verlassen …

»Wir sind friedlich!«, vernahm Imlyret in tschuktschischer Sprache.

Die Tangitan gingen neben Schlitten, vor die Rentiere gespannt waren. Die Rene liefen langsam, wahrscheinlich hatten sie einen weiten Weg zurückgelegt und waren schon lange nicht ausgewechselt worden.

Imlyret sah, dass zusammen mit den Tangitan, mehrere Dutzend an der Zahl, auch Tschautschu gekommen waren. Sie sahen nicht aus wie Gefangene. Trotz der Müdigkeit unterhielten sie sich lebhaft miteinander und lachten, weil sie sich nach der schweren Wanderung durch die Tundra auf die Erholung freuten.

»Amyn ettyk! – Ihr seid gekommen!«, begrüßte Imlyret die Reisenden höflich.

»Ii mytjenmyk! – Ja, wir sind gekommen!«, entgegnete ein Tschautschu von kleinem Wuchs, der neben den Tangitan ging und plötzlich mit ihnen frei und unbekümmert, wie ein gebürtiger Russe, in tangitanischer Sprache redete.

»Mikigyt? – Wer bist du?«, fragte ihn Imlyret

»Die Luorawetlan nennen mich Tangitan«, sagte der Tschautschu mit einem freundlichen Lächeln, »und die Russen nennen mich Nikolai Daurkin. Die Russen haben mich als kleines Waisenkind mitgenommen und erzogen.«

»Nein so was!«, rief Imlyret verwundert. Er hatte von diesem Tangitan gehört, von seinen Kenntnissen der Bräuche und des Lebens des russischen Stammes. Man erzählte sich sogar, dass er russisch beten und sich wie die Russen bekreuzigen konnte und dabei ganz laut Zaubersprüche ausrief, die er aus dem Heiligen Buch hatte. Tynemlen betrachtete verwundert seinen Stammesgenossen, der das Geheimnis der Spuren der menschlichen Rede auf dem Papier erschlossen hatte. Ihn ergriff heißer Neid.

Der Tangitan Daurkin erklärte, Hauptmann Billings und seine Gefährten beabsichtigten, das gesamte Tschuktschen-Land zu durchreisen, den Glauben und die Bräuche der Menschen zu erkunden und herauszufinden, was sie benötigten. All diese Informationen würden sie an den Sonnenherrscher weiterleiten, das sei eine Frau namens Katharina, und sie würde entscheiden, welche Waren man hierher schicke. Außerdem beabsichtige die Frau Sonnenherrscherin, Menschen aus dem Luorawetlan-Volk, die die Expedition unterstützten, besonders zu erhöhen und auszuzeichnen.

Imlyret hörte aufmerksam der Übersetzung der feierlichen Rede zu und wies an, für die Reisenden zusätzlich Zelte aufzustellen.

Während des Abendessens, das in der geräumigen Jaranga des Lagerherrn eingenommen wurde, drückte Imlyret unter dem Einfluss des Zaubergetränks, das er aus einem großen Becher von mattweißem Metall trank, seine feste Absicht aus, alles nur Mögliche zu tun, damit die Reise der Russen von Erfolg gekrönt sei.

»Ich verneige meinen Kopf vor der Frau Sonnenherrscherin!«, erklärte Imlyret feierlich.

Der Besitz großer Herden an der Wasserscheide des Kurupka, die Rentierweiden, die sich zwischen den beiden Ozeanen ausbreiteten, all das war zu wenig für den ehrgeizigen Imlyret. Jetzt hatte ihm das Schicksal in Gestalt von Hauptmann Billings die Möglichkeit gesandt, vor der hohen russischen Macht Anerkennung zu finden. Imlyret begriff, dass die Mehrheit seiner Stammesbrüder das nicht gutheißen würde. Aber vernünftig war sein Urteil: Diejenigen, die von ihm abhingen (und das waren fast alle Tundrabewohner auf der Tschuktschen-Halbinsel), würden schweigen. Und die Ankalinen, die tschuktschischen Fischer, die am Meer wohnten, brauchten seine Freundschaft, denn er war eine zuverlässige Quelle für Rentierfelle, ohne die ein Mensch in der Arktis nicht auskommen konnte.

Im Tschottagin garte in einem großen Kessel über dem Feuer fettes Rentierfleisch. Daneben kochte in einem Kupferkessel Tee. Der Rauch der beiden Feuer vermischte sich mit dem des Tabaks, mit dem die Russen alle Anwesenden großzügig bewirteten, sogar die Frauen und Kinder.

Tynemlen schaffte es kaum, die Rentiere zu zerlegen. Ihm half Tynawana. Sie ließ beide Ärmel des Kherkers herunter, sodass sie wieder ihre festen Mädchenbrüste entblößte. Gawriil Sarytschew, einer der nächsten Gefährten Hauptmann Billings, mit hellem Bart und dichtem Schnurrbart, bemerkte das Mädchen und konnte seinen gierigen Blick nicht von ihr wenden.

Als Sarytschew sich mit Imlyret unterhielt, fragte er ihn mithilfe des Dolmetschers, ob es bei den Luorawetlan tatsächlich Brauch sei, einem Reisenden nicht nur Erholung zu gewähren, sondern auch die Frau zu geben.

Imlyret hatte trotz seines Rauschs die Urteilskraft nicht verloren. Er sah alles. Längst hatte er bemerkt, wie gierig Sarytschew Tynawanas nackte Brust angaffte. »Solch einen Brauch gibt es«, entgegnete er zögernd. »Aber nur, wenn der Hausherr den Gast besonders mag.«

»Und was muss man machen, damit er einen besonders mag?«

»Freundschaft ist das Wichtigste«, entgegnete Imlyret ausweichend.

»Unsere Zarin hat uns angewiesen«, fuhr Gawriil Sarytschew fort, »vor allem die Bräuche des hiesigen Volkes zu ehren und euch auf eurer Erde so leben zu lassen, wie ihr es wünscht. Und wenn jemand mit feindlichen Absichten zu euch kommt, wird Russland euch immer verteidigen.«

»Das ist gut«, meinte Imlyret. Ihm gefielen die Worte des Russen. Und die Weisheit der Zarin, die begriff, dass die Luorawetlan ihre Bräuche und ihren Glauben niemals aufgaben … Und Freundschaft mit solch einem mächtigen Herrscher wie dem russischen Sonnenherrscher zu schließen, selbst wenn es eine Frau war, damit würden sie immer einverstanden sein.

Als die Gäste sich zum Schlafen niederlegten, bot Imlyret Gawriil Sarytschew einen Platz in seinem Polog an.

Der Russe zögerte, doch der Dolmetscher Daurkin ermunterte ihn: »Das ist eine große Ehre, wenn der Herr des Lagers dem Gast einen Platz im Familienpolog anbietet.«

Obwohl Sarytschew auf seinem langen Weg von der Küste Kamtschatkas schon mehrmals die Nacht in einer Jaranga verbracht hatte, überraschte ihn die Sauberkeit und Ordnung in Imlyrets Schlafpolog.

Es war üblich, dass man halb nackt in den Schlafpolog ging und sich erst im warmen Raum, im geräumigen Fellsack aus Rentierpelz, völlig nackt auszog. Damit der Gast seine Manneswürde bedecken konnte, warf Imlyret ihm einen weichen Pelz zu, den Gawriil Sarytschew sich zwischen die Beine legte. Das Gleiche taten auch der Herr der Jaranga, trotz seines hohen Alters sehnig und muskulös, und der junge Tynemlen, der schweigend in der Ecke saß. Die nackten Frauen, die über den Hüften schmale Rentierfelle trugen, rannten im Polog hin und her und breiteten die weichen Rentierbetten aus. Mit ihren bloßen Brüsten, Hüften und Armen berührten sie die Männer und schlossen auch den Gast nicht aus.

Sarytschew wurde in die rechte Ecke des Pologs gelegt. Daneben kam Tynawana, dann Imlyret, hinter den sich eine seiner Frauen legte, und in die äußerste linke Ecke kam Tynemlen.

Noch im Freien hatte Imlyret zu ihm gesagt, dass Tynawana heute bei dem hohen Gast liegen würde, und Tynemlen, der einen leisen Stich der Eifersucht verspürte, konnte nicht widersprechen, denn er hatte noch keinerlei Rechte auf das Mädchen.

Einige Zeit saß er neben der langsam verlöschenden Tranlampe, fiel dann auf seinem Bett in einen tiefen Schlaf und erwachte erst von den hellen Stimmen der Frauen, die in aller Frühe aufgestanden und mit der Vorbereitung des Frühstücks für die vielen Gäste beschäftigt waren.

Am Morgen erklärte Imlyret, er zöge als Begleiter mit der Expedition mit. Mit ihm kämen seine Tochter Tynawana, ihr Bräutigam Tynemlen und noch vier Hirten. Zwei würden sich um die Reittiere kümmern, die übrigen Männer würden die Herde treiben, als Reserve für die ermatteten Reitrene.

Tynawana schlief auch weiterhin mit Gawriil Sarytschew und fand offensichtlich Gefallen daran. Einmal flüsterte sie dem traurigen Bräutigam zu: »Vielleicht kriegen wir ein tangitanisches Kind.«

Tynemlen holte aus seinem geheimen Sack das Heilige Buch, das ihm von dem russischen Schamanen auf dem Jahrmarkt am Anjui geschenkt worden war, und zeigte es Daurkin.

»Du verstehst die russische Sprache?«, fragte er verwundert.

»Nein«, entgegnete Tynemlen und seufzte. »Doch ich würde diesen Zauber gern beherrschen.«

»Das ist nicht so einfach«, erklärte Daurkin. »Bevor du lernst, die Spuren der menschlichen Sprache auf diesen weißen Blättern zu erkennen, musst du erst die russische Rede beherrschen.«

»Vielleicht kannst du mir dabei helfen?«, fragte Tynemlen hoffnungsvoll.

»Bist du getauft?«, wollte Daurkin wissen.

»Noch nicht.«

Daurkin nahm das Heilige Buch, schlug vorsichtig die erste Seite auf und las laut vor: »Am Anfang schuf Gott Himmel und Erde ... Und die Erde war wüst und leer, und es war finster auf der Tiefe; und der Geist Gottes schwebte auf dem Wasser. Und Gott sprach: Es werde Licht. Und es ward Licht. Und Gott sah, dass das Licht gut war. Da schied Gott das Licht von der Finsternis. Und nannte das Licht Tag und die Finsternis Nacht. Da ward aus Abend und Morgen der erste Tag. Und Gott sprach: Es werde eine Veste zwischen den Wassern. Und die sei ein Unterschied zwischen den Wassern ...«

Daurkin las das alles mit schwermütiger, lang gezogener Stimme und übersetzte dann.

Tynemlen empfand widersprüchliche Gefühle. Die heiligen Worte waren natürlich nicht das Gedächtnis der Menschen und auch keine Legende über die Erschaffung der Welt, wie sie von einem Erzähler berichtet wurde. Aber vielleicht war die Tangitan-Welt so geschaffen worden, die der Luorawetlan jedenfalls war so entstanden, wie es in den alten Erzählungen hieß:

Ein Rabe flog einst über ein Land, in dem es weder Licht noch Dunkelheit gab. Er entleerte sich. Dort, wo das Feste hinfiel, entstand das Festland, wo das Flüssige hinfiel, bildeten sich Flüsse und Seen, und wenn er Durchfall hatte, entstanden die Tundrasümpfe. Und dann hackte die kleine Schneeammer für das Sonnenlicht ein Loch ins Himmelsgewölbe. Enantomgyn nahm als Schöpfer an diesem Prozess selbst nicht teil, er überließ alles dem Heiligen Raben.

Tynemlen hatte nicht gedacht, dass die russische Erklärung der Entstehung der Welt so weit von den Geschichten abwich, die er seit seiner Kindheit kannte. Aber was war ganz zu Anfang? Noch bevor der Rabe losflog und bevor der Gott aus dem Heiligen Buch Himmel und Erde schuf? Vielleicht der Heilige Geist, der über dem Raum schwebte bis zur Erschaffung der Welt? Vielleicht war das nur ein anderer Name für den Raben?

Imlyrets Schlitten fuhr direkt hinter dem von Hauptmann Billings, darauf folgten Tynemlen und Daurkin. An den Rastplätzen, die sie an windgeschützten Stellen errichteten – für gewöhnlich in Flusstälern mit vielen Büschen für das Lagerfeuer –, strebte Tynemlen immer danach, in der Nähe von Daurkin zu sein. Der erklärte seinem wissbegierigen Landsmann die Buchstaben, die den Lauten der menschlichen Rede entsprachen. Jawohl, das Heilige Buch war tatsächlich in Russisch geschrieben, in einer Sprache, deren Klang für Tynemlen genauso wenig Sinn ergab wie das Murmeln eines Tundrabachs. Nur manchmal konnte er im monotonen Fluss der Laute ein bekanntes Wort erkennen – Brot, Tee, Gott, Ren … Mit jedem Tag wurden es mehr, als ob der Bach immer seichter würde.

Gawriil Sarytschew erwies sich von allen russischen Reisenden als der wissbegierigste. Mithilfe von Daurkin fragte er nach allen Begriffen, trug jedes Wort in ein Heft ein, versuchte selbst Tschuktschisch zu reden und sprach die Wörter manchmal so unbeholfen aus, dass die Zuhörer sich vor Lachen am Boden wälzten. Tynawana, in deren Herz Gawriil einen festen Platz eingenommen hatte, trat für ihn ein. Seltsam, aber mit der Zeit empfand Tynemlen keine Eifersucht mehr gegenüber dem jungen Russen. Vielleicht, weil Gawriil Sarytschews Eifer, mit dem er neuerdings dem jungen Luorawetlan die russische Sprache beibrachte, größer war als seine Liebe zu dem Nomadenmädchen? Sie saßen beide nächtelang am verlöschenden Feuer. Wenn sie sich über das Heilige Buch beugten, schien es, als vergäßen sie alles auf der Welt. Wenn das letzte Zweiglein verbrannt war, schob ihnen Tynawana fürsorglich ein steinernes Schälchen mit glimmendem Moos hin und schaute zärtlich zu, wie ihre beiden Liebsten eng beieinander auf dem Boden saßen.

Anfang 1794 kehrte Tynemlen zusammen mit seiner Frau Tynawana nach Uëlen zurück, mit ihnen der kleine blonde Sohn, Mlatangin genannt, zum Zeichen dafür, dass er nicht nur mit den Luorawetlan, sondern auch mit den Russen verwandt war.

Die Russen setzten ihre Fahrten durch das Land der Tschuktschen fort. 1810 fuhr Hedensrom von der Mündung der Kolyma nach Nordosten, um unbekanntes Land und unbekannte Inseln zu erforschen.

Ungefähr zehn Jahre nach ihm unternimmt Leutnant Wrangel eine Reise entlang der nordöstlichen Küste Sibiriens, gemeinsam mit einem Lyzeumsfreund des großen russischen Dichters Alexander Puschkin – mit Matjuschkin. Sie lebten vier Jahre bei den Tschuktschen und waren die ersten Europäer, die von der Existenz einer großen Insel im Eismeer gegenüber dem Kap Jakan erfuhren. Die Beweise waren so überzeugend, dass Wrangel in seinen Berichten mit großer Sicherheit schreiben konnte, dass diese Insel tatsächlich existierte. In der Folge wurde sie auch nach ihm benannt – die Wrangel-Insel.

Die Entdeckung Amerikas von Sibirien aus, die Erforschung der Inselketten im nördlichen Teil des Stillen Ozeans, reich an Bibern und anderen wertvollen Pelztieren, machten Tschukotka zum Knotenpunkt auf dem Weg in das begehrte Land. Der Seefahrer Tschirikow brachte von seiner Reise nach Amerika 600 Biberpelze mit. Das regte russische Kaufleute an, Handelsexpeditionen zu den Alëuten und den Kommandeur-Inseln durchzuführen. Von 1743 bis 1764 wurden mehr als vierzig Expeditionen ausgerüstet.

Immer wieder lockten die Reichtümer des amerikanischen Landes die russischen Kaufleute an. Grigori Schelichow aus Rylsk gründete, unterstützt von dem Kaufmann Golikow aus Irkutsk, eine große Handels-Company. Von 1783 bis 1784 wird die Nordost-Industrie-Handels-Company in Providenija gegründet und in der Folge noch drei weitere – auf den Pribilof-Inseln, in Unalaska auf den Alëuten und die Nordamerikanische Company am Ostufer der Beringstraße.

Nach Schelichows Tod bestätigt die russische Regierung eine einheitliche Russisch-Amerikanische Company, der vier Jahre später Alexander Baranow vorsteht.

Sie existierte fast ein ganzes Jahrhundert, bis 1867, als Russland Alaska an die Vereinigten Staaten von Amerika abtrat.

Über diese Handels-Company wurden viele Bücher geschrieben, die meisten davon zeichnen ein progressiv-romantisches Bild ihrer Tätigkeit. Die Russen behaupten bis heute, die Tätigkeit der Russisch-Amerikanischen Company wäre zum Vorteil für die einheimische Bevölkerung gewesen. Sie habe Fortschritt und eine zivilisierte Religion gebracht. Allerdings erkannten die russischen Historiker zuweilen an, dass in der Tätigkeit dieser riesigen Company nicht immer alles mit rechten Dingen zuging. Das Resultat der Ausbeutung der reichen Tierwelt des Archipels der Kommandeur-Inseln und der Alëuten war, dass die Ureinwohner ihre Unabhängigkeit verloren. Die Begegnungen russischer Kaufleute mit Alëuten und Eskimos endeten nicht immer mit freundschaftlichen Umarmungen. Wie der russische Historiker S. Schaschkow zugibt, erreichte das Abmetzeln der Inselbewohner solche Ausmaße, dass die Meeresströmung tausende von Leichen an die Küste von Kamtschatka spülte. Dazu muss noch die zwangsweise Bekehrung der Alëuten und Eskimos zum orthodoxen Glauben hinzugefügt werden. Durch die Tätigkeit der Russisch-Amerikanischen Company wurde die Urbevölkerung derart verringert, dass diese Inseln bis heute kaum besiedelt sind.

Mitte Juni des Jahres 1819, als das Küsteneis sich gelöst hatte, kam ein Schiff nach Uëlen. Mlatangin erkannte von der Eiskante aus, auf der er stand, an der Bordwand des Schiffes Buchstaben, die nicht wie russische aussahen.

Es war ein amerikanisches Schiff.

Wale und Tangitan

Der Späher kletterte in der Morgendämmerung auf den über Uëlen hängenden Felsen und setzte sich mit dem Gesicht zum Meer. Der lange Mützenschirm aus schwarzen Walbarten, mit Riemen aus Robbenleder am Kopf befestigt, schützte seine Augen vor den blendenden Reflexionen der Sonne auf der Oberfläche des vor ihm liegenden Ozeans.

Die Jäger erwarteten eine Walherde, die aus den warmen Meeren in das seichte, planktonreiche Wasser des Eismeers kommen sollte. Aus den südlichen Siedlungen gab es bereits Nachricht über erste gefangene Meeresriesen.

Die leichten Kajaks, ausgerüstet mit Segeln, wurden ans Ufer geschleppt, damit sie sofort ins Wasser gelassen werden konnten. Die geschärften Spitzen der Walharpunen wurden in dicken Ledersäcken aufbewahrt, die Riemen waren ordentlich zu Ringen zusammengelegt, und Girlanden von dick aufgeblasenen Pychpych bedeckten die Böden der Boote.

Die Jäger erwachten früh am Morgen und schauten als Erstes zum Felsen, wo unbeweglich der Späher saß. Dafür wurden erfahrene Meeresjäger eingesetzt, die ein scharfes und weitsichtiges Auge und innere Ruhe besaßen.

Mlatangin, ein hoch gewachsener Junge, der sich von den Uëlenern durch helle Haare und helle Haut unterschied, war wahrscheinlich aufgeregter als alle anderen. Zum ersten Mal im Leben sollte er mit einer langen, schweren Walharpune am Bug des Kajaks stehen.

Jede Minute rannte er aus der Jaranga und schaute zum Felsen hoch, auf die unbewegliche Figur des Spähers. Das Erbeuten eines Wals galt als besondere Heldentat, als Zeichen der größten Auszeichnung für einen Meeresjäger. Die Vorräte an Tran nur eines einzigen Wals reichten zuweilen mehrere Jahre, und das bedeutete, dass in der Jaranga niemals die Lebensflamme erlosch, die in der schweren Zeit der kalten Winternächte nicht nur Licht, sondern auch Wärme spendete. Außerdem schätzten die Rentiermenschen das Walfett, und die Meermenschen konnten es bei ihnen gegen Felle tauschen. Die Walhaut mit der Fettschicht galt als besonderer Leckerbissen, ihr Nährwert wurde hoch geachtet.

Für einen so jungen Mann wie Mlatangin bedeutete die Teilnahme an der Waljagd eine Schwelle zur wahren Mannhaftigkeit, die das Recht zur Teilnahme an wichtigen Entscheidungen brachte.

Als der Späher sich zu voller Größe erhob und über seinem Kopf das weithin sichtbare weiße Hermelinfell schwenkte, wurden alle sechs Jagdboote von Uëlen ins Wasser gelassen. Das größte Boot war der Kajak des wohlhabenden und erfolgreichen Kotylyn von den Tapkaranen, die weit weg vom Felsen wohnten, am anderen Ende von Uëlen. Für die geschicktesten Walfänger aber hielt man die Enmyralinen, das waren »die vom Felsen« oder die ganz nahe am Felsen und am Uëlener Bach wohnten.

Als die Kajaks auf den Wellen schaukelten und still aufs offene Meer fuhren, erlosch in der Siedlung jegliches Geräusch. Kleine Kinder, die laut hätten weinen können, wurden in den hintersten Polog gebracht und Hunde in den

Tschottagin gejagt, damit sie mit ihrem Bellen die Walherde nicht erschreckten, die sich dem seichten Wasser der Uëlener Landzunge näherte.

Mlatangin nahm den Platz an der Bugnase ein und verharkte seine Füße in den Holzspanten. Die lange Walharpune mit dem unebenen Schaft, der verhinderte, dass die Hand abrutschte, lag vor ihm, und die Spitze glänzte in der Sonne. Sein Herz klopfte stärker und schneller als sonst, seine Hände schwitzten.

Aus der Ferne sahen die Kajaks unter den weißen Segeln wie große Wasservögel aus, die lautlos der Walherde entgegenschwammen.

Ein großer Wal, der am Rande der Herde schwamm, hielt sich mehr an der Wasseroberfläche und tauchte nicht. Instinktiv begriff Mlatangin, dass der Vater auf diesen Wal zusteuerte. Er hielt die Richtung so, dass der Kajak gerade auf die Mitte zwischen den zwei weit auseinander stehenden Augen zusteuerte: denn ein Wal sieht am besten von der Seite, nicht von vorn. Die riesigen Tiere spürten die Gefahr nicht. Bald konnten die Jäger sie nicht nur an der Oberfläche sehen, sondern auch in der Tiefe des klaren Meeres, wenn sie tauchten, um das an winzigen Krebsen reiche Wasser aufzunehmen, das sie dann in kurzen Stößen durch die fest gegeneinander gedrückten Barten pressten und wie Dampf wieder ausstießen.

Außer Erregung empfand Mlatangin ehrfurchtsvollen Schrecken: plante er doch, seinen entfernten Vorfahren zu töten, der laut alten Überlieferungen der Vater der Luorawetlan vom Meer war.

Der Wal kam schnell näher. Man musste dicht an ihn herankommen, um ihn sicher zu treffen.

Mlatangin nahm den schweren Schaft und hob ihn langsam über den Kopf. Das geschah in aller Stille, die nur durch das Plätschern des Wassers unter dem Kajakboden und dem Zischen der Walfontäne gestört wurde.

Er sah, wie sich aus dem grünen Schlund des Wassers ein langer, unglaublich riesiger Körper an die Oberfläche schob. Nur ein kleiner Augenblick und der Wal hätte den winzigen Kajak mit seinem mächtigen Rücken hochgestemmt und in zwei Hälften zerbrochen. Keiner der Walfänger konnte schwimmen. Wenn tschuktschische Jäger ins Wasser fielen und in der Nähe kein aufgeblasener Ledersack war, ertranken sie schnell. Sie versuchten erst gar nicht, sich zu retten: Ihrem Glauben zufolge war ein Mensch, der ins Wasser fiel, ein rechtmäßiges Opfer des Herrn des Eiswassers.

Von einer kleinen Holzplattform aus, auf der Höhe der Bordwand, verfolgte der Steuermann aufmerksam den Wal. Er musste einerseits das Kajak so dicht an das Opfer heranfahren, dass der Harpunier nur noch die Harpune in den Wal zu stoßen brauchte, andererseits jedoch verhindern, dass das Tier unter das Boot tauchte.

Mit einem unglaublichen Instinkt erfasste Mlatangin den richtigen Augenblick. Er legte seine ganze Kraft in den Stoß und wäre fast auf den Rücken des geräuschvoll auftauchenden Meeresriesen gesprungen. Dem ersten Stoß folgten die der anderen Harpuniere. Die in Ringen zusammengelegten Riemen wurden lebendig, sie rissen die aufgeblasenen Ledersäcke, die Pychpych, mit sich. Als der Wal die Harpunen in seinem Körper spürte, schwamm er zum Grund, und die Ledersäcke folgten ihm. Der Vater riss das Steuer herum und warf das Segel auf die andere Seite, er lenkte das Boot von der Walherde weg, um dem nächsten Boot die Möglichkeit zu geben, den Platz des ersten Fängers einzunehmen.

Jetzt war Mlatangins Boot am Ende der Bootskarawane. Der mit mehreren Luftsäcken markierte Wal konnte allerdings nicht mehr so tief tauchen, und die übrigen Harpuniere hatten es leichter. Tynemlen gab die Weisung, das Segel etwas herunterzulassen. Der Kajak löste sich aus dem allgemeinen Verbund und schaukelte auf den kleinen Ozeanwellen. Die Besatzung war zufrieden: Der Wal war die Beute des Kajaks, dessen Harpunen ihn als Erste getroffen hatten und fest im Körper des Meeresriesen saßen.

Nun wurde der Wal mit scharfen Spitzen an langen Schaften zu Tode gestoßen. Die Jäger bemühten sich, unter die kurzen Brustflossen zu treffen, dorthin, wo das Herz saß. Blut färbte das Meer rot. Die Jäger unterhielten sich jetzt laut.

Mlatangin, der fühlte, wie die Spannung von einem Gefühl der süßen Erleichterung, der Befriedigung und Freude abgelöst wurde, zog langsam die Riemen aus dem Wasser. Der unbewegliche Körper des Wals lag auf dem blutigen Wasser. Sie paddelten dicht an ihn heran. Der Vater beugte sich über die Bordwand, angelte mit einer Hakenstange nach der Schwanzflosse, der Fluke, und zog sie zu sich heran. Er schnitt ein großes Loch für das Schlepptau hinein, das ausgeschnittene, ansehnliche Stück Itgilgyn aber holte er an Bord und reichte es Mlatangin. Mlatangin schnitt ein Stück ab und legte es in den Mund. Das war eine rituelle Handlung – ein junger Mann, der ein Stück des selbst erlegten Wals aß, wurde ein vollwertiger Erwachsener.

Das verbleibende Stück Itgilgyn reichte Mlatangin seinen Bootsgenossen. Auch die übrigen Boote kamen angefahren und bildeten mit Mlatangins Boot eine lange Schleppkarawane. Der Wind wehte in Richtung Ufer, das bewahrte die Jäger vor dem ermüdenden Paddeln. Allerdings dauerte das Abschleppen des Wals sogar mit Segeln die restliche weiße Nacht über, erst am frühen Morgen erreichten die Kajaks Uëlen.

Die Siedlung hatte die ganze Nacht nicht geschlafen. Wieder ertönten die Stimmen der Kinder, die herausgelassenen Hunde rasten bellend über die einzige Straße, hell klangen die Kupfer- und Teekessel.

Der Schamane Kaljantagrau bereitete sich auf den feierlichen Ritus vor. Er holte die große Schellentrommel hervor, die rituelle Festtagskleidung, Opferschalen und kleine Figuren, die Meerestiere darstellten, unter denen den wichtigsten

Platz ein wunderschöner, aus dunklem Holz geschnitzter kleiner Wal einnahm.

Der Klegran sah äußerlich aus wie eine normale Jaranga, unterschied sich aber in der Größe von ihr und dadurch, dass er keinen Schlafpolog hatte und das Feuer direkt in der Mitte brannte, genau unter dem Rauchabzug. An den Wänden waren Walwirbel aufgestellt, die als Sitze dienten. In der Jaranga herrschte geheimnisvolles Halbdunkel, und in den blauen Rauchschwaden schwebten an langen, dünnen Riemen die Tierfiguren, unter ihnen der leuchtende, polierte kleine Wal, der Urvater des Volkes von Uëlen.

Mlatangin erspähte in der Menge die junge Korginau, die ihm versprochene Braut, Tochter des Schamanen Kaljantagrau, der ein alter Freund der Familie war. Sie stand direkt am Wasser und trat mit den Füßen, die in hohen Sommertorbasen aus gebleichtem Robbenleder steckten, auf kleine Krebse und auf getrockneten und in der Sonne schwarz gewordenen Tang.

Die letzten Minuten vor der Landung waren die längsten, die Zeit zog sich wie ein ungegerbter Lederriemen in die Länge.

Schließlich berührte die Nase des Kajaks das Kieselufer, der Boden knirschte. Mlatangin sprang auf festen Boden, seine hohen Jägertorbasen wurden dabei ein bisschen nass. Alle am Ufer schauten mit Hochachtung auf ihn. Obwohl sie nicht unmittelbar an der Tötung des Wals beteiligt gewesen waren, begriffen sie, dass er, Mlatangin, der Sohn Tynemlens, als Erster die Harpune in den Meeresriesen gestoßen hatte, wovon die Position des Kajaks in der Karawane zeugte, und vor allem, weil Mlatangin als Erster ans Ufer gesprungen war.

Um die Beute aus dem Wasser zu ziehen, brauchten sie die Hilfe der Nachbarn – der Bewohner der kleinen Siedlung Keniskun am Südufer der Halbinsel, am Stillen Ozean, und der Intschounen, die in nordwestlicher Richtung lebten. Es kamen auch die Aiwanalinen aus Nuwuken herbeigeeilt.

Der mit Riemen umwickelte, von einer auf die andere Seite schaukelnde Wal wurde ans Ufer gezogen, und die Leute machten sich daran, ihm mit auf langen Holzschaften steckenden Messern die Haut abzuziehen. Die Uëlener und ihre Gäste, die sich schon lange nach Leckerbissen gesehnt hatten, zerschnitten auf der Stelle den Itgilgyn in kleine Stücke und kauten ihn langsam, den Geschmack genießend. Sie fühlten, wie das erfrischende, belebende Walfett in die Kehle und sogar in den Magen glitt. Die Kinder rannten mit blut- und fettbefleckten Gesichtern ausgelassen am Meer hin und her und verjagten die Möwen und Hunde, die ihren Anteil haben wollten.

Allmählich kam das blutigrote Knochengerüst zum Vorschein und die riesigen inneren Organe des gigantischen Tieres – das Gedärm, der Magen, die dunkelbraune Leber, das Herz. Drei Menschen standen auf der mächtigen Zunge, schnitten sie mit großer Mühe aus der Kehle und schleppten sie vom Kopf weg. Vorsichtig wurden die dunklen Barten, das Fischbein, vom Kiefer abgetrennt. Sie gerieten sofort in Kinderhände, zwischen den einzelnen Barten nämlich verbarg sich ein besonderes Fett, schmackhaft und süß. Die Barten wurden von den Bewohnern der Tschuktschen-Halbinsel hoch geschätzt. Man konnte feine Angelschnur daraus fertigen, die nie vereiste, auch Schlittenkufen wurden daraus hergestellt, Schöpfkellen, Riemchen für Schneeschuhe, feines Werkzeug.

Mlatangin arbeitete genauso hart wie die anderen, er schleppte das in gleich große Würfel geschnittene Fett mit Haut weg und zog die Barten aus dem Oberkiefer heraus. Er fühlte keine Müdigkeit, die Erregung über seinen ersten erbeuteten Wal ging nicht vorüber, im Gegenteil, je mehr Menschen davon erfuhren, desto aufgeregter wurde er. Von Zeit zu Zeit begegnete Mlatangin Korginaus aufmerksamem und zärtlichem Blick, und sein Herz wurde warm vor Zärtlichkeit.

Als die Sonne hinter dem Kap Intschoun verschwand und sich anschickte, in den kalten Wassern des Ozeans zu versinken, war von dem Wal nur noch das Knochengerüst mit Fleisch- und Fettfetzen übrig geblieben. Jetzt gehörte er den Möwen und Hunden.

Mlatangin zog sich um. Die Mutter reichte ihm die gerade erst genähte Sommerkuchljanka aus Leder, die auf den nackten Körper gezogen wurde, Robbenlederhosen und niedrige Torbasen mit breiten Schnürbändern aus gebleichter Seehundhaut.

Gemeinsam mit dem Vater ging er in den Klegran, aus dem bereits Gesang und das rhythmische Schlagen der Schellentrommeln drangen. Die Uëlener hatten sich vor der heiligen Jaranga versammelt. Nicht allen war es gestattet, in das Innere zu treten, solange die heilige Handlung andauerte.

Der Schamane Kaljantagrau erhob sich von einem Walwirbel. In der linken Hand hielt er ein kleines Holzgefäß von unwahrscheinlicher Schwärze. Er tunkte den Zeigefinger der rechten Hand in das dickflüssige Walblut und malte damit dicke Striche auf das Gesicht des jungen Jägers. Einen Strich quer über die Stirn, zwei auf jede Wange und drei auf das Kinn. Dann schnitt er eine Haarsträhne von der Stirn des jungen Jägers ab und warf sie ins Walblut. Den Inhalt des Gefäßes schüttete er ins flackernde Feuer, und die Jaranga füllte sich mit erstickendem, ätzendem Rauch, der zum Husten reizte und Tränen in die Augen trieb.

Kaljantagrau fing zu singen an, indem er, jedes Wort betonend, mit einem Stock aus elastischen Walbarten auf die Schellentrommel schlug:

> Mit dem Rauch des Feuers, der zum Himmel zieht,
> Verkünden wir der Welt,
> Dass in unserem Dorf ein Jäger geboren wurde,
> Ein Ernährer, ein Nahrungsbeschaffer.

Nicht den Bruder hat er heute getötet,
Getötet hat er, was unsere Vorfahren,
Die Wale, uns schenkten
Zur Erhaltung des Lebens in diesem Land,
Das seit ewig Uëlen genannt.

Wir kennen das alte Gebot:
Wale und Menschen sind ein Volk,
Und es gibt kein Töten zwischen uns,
Es gibt nur Hilfe, gutwillig, mit Nahrung …

Mlatangin hatte dieses Lied schon früher gehört. Doch diesmal wurde es für ihn gesungen.

Erst nach diesem Ritus im Klegran wurden alle anderen hereingelassen, und es begannen fröhliche Tänze zu Ehren des ersten Wals, den man in diesem Sommer in Uëlen erbeutet hatte.

Die Wale zogen weiter. Und Mlatangin, der nun Steuermann war, lenkte das Boot immer weiter von der heimatlichen Landzunge weg, manchmal waren sie mehrere Tage auf offener See. Die Herde der Meeresriesen, die um das östliche Ufer von Rotschgyn schwammen – die Andere Seite der Erde, wie die Tschuktschen Alaska nannten –, zog in nordwestliche Richtung. Die Aiwanalinen, die in Siedlungen wohnten, die auf den niedrigen Ufern und auf Inseln verstreut lagen, übernahmen gleichsam die Wale von den Bewohnern der Tschuktschen-Halbinsel.

Nun jagten die Uëlener junge Walrosse, deren zartes, dunkelrotes Fleisch als besonderer Leckerbissen galt. Die Nomaden tauschten dafür Rentierfleisch, weiches Puschelfell von jungen Renen und feine Rentierhäute, die am besten für Winterkleidung taugten.

Der helle Tag traf Mlatangins Kajak vor den Inseln Imaklik und Inalit in der Meerenge des Irwytgyr, der Beringstraße, an.

Im Vorderteil des Bootes stand auf einem speziellen Untersetzer über einer Tranlampe ein Teekessel. Die Jäger aßen kaltes Frühstück, das sie am Vortag am Ufer zubereitet hatten – Walrossfleisch.

Von Zeit zu Zeit schwammen Walherden vorbei, aber die Männer nahmen die Jagd nicht auf: Selbst wenn es ihnen gelänge, ein Tier zu harpunieren, könnten sie es doch nicht allein töten und zur Uëlener Landzunge schleppen.

»Guckt mal, was da ist!«

Der am Bug sitzende Jäger zeigte nach vorn, auf den Strich, der die glatte Wasseroberfläche vom Meer trennte.

Sie erblickten eine richtige schwimmende Insel, ausgestattet mit vielen weißen Flügeln.

»Ein Schiff der Haarmünder!«, erriet Mlatangin.

Die Segelflügel nahmen den gesamten oberen Teil des Schiffs ein. Es sah so aus, als jagten die Haarmünder Wale.

Einen Moment war Mlatangin unschlüssig: Sollten sie weiter weg paddeln oder dichter an das Schiff heran, um zuzusehen, wie die Fremden die Meeresriesen fingen. Die Neugier überwog, und er befahl, leise in Richtung Schiff zu paddeln.

Ein lauter Knall war zu hören, als ob ein zum Trocknen aufgehängter Walrossmagen zu fest aufgeblasen worden und geplatzt wäre. Ein weißes Wölkchen stieg hoch, das sich aber schnell auflöste. Nun konnten sie sehen, wie sich drei kleine weiße Schiffe vom großen trennten.

Das Kajak hielt an: Mlatangin dachte, es sei zu gefährlich, den unbekannten Haarmündern zu nahe zu kommen.

Die haarmündigen Jäger harpunierten den Wal, gaben ihm mit einem todbringenden Geschoss den Rest, brachten einen Schlauch zum Körper des toten Tiers, und der Wal blieb an der Oberfläche und sank nicht auf den Meeresgrund. Es war nicht schwer zu erraten, dass sie Luft in den Schlauch gepumpt und den Wal wie einen gigantischen Pychpych aufgeblasen hatten.

Mlatangin wusste, dass die Tangitan besondere Geräte

besaßen, mit denen sie in die Ferne sehen konnten. Gerade jetzt hätte er eins gebraucht, dann hätten sie nicht näher an das riesige Schiff heranpaddeln müssen, um das die Schaluppen herumschwammen wie Kinder um die Mutter.

Die Tangitan zogen den getöteten Wal zur Bordwand. Als Erstes trennten sie die Zunge heraus und rissen die Hornplatten der Barten aus dem Kiefer, dann schnitten sie das gelbe Fett in gleichmäßigen Würfeln heraus. Die Fleischstücke angelten sie mit Hakenstangen und hoben sie an Deck.

Der Kajak war vom Schiff bemerkt worden, und eine Schaluppe wurde zu ihm geschickt. Sie hätten das Segel setzen und sich davonmachen können, aber die schnelle Schaluppe hätte das Lederboot sowieso eingeholt. Mlatangin schimpfte sich wegen seiner Neugier und war bemüht, den Kameraden seine Angst und Unruhe nicht zu zeigen, er befahl den Bootsgenossen sogar, die Paddel einzuziehen.

Auf der Schaluppe waren echte Haarmünder, bei einigen konnte man des üppigen Bartwuchses wegen kein Gesicht erkennen. Schon von weitem schrien sie etwas, winkten, und an ihren Stimmen und Gesten konnte man erraten, dass sie keine feindlichen Absichten hatten.

Mlatangin verstand, dass sie ihn auf das große Schiff einluden. Er dachte, es wäre wohl besser, die freundschaftliche Atmosphäre zu erhalten, und befahl seinen Bootsgenossen, die Paddel ins Wasser zu lassen. Er lenkte den Kajak zum großen Schiff.

Aber je näher sie kamen, desto mehr wurden Mlatangin und seine Begleiter von Angst ergriffen. Wer weiß, wie sich diese seltsamen Leute benehmen würden? Sie hatten zwischen den Luorawetlan Mlatangin entdeckt, der sich durch seine helle Haut und seine hellen Haare abhob, und nun spürte er selbst am ganzen Leib, dass er sich von den Seinen unterschied. Dieser Umstand beunruhigte Mlatangin, und er hätte viel darum gegeben, genauso auszusehen wie seine Stammesgenossen. Er kannte das Geheimnis seiner Entstehung, aber für seinen Vater hielt er nur Tynemlen, die Anspielungen auf seine Blutsverwandtschaft mit den Tangitan war für ihn eher ein schönes Märchen.

Die Bordwand des Holzschiffs ragte wie eine riesige Wand aus dem Wasser. Von oben wurde eine Strickleiter heruntergelassen, sie endete genau auf der Höhe des Bootes. Der Chef der Haarmünder, den man leicht an der besseren Kleidung und der Pfeife erkennen konnte, schrie etwas und lud die Jäger mit Gesten auf das Schiff ein.

Mlatangin und noch zwei andere Stammesgenossen kletterten an Bord. Als sie auf festen Grund traten, war es Mlatangin, als berühre er tatsächlich Festland, obwohl das Deck aus Holz bestand. Es war ein merkwürdiges Gefühl, ungewohnt im Vergleich zu dem elastischen Lederboden des Kajaks, durch den das Meerwasser hindurchschien. Nicht einmal das Schaukeln war zu spüren.

Der Chef der Haarmünder lachte breit und zeigte dabei gelbliche, kräftige Walrosszähne, er redete laut, gestikulierte heftig und schlug mehrere Male mit seiner breiten Schaufelhand auf Mlatangins Rücken. Alle diese freundschaftlichen Gebärden beruhigten Mlatangin ganz und gar nicht. Ihm kam sogar der Gedanke, man könnte sie leicht gefangen nehmen, in ein fremdes Land bringen und zu Sklaven machen. In überlieferten Erzählungen über die Zeit der grausamen Kriege mit den Tangitan wurden die Qualen sehr bildhaft beschrieben, die gefangene Krieger erdulden mussten. Man hängte sie an den Armen auf, verbrannte mit erhitztem Eisen langsam ihre Haut, stach ihnen die Augen aus, zerdrückte ihnen die Eier und das Glied.

Die Gäste wurden in einen Raum geführt, in die Kajüte des Kapitäns, ein geräumiges Holzzimmer mit runden Fenstern. An den Wänden hingen eingerahmt unbekannte Personen und Abbildungen, auf dem riesigen runden Tisch mit schmalen Holzleisten am Rand standen große Gläser mit einem dampfenden Getränk.

»Kaffee! Kaffee!«, wiederholte der Kapitän mehrere Male und lud die Gäste ein, sich auf die hohen, an den Holzfußboden geschraubten Stühle zu setzen.

Der Kaffee erwies sich als ein ungeahnt schmackhaftes Getränk. Dem Beispiel des Kapitäns folgend, tunkten die Gäste steinhartes, getrocknetes Brot in die schwarze Flüssigkeit. Nach dem Kaffee wurde ihnen das Walfanggerät vorgeführt – Harpunen mit Pulverladung, ein rundes Metallrohr mit geschliffenen Rändern, das an eine Pumpe angeschlossen war, mit der der Wal aufgeblasen werden konnte. Zum Abschied erhielt jeder ein Geschenk – etwas Kaffee, Zucker und Schiffszwieback.

Inzwischen war der Wal fast vollständig auseinander genommen, waren Fett und Barten entfernt. Das verunstaltete, blutigrote Skelett wurde von den Leinen befreit, die es an der Bordwand des Walfangschoners in der Luft hielten, und im nächsten Augenblick fiel es ins Wasser und versank.

Auf Mlatangins Kajak wurde das Segel gesetzt, und sie fuhren in Richtung Uëlen davon.

Das war die erste Begegnung der Luorawetlan mit haarmündigen Walfängern, solche Zusammentreffen wurden von nun an in der Meerenge zur Gewohnheit.

Im Jahr 1848 waren amerikanische Walfischjäger im nördlichen Teil der Beringsee, im Tschuktschischen Meer und an der Eismeerküste von Alaska keine Seltenheit mehr. In der Hauptsache kamen sie aus der schnell wachsenden und aufblühenden Hafenstadt San Francisco. Um ihr Glück zu suchen, kämpften sie sich durch Eis und Nebel der arktischen Gewässer.

Der Walfang wurde von nun an kommerziell betrieben, mit amerikanischer Wucht. An der Küste Alaskas, in Port Clarence, wurde sogar eine spezielle Station zum Beladen der Schiffe mit Kohle für jede neue Schifffahrtsaison eingerichtet. Innerhalb von mehreren Dutzend Jahren war der riesige

Bestand an Walen im nördlichen Teil des Beringmeers fast ausgerottet. Wenn es den Uëlenern gelang, innerhalb einer Saison einen einzigen Grönlandwal zu erbeuten, so war das ein großer Erfolg. Weit öfter mussten sie tote Wale aus dem Meer fischen, aus denen nur das Fett herausgeschnitten und die Barten herausgerissen waren. Mit der Erfindung der Gasbeleuchtung ging die Nachfrage nach Tran rasant zurück, die Walbarten aber standen weiterhin hoch im Kurs. Die entstellten Walkörper wurden von den Wellen ans Kieselufer geworfen.

Es sollten hundert Jahre vergehen, bis die Nachkommen der Walfänger, die die mächtigen Tiere ausrotteten, die für die Küstenbewohner der Tschuktschen-Halbinsel und der Beringstraße die Lebensgrundlage waren, eine internationale Walfischkommission gründeten, den Tschuktschen und Eskimos jährlich spärliche Quoten einräumten und das heuchlerisch als Sorge um die Ernährung der Urbevölkerung ausgaben. Hinterher sind die Menschen immer klüger. Die Tangitan bilden darin keine Ausnahme.

Mlatangin setzte die Jagd auf die Wale mit der Harpune fort. Doch er träumte schon von der Anschaffung einer echten Harpunenkanone und sammelte Walbarten zum Tausch. Einstweilen schienen die Walherden noch unerschöpflich zu sein.

In Uëlen waren die Schiffe der Haarmünder immer öfter zu sehen. Getauscht wurden Felle, Walrosselfenbein und Walbarten gegen Tee, Zucker, Mehl, Feuerwaffen, Stoffe und Tabak. Am begehrtesten jedoch war das üble Feuerwasser, um es zu kriegen, waren viele bereit, nicht nur das Letzte herzugeben, sie boten auch ihre Frauen und sogar ihre Kinder an.

Einige Uëlener beunruhigte diese Tatsache, aber sich vor der Versuchung zu schützen, war schwer.

In der Siedlung gab es genug vernünftige Menschen, die

die Gefahr des üblen Getränks erkannten, darunter auch der Schamane Kaljantagrau und Mlatangin, der zu einem der besten Jäger und Walfänger geworden war.

Im Herbst 1867, als die feuchten und dunklen Nächte begannen, nahm Mlatangin Korginau, Kaljantagraus Tochter, zur Frau und stellte seine Jaranga neben die seines Vaters in die Mitte von Uëlen.

Zweiter Teil

Die Geburt des Großvaters

Wie mir anhand von verschiedenen Angaben und Ereignissen auszurechnen gelang, kam mein Großvater etwa 1868 auf die Welt. Seine Eltern waren Mlatangin und Korginau. Ihre Jaranga, die im Mittelteil der Siedlung stand, existierte noch in meiner Kindheit. Anfang der Fünfzigerjahre des zwanzigsten Jahrhunderts, als meine Landsleute in Holzhäuser umgesiedelt wurden, baute man sie zusammen mit anderen alten Behausungen ab, denn für einen sowjetischen Menschen schickte es sich damals nicht, in solchen »primitiven« Zelten zu wohnen. Zum letzten Mal sah ich unsere Jaranga, das heißt ihre Abbildung, 1978 im Museum der Stadt Nome, während meiner ersten Amerikareise. Der Fotograf hatte das Panorama von Uëlen aufgenommen, und ganz im Vordergrund stand unser heimatliches Nest.

In dieser Jaranga kam im Jahr 1868 also, zu Beginn des Frühlings, mein Großvater zur Welt. Bei seiner Geburt wurden alle Bräuche eingehalten, die beim Erscheinen eines Menschen beachtet werden mussten, auf dem große Hoffnungen lagen. Das war immer so: Wurde ein Mensch geboren, vor allem ein männliches Kind, übertrugen die Eltern alle eigenen Wünsche, die sie selbst aus irgendwelchen Gründen nicht verwirklichen konnten, auf ihr Kind.

Mit einer Klinge aus Obsidian, die viele Jahre zuvor ein Mann aus dem Land der Korjaken mitgebracht hatte, wurde die Nabelschnur durchtrennt. Dieser Splitter des rauchfarbenen Steins diente der Familie schon seit mehreren Generationen und wurde in einem speziellen, mit der Zeit ausgetrockneten Sack aus Robbenleder aufbewahrt.

Das Neugeborene wurde nach draußen gebracht und ungeachtet seines herzzerreißenden Geschreis von seinem

Großvater Tynemlen mit Schnee abgerieben. Erst dann wurde das Kind in ein vorbereitetes weiches Fell gewickelt und zur Mutter gelegt. Der Junge brauchte die Brust nicht lange zu suchen, als er sie gefunden hatte, sog er sich mit den Lippen fest und hielt sie mit den kleinen Händen.

»Der lässt sich nicht unterkriegen«, sagte Tynemlen nachdenklich, als er seinen Enkelsohn betrachtete. Er dachte bereits an die Zukunft des Neuankömmlings. Sein Leben sollte anders werden als das von Tynemlen.

Von allen Seiten drang Fremdes in Tschukotka ein, in das bewährte Leben, das jahrhundertelang gleichmäßig verlaufen war. Die Tangitan, anfangs Haarmünder genannt, überfluteten die Tundra und die Küsten. Sie gruben auf den Sandbänken nach dem wertvollen Geldmetall, fielen über die Wale her, aber das Traurigste und Beunruhigendste war, dass sie sich mithilfe des üblen, fröhlich machenden Wassers in das Leben der tschuktschischen Bevölkerung einmischten. Wenn ein Mensch kein weiches Fell von jungen Renen hatte, keine Walrosshauer und keine Walbarten, dann gab er den Tangitan seine Frauen und Töchter und tauschte dafür eine kurze Befriedigung und Vergessen ein durch einen Schluck von diesem heimtückischen Getränk. Die quälende Sorge um die Zukunft nahm Tynemlens ganzes Denken und Fühlen in Anspruch. Während die Rentier-Menschen noch unbeschadet in den unerreichbaren Gebieten der tschuktschischen Tundra nomadisierten, gab es am Meer keinen Schutz vor den Fremdlingen. Hinter der steinigen Landzunge dehnte sich in unbekannte und unendliche Weiten das Eismeer aus. Möglicherweise gab es in der Ferne unbewohnte Inseln, zu denen im Frühling die Zugvögel flogen. Doch wie dorthin kommen? Und die heimatliche Erde konnten sie nicht verlassen, in der die Gebeine der Vorfahren ruhten! Also mussten sie lernen, unter den neuen Verhältnissen, in der neuen Zeit zu leben.

Ein neuer Mensch wurde gebraucht. Ein Mensch, der den anderen durch sein persönliches Beispiel den Weg in die Zukunft wies. Die Schwierigkeit bestand darin, dass die Uëlener frei lebten, so wie es ihnen passte. Niemand stand über einem anderen. Niemand erteilte einem anderen Befehle.

Natürlich gab es Regeln im Zusammenleben. Regeln, die nirgendwo geschrieben standen, aber von Mund zu Mund weitergegeben wurden. Sie bestanden aus einfachen und, wie es schien, augenfälligen Wahrheiten, die jeder verinnerlicht hatte. Es war verboten, einen Menschen zu töten und ihn zu erniedrigen. Die Frau eines anderen war tabu. Freiheit hieß, seinen Nachbarn zu verteidigen. Eigentum galt als unantastbar. Diebe wurden einfach aus der Siedlung verbannt. Gewöhnlich ging ein Mensch, der bei einem Verbrechen ertappt wurde, von selbst so weit weg wie möglich. Niemand kam auf den Gedanken, sich den Speer eines anderen oder dessen Jagdausrüstung, Kleidung, Hunde oder Schlitten zu nehmen. Ohne besonderen Grund ging man nicht in eine andere Jaranga: Wenn du nicht gefragt wirst, komm nicht mit guten Ratschlägen.

Natürlich gab es Dinge, die gemeinsamer Beratung und gemeinsamer Lösung bedurften. Das war Sache der geachtetsten Männer. Zu ihnen gehörten die Besitzer der Kajaks, geschickte und erfolgreiche Jäger, und natürlich die Schamanen.

Ein Schamane unterschied sich in nichts von den anderen Bewohnern. Er ging auf die Jagd, paddelte im Kajak, warf die Harpune, hielt den Klegran in Stand. Doch darüber hinaus heilte er Menschen und Hunde, sagte das Wetter voraus, geleitete den Menschen auf die Reise in die Welt der Verblichenen, hieß Neugeborene willkommen, und sein Rat bei der Namensgebung war oft entscheidend.

Jawohl, äußerlich unterschied sich Kaljantagrau in nichts von den anderen. Aber jeder wusste, dass es in Uëlen keinen zweiten gab, der so erfahren und weise war wie er. Er kannte alles, was man fürs Leben brauchte. Und wenn Rat gebraucht wurde, hatte nur er das Recht, sich an die Höheren Mächte zu wenden, an die zahlreichen Geister, die das menschliche Leben lenkten. Er verfügte über ungewöhnliche Körperkraft und hielt viel aus. Angst kannte er nicht. Zu allem Überfluss konnte er auch noch gut singen, dichtete Lieder und erfand Tänze, oft lustige, bissige, die dazu dienten, Menschen, die zu Vergehen neigten, durch Kritik wieder auf den richtigen Weg zu bringen.

Die moralische Autorität von Kaljantagrau war so groß, dass seine Überlegenheit von allen anerkannt wurde. Obwohl er nicht reich war. Er hatte nicht einmal einen eigenen Kajak, in der Sommersaison schloss er sich an Tynemlens Mannschaft an, wurde zu einem einfachen Jagdteilnehmer.

Am Tag der Namensgebung hüllte sich Kaljantagrau in einen festtäglichen, selten getragenen, langen Mantel aus Rentiersämischleder. Aus Anlass der Feierlichkeit wurden die Hunde aus dem Tschottagin gejagt und dann wurde im erkalteten Feuer das getrocknete Stück einer Baumwurzel angezündet. Von der Spitze des Zelts hing an einem dünnen Lederband ein heiliges Amulett herab – die Gespreizten Flügel.

Korginau hielt das Neugeborene auf den Knien und stillte es. Der glückliche Vater saß auf einem Walwirbel und rauchte Pfeife. Die Großmutter Tynawana bereitete ein festtägliches Mal vor, sie stieß in einer Steinschale frisches Seehundfett, und der Großvater zerstückelte Robbenleber.

»Hast du den Namen schon ausgewählt?«, fragte Kalajantagrau Tynemlen.

»Ich möchte, dass sich im Namen des Neugeborenen unser Volk fortsetzt«, entgegnete Tynemlen.

»Sind die Eltern einverstanden?« Kaljantagrau wandte sich an Mlatangin und Korginau.

»Wir sind einverstanden«, antwortete der Vater.

Kaljantagrau schloss die Augen. Einige Zeit saß er unbeweglich, in sich versunken. Sein bereits spärliches langes graues Haar lag auf den Schultern und vermischte sich mit dem Fell des Vielfraßes. Alle schwiegen ehrerbietig. Nur das Feuer knackte und das Kind schmatze und stöhnte laut vor Wohlbehagen.

»Wir Uëlener leiten unsere Herkunft von unserem gemeinsamen Vorfahren Rëu-Wal ab, dessen Nachfahre Ermen war, der das Volk von Uëlen auf die steinerne Landzunge gebracht hat«, begann Kaljantagrau. »Dann wurde Mlemekym geboren, der den Pfeil der Feindschaft zwischen unserem Volk und den Aiwanalinen aus Nuwuken zerbrach. Nur deshalb sind wir heute Verwandte ... Dann kam Mlerynnyn, der zu Mlakoran wurde. Er holte für unser Volk das Ren und lehrte uns, zu nomadisieren. Dann riss die Verbindung der Zeiten ab. Heute kann keiner sagen, warum. Bis ein Mensch geboren wurde, der den Namen seines Vorfahren Mlemekym annahm. Zu seinen Lebzeiten fand die erste Begegnung mit den Haarmündern statt, die wir heute Tangitan nennen. Unser Landsmann Kunlelju, dessen Heldentaten in die Heldenepen eingegangen sind, hieß manchmal Mekym, was auf die Blutsverwandtschaft mit unserem Geschlecht hinwies. Tapfer kämpfte er mit den Tangitan und erlangte die Unabhängigkeit unseres Glaubens und unserer Bräuche ... Dein Großvater, Tynemlen, der von uns hoch geschätzte Mleryntyn, war als Erster aus unserer Siedlung auf dem russischen Jahrmarkt am Anjui. Der junge Vater Mlatangin, so genannt zu Ehren deines russischen Freundes Gawriil Sarytschew, wurde der Vater des Neugeborenen ...«

Kaljantagrau verstummte. Er nahm das Kind. Der Junge verzog unzufrieden das Gesicht, suchte mit den Lippen energisch nach der so plötzlich verschwundenen Quelle der süßen, warmen Milch und schrie los.

»Deine Stimme gefällt mir«, sagte Kaljantagrau lächelnd. Er holte das verkohlte Wurzelstück aus dem Feuer, zeichnete eine dicke, fette Linie auf die Stirn des weinenden Kindes und sagte leise: »Ich heiße dich Mletkin. Ich hoffe, dass du deinen Namen würdig ins zukünftige Leben trägst, dass du den Menschen dienst ... Mletkin!«

»An der Wende der Zeit« – das bedeutete der Name.

Die Gespreizten Flügel schlugen in die Richtung des Neugeborenen aus.

Das Kind verstummte plötzlich, als horchte es auf seinen Namen. Kaljantagrau gab es der jungen Mutter, und der Junge begann wieder mit Inbrunst an der Brust zu saugen.

Damit war der Ritus der Namensgebung beendet. Er war einfach, ohne viel Worte, aber bedeutungsvoll.

Tynawana stellte eine lange, hölzerne Familienschale auf einen niedrigen Tisch und legte vorsichtig Rentierfleischstücke darauf. Im Winter hatten sie es gegen Leder eingetauscht und für besonders festliche Anlässe aufbewahrt. Es wurde auch als Opfergabe verwendet, vor allem das Fett, das sich leicht auf die schmalen Mundspalten der hölzernen Idole schmieren ließ.

Mlatangin versank in Träumen über seinen Sohn Mletkin. Vor allem sollte er natürlich ein erfolgreicher, ausdauernder Jäger werden. Denn der Erfolg kommt nur zu denen, die bei Sonnenaufgang aufstehen, sich nicht lange auf dem weichen Rentierbett rekeln und sich nicht den Magen mit fettem, schwerem Essen voll laden. Er erinnerte sich an die Vorfahren, die der Schamane aufgezählt hatte, und dachte an das lange Leben, das von hier aus, von diesem Punkt, der bereits von dem neuen Menschen bestimmt wurde, im grauen Nebel der Vergangenheit verschwamm, wo es im Schatten der Verblichenen ein unbekanntes Dasein gab. Die Menschen, die Kaljantagrau aufgezählt hatte, waren nicht im völligen Nichtsein verschwunden, sie setzten ihr Leben in einer anderen Welt fort, in die früher oder später jeder eintrat. Von dort aus beeinflussten sie das Leben der jetzigen Menschen, und nur solchen wie Kaljantagrau war es gestattet, in die Welt derer zu schauen, die durch die Wolken gegangen waren. Es wäre wunderbar, so dachte Mlatangin, wenn Mletkin nicht nur ein tapferer Jäger werden würde, sondern auch ein von Oben Behauchter, wie die Schamanen manchmal genannt wurden. Aber warum hatte Kaljantagrau dem Kind den Namen Mletkin gegeben? Was verbarg sich hinter dieser Bedeutung? Die Antwort konnte nur das zukünftige Leben geben.

Mlatangin wusste nicht, dass Tynemlen in dieser Minute dieselben Gedanken hatte: Er dachte an die Zukunft seines Enkels. Vielleicht war er der Erste ihres Geschlechts, der die Menschen auf den richtigen Weg führte, der weise war, stark und gerecht. Vielleicht konnte er die geheimnisvollen Zeichen ergründen, die Spuren, die auf den Seiten des Heiligen Buches in russischer Sprache eingedrückt waren.

»Es heißt, die Russen verlassen Rotschgyn«, sagte Kaljantagrau, als er seine Teetasse zum Mund führte. Dieses Getränk hatte bei den Luorawetlan schnell an Popularität gewonnen, und jetzt kamen sie nicht mehr ohne es aus.

Rotschgyn – Alaska: Dort waren die Russen eingedrungen, sie waren in längst vergangenen Zeiten mit großen Schiffen von Kamtschatka aus ins Meer gestochen und hatten sich dort festgesetzt.

»Sie haben doch Platz genug«, sagte Tynemlen nachdenklich. »Ihr Land ist groß.«

»Aber unser Land verlassen sie nicht«, fuhr Kaljantagrau fort. »Ich fürchte, sie werden nicht aufhören, Wale zu töten.«

»Wir können uns nicht mehr vor ihnen schützen«, seufzte Tynemlen.

»Also müssen wir lernen, mit ihnen zu leben«, sagte Kaljantagrau. »Wir wollen doch nicht wie in alten Zeiten gegen sie kämpfen.«

»Ja, diese Zeiten sind vorbei«, sagte Tynemlen mit einem Anflug von Bedauern.

Mlatangin mischte sich nicht in das Gespräch der Alten ein, obwohl er längst, seit seinem ersten Wal, das Recht hatte, nicht nur seine Meinung zu sagen, sondern auch wichtige

Entscheidungen zu treffen. In Gedanken stimmte er zu: Sie mussten lernen, in den neuen Verhältnissen zu leben, in enger Nachbarschaft mit den Tangitan.

Die ersten anderthalb Jahre badete der kleine Mletkin in Zärtlichkeit. Im warmen Polog, der von drei steinernen Tranlampen erleuchtet und geheizt wurde, wanderte der Junge von einer Hand in die andere. Die Erwachsenen streichelten besonders gern sein winziges männliches Prachtstück und schnupperten geräuschvoll daran, was ein Ausdruck besonderer Liebe war.

Als Mletkin allerdings auf beiden Beinen stand, änderte sich das schlagartig. An Stelle der Brust gab ihm die Mutter immer öfter ein Stück hartes Seehund- oder Robbenfett, und er bekam eine Ecke mit einem ziemlich harten Bett aus Rentierhaut zugeteilt. Aber die Hauptsache war, er wurde nicht mehr beachtet, wenn er nach etwas verlangte und das mit lautem Geschrei deutlich machte.

Anfangs spielte er mit kleinen Tierknöchelchen und mit aus Walrosselfenbein geschnitzten Figuren – Vögel, Füchse, Eisbären, Robben, Menschen und Hunde. Aus bunten Steinchen baute er Jarangas, setzte Spielzeugmenschen hinein und ließ sie miteinander sprechen. Großvater Tynemlen fertigte aus in der Mitte gespaltenen Walrosshauern einen Schlitten für ihn an, später dann einen echten Hundeschlitten, einen kleinen zwar, aber Mletkin konnte immerhin Welpen davor spannen, von denen es zu jeder Zeit genug in der Jaranga gab.

Allmählich wurde aus dem Spiel Wirklichkeit. Im Winter brachte der kleine Mletkin auf seinem Hundeschlitten Eis vom zugefrorenen Bach, schippte nach einem Sturm mit einer kleinen Schaufel Schnee von den Außenwänden der Jaranga und schaufelte den Eingang in die Behausung des Großvaters frei.

An den Abenden erzählten Tynemlen oder Kaljantagrau dem Jungen alte Legenden. Das waren ernsthafte und wahrhaftige historische Geschichten, beispielsweise von der Erschaffung der Erde, des Wassers, der Tiere und der Menschen durch den Raben. Zaubermärchen über Verwandlungen aller Art, belehrende Fabeln, Abenteuer von Tieren, Vögeln und reisenden Menschen erzählten die älteren Frauen.

Der kleine Mletkin hatte häufig sehr lebhafte Fantasien, er flog mit den Vögeln bis zu den Wolken, verwandelte sich in einen riesigen Wal oder Seehund und tauchte in den Meeresschlund, wo die Herrin des Ozeangrunds in Gestalt einer gigantischen Meduse in einer großen Jaranga lebte. Vor den Menschen erschien die Meeresherrin in menschlicher Gestalt und war von ungewöhnlicher Schönheit. Sie lockte sie zu sich, und wer ihrem Zauber erlag, verhedderte sich in ihren gelben Armen, die sich als brennende Fangarme erwiesen, starb oder verwandelte sich für immer in ein Meerestier. Sah Mletkin von weitem einen Seehund auf einer Eisscholle liegen, erinnerte er sich wunderbarerweise an einen Menschen, der ausgebreitet auf dem Eis lag.

Mletkin verwandelte sich sehr gern in einen Vogel. Von oben konnte er alles sehen. Hinter den südlichen Hügeln, hinter der Lagune, breitete sich das Meer aus, die Küstenlinie führte in die Ferne, in den Süden, wo die Landsleute der Uëlener lebten. Auf diese Weise erhielt der kleine Mletkin den Anfangsunterricht in Geografie und lernte gleichzeitig die Tiere und Vögel seiner Gegend kennen.

Die Welt war viel reicher als die Landschaft, die der Mensch mit dem gewöhnlichen Auge sah. Es brodelte geradezu vor unsichtbaren Wesen, die auf das Menschenleben Einfluss hatten. In allen lebenden Wesen, in den Flüssen und Bächen, Seen und Meerengen wohnten unsichtbare Geister – die Kelen. Oft waren sie die Herren von auffälligen Orten, Felsen und Felsvorsprüngen. Die Herren der Winde und des Wetters erinnerten jeden Tag an sich, mal mit einem Orkan, mal mit einer frischen Brise, mal mit einer zärtlichen Berührung im Gesicht, mal mit gutem Sonnenwetter, mal mit Regenwetter. Und mit diesen mächtigen Kräften musste man in Eintracht leben und bei den Opferungen nicht vergessen, sie zu ehren und ihnen zu schmeicheln.

Sogar die kleinen Insekten besaßen menschliche Züge. Einmal ging der Junge mit der Großmutter Tynawana durch die Tundra spazieren und sah zwischen den Steinen ein in der Sonne glänzendes Spinnennetz und zerriss es mit der Spitze seines Stiefels.

»Was hast du getan!«, wehklagte die Großmutter. »Du hast die Weise Spinne gekränkt!« Unterdessen kroch die Weise Spinne aus der moosbedeckten Steinspalte und lief auf der grauen Oberfläche zu ihrem zerrissenen Netz. »Sprich mir schnell nach: ›Ich habe dein Netz nicht mit Absicht zerstört, Weise Spinne! Das wollte ich nicht! Sei mir nicht böse!‹«

Der Junge wiederholte erschrocken die Worte der Großmutter. Tynawana holte aus dem Ledersäckchen, in dem sie ihren Kautabak aufbewahrte, einen Strick aus gewundenen Rentiersehnen und legte ihn an den Rand des Steins neben das zerrissene Spinnennetz. »Sprich mir nach: ›Weise Spinne, ich gebe dir einen festen Faden, damit du dein Netz flicken kannst!‹«

Der Junge sprach gehorsam die Worte der Großmutter nach und guckte jetzt genau hin, bevor er mit seinem Fuß auf die Erde trat.

Dann bekam Mletkin weniger zu trinken, damit er lernte, Durst zu ertragen. Sein Essen war mehr als einfach. Nur selten bekam er einen Leckerbissen – die Augen einer Ringelrobbe.

Auf seinem Rentierbett war das Fell fast vollkommen abgewetzt, aber es wurde nicht ausgewechselt. Und wenn er nachts ins Bett machte, dann musste er am Morgen das nasse Bettzeug auf die Schultern laden und so lange um die Jaranga rennen, bis es trocken war. Nach zwei, drei Läufen gewöhnte sich Mletkin ab, ins Bett zu machen.

Dennoch musste er früh am Morgen nackt aus der Jaranga treten, seine kleine Notdurft verrichten und sich in dieser Zeit aufmerksam umschauen, um dem Vater über den Zustand des Himmels und die Richtung des Windes zu berichten. Im Sommer war das nicht schlimm. Aber im Winter, besonders bei sehr klarem Wetter, wenn sich die nackten Fußsohlen am Eis verbrannten und taub wurden und dann im warmen Polog unter großen Schmerzen wieder Gefühl bekamen, war es fast unerträglich. Nur wenn ein starker Schneesturm wütete, die Jaranga zitterte und der Zustand des Wetters auch so klar war, konnte der Junge im Polog bleiben.

Eines schönen Tages entdeckte Mletkin, dass sein Tee, der in ein flaches Gefäß gegossen wurde, nicht mehr den angenehmen süßen Geschmack hatte. Er machte die Mutter darauf aufmerksam. Der Vater erklärte: »Von heute an wirst du keinen süßen Tee mehr trinken. Dieser süße Geschmack schadet deiner Erziehung zu Ausdauer und Kraft.«

Zu diesen Prüfungen kamen allmählich andere. Bei gutem Wetter war Mletkin den ganzen hellen Tag draußen, ihm war nicht gestattet, den warmen Polog zu betreten. Das Äußerste, was er sich erlauben konnte, war, im Tschottagin ein bisschen bei den Hunden zu sitzen. Dieser rauen Erziehung unterlagen alle Jungen von Uëlen. Nur so konnte ein echter, starker, ausdauernder Jäger heranwachsen, der bereit war, jede Prüfung zu bestehen.

Bereits mit acht Jahren lenkte Mletkin ein kleines Hundegespann, erfüllte viele Verpflichtungen im Haushalt, fütterte die Hunde und fuhr im Sommer mit dem Vater aufs Meer. Zu seinen Pflichten gehörte es, darauf zu achten, dass der Lederkajak nicht voll Wasser lief.

Im Frühherbst des Jahres 1878 wurde Mletkin vom Vater geweckt, als der Schlaf noch süß war. Er rieb sich die Augen, erhob sich von seinem kümmerlichen Lager und rannte nach draußen, wobei er über die im Tschottagin liegenden Hunde springen musste.

Draußen war es still und klar. Die Sonne stand bereits über dem Uferfelsen, die Kanten der blauen Eisberge glänzten, die Eiskruste, die über Nacht auf dem getauten Schnee gefroren war, glitzerte in den morgendlichen Sonnenstrahlen und schillerte blau – der klare Himmel spiegelte sich auf der Oberfläche wider. Als Mletkin seine kleine Notdurft verrichtete und dabei den warmen Strahl auf die im kalten Eis stehenden nackten Füße richtete, empfand er angesichts der Schönheit der Natur ein ungewöhnliches Gefühl innerer Hochstimmung. Diese Verzückung ergoss sich gleichsam von außen in ihn und füllte seine Seele mit dem Klang von Himmelsmusik.

Als er in die Jaranga zurückkehrte, berichtete er kurz vom Zustand des Wetters und machte sich gemeinsam mit dem Vater ans Frühstück.

An diesem Morgen sollte der Ritus der Herunternahme der Kajaks stattfinden. Sie waren im Winter auf Gestelle aus Walkieferknochen gehoben worden, damit die hungrigen Hunde nicht die Haut abknabberten. Während des langen Winters war das Leder ausgetrocknet und brüchig geworden. Um es wieder elastisch zu machen, wurden die Kajaks im Frühjahr ans Meeresufer getragen und im Schnee eingegraben. Der langsam schmelzende Schnee feuchtete die Walrosshaut allmählich an und gab ihr die verlorene Elastizität und Festigkeit zurück.

Jede große Familie, die eine Mannschaft im Jagdkajak darstellte, vollführte diesen Ritus mit ihrem Boot.

Tynemlens Kajak stand neben der Jaranga, sodass sie ihn lange zum Meeresufer schleppen mussten. Kaljantagrau, gekleidet in das festtägliche Schamanengewand – eine mit rotem Ocker gefärbte lange Kamlejka, am Saum mit Vielfraßfell verziert und am Rücken und an der Brust mit feinen Lederbändern, an deren Enden bunte Glasperlen hingen –, lächelte dem Enkel liebevoll zu und zeigte auf den Platz neben sich. »Heute wirst du mir helfen«, sagte der Schamane. »Hier, halte.« Er reichte dem Jungen ein rundes Holzgefäß, das nur für die Speisung der Geister und Götter verwendet wurde. In der Schale lagen, zu einem Berg aufgehäuft, fein geschnittene Würfel von Rentierspeck, Kopalchen, Ringelrobbenfett, altersgrünes Itgilgyn, Zwiebackkrümel und sogar Zucker. »Wie die Götter unseren heutigen Ritus aufnehmen«, sagte Kaljantagrau, »davon hängt der Erfolg der kommenden Jagdsaison ab.«

Kaljantagrau ging um das Boot herum. Leise flüsterte er Zaubersprüche, manchmal nahm er eine Hand voll Opfergaben aus der Holzschale und streute sie auf den Schnee. Die Hunde schnappten nach der Götterspeise, knurrten und bissen sich. Mletkin, der seinem Großvater auf den Fuß folgte, dachte, auf diese Weise bliebe für die Götter und Geister nichts mehr übrig, er schrie die Hunde an und versuchte sie wegzuscheuchen.

Als die Opferung vorbei war, hoben die Jäger das Boot auf die Schultern und trugen es zum Ufer. Während es im Schnee vergraben wurde, vollführte Kaljantagrau noch einmal den gleichen Ritus mit den restlichen fünf Uëlener Booten.

Der letzte Teil des Ritus fand bereits auf den Eisschollen statt. Nur Mletkin begleitete Kaljantagrau mit der Holzschale, in der ein kleiner Rest der Götterspeise lag. Sich an das Meer wendend, das im Eis gefangen lag und mit Eisschollen und Eisbergen zugedeckt war, hob Kaljantagrau leise zu singen an.

> Oh, du, Enantomgyn, und deine Gehilfen und
>   deine Verkörperungen,
> Die das Meer und die Tiere im Meeresschlund
>   beherrschen!
> Schickt Erfolg und viele Tiere an unsere Ufer.
> Und wir werden es Euch danken, Götter und Geister.
> Unser Erfolg wird auch Euer Erfolg sein.

Nachdem Kaljantagrau die letzten Reste der Opfergabe verstreut hatte, wandte er sich zu Mletkin um, nahm die Schale aus seinen Händen und sagte fröhlich: »Das war alles! Wir haben unsere Götter gespeist!«

Mletkin schaute den Großvater voller Zweifel an und sagte: »Die Hunde haben doch alles aufgefressen! Alles, was für die Götter bestimmt war, haben sie aufgefressen, obwohl ich sie immer weggejagt habe.«

Kaljantagrau lachte und drückte den Jungen an sich.

»Das ist gut, dass du alles siehst und über alles nachdenkst … Aber diesmal hast du nicht recht: Was den Göttern gehört, haben sie bekommen, und ich denke, dass sie sogar zufrieden sind. Sie haben sich darüber gefreut, dass ausgerechnet du mir bei der Opferung geholfen hast.«

»Wie denn?«, fragte Mletkin ungläubig. »Hast du denn nicht gesehen, wie die Hunde nach jedem Stück geschnappt haben? Sie haben sich sogar darum gestritten!«

»Irgendwann einmal wirst du lernen, richtig zu sehen, was vor deinen Augen passiert«, sagte der Schamane nachdenklich. »Stimmt, die Hunde haben die Opfergaben aufgegessen. So denkt jeder einfache Mensch. Aber wir, die von Oben Behauchten, sehen etwas ganz anderes. Die Götter sind allgegenwärtig und überall anwesend. Sie können sich in einem beliebigen Tier verkörpern, sogar in Steinen und Pflanzen. Diesmal haben sie sich in den Hunden verkörpert, über die Hunde haben sie unsere Opfergaben angenommen.«

Die Hunde liefen noch immer neben ihnen her, und Mletkin, der über die Worte des Großvaters nachdachte, konnte das Gesagte nur schwer begreifen. Er wusste, dass Kaljantagrau viele Vorzüge besaß, die die anderen Uëlener nicht hatten. Er konnte mit dem allgegenwärtigen und überall anwesenden Schöpfer und mit den Höheren Mächten verkehren. Er wusste viel und vermochte viel, und die Menschen von Uëlen erkannten das an. Aber warum war er so geworden? Äußerlich unterschied er sich doch in nichts von den anderen. Höchstens wenn er dieses Gewand anzog …

»Möchtest du gern so werden wie ich?«, fragte Kaljantagrau einschmeichelnd.

»Ja«, antwortete Mletkin leise und schaute bereits mit anderen Augen auf die neben ihnen laufenden Hunde.

Von diesem Tag an begann der Junge sich die Umgebung genauer anzusehen und versuchte, die für einen gewöhnlichen Menschen nicht sichtbaren Kräfte, vielleicht sogar Wesen zu erkennen. Er horchte auf das Wehen des Windes, und manchmal war ihm, als höre er tatsächlich Stimmen, zuweilen konnte er sogar einzelne Worte unterscheiden. Besonders wenn die Herbststürme tobten, tauchte in der Ferne, am Horizont, zwischen den weißen Schaumkronen plötzlich ein großes menschliches Gesicht auf, schaute den Jungen an und rief in seiner Seele eine merkwürdige Ahnung der Annäherung an das Große Geheimnis hervor.

Anfangs war Mletkin darüber verwundert, er empfand manchmal schmerzlich seine Andersartigkeit, aber dann gewöhnte er sich daran, und es kam sogar vor, dass er versuchte, dieses Gefühl aus eigenem Willen hervorzurufen, indem er sich in sich selbst versenkte. Aber äußerlich blieb er immer derselbe umgängliche, fröhliche Junge, der seinen Altersgenossen ähnlich war. Vielleicht musste er sogar mehr ertragen als die anderen Jungen von Uëlen. Natürlich kam es vor, dass die Mutter ihm heimlich einen Leckerbissen zusteckte und seinen Tee mit Zucker süßte. Er nahm dieses Zeichen der Mutterliebe an, aber versuchte doch in allem anderen die Regeln und Vorschriften einzuhalten, die für ihn galten.

Der Familienrat fand an einem späten Herbstabend in Mlatangins Jaranga statt. Das Feuer war bereits am Verlöschen, die Frauen hatten sich schon in den Polog zurückgezogen, im Tschottagin waren nur drei Männer übrig geblieben – Großvater Tynemlen, der Schamane Kaljantagrau und Mletkins Vater Mlatangin. Mletkin selbst war nicht anwesend, er war mit seinen Freunden zum Fischen in die Meerenge Pilchyn gefahren.

»Ich habe ihn lange beobachtet und glaube, dass er der Richtige ist«, sprach Kaljantagrau langsam, nachdem er einen Schluck kalten Tee getrunken hatte.

Tynemlen fing nicht gleich zu reden an. Er verstand, was für eine schwere Zukunft den Enkel erwartete, wenn er den Weg des Schamanen wählte. Auf viele einfache Lebensfreuden müsste er verzichten. Kein einziges Wort könnte er einfach so dahinsagen, nicht scherzen, denn hinter jedem Satz, den er sprach, würden die Menschen einen verborgenen Sinn suchen, ein Sinnbild, eine tiefe Bedeutung. Viele Augen würden sein Verhalten beobachten, und jeder seiner Aussprüche, auch wenn er noch so unbedeutend wäre, würde von Mund zu Mund weitergetragen werden. »Das hat Mletkin gesagt!«, würde es heißen.

Ein Schamane wurde in Uëlen verehrt. Aber gleichzeitig wurde er gefürchtet, denn er verfügte über Kräfte, die sogar auf Entfernung töten konnten. Deshalb hatte niemand den Mut, etwas Ungutes über ihn zu sagen, ihn zu kränken, zu betrügen. Auf solche Handlungen konnte im Handumdrehen eine grausame Strafe folgen. In die Achtung und Ehrfurcht mischte sich auch Angst vor dem Schamanen.

Könnte Mletkin das ertragen?

»Was meinst du?«, fragte Kaljantagrau Mlatangin.

»Das Wichtigste ist, was Mletkin selbst dazu sagt. Er wird von Tag zu Tag mehr Mann. Er soll seinen Körper abhärten, und wenn die Zeit kommt, seine Seele auf die Probe zu stellen, werden wir sehen.«

»Vielleicht hast du recht«, murmelte Kaljantagrau nachdenklich.

»Aber mit Gewalt werden wir keinen Schamanen aus ihm machen«, bemerkte Tynemlen.

»Ich bin aus eigenem Willen Schamane geworden«, erinnerte Kaljantagrau. »Und mein Enkel, sollte es so weit kommen, wird dieses Schicksal auch nur freiwillig wählen. Niemand wird ihn zwingen.«

Die Schule der Schamanen

In Kaljantagraus Jaranga roch es immer etwas eigenartig, obwohl in der Behausung des Großvaters sich nichts befand, was sie von anderen Jarangas unterschied. Rechts vom Eingang stand hinter zwei Holzfässern, in denen die Vorräte an Robbenfett und eingesäuerten Kräutern aufbewahrt wurden, eine geräumige Truhe für Fellkleidung und Rentierhäute. Links war die Feuerstelle, eingefasst von flachen, schwarz geräucherten Steinplatten, darüber hing eine, ebenfalls schwarz geräucherte, Eisenkette mit einem Haken am Ende. Hinter der Feuerstelle waren wieder Fässer und Haushaltsgegenstände. An den Wänden hingen die Jagdausrüstung und Gerätschaften, die für den Fang von Robben auf dem Eis gebraucht wurden, beispielsweise hölzerne Wurfangeln mit scharfen Haken, um die Beute aus dem Wasser zu ziehen. Dazu gehörten auch ein aufgerollter dünner Riemen aus Robbenleder, beinerne Haken, Knöpfe und ein kleiner Sack, dessen Inhalt Mletkin nicht bekannt war. Daneben hingen zwei Paar »Rabenkrallen« – Schneeschuhe, die aus einem Holzgerippe bestanden, das mit einem Netz aus Seehundriemen bespannt war. Dazu zwei Stöcke – der erste mit einem scharfen Haken an einem Ende, am anderen eine lange Spitze aus Metall, mit der die Festigkeit des jungen Meereises geprüft wurde. Der zweite Stock diente als Stütze beim Laufen. An beiden Seiten des Schlafpologs befanden sich Vorratskammern. Vielleicht lagen dort die Gegenstände, die Kaljantagrau für die Rituale brauchte – die Schamanentrommeln und die heiligen Ge-fäße … Kein einziges Idol war zu sehen, obwohl man in den anderen Behausungen der Uëlener den Hausgeist leicht finden konnte, wenn man sich aufmerksam umsah.

In der Jaranga lebten außer dem Hausherrn und seiner Frau Minu noch die Tochter Ittschel und der Sohn Wukwun. Sie waren älter als Mletkin, und er betrachtete sie bereits als Erwachsene. Ittschel, ein dickes, blasses Mädchen, litt an einer seelischen Krankheit. Sie verließ manchmal diese Welt, wurde plötzlich ganz steif und starrte immer nur auf einen Punkt. In diesem Zustand konnte sie Stunden verweilen. Alle Uëlener wussten von der Besonderheit der jungen Frau und ließen sie in Ruhe, bis sie wieder zu sich kam und die unterbrochene Arbeit oder das Gespräch fortsetzte, als ob die Erstarrung nur eine Minute gedauert hätte. Wukwun war genau das Gegenteil von seiner Schwester, fröhlich, lebhaft und ein Frauenliebhaber. Über seine Manneskraft erzählte man sich Legenden. Ihm war es egal, mit wem er schlief – mit einem jungen Mädchen oder der geachteten Mutter einer großen Familie. Wenn er von einem eifersüchtigen Ehemann oder einem beleidigten Bräutigam überrascht wurde, nahm er die Schuld immer auf sich und verteidigte seine augenblickliche Freundin.

Auf das Dach der Schamanenjaranga hatte man erst am Vortag eine neue Walrosshaut gezogen. Sie war noch durchsichtig, und das Innere des Tschottagins wurde von warmem, gelbem Licht überflutet.

Der Schamane saß auf einem Walwirbel in der Nähe des Feuers, unter dem Rauchabzug, am hellsten Platz. Auf seinem Schoß lag ein großer, polierter Walrosshauer.

»Setz dich, Mletkin«, begrüßte Kaljantagrau liebevoll seinen Enkel und deutete auf den zweiten Walwirbel.

»Was willst du einzeichnen, Großvater?«, fragte Mletkin, während er sich hinsetzte.

Seit geraumer Zeit zahlten die amerikanischen Händler einen guten Preis für Walrosshauer mit eingeritzten Zeichnungen. Für solch ein Kunstwerk konnte man dreimal so viel bekommen wie für einen Rohling. Auf der glatt polierten Oberfläche wurden vor allem Jarangas, Hundeschlitten, eine Walross-, Ringelrobben-, Seehund- oder Eisbärjagd abgebildet. Manchmal wurden auf der anderen Seite des Hauers Bilder aus dem Tundraleben aufgezeichnet: Herden, ein Ren, das eingefangen und getötet wurde, Renschlitten, eine Nomadenjaranga, Tundratiere wie Fuchs, Polarfuchs, Wolf und Vögel.

Diesmal entstand auf dem Stoßzahn ein wunderbares Bild. Ein riesiger Mann hielt sich an der Schwanzflosse eines Wals fest und war drauf und dran, dem Tier den Kopf abzubeißen. In seiner riesigen Mundhöhle waren Zähne zu sehen. Als Mletkin genauer hinsah, erkannte er Pitschwutschin, das Märchenwesen in Menschengestalt, das sich in einen winzigen Zwerg verwandeln konnte oder in einen Riesen, der sich an Stelle eines Kissens den Gipfel eines Berges unter den Kopf legte.

»Erkannt?«, fragte Kaljantagrau und hielt den Stoßzahn ins Licht.

»Du hast so gut gezeichnet, da muss man es ja erkennen«, nickte Mletkin.

»Ich überlege die ganze Zeit«, sagte Kaljantagrau nachdenklich. »Was im Heiligen Buch der Russen aufgezeichnet ist, das dein Vorfahr vom Jahrmarkt am Anjui mitgebracht hat, ist nicht das, was ich zeichne. Es ist etwas anderes. Dort ist die Sprache aufgezeichnet. Hier, guck mal!«

Kaljantagrau ging in die Vorratskammer und holte zwei zerknüllte Einwickelpapiere. Eins von einem amerikanischem Teepäckchen, das andere von einem russischen Teeziegel, der so hart wie Stein war und den man mit einem scharfen Messer zerschneiden musste. »Beide Papiere stammen von ein und demselben Gegenstand«, sagte Kaljantagrau. »Aber die Zeichen sind unterschiedlich. Einige sind gleich, hier, diese Zeichen zum Beispiel. Es sieht aus wie ein Gestell zum Trocknen von Häuten. In der menschlichen Rede gibt es auch ähnliche Laute, deshalb wundert mich das nicht. Die Schrift ist bei den verschiedenen Arten der Tangitan also auch verschieden. Genauso wie die Amerikaner in einer Sprache sprechen und die Russen in einer anderen.«

»Wenn man die Zeichen unterscheiden könnte!« Mletkin sprach seinen Herzenswunsch laut aus. Er wusste, dass auch sein Großvater Tynemlen davon träumte.

»Dazu muss man erst die Tangitan-Rede verstehen lernen«, sagte Kaljantagrau belehrend. Er goss etwas Tee in die Tasse und bot sie dem Enkel an. Mletkin trank mit Vergnügen das aufmunternde Getränk. Er war seit dem frühen Morgen auf den Beinen, war schon mit dem Brecheisen den steilen Hang zum Bach hochgelaufen, dann zum Ufer der Lagune hinuntergerannt und durch das Tundramoor in die Siedlung zurückgekehrt.

Aber solche sportlichen Übungen zählten nicht: Das hatten auch die anderen Jungen gemacht, die so alt waren wie er. Schwer waren die Denkübungen. Besonders das improvisierte Dichten von Zaubersprüchen für fast alle Fälle des Lebens.

»Im Unterschied zu den Tangitan haben wir keine festen Sprüche, die immer gelten«, erklärte Kaljantagrau. »Wer sich dem Dienst am Menschen und an den Höheren Mächten widmet, muss lernen, sich mit seiner Seele und seinem Verstand auf alle Erscheinungen des Lebens einzustellen. Und das nicht mit den erstbesten Worten, die einem in den Kopf kommen, sondern mit treffenden, die dem Ort, der Zeit und den Umständen voll und ganz entsprechen.«

Mletkin verließ seinen Schamanengroßvater, er brauchte jetzt Einsamkeit und Stille. Er ging zum Uferfelsen und stieg den steilsten Pfad hoch. Der Horizont wurde allmählich immer weiter und füllte sich mit Raum und Luft. Von hier aus sah Uëlen mit den zwei Jarangareihen, die sich längs über die Landzunge erstreckten, wie ein auf einem glatt polierten Walrosshauer eingraviertes Bild aus. Mletkin richtete seinen Blick in die Ferne, auf die Inseln Imaklik und Inalit in der Meerenge, die von hier wie eine einzige Insel aussahen, so dicht lagen sie beieinander. Er blickte auf das kaum sichtbare blaue Ufer von Amerika und auf das sich im Norden ausbreitende Meer, ins Unbekannte und Unendliche.

In den Minuten der Entrückung, des aufmerksamen Blicks in sich selbst, schien es Mletkin manchmal, als habe er seinen Körper verlassen und schaue von der Seite auf sich. Auf einen jungen Mann, der an einem Abgrund stand, vor dem andere sich fürchteten. Ihm, der seine Höhenangst überwunden hatte, dem nicht mehr schwindlig wurde, wenn er nach unten sah, auf die weiße Linie der Meeresbrandung, auf die immer kleiner werdenden Vögel und menschlichen Gestalten, machte es nichts mehr aus. Am äußersten Rand des Felsens fühlte er sich genauso sicher wie auf Tundraboden oder auf der Oberfläche eines morastigen Sees. Und wenn er sich jetzt leicht mit den Füßen abstoßen würde? Bliebe er dann auf dem Boden, oder fiel er hinunter, auf die spitzen Steine, die verstreut auf dem Hang lagen? Er ging gleichsam um seine Körperhülle herum, schaute in sich hinein und wunderte sich, wie in ein und derselben Person ein gewöhnlicher Uëlener Luorawetlan und ein Mensch Platz fanden, dem sich langsam die Geheimnisse der Existenz öffneten, die listigen Verbindungen von scheinbar sehr weit voneinander entfernten Erscheinungen. Er wusste bereits, wie sich das Verhalten des Menschen in Abhängigkeit von den Mondphasen änderte, dass der Mensch von der Außenwelt abhing wie ein kleines Kind, so verwundbar war seine Seele. Er wusste, wie mächtig das einfachste Wort, an der richtigen Stelle zur richtigen Zeit gesagt, wirken konnte.

»Viele Menschen fürchten sich vor dem Uiwel, der Krankheit, die aus der Ferne gesandt wird«, hatte Kaljantagrau erzählt. »Ich beherrsche diese Kraft und kann sogar einen Menschen töten, der in einer anderen Siedlung lebt. Dafür muss ich nicht unbedingt einen Gegenstand dorthin schicken, es reicht, wenn ich mich mit ganzer Kraft auf diesen Gedanken konzentriere. Allerdings brauche ich manchmal ein paar Tage, um danach wieder zu mir zu kommen …«

»Hast du schon viele Menschen auf diese Weise getötet?«, hatte Mletkin gefragt.

»Nicht wenige«, entgegnete Kaljantagrau seelenruhig, als ginge es um Ringelrobben oder Seehunde.

Bekenntnisse solcherart verwirrten die Seele des jungen Mannes, und es geschah nicht selten, dass ihm Zweifel an der Richtigkeit des gewählten Weges kamen. Wenn ein Mensch die Macht besaß, anderen ungestraft Böses zu tun, konnte er dann noch mit seinem Verstand die eigene Bosheit kontrollieren, die Unzufriedenheit, den Wunsch, einem anderen Schaden zuzufügen? Im Leben kam so etwas häufig vor. Wie viele Male hatte sich Mletkin bereits in der Kindheit bei bösen Gedanken ertappt. Jetzt erinnerte er sich lächelnd daran zurück, aber als die Eltern ihm keinen süßen Tee mehr gaben und auch nicht genügend Wasser zum Trinken, wie oft war ihm da der Gedanke gekommen: Sollen sie doch an ihrem Tee ersticken!

Als er erwachsen wurde, empfand er Neid auf Altersgenossen, die ihm in bestimmten Dingen überlegen waren. Statt die eigenen Kräfte anzuspannen, kam in ihm der Wunsch hoch, der Altersgenosse möge stolpern, hinfallen, sich den Fuß verstauchen …

»Und wie machst du das?«, hatte Mletkin gefragt, während er zusah, wie unter der scharfen Klinge, die einer Vogelkralle ähnlich war, auf der glatt polierten Oberfläche des Walrosselfenbeins die heroischen Taten Pitschwutschins immer deutlicher hervortraten.

Kaljantagrau antwortete nicht gleich. »In einem bestimmten Augenblick fühlst du selbst, was du kannst. Mit deinem ganzen Innern spürst du es.«

»Und wenn das nicht geschieht?«

Der Großvater hatte das Messer weggelegt, kleine Knochenreste vom Stoßzahn weggepustet und langsam entgegnet: »Das kommt, keine Angst … Aber gleichzeitig wirst du begreifen, dass nicht das die Hauptsache ist. Die Hauptsache ist der Wunsch nach Güte. Gutes tun, das Leben eines anderen Menschen leichter machen – das ist die Hauptbestimmung eines Schamanen. Jeder von uns tritt ins Leben, um einen Teil der Arbeit des Schöpfers zu tun. Wir Menschen sind gleichsam Teile des Höheren Wesens, wir vertreten es auf der Erde, in diesem Leben. Und seine Hauptsorge ist, den Menschen gut zu machen, würdig.«

»Und die Tangitan?« Mletkin stellte eine Frage, die ihn quälte.

»Alle Menschen – die Tangitan, Aiwanalinen, Kaaramkyner, Korjaken, Haarmünder – sie alle sind Enantomgyns Geschöpfe«, entgegnete Kaljantagrau.

»Und warum haben sie dann einen anderen Gott?«

»Der Gott ist ein und derselbe«, hatte der Schamane geantwortet. »Nur sehen sie ihn anders. Verschiedene Völker sprechen verschiedene Sprachen, aber dadurch werden sie nicht zu anderen Wesen. Sie bleiben Menschen. Die menschliche Sprache – ob Russisch, Amerikanisch und unsere Sprache –, das sind doch keine Tiersprachen, sondern Menschensprachen. So ist es auch mit Gott, den Höheren Mächten, Enantomgyn, dem Schöpfer – er ist ein und derselbe für alle Menschen.«

Mletkin erinnerte sich an das Heilige Buch der Tangitan. Wer konnte ihm bloß die russische Sprache beibringen? Wenn er sich nun freiwillig in Gefangenschaft begab, wie Daurkin, den Jakunins Krieger ergriffen und in ihr Land gebracht hatten? Dort hatten sie ihm nicht nur ihre Sprache beigebracht, sondern ihn auch gelehrt, wie man sie auf Papier aufzeichnet und wie man die Spuren der menschlichen Rede erkennt … der russischen Rede!

Wenn Mletkin den endlosen Raum bis zum Horizont betrachtete, fühlte er zuweilen nicht nur ein Entrücktsein, sondern oft auch eine unerträgliche, schmerzende Überfülle an Gedanken und Gefühlen. Manchmal war die innere Aufregung so stark, dass er am liebsten einen Schritt nach vorn, in den Abgrund, getan hätte. Er wäre über diesen grenzenlosen Weiten geschwebt, wäre über die Wasseroberfläche gegangen, als Vogel geflogen und hätte mit den Flügeln den Wellenschaum berührt! Und noch besser – er hätte sich überhaupt in Luft aufgelöst, dann wäre er nicht nur schwerelos gewesen und unsichtbar, sondern allgegenwärtig und alles durchdringend.

In solchen Augenblicken wurden durch die in seinem Inneren brodelnden Gefühle Augen und Ohren scharf. Er hörte dann entfernte und nahe Stimmen mit solcher Deutlichkeit, als wären sie in seinem Körper. Die Vogelschreie bekamen einen Sinn, und er verstand sie, obwohl sie keine Menschensprache waren, und wunderte sich darüber.

Mit den Augen tastete er den Horizont ab. Hinter den beiden Inseln in der Meerenge trat jetzt ganz deutlich die amerikanische Küste hervor, wo die Eskimosiedlung Kygmin lag.

Mit der Mannbarkeit mischten sich in Mletkins Gedanken auch erotische Fantasien, die zeitweise derart stark und deutlich waren, dass er unwillkürlich einen Samenerguss hatte. Alle schönen Mädchen von Uëlen hielt er in seinen Träumen schon einmal in den Armen, und wenn er sie traf, blickte er verlegen zu Boden, damit sie nicht merkten, dass er sie begehrte und auch schon besessen hatte.

Mletkin galt bereits als echter Jäger. Er hatte Walrosse, Eisbären und Wale erlegt, ganz zu schweigen von Ringelrobben und Seehunden. Erfolgreich war er auch in der Jagd auf Pelztiere, die wichtigste und wertvollste Ware im Handel mit den Tangitan.

Die Leute von den großen Holzschiffen, mit den riesigen, im Bauch versteckten Maschinen, kauften Walbarten, Walrosshauer, Riemen, Leder, Pelzkleidung, am liebsten aber das puschlige Fell und die weiche Haut von neugeborenen Rentieren.

Sie interessierten sich auch für alte Gegenstände – Pfeil und Bogen und Speere – und kauften manchmal sogar einen ganzen Lederkajak. Aus Walrosselfenbein geschnitzte Figuren waren populär geworden. Kaljantagrau war der Erste, der ganze Szenen einritzte – die Jagd auf eine Ringelrobbe, einen Kajak mit Mannschaft, Figuren von Uëlenern, wobei man viele sogar am Gesicht erkennen konnte, ein Ren- oder Hundegespann zusammen mit dem Lenker. Am schönsten waren die Walrosshauer mit Eingravierungen, die Kaljantagrau mit Ocker und grünem Ton färbte, indem er die Farben in die Ritzen schmierte und damit das Bild räumlicher und ausdrucksvoller machte.

Mletkin entdeckte das Schiff, als es hinter dem Felsen Senlun hervorkam. In der Stille war ganz deutlich das Klopfen des großen Eisenherzes zu hören, das im Bauch des Schiffes eingeschlossen war. Im Laufschritt rannte Mletkin los, um den Uëlenern die Nachricht zu überbringen.

Als das Schiff dicht am Ufer vor Anker ging, wurden fünf Kajaks ins Wasser gelassen. Mletkin paddelte mit aller Kraft, weil er Gemalkots Boot überholen wollte. Auf dem Boden lagen ordentlich verschnürt Felle von Füchsen und Polarfüchsen und Hermelinen, festtägliche Pelzkleidung, Walbarten und Walrossstoßzähne. Außer dieser Ware hatte fast jeder geschnitzte Elfenbeinfiguren von Tieren und Vögeln unter der Kleidung versteckt.

Kaljantagrau war am besten ausgerüstet.

Er und Mletkin gingen als Erste an Bord des großen Schiffes. Auf dem Deck stand eine Menschenmenge, die sie anglotzte wie auf dem Vogelbasar die Lummen. Fast in jedem Mund hing eine Pfeife, aus der wohlriechender Rauch stieg, der zu dieser Zeit in Uëlen rar war, denn der alte Vorrat an Tabak war längst aufgebraucht.

Mletkin war zum ersten Mal auf einem Tangitan-Schiff.

Auf dem Deck waren bereits die für den Tausch bestimmten Waren ausgebreitet – Sägen, Äxte, Messer, große und kleine Kessel, Teekessel, Teepackungen, Tabak, Zehnpudsäcke mit Mehl, Zuckersäcke, Dosen mit Schiffszwieback, bunte Glasperlen, Garn, Nadeln, süßer Sirup in Eisendosen. Etwas abseits glänzten wie dunkles Grundeis Flaschen mit dem üblen, lustig machenden Getränk. Das gleiche Getränk gab es auch in kleinen Fässchen. Die Tangitan boten das üble Wässerchen zum Trinken an. Aber nur die älteren Männer und die ganz alten nahmen einen Schluck, wohl wissend, dass man davon leicht den Verstand verlieren konnte und seine Ware dann unter dem Preis verkaufte. Nach dem Handel – das war eine andere Sache!

Mletkin holte zwei gut bearbeitete, gereinigte Eisbärfelle an Bord, seine wichtigste Winterbeute. Beim Anblick des Musikkastens hüpfte sein Herz, und beinahe hätte er seinen alten Herzenswunsch fallen lassen, sich für dieses Fell eine echte Feuerwaffe anzuschaffen – eine amerikanische Winchester.

Anfangs lief der Handel zäh, ergebnislos. Käufer und Verkäufer – auf dem Schiff waren alle sowohl das eine als auch das andere – rannten von einem zum Nächsten, nahmen ein Tauschobjekt in die Hand, legten es wieder auf den Platz zurück und redeten laut miteinander, als verstünden sie sich hervorragend. Ein Haufen drängte sich um die auf dunklem Robbenfell ausgebreiteten beinernen Kunstwerke Kaljantagraus. Sie griffen nach den Figuren, aber der Schamane hielt sich wacker und nahm die angebotene Tauschware nicht gleich an. Für alles gab es einen festen, ungeschriebenen Preis, aber den wahren Wert eines verzierten Stoßzahns kannte keiner.

Eine Weile stand Mletkin einsam neben seinen Eisbärfellen, die er über die Reling gelegt hatte. Die vorbeilaufenden Seeleute warfen begehrliche Blicke darauf, schnalzten hochachtungsvoll mit der Zunge und rannten weiter zum anderen Ende des Schiffs.

Schließlich trat ein Schwarzbärtiger zu den Fellen. Zwischen den Zähnen klemmte eine gebogene Pfeife. Er berührte das Eisbärfell, schätzte sein Gewicht, fuhr mit der Hand durch die Haare und blickte den Verkäufer fragend an. Mletkin begriff, das war ein echter, seriöser Käufer, der sich gut auskannte. Um die Qualität seiner Ware machte sich Mletkin keine Sorgen – es waren wunderschöne Felle von reifen, ausgewachsenen, ziemlich großen Bären.

Schließlich fragte der Haarmünder, was der Verkäufer für seine Ware verlange. Er sagte das in seiner Sprache, aber Mletkin verstand ihn gleich.

Noch an Land hatte Mletkin, als er sich auf den Handel vorbereitete, auf ein Stück weiße Robbenhaut eine Winchester aufgemalt. Als der Tangitan die Zeichnung sah, lachte er laut auf und machte deutlich, dass dieser Wunsch lächerlich war. Er sagte laut einige Worte, schnalzte mit der Zunge, und es war wie ein Wunder: Mletkin verstand fast alles: Bist du noch bei Trost? Hat denn die Welt so was schon gesehen, ein Wilder, der außer Pfeil und Bogen und Speer und Harpune mit keiner anderen Waffe umgehen kann, soll eine echte Feuerwaffe in die Hand kriegen? Nimm, was du willst – Tee, Zucker, drei Sack Mehl, fünf Bündel Tabak ... aber eine Winchester, nein!

Mletkin machte ein gleichgültiges Gesicht, schaute sogar aufs Meer. Nachdem er den Tangitan hatte ausreden lassen, schob er eines der Bärenfelle zur Seite. An der Bordwand lehnten zwei fest zusammengeschnürte Bündel Barten von einem Grönlandwal. Der Mann verstummte und blickte sich um. Alle hatten ihren Handel unterbrochen und beobachteten die beiden. Der Tangitan schrie energisch etwas und ging weg, kam aber schnell mit einer kleinkalibrigen Winchester in der Hand zurück. Mletkin hätte lieber eine Waffe mit größerem Kaliber gehabt, aber auch diese war gut. Mit ihr konnte er auf Ringelrobben schießen, die in den Wasserspalten zwischen den Eisschollen schwammen. Zur Winchester gehörten Patronen, ohne sie, das wusste Mletkin, war die Waffe ein nutzloses Stück Eisen. Er machte das durch Gesten deutlich, der Mann fluchte erneut und ging die Patronen holen. Mletkin nahm den Berg Patronen, gab aber nur die Eisbärfelle her und bedeutete dem Tangitan, dass die Walbarten bei ihm blieben. Nach langem Hin und Her fand die Sache schließlich einen guten Abschluss: Zuletzt wurde Mletkin stolzer Besitzer einer ganzen Metallkiste voll Patronen. Um seinen Erfolg nicht zu verspielen, kletterte er mit seinem Einkauf gleich über die Bordwand in seinen Kajak und blieb, ungeachtet aller Aufforderungen durch Gesten und Rufe, bis zum Ende des Handelstages dort sitzen.

Als der Handel vorbei war, hatten viele seiner Landsleute schon eine gehörige Menge des üblen, lustig machenden Wassers in sich hineingekippt und purzelten in die Boote wie Mehlsäcke. Stark angeheitert waren auch Mletkins Vater Mlatangin und beide Großväter – Tynemlen und Kaljantagrau. Sie unterhielten sich lautstark, lachten und riefen sich an Deck aufgeschnappte Wörter zu – »Okay! Good! Fuck you! Goddam! How much! What is cost! Tea! Sugar!« Das Treiben wurde an Land fortgesetzt: Viele hatten den Zaubertrank in Flaschen gekauft, Gemalkot hatte sogar ein Holzfässchen erworben.

Mletkin beobachtete seine ausgelassenen Landsleute und war beunruhigt: Die Menschen hatten sich vor seinen Augen verändert. Sie hatten ihre Ruhe und Ausdauer verloren. Viele begannen, sich unmäßig zu brüsten, die Frauen wurden trübsinnig, begannen zu weinen und sich aus unerfindlichen Gründen an die Toten zu erinnern und beweinten erneut die, die sie längst beweint hatten. Mletkin hatte ebenfalls von dem Getränk gekostet, anfangs fühlte er sogar einen inneren Aufschwung, doch dieses Gefühl ging schnell vorüber, den zweiten Schluck brachte er nicht mehr hinunter, er verspürte einen unüberwindlichen Ekel.

Am nächsten Morgen kamen die Tangitan an Land. Mit Waren behängt, mit Flaschen in der Hand, gingen sie von einer Jaranga zur anderen. Anfangs beköstigten sie die Uëlener umsonst, aber wenn sie im halbdunklen Tschottagin etwas gefunden hatten, was ihnen gefiel, deuteten sie darauf. Sie nahmen alte Bogen, Pfeile und Köcher, Kriegerrüstungen – Robbenhaut oder Rentierfelle mit aufgenähten Plättchen aus Walrosselfenbein –, Speere und sogar Schneeschuhe.

Dann lief wie ein Lauffeuer die Nachricht durch alle Jarangas, die Tangitan würden sich sehr gern mit den Frauen amüsieren und dafür auch bezahlen. Bei einem hatten sie die junge Frau benutzt und sie großzügig mit einer Schachtel geschliffener Nähnadeln beschenkt, der Mann hatte eine Flasche bekommen.

Die Luorawetlan waren nicht frei von Eifersucht, aber ein Tangitan galt als ein so weit entferntes Geschöpf, dass die geschlechtliche Vereinigung mit ihm nicht als Betrug am Ehepartner galt.

Offensichtlich war solch ein Abenteuer ganz nach dem Geschmack der Uëlener Frauen, denn Mletkin bemerkte, wie sie sich plötzlich herausputzten und frisierten, wie sie farbige Stoffkamlejkas überzogen, die eigentlich nur an Feiertagen getragen wurden, wie sie sich mit frischem Urin wuschen, der als das beste Mittel für junge und elastische Haut galt. In den Haaren glänzten bunte Glasperlen und am Hals Ketten aus Glasperlen und altem russischem Silbergeld.

Dieses närrische Treiben dauerte drei Tage. Eines schönen Morgens aber war das Ufer leer, das Schiff weg. Laut und böse bellten die Hunde. All die Tage hatte man sie vergessen und nicht gefüttert, da hatten die hungrigen Tiere einige Boote angeknabbert, die leichtsinnigerweise auf dem Kieselstrand stehen gelassen worden waren.

Die Menschen kamen wieder zu sich und entdeckten in ihren Jarangas neben nötigen und nützlichen Sachen auch sehr merkwürdige, unverständliche Gegenstände. Bei Gemalkot stand ein Grammofon. Der alte Mirgyn ging mit einem breitkrempigen Cowboyhut durch Uëlen spazieren, und seine Frau vergnügte sich mit einem bunten Sonnenschirm, den sie immer wieder öffnete und schloss und dabei Kinder und Hunde erschreckte.

Das ungewöhnliche Abenteuer hatte das eintönige Leben in Uëlen durcheinander gebracht. Die Menschen erinnerten sich schmunzelnd an ihre Taten unter dem Einfluss des üblen, lustig machenden Wassers. Und sie lachten über den alten Lonly, der seine alte, halb blinde Frau in einem kleinen Kajak direkt zum Schiff gepaddelt hatte, um mit ihr einen nicht sehr wählerischen Tangitan zu verführen.

Vor dem Abschlachten der Walrosse auf dem Lagerplatz von Intschoun übertrug Kaljantagrau Mletkin die Opferung und das Gebet für eine erfolgreiche Jagd.

Mletkin wusste bereits, an wen er sich wenden, wann und wohin er die Opfergabe werfen musste. Aber welche Worte er dabei sprechen sollte, das hatte Kaljantagrau ihm nicht gesagt. Er hatte nur angedeutet: »Wenn die Behauchung von Oben kommt, dann kommen auch die Worte wie von selbst.«

Vom Himmel fielen bereits die ersten Schneeflocken, schmolzen aber sofort wieder und ließen die Steine und die feuchte Erde, die hier und da mit kurzem, gelbem Gras bedeckt war, noch schwärzer erscheinen. Es wurde kaum hell. Erst begann es im Osten durch die dunklen Wolken hindurch direkt über dem Wasser rot zu leuchten. Die Sonne stieg unsichtbar, verdeckt von dicken Wolken.

Mletkin ging am Meeresufer entlang, hob Algen auf und stopfte sich das braune, knackige Fruchtfleisch in den Mund. Er fand einen von den Wellen ans Ufer geworfenen Baumstamm, zog ihn aus der Brandung und legte einen Stein darauf, womit er zu erkennen gab, dass der Stamm schon einen Besitzer hatte. Er horchte auf das ewige Rauschen des Meeres und versuchte das Gefühl in sich zu erzeugen, das Kaljantagrau Behauchung von Oben nannte. Aber Herz und Seele blieben gleichgültig und ruhig, außer dem gewohnten Rauschen hörte Mletkin nichts. Ganz langsam kroch Unruhe in ihm hoch: Wenn er nun nicht in der Lage war, mit den Höheren Mächten zu sprechen?

Die Uëlener Landzunge endete in einer schmalen Meerenge, die die Lagune mit dem offenen Meer verband. Obwohl das Wasserhindernis nicht länger als zwanzig Schritt war und in der Breite sogar nur die Hälfte, stellte die Meerenge eine Barriere dar. Man konnte weder hindurchwaten noch hinüberschwimmen, zumal Mletkin, wie alle seine Landsleute, gar nicht schwimmen konnte. Für solche Fälle lag am Ufer der Meerenge auf einem Gestell aus Walkieferknochen ein Einmannkajak.

Als Mletkin am anderen Ufer war, stieg er langsam auf das allmählich ansteigende Felsufer hinauf. Als er am Rand des Abgrunds stand, unter dem sich der Lagerplatz der Walrosse befand, wurde es richtig hell. Sein Herz war schwer und unruhig. Der Gedanke, er könnte ein unbegabter Schamane sein, beherrschte ihn immer mehr, und er warf die Opfergaben, diesmal kleine Zuckerstücken, Tabakkrümel und Schiffszwieback, schnell hinunter, dorthin, wo die Brandung schäumte und von wo das laute Grunzen der Walrosse zu ihm hinaufschallte.

> Oh, Große Mächte, die vom Himmel auf mich blicken!
> Schickt unserem Uëlener Stamm Erfolg!
> Schickt uns Erfolg!
> Schickt uns Erfolg!

Mletkin wiederholte die letzten Worte einige Male, aber mehr wollte ihm nicht einfallen. In Erwartung der Behauchung von Oben, suchend nach den nötigen Worten, verbrachte er fast den ganzen Tag auf dem Steilufer, und als die Dämmerung hereinbrach, schlich er langsam nach Hause.

An dem anberaumten Tag stiegen die Jäger, bewaffnet mit scharf gespitzten Speeren, auf das hohe Felsufer, um von dort lautlos zur Lagerstätte der Walrosse hinunterzuklettern.

Als Mletkin auf den Kieselstrand blickte, schrak er zurück. Anfangs schien ihm, das sei ein ganz anderer Ort. Aber es war der Steinstrand, auf den jedes Jahr im Herbst die Walrosse aus dem Wasser krochen. Diesmal war der Platz, außer einigen wenigen zerdrückten toten Jungtieren, leer. Die Walrosse waren weg.

Niedergeschlagen kehrten die Jäger nach Uëlen zurück. So etwas war noch nie vorgekommen, es sei denn, jemand hatte die Walrosse aufgeschreckt wie in den letzten Jahren häufig die Schiffe der neugierigen Tangitan.

Mletkin blickte zu Boden und zog den Kopf zwischen die Schultern.

Er betrat Kaljantagraus Jaranga und blieb in der Mitte des Tschottagin in dem hellen Lichtfleck stehen, der durch den Rauchabzug auf den Boden fiel. Der Schamane saß auf einem Walwirbel und empfing den Enkel mit düsterem Blick.

»Ich habe mir solche Mühe gegeben«, sagte Mletkin, »ich habe die nötigen Worte gesagt und die Opfergaben nach Westen, Osten und Norden geworfen. In alle Richtungen, aus denen die Tiere zu unseren Ufern kommen. Dorthin, wo die unsichtbaren Geister leben ...«

»Hast du auf deine Zaubersprüche eine Antwort bekommen?«, fragte Kaljantagrau dumpf.

»Nein«, entgegnete Mletkin niedergeschlagen, »ich habe gewartet, ich habe gesprochen ... Aber vergeblich. Es kam keine Antwort.«

»Sie kam nicht, weil du nur mit den Lippen gesprochen hast und nicht mit dem Herzen und der Seele. Weil deine Gedanken weit weg waren von diesem Ufer, auf dem unser Leben ist, unser Wohl ... Du hast deine Seele nicht für die Verbindung mit den Höheren Mächten geöffnet!«

»Ja«, bekannte Mletkin leise.

»Du hast nicht nur dir selbst Schande bereitet, sondern auch mir! Jeder Verhungerte, jedes im kalten Winter gestorbene Kind geht auf dein Gewissen.«

»Was soll ich machen? Was soll ich nur machen?« Tränen schnürten ihm die Kehle zu. Das hätte noch gefehlt, dass er jetzt losheulte. »Ich bin zu allem bereit, um meine Schuld wieder gutzumachen. Ich bin sogar bereit, mein Leben zu opfern ...«

Er erinnerte sich an die alte Sage von seinem Vorfahren Mlakoran, der sich von seiner eigenen Tochter erstechen ließ, um die bösen Geister der Krankheit, die Rekken, zu besänftigen.

»Du musst weggehen!«, sagte Kaljantagrau dumpf. »In die Tundra, in die Berge, bis deine Seele rein ist, bis du dich als ein anderer fühlst. Wenn das nicht geschieht, musst du aus dem Leben scheiden!«

»Gleich jetzt?«, fragte Mletkin erschrocken.

»Jawohl, gleich jetzt!«, donnerte Kaljantagrau.

In undurchdringlicher Finsternis schlich Mletkin am Ufer der Lagune entlang zur Bachmündung. Im Herbst, in der Zeit der Regenfälle, schwoll dieser Bach an und floss als reißender Strom in die Lagune. Ohne das Wasser zu spüren, watete Mletkin durch die Mündung und durch den unter seinen Füßen schmatzenden, morastigen Tundraboden, dann stieg er auf den Linlinnej – den Hügel der Herzensruhe.

Plötzlich tauchte etwas vor ihm auf. Wie ein schwankendes Licht, angezündet an der Schwelle der Jaranga, um dem spät heimkehrenden Jäger den richtigen Weg zu weisen. Sein Herz hörte auf zu klopfen, ein eisiger Schreck fuhr durch seinen ganzen Körper. Mletkin blieb stehen: Vielleicht hatte er sich verlaufen, und seine Beine hatten ihn zurück in die Siedlung gebracht. Doch diesen Gedanken vergaß er gleich wieder, als er über einen Schädel stolperte, der auf der schwarzen Erde weiß schimmerte. Ihm war, als käme das Leuchten aus dem Innern des Schädels, der einst das Gehirn eines lebendigen Menschen in sich barg. Wem hatte er gehört? Gewöhnlich wurde der Körper eines Toten durch eine symbolische Begrenzung aus Steinen angezeigt, die nicht größer als der Kopf einer Ringelrobbe waren. Aber die Tundratiere und die Vögel schleppten die Schädel und Knochen weg, und so lagen sie vermischt mit den Knochen der früher Gestorbenen herum.

Ohne besonderen Grund besuchte niemand den Uëlener Friedhof. Nur in der frühen Kindheit war Mletkin einmal auf dem Weg zu den Multbeerenfeldern mit der Großmutter am Friedhof vorbeigekommen. Damals hatte er unwillkürlich seine Schritte beschleunigt und krampfhaft weggeschaut, um nicht in die Richtung der weißen Schädel, der zerbrochenen Schlitten, Speere, Pfeile und Bogen und der Geschirrscherben sehen zu müssen, alles Dinge, die die durch die Wolken Gegangenen mitgenommen hatten.

Langsam, nur mit Mühe die Beine setzend, ging Mletkin vorwärts, von Zeit zu Zeit stieß er auf Skelettreste und Steinbegrenzungen der Gräber. Im Lager der Toten war es viel heller als in der Tundra, und Mletkin glaubte überall in den weißen Schädeln bläuliche Feuerchen zu sehen.

Sein Herz dröhnte in der Brust, bis in die Ohren, der Schreck kroch eiskalt in seinen Körper. Mletkin stellte sich vor, wie ihn im nächsten Augenblick jemand Starkes und Unsichtbares an den Beinen packte und zu Boden, in die Unterwelt riss, wo in armseligen, zerrissenen Jarangas die unguten Menschen lebten, die es nicht wert waren, in den Himmel zu kommen. In ihrem Jagdland gab es nicht genug Tiere, sie hungerten und mussten ewigen Durst erdulden. Kaljantagrau hatte bei seinen Schamanenreisen mithilfe eines Suds aus dem roten Fliegenpilz manchmal die Unterwelt besucht, und jedes Mal, wenn er von dort zurückkehrte, hatte er getrunken und getrunken, um seinen tödlichen Durst zu stillen.

Mletkin glaubte, eine ganze Ewigkeit sei vergangen, während er durch das Lager der Toten schritt. Über den langsam abfallenden Hügel ging er weiter in die Tundra hinein.

Je mehr er sich von den weißen Schädeln und Knochen entfernte, desto lebhafter tauchte in seinem Gehirn der Gedanke an den Tod auf. Nach den Überlieferungen verließ der Gestorbene einige Zeit nach der Beerdigung seine Körperhülle. Die Seelen derer, die in Schlachten gegen den Feind gefallen waren, die ihr Leben zum Wohl der Zurückgebliebenen geopfert, die ein richtiges Leben geführt, den Armen und Waisen geholfen hatten, flogen in die Gegend des Polarsterns. Dort, in den verstreut blinkenden Lichtpunkten, leuchteten die Seelen von Mletkins Vorfahren – von Mlemekym, Mlakoran, Kunlelju … Warum bloß hatte Kaljantagrau ihn Mletkin genannt? Was hatte er damit gemeint? Vielleicht hatte er sein Schicksal vorhergesehen, hatte gefühlt, dass zu Mletkins Lebzeiten die Geschicke sich wenden würden? Aber wie würde diese Zeitenwende aussehen? Und warum ausgerechnet er? Wenn er auf der Steilküste über dem Walrosslager keine göttliche Behauchung hatte, dann besaß er die Gabe ja gar nicht.

Kaljantagrau hoffte umsonst, dass sein Enkel ihn fortsetzte, er hatte sich in ihm getäuscht.

Denen, die ihr Schicksal bereits jenseits der Grenzen des Lebens gefunden hatten, ging es bestimmt gut. Auch wenn es im unterirdischen Reich schwer war, aber dort war alles ewig, Veränderungen gab es keine mehr. Keine Ungewissheit, keine törichten Hoffnungen und Erwartungen.

Besser noch ging es natürlich denen, die zu den Sternen aufgestiegen waren. Für Mletkin aber war dort kein Platz. Er hatte seine Leute zu einem Hungerwinter verurteilt, hatte es nicht vermocht, die Höheren Mächte günstig zu stimmen.

Je weiter er sich vom Lager der Toten entfernte, desto mehr verflog seine tierische Angst. Stattdessen fühlte er eine unüberwindliche Müdigkeit in seinem Körper wachsen. Am liebsten wäre er auf die Erde gefallen, hätte Arme und Beine ausgestreckt, die Augen geschlossen und tief geschlafen. Aber nicht hier auf der kalten, feuchten Erde. In der Nähe des Flüsschens Tejuweem gab es einen Hügel, dort war es trockner und die Erde mit blauem Rentiermoos und trocknem Gras bedeckt.

In seinem Kopf ging alles durcheinander, ein Gedanke

jagte den anderen. Falls er die Erde nicht durch die Wolken verließ oder in der Hölle schmachtete, würden seine Kräfte dann ausreichen, in das heimatliche Uëlen zurückzukehren und vor die Menschen zu treten? Was war besser – Tod oder Verbannung? In seiner Lage war wohl der Tod vorzuziehen.

In der Dunkelheit fiel Mletkin oft hin. Einmal stieß er sich schmerzhaft das Knie an einem Stein und konnte ein Stöhnen nicht unterdrücken. Zu seiner Verwunderung antwortete ihm jemand aus der Ferne mit einem lang gezogenen Ton, aber er konnte nicht erkennen, ob es ein Mensch oder ein Tier war.

Der Morgen graute. Das konnte man daran erkennen, dass die Luft trockener wurde und die empfindliche Gesichtshaut schon ein warmes Wehen ahnte. So etwas gab es sogar im Spätherbst, kurz bevor der erste richtige Schnee fiel und die Schneedecke nicht mehr taute. Als ob der fliehende Sommer dem Menschen noch einen letzten warmen Gruß zuflüstern wollte: Gräm dich nicht, ich komme wieder, die Wärme der Erde und des Himmels werden auf den Flügeln des Windes angeritten kommen.

Schließlich glaubte Mletkin den trocknen Hügel gefunden zu haben. Er strich mit der Hand über den Erdboden und fühlte die dichte Decke der Rentierflechten, die immer trocken blieb, sogar bei starkem Regen.

Er legte sich auf den Rücken, breitete Arme und Beine aus und schloss die Augen. Wie gern hätte er alles um sich herum vergessen, hätte die Gedanken weggeschoben, die sein Hirn marterten, hätte Ruhe gehabt. Aber wahre Ruhe kommt nur mit dem Tod.

Dem Tod gegenüber hatte er immer eine seltsame Neugier empfunden. Wenn er Kaljantagrau bei dem Ritus der Tötung half, sah er aufmerksam in das Gesicht des Weggehenden, und jedes Mal war er überrascht, wie unähnlich der Tote dem Lebenden war. Das heißt, äußerlich war er ihm ähnlich. Aber nur äußerlich. Augenfällig war das Verschwinden von etwas

Wichtigem, Unsichtbarem, Unfassbarem, aber so Wesentlichem, dass der Körper des Gestorbenen wie eine verlassene Hülle wirkte, wie die Kleidung eines Menschen, der ins Unbekannte gegangen war.

Kaljantagrau hatte Mletkins Ahnung bestätigt, dass das Wesentliche im Menschen die Seele war und dass sie nicht verschwand, sondern durch die Wolken ging oder in die Unterwelt fiel. Dort begann für sie ein neues, dafür ewiges Leben.

Wenn er selbst, Mletkin, starb, bedeutete das, dass auch seine Seele sich vom Körper trennte?

Ein grauer Herbsttag brach an, an dem das Licht nicht von der aufgehenden Sonne kam, es wurde vielmehr alles gleichzeitig hell – der Himmel, die Erde, die Luft. Mletkin konnte bereits den leicht ansteigenden Hang eines Berges erkennen, der sich zum Osten hin erstreckte, und den Gipfel des Berges Peenej, der aussah wie eine Brustwarze.

Es gab keinen Weg zurück. Und plötzlich hatte Mletkin nicht mehr den Wunsch, bei Sonnenaufgang zu sterben. Seine Seele konnte wohl in einer anderen Welt wohnen, sicher, aber dort gab es nicht das, was in der diesseitigen Welt existierte. Es gab nicht einmal diesen trüben Sonnenaufgang, dieses innere Leuchten der Natur. Und keinen plötzlichen warmen Lufthauch, der dir wie die Hand der Mutter sanft übers Gesicht streicht. Das war eine kalte, gleichgültige Welt, in der zwar die Ewigkeit herrschte, aber ohne Leben.

Mletkin fiel in einen tiefen Schlaf, wachte jedoch immer wieder auf. Manchmal erschrak er bei der Vorstellung, seine Seele könnte sich schon von seinem Körper gelöst haben, schwebte über der Erde und flöge immer höher und höher.

Wieder brach die Nacht an, aber Mletkin befand sich immer noch an ein und derselben Stelle. Ein einziges Mal war er zum Bach hinuntergestiegen und hatte sich an kaltem Wasser satt getrunken. Bislang verspürte er noch keinen Hunger, sondern fühlte eine wachsende Leichtigkeit in seinem ganzen

Körper. Die feuchte Kleidung war tagsüber getrocknet, und als es vollends finster wurde, fiel Mletkin wieder in einen bewusstlosen Schlaf.

Eine Stimme weckte ihn mitten in der Nacht. Er konnte sie deutlich hören, aber die Worte waren nicht zu verstehen. Er spannte seinen ganzen Körper an und hörte genau hin. Plötzlich wurde der Himmel an der Stelle, wo eigentlich der brustwarzenähnliche Gipfel des Berges Peenej sein sollte, rosa, dann wurde er von einem blauen Licht angestrahlt, und es erschien ein riesiges Gesicht, das den halben Himmel einnahm.

»Wir sehen dich!«, klang es deutlich zu ihm herüber.

Mletkin sprang auf die Beine. Er fühlte keine Angst, sondern eher Verwunderung über die Erscheinung und die Stimme. »Was soll ich sagen?«, rief er.

»Du musst überhaupt nichts sagen!«, donnerte die Stimme. »Du musst handeln.«

Obwohl der Morgen trüb war und die Wolken niedrig hingen, war ringsum alles von einem ungewöhnlichen Licht erhellt, es schien, als hätte Mletkin andere, klarere Augen bekommen, die weit und deutlich sehen konnten. Wenn er nach unten schaute, erkannte er jeden einzelnen Grashalm, jedes Blütenblatt einer verwelkten Blume, jedes Steinchen. So hatte er nur in der Kindheit gesehen, als er begann, die Welt zu erkunden.

Die Erscheinung verschwand, dann kam sie wieder, aber die Stimme war nicht mehr so laut und so herrisch. Mletkin begriff, dass er solche Erscheinungen und Stimmen jetzt aus eigenem Willen und mit Anspannung aller Kräfte rufen konnte. Das erfüllte ihn mit einem Gefühl ungewöhnlicher Freiheit. Als die Erscheinung verschwunden und die Stimme verstummt war, erklang eine wunderbare, harmonische Musik, eine Himmelsmusik, und Mletkin hörte das Singen von unsichtbaren Zaubersaiten.

Er konnte sich nicht erinnern, wie lange er auf dem Abhang

gestanden hatte. Als er Hunger verspürte, stieg er noch einmal zum Bach hinunter und begann, mit der Hand in Mäuselöchern zu wühlen, in denen er süße Wurzeln fand, die die Nager fürsorglich für den Winter gesammelt hatten. In Gedanken bat er die Mäuse um Verzeihung und versprach ihnen, ihre Gabe durch großzügige Geschenke wieder gutzumachen. So hatte er es von beiden Großmüttern und der Mutter gelernt, wenn sie im Herbst durch die Tundra gingen.

Schnee fiel und Kälte drang durch die Kleidung, die für den Sommer bestimmt war.

Mletkin ging in die Tundra, er ließ den Berg Peenej und das winzige Lager Keniskun, das am Ufer des Stillen Ozeans lag, links hinter sich.

Er lief und lief und ernährte sich von dem, was er in den Mäuselöchern fand, von Multbeeren und von der Wurzel Junëu, die er ausgrub. Und er orientierte sich nachts an den Sternen.

Völlig kraftlos, fast auf allen vieren, überquerte er den zugefrorenen Fluss, und als er das steile Tundraufer erklommen hatte, erblickte er die weißen Jarangas des Lagers von Rentyrgin, des Oberhaupts des Clans der Rentiermenschen, die von Mlakoran abstammten und die mit Mletkin verwandt waren.

Reise durch die Tundra

Rentyrgins Nomadenlager lag Uëlen am nächsten. Es war verhältnismäßig klein, insgesamt drei Jarangas, und alle Bewohner waren miteinander verwandt. Ihre Herkunft leiteten sie von Mlakoran ab, der der Legende nach dem Stamm der Kaaramkyner eine Rentierherde weggenommen und in die südliche Umgebung von Uëlen gebracht hatte.

Die ersten zwei Tage verbrachte Mletkin im Dämmerzustand in einer Nomadenjaranga, halb bewusstlos. Manchmal drangen Gesprächsfetzen und ein ununterbrochenes Stöhnen zu ihm, das aus dem Hauptfellpolog kam.

Als er an einem Morgen wieder völlig bei sich war, trat er aus dem Zelt und verrichtete seine Notdurft, und da sah er, dass ringsum alles weiß war. Der Schnee war noch weich, große dunkle Spuren waren zu sehen, wo die feuchte Erde durchschaute. Die Tundrahügel waren ebenfalls mit Schnee bedeckt, die kleinen Berge sahen alle gleich aus, es gab keinen besonders auffälligen Punkt, an dem sich das Auge festhalten konnte. Auch die Luft hatte sich verändert. Sie war frisch und drang tief in die Lunge. Sie machte hellwach, hob die Stimmung, die Welt sah fröhlicher aus und war von undeutlichen Hoffnungen auf ein zukünftiges Glück geprägt.

Die Hirten waren mit dem Hausherrn zur Herde gegangen, in der Jaranga waren nur Frauen und Kinder zurückgeblieben. Als Mletkin in den Tschottagin zurückkehrte, erblickte er auf einem niedrigen Tischchen eine Holzschale mit kaltem Rentierfleisch und einen großen Eisenbecher mit dampfendem Tee. Also auch hier, dachte Mletkin, ist er zu einem gewohnten Getränk geworden.

Tschejwyne, Rentyrgins Frau, lachte den Gast an und fragte: »Geht es dir jetzt besser?«

»Ja«, entgegnete Mletkin. »Ich danke euch.« Seine Kleider waren gereinigt und getrocknet, in die Torbasen frische Einlagen aus Tundragras gesteckt worden, das nicht nur die Feuchtigkeit aufnahm, sondern den Ledersohlen Weichheit und Elastizität verlieh.

Als er den Becher in die Hand nahm, hörte er erneut das Stöhnen aus dem Fellpolog und fragte: »Wer ist das?«

»Das ist meine Tochter Giwewnëu. Sie ist krank …«

»Behandelt sie jemand?«

»Bei uns gibt es keinen, der das kann … Einen Schamanen

haben wir nicht in der Nähe, und das, was Rentyrgin tun konnte, hat ihre Leiden nicht erleichtert.«

»Kann ich sie mir mal ansehen?«, fragte Mletkin. Er fühlte, wie eine merkwürdige, unerklärliche Erregung in ihm hochstieg.

Das schwache Licht drang kaum durch den Rauchabzug an der Decke. Durch Tasten fand Mletkin an der hinteren Wand neben der verlöschenden Tranlampe ein mit Fellen zugedecktes Mädchen. Er berührte sie, und sie antwortete mit schwachem Stöhnen.

»Wer bist du?«, fragte die Kranke leise.

»Ich bin der«, antwortete Mletkin zu seiner eigenen Überraschung, »der gekommen ist, dich zu heilen.«

»Bist du ein Schamane?«

»Ja.«

»Wie gut, dass du da bist!«

Mletkin konnte ein zartes Mädchengesicht erkennen, das mit fieberhafter Röte bedeckt war. Und ein schwaches Lächeln. »Du wirst wieder gesund«, sagte Mletkin, »du wirst unbedingt wieder gesund. Du musst mir nur zuhören und die Worte in dich aufnehmen.«

Mletkin fing zu singen an. Anfangs war seine Stimme leise, kaum zu hören, aber allmählich gewann sie an Kraft, füllte sich mit innerer Spannung.

Wenn der Wolf über die Herde herfällt,
Dann lauf nicht weg, sondern sieh ihn an.
Wenn der Vielfraß die Zähne fletscht,
Hab keine Angst vor seinem Maul.
Du bist stärker als alles,
Was dich umgibt,
Was dir feindlich erscheint.
Der Mensch ist stärker als alles.
Spann deine innere Kraft an, Mensch,
Deinen Willen, lass die Angst fahren,

Dann wirst du dein Leben bewahren.
Dann lacht dir der Tag aufs Neue,
Das Leben ist ein heller Menschentag!

Mletkin spürte, wie die Worte gleichsam von außen in ihn drangen und wie der Körper auf die Melodie wie eine gespannte Saite reagierte. Der Geist, der ihn hochhob, ergoss sich als freigebiger Strom in ihn, und der wunderbare Gedanke hämmerte in seinem Gehirn: »Das ist sie – die Behauchung von Oben!«

Als er das Lied zu Ende gesungen hatte, berührte er mit der Hand die heiße Stirn des Mädchens und sagte leise, aber bestimmt: »Du wirst gesund!«

Er wies Tschejwyne an, die vordere Wand des Fellpologs anzuheben.

Die Wurzeln, die er brauchte, musste er aus der bereits gefrorenen Erde graben. Die wichtigste, die Goldene Wurzel, der man große Heilkraft nachsagte, musste er unter dem Schnee hervorholen.

Mletkin bereitete eine Mixtur und gab sie dem kranken Mädchen mit den Worten zu trinken: »Und jetzt schlafe.«

»Ich fühle mich so gut«, sagte Giwewnëu lächelnd. »Geh aber nicht weit weg.«

»Ich bleibe hier, neben dir«, versprach Mletkin.

Gegen Abend kehrte Rentyrgin mit seinem älteren Sohn Rento von der Weide heim. Beim Abendessen fragte er seine Frau, auf die hochgezogene Pologwand schielend: »Wie geht es ihr?«

»Sie schläft … Unser Gast ist Schamane.«

Rentyrgin sah Mletkin an. Er wusste, dass der berühmte Uëlener Schamane Kaljantagrau sein Großvater war.

»Ich habe eine Schellentrommel«, sagte Rentyrgin.

»Ich bin ohne sie ausgekommen«, entgegnete Mletkin lächelnd.

Giwewnëu schlief die ganze Nacht hindurch und erwachte

am späten Morgen des folgenden Tages und bat um Essen. Aber Mletkin gestattete nur, ihr eine starke Rentierbrühe und eine Tasse mit Sud aus den Wurzeln der Tundrapflanzen zu geben.

Als Mletkin durch die Umgebung des Nomadenlagers streifte, erblickte er eine Reihe von Pfählen, die in die Erde gerammt waren, sie waren bis hinter die nächsten Hügel in südwestlicher Richtung zu sehen. Er trat zu einem dieser Pfähle, zog die Handschuhe aus und strich über den geschälten, glatten Stamm. Die Pfähle waren vor langer Zeit hergebracht und mit einem guten Werkzeug, wahrscheinlich aus Metall, bearbeitet worden. Mletkin war ganz verwirrt beim Nachdenken über den Sinn dieser merkwürdigen Pfähle.

Am Abend erklärte Rentyrgin: »Diese Pfähle haben die Tangitan hingestellt. Sie wollten sie eigentlich mit eisernen Schnüren miteinander verbinden, aber aus irgendeinem Grund haben sie die Arbeit nicht beendet. Mithilfe dieser eisernen Schnüre sollte das russische Hauptlager, wo der Sonnenherrscher wohnt, mit dem amerikanischen Oberhaupt sprechen. Und die Tangitan haben noch gesagt, die Erde ist rund wie ein Ball …«

Es handelte sich um eines der grandiosen Projekte am Ende des 19. Jahrhunderts, des Jahrhunderts der technischen Revolution. Der Plan sah vor, Telegrafenleitungen von Europa nach Asien durch das riesige Territorium des Russischen Imperiums, durch die arktische Wüste und schließlich auf dem Meeresgrund der Beringstraße nach Amerika zu führen. Das Projekt war im Kopf des amerikanischen Handelsagenten Perry Collins entstanden, der im Flussbecken des fernöstlichen Amur Handel trieb. Er sammelte in beiden Teilen des Erdballs ungeheure Geldmittel zusammen und rüstete großartige Expeditionen aus. Für die russische Seite der Expedition arbeitete der junge amerikanische Topograf John Kennan, der Onkel des künftigen Botschafters der Vereinigten Staaten in der Sowjetunion. In kürzester Frist wurde eine riesige Arbeit vollbracht, sowohl von asiatischer als auch amerikanischer Seite. Der Stützpunkt der amerikanischen Telegrafenarbeiter befand sich in Port Clarence, wo die amerikanischen Walfangschiffe häufig überwinterten. In Anadyr wurden zwei Metallmaste aufgestellt, beide siebzig Meter hoch.

In derselben Zeit verlegte eine andere Company auf dem Grund des Atlantischen Ozeans ein Kabel. Ein harter Konkurrenzkampf begann – wer würde der Schnellere sein? Die Arbeiter, die das Kabel auf dem Meeresgrund verlegten, waren die Sieger. Die Arbeiten an den überirdischen Telegrafenleitungen von Nordostasien nach Amerika wurden abgebrochen, nur die Maste blieben übrig.

Die verworrenen Gerüchte von den Leuten, die in der Tundra Pfähle aufgestellt hatten, waren bis Uëlen gedrungen, aber Mletkin hatte ihnen keine große Bedeutung beigemessen und schon gar nicht daran gedacht, dass er einst auf ihre Spuren stoßen würde. »Sonderbare Dinge haben die Tangitan in unser Land gebracht«, dachte er.

Mehr berührte ihn allerdings die beiläufige Bemerkung, dass die Erde kugelförmig sei. Eifrig wandte er ein, dann müssten ja die Seen und die Meere auslaufen. »Außerdem glaube ich, ist es unmöglich, über eine so weite Entfernung mit dem Zaren zu sprechen. Da braucht man ja eine unheimlich laute Stimme! Sogar das Wolfsgeheul wird leiser, je weiter man weg ist.«

Jedes Mal, wenn er nun bei gutem, klarem Wetter aus der Jaranga trat, blieb er für einige Zeit auf dem nächsten Hügel stehen und betrachtete, sich langsam im Kreis drehend, aufmerksam den Horizont. Und eines Tages durchzuckte es ihn wie ein Blitz: Wenn es so ist, dass er, um die gesamte Umgebung zu erfassen, mit dem Blick einen Kreis beschreiben musste, dann nur deshalb, weil er auf der Oberfläche einer gigantischen Kugel stand. Wenn es keine Kugel wäre, dann wäre er auf Ecken gestoßen.

Um den anderen nicht zur Last zu fallen, bat Mletkin darum, zusammen mit Rentyrgins Sohn, dem großwüchsigen Jungen Rinto, die Rentierherde hüten zu dürfen.

Die Rentiere fraßen die letzten Flechten und das Gras auf den Sommerweiden auf, das Lager bereitete sich auf den Umzug zu den Winterweiden an den Ufern des Sees Ioni vor, weit weg vom Meerbusen Kytryn, tief im Innern der Tschuktschen-Halbinsel.

Das Mädchen wurde von Tag zu Tag lebhafter.

Als Mletkin eines Morgens erwachte und seinen Kopf in den Tschottagin steckte, sah er Giwewnëu neben dem flackernden Feuer sitzen. Sie war natürlich noch kein reifes, eher ein heranwachsendes Mädchen, aber schon im Begriff, eine kleine Frau zu werden, und das war ihr wohl bewusst. Sie lächelte ihren Retter an, und in diesem Blick lag so viel Zärtlichkeit, dass durch Mletkins Herz eine warme Flut ging.

An diesem Morgen betrat er vorsichtig das junge Eis des kleinen Tundrasees und ging quer hinüber. Gestern noch hatte er um den ganzen See laufen müssen.

Die Winterweiden unterschieden sich von den Sommerweiden dadurch, dass die Rene das Rentiermoos bald niedergetreten hatten und man häufig einen neuen Lagerplatz suchen musste. Aber die Wege hatten sich über Jahrhunderte bewährt, die Rentiermenschen wählten Jahr für Jahr immer dieselbe Route, allerdings waren sie bemüht, die Weiden des Vorjahres nicht anzurühren.

Bevor sie weiterwanderten, vollführte Rentyrgin den Ritus der Bestimmung des Winterwegs, indem er ein abgenagtes Schulterblatt vom Ren ins Feuer legte. Der Knochen wurde augenblicklich dunkel und überzog sich mit einem Netz von Rissen. Der Herr des Lagers fischte den Knochen mit einem Stöckchen aus dem Feuer, legte ihn vor seine Füße und wartete, dass er abkühlte. Indes nahmen die Frauen schon das Rentierfell ab, das die Jaranga bedeckte, und rollten den Schlafpolog zusammen, nachdem sie ihn mit einem Rentiergeweih im frischen Schnee ausgeklopft hatten.

»Wir gehen zum Südufer des Sees Ioni«, sagte Rentyrgin, der die Risse eingehend studiert und das Schulterblatt wieder ins Feuer geworfen hatte.

Einige Dinge blieben im Sommerlager zurück, aber der größte Teil des Hausrats wurde auf Lastschlitten verstaut, die alle zusammen eine lange Karawane bildeten. Gemeinsam mit Rentyrgins Söhnen fing Mletkin Zugrentiere ein, spannte sie vor die Schlitten und nahm selbst einen Platz in der Mitte der Karawane ein, er durfte manchmal die friedlichsten, die so genannten weiblichen Rene, lenken.

»Das sind meine Rene«, sagte Giwewnëu stolz und deutete auf die Zeichen an den Ohren. »Wenn wir heiraten, gehören sie uns beiden.«

Mletkin lachte und entgegnete: »Da musst du noch wachsen.«

»Ich werde jetzt schnell groß«, versprach Giwewnëu.

Mletkin gewöhnte sich allmählich an das Nomadenleben. Er wohnte wie ein gleichberechtigtes Familienmitglied in Rentyrgins Jaranga, und keiner fragte, ob er lange bliebe oder kurz. Zusammen mit den Hirten ging er zur Herde. Wenn er nach langer Abwesenheit aus der stürmischen und kalten Tundra zurückkehrte, betrat er den warmen, im reinen Schnee ausgeklopften Fellpolog und legte alle seine Kleider ab, nur zwischen die Beine schob er ein Stück weiches Fell und streckte sich in Erwartung eines reichen Abendessens genussvoll auf der Rentierhaut aus. Vor dem Schlaf, wenn die kleine Flammenzunge in der steinernen Tranlampe noch nicht erloschen war, lauschte er den Erzählungen Rentyrgins und bemerkte, dass viele von ihnen, die er auch schon von seinem Vater und vor allem von seinem Großvater Kaljantagrau gehört hatte, hier etwas anders lauteten.

Der Winteranfang ist in der tschuktschischen Tundra reich an Schneestürmen. In dieser Zeit gibt es kaum jemanden, der Mut zum Reisen hat. Deshalb war es verwunderlich, als plötzlich eine große Karawane von Rentierschlitten langsam auf den Hügel zukroch, auf dem die Jarangas des Nomadenlagers standen.

Die Karawane bestand aus vier Schlitten, auf einem davon saß ein in Fell eingewickelter Tangitan, seine pelzbesetzte Kapuze hatte er in die Stirn gezogen. Leichtfüßig sprang er vom Schlitten, aber im Unterschied zu seinen Landsleuten, die bei einer Begegnung immer die bloße Hand zur Begrüßung ausstreckten, sagte er als Antwort auf die tschuktschische Begrüßung einfach:

»Ja, wir sind gekommen. Ich heiße Wëip. Die Russen nennen mich Bogoras.«

Mletkin hatte nie einen Tangitan tschuktschisch reden hören.

Auch in der Jaranga benahm sich Wëip wie ein echter tschuktschischer Nomade. Mit den Händen holte er sich Fleisch aus der Holzschüssel und schnitt es mit dem eigenen Messer klein, geschickt zerbrach er die Rentierläufe, um das zarte, rosa Knochenmark auszusaugen, und dabei unterhielt er sich mühelos in Tschuktschisch.

Als er Mletkins unverhohlenes Interesse an seiner Person bemerkte, fragte er: »Hast du noch nie einen Tangitan gesehen, der die echte Sprache spricht?«

»Nein, das ist das erste Mal«, bekannte Mletkin. »Ich habe gedacht, die Tangitan können unsere Sprache nicht sprechen.«

»Wie du siehst, können sie es«, lachte Wëip.

»Wenn ich nur Russisch lernen könnte!« Mletkin sprach seinen Herzenswunsch aus.

»Und mit wem willst du dich in der Tundra russisch unterhalten?«

»Ich bin kein Tundramensch«, sagte Mletkin. »Ich komme aus Uëlen.«

»Und was machst du hier? Verdienst du dir deine Braut?«

»Nein, ich bin nicht ganz aus eigenem Willen hier, wenn man so sagen kann«, bekannte Mletkin.

»Was hat dich hierher geführt?«, fuhr der Mann mit seinen Fragen fort. Er blickte Mletkin mit scharfen, tief liegenden Augen durchdringend an. Sein ganzes Wesen, sein ganzes Benehmen verriet, dass er ein neugieriger Mensch war. Mletkin fühlte, dass Wëip erst von ihm ablassen würde, wenn er alles erfuhr.

»Ich musste weit weggehen von Uëlen und von meinen Verwandten.«

»Ich hoffe, du hast nichts verbrochen? Niemanden getötet?«

Wer wusste, wie viel Menschen seinetwegen in Uëlen an Hunger sterben würden in diesem Winter? Also war er tatsächlich ein ungewollter Mörder. Dennoch antwortete Mletkin: »Ich habe niemanden getötet.«

Den ganzen Abend über saß der Mann am Feuer über ein Heft gebeugt und trug geschwind wie eine Maus, die im frischen Schnee ihre Tapsen hinterlässt, die Spuren der tschuktschischen Rede auf weißes Papier auf. Ihn interessierten die Bezeichnungen der einzelnen Teile eines Tundraschlittens und die Art und Weise, wie diese Teile befestigt wurden. Er vertiefte sich in alles mit solcher Genauigkeit, als wollte er selbst einen Schlitten bauen. Er kannte bereits viele Einzelheiten aus dem Leben der Luorawetlan, und man konnte mit ihm wie mit seinesgleichen sprechen.

Am nächsten Tag wandte er sich mit einer unerwarteten Bitte an Mletkin: »Einer meiner Begleiter muss in die Kurupkiner Tundra zurückkehren. Willst du nicht mit mir gehen? Bis zur Frühjahrsschmelze. Wir werden keine langen Wanderungen machen. Die meiste Zeit werden wir in Nomadenlagern und Siedlungen am Meer verbringen. Ich sammle die Rede der Luorawetlan, die Märchen, Legenden, verschiedene Redewendungen. Allerdings kann ich dir nicht viel zahlen. Aber ich werde gut zu dir sein.«

Plötzlich durchzuckte Mletkin ein Gedanke, der ihn innerlich erzittern ließ. »Du brauchst mir gar nichts zu zahlen«, sagte er vorsichtig, um das Schicksal nicht zu erschrecken. Wer weiß, vielleicht teilten die Tangitan nicht gern ihr Wissen mit Vertretern anderer Stämme?

»Wirst du mir beibringen, die Spuren der menschlichen Rede auf dem Papier zu erkennen?«

Wëip antwortete nicht gleich. Wahrscheinlich überraschte ihn die ungewöhnliche Bitte. »Das ist nicht so einfach«, sagte er. »Was ich dir beibringen kann, ist die russische Sprache.«

»Ich bin dazu bereit!«, sagte Mletkin herausfordernd.

»Dazu braucht es Mühe und Geduld«, fuhr Wëip in skeptischem Ton fort. »Werden deine Kräfte dafür reichen?«

»Ja!«, entgegnete Mletkin fest.

Als sie Rentyrgins Lager verließen und Mletkin zu Giwewnëu schaute, spürte er plötzlich im Herzen einen Stich. Er trat zu dem Mädchen und sagte leise: »Ich komme dich holen.«

»Ich werde auf dich warten«, sagte Giwewnëu, nur mit Mühe die Tränen zurückhaltend.

Wëip hatte den Besuch von Uëlen auf den Frühling verschoben, er lenkte die Karawane durch die Tundra und besuchte die Rentierweiden. Wenn er mit seinen Forschungen fertig war und einige Seiten in sein Heft notiert hatte, setzte er sich neben Mletkin und der Unterricht begann. Sie lernten nicht nur in den Abendstunden, wenn in der Jaranga schon alle fest schliefen, sondern auch unterwegs. Dann setzte sich Mletkin in Wëips Schlitten oder lief neben dem Gespann her und wiederholte immer wieder die russischen Wörter, rezitierte Gedichte.

Wëip wunderte sich über die Hartnäckigkeit und Ausdauer des jungen Tschuktschen. Allmählich erfuhr er von Mletkin die Geschichte seiner Verbannung aus Uëlen und von den harten Lehrstunden Kaljantagraus. Mletkin merkte, dass der Russe ins Wesen, in die Tiefe des Schamanentums eindringen wollte. Vor allem interessierten ihn die Zaubersprüche und

Beschwörungsformeln. Er zwang Mletkin, sich an sie zu erinnern, schrieb sie gleich auf Papier und sang sie dann auf seine Weise, wodurch er bei Mletkin ein Lächeln hervorrief.

Wie sich herausstellte, bestand die Tangitan-Rede aus vergleichsweise wenigen Elementen, aus Lauten, für die es entsprechende Buchstaben gab. Wenn man diese Lautzeichen zusammenfügte, konnte man ein Wort bilden. Das war simpel, aber immerhin war in der Tangitan-Welt jemand auf diesen vernünftigen Gedanken gekommen!

Manchmal dachte Mletkin, dass man nach demselben Prinzip auch eine tschuktschische Schriftsprache schaffen könnte. Er teilte seinem Lehrer diese Überlegungen mit, und Wëip zeigte ihm einige Seiten, die mit anderen Zeichen voll geschrieben waren.

»Hier habe ich die tschuktschische Rede aufgezeichnet. Ich lese sie dir vor, wenn du willst.«

Wëip führte das Blatt an seine Augen, und Mletkin hörte erstaunt in seiner Muttersprache den Beginn der bekannten Legende über die Heldentaten seines Vorfahren, des tapferen Kriegers Kunlelju, der den Russen Jakunin besiegt hatte.

»Es gibt also schon eine tschuktschische Schrift?«, rief Mletkin erfreut aus.

»Die Zeichen für die tschuktschische Rede habe ich mir selbst ausgedacht.«

»Kann ein einzelner Mensch gleichzeitig die russische und die amerikanische Sprache beherrschen?«, fragte Mletkin.

»Wenn er will, auch die hebräische, arabische und chinesische!«, lachte Wëip, wobei er sich über den ungewöhnlichen Wissensdurst des jungen Schamanen wunderte. Mletkin war den »von Oben Behauchten«, die er früher getroffen hatte, ganz unähnlich.

»Das ist ja erstaunlich!«, sagte Mletkin ganz leise, weil er es nicht wagte, den ungeheuerlichen Gedanken laut auszusprechen, dass es möglich war, so viele Sprachen und Schriften zu beherrschen.

Nach einem langen Weg, nach vielen Schneestürmen in der offenen Tundra, kamen sie zum Lager von Nokko, einem Besitzer von Herden und Weiden, die sich bis zum Fluss Tschaun hinstreckten.

Nachdem sie sich an Rentierfleisch satt gegessen und an Tee satt getrunken hatten, krochen sie in den warmen Fellpolog und legten sich dicht nebeneinander. An diesem Abend hatte selbst Wëip nicht mehr die Kraft, sein Heft aufzuschlagen.

Im dunklen Polog zitterte die Flamme eines verlöschenden Tranlämpchens, das an der Wand hing. Trotz der großen Müdigkeit wollte der Schlaf lange nicht kommen. Mletkin hüstelte verlegen und sagte zu Wëip: »In unserer Familie bewahren wir ein russisches Buch auf …«

»Was für ein Buch?«

»Ein Heiliges. Mein Großvater hat es bei einem russischen Schamanen auf dem Jahrmarkt am Anjui getauscht.«

»Hast du es gelesen?«

»Wie kann ich es lesen, wenn ich die russische Schrift nicht beherrsche.«

»Das habe ich ganz vergessen!«, lachte Wëip, und plötzlich sagte er: »Ich glaube nicht an Gott.«

»An den Tangitan-Gott?« Mletkin wollte es genau wissen.

»An keinen. Das sind alles Fantasien. Die Welt, das gesamte Weltall, ist nicht so, wie die Schamanen es lehren, egal, ob russische oder tschuktschische.«

»Und warum bist du dann so neugierig? Schreibst dir all unsere Zaubersprüche und Rituale auf?«

»Es gibt eine Wissenschaft, die den Menschen zum Gegenstand hat. Und ich studiere die Luorawetlan, damit die Kenntnisse über sie in das allgemeine Wissen eingehen«, entgegnete Wëip. »Von den Irrwegen der Menschen zu wissen, ist auch wichtig.«

Mletkin schwieg lange und versonnen. Dann sagte er: »Nein. Es gibt einen Gott. Nur dass die verschiedenen Völker ihn verschieden bezeichnen. In der Welt und im Leben gibt es so viele Dinge, die man nur durch Höhere Mächte erklären kann … Zum Beispiel die wunderbaren Heilungen …«

»Hast du geheilt?«

»Ja«, antwortete Mletkin ruhig und erinnerte sich an die junge Giwewnëu. »Und wie kann man sonst das Wunder der Empfängnis und der Geburt erklären? Und den Tod? Irgendwohin müssen die Toten ja verschwinden?«

»Und wohin?« Mletkin entging nicht die Ironie in Wëips Frage.

»Nach unserem Glauben kommen einige in den Himmel, in die Gegend des Polarsterns, und andere in die Hölle, in die unterirdische, wasserlose Welt.«

»War schon mal einer dort? Und ist wieder zurückgekommen?«

»Die Schamanen waren dort«, entgegnete Mletkin.

»Und du?«

»Ich noch nicht … Aber im Traum habe ich viele gesehen, die aus dem Leben gegangen sind. Sie sind zu mir gekommen und haben mit mir gesprochen. Sie können doch nicht aus der Leere kommen, aus dem Nichts.«

Nach langem Schweigen begann Wëip plötzlich in einem anderen Ton: »Ich möchte dich nicht von deinem Glauben abbringen. Wenn du an Geister glaubst, an die Kelen, an Enantomgyn, bitte. Aber denke daran, dass es auch einen anderen Glauben gibt, nicht nur euren Schamanenglauben, und dass es Menschen gibt wie mich, die an nichts glauben.«

Als Mletkin das hörte, seufzte er und sagte mitfühlend: »Sicher ist es schwer, ohne Glauben zu leben …«

Unweit von Wankarem holte die Karawane von Wëip-Bogoras einen anderen Tangitan-Reisenden ein, einen Geistlichen namens Wenedikt. Der wissenschaftliche und der religiöse Schlittenzug trafen im Lager des reichen Rentierzüchters Gyrgolkau zusammen. Die Reisenden bekamen eine große Gästejaranga, in der drei Fellpologs hingen.

Mletkin bemerkte, dass Wëip, der gerade erst von seinem Unglauben erzählt hatte, dem Batjuschka Wenedikt durchaus freundschaftlich begegnete und sich beim Licht des verglimmenden Feuers lange mit ihm unterhielt.

»Ich reise schon fast zwei Jahre durch diese Gegend«, erzählte Vater Wenedikt. »Schwer unterwirft sich das tschuktschische Volk dem Wort Gottes. Sie lassen sich nur für Geschenke taufen. Messer muss man ihnen geben, Hemden, Nähnadeln, Tabak. Einige sind sogar so schamlos, dass sie für die Annahme des orthodoxen Glaubens eine Flasche Wodka fordern! Bei der Taufe selbst musst du unheimlich aufpassen! Viele versuchen zweimal durchzuschlüpfen, manche auch dreimal, nur um mehr Geschenke zu kriegen. Die ersten Tage habe ich mich oft geirrt – sie sehen alle gleich aus. Jetzt kann ich sie mit Gottes Hilfe unterscheiden.«

Vater Wenedikt war ungefähr so alt wie Wëip. Er aß schmatzend und schlürfte laut den starken Tee aus der Untertasse. Er schaute Mletkin neugierig an und fragte: »Verstehst du, worüber wir reden?«

»Nicht alles, aber einiges verstehe ich«, entgegnete Mletkin bescheiden.

»Er lernt die russische Sprache«, teilte Wëip stolz mit.

»Was Sie nicht sagen!«, wunderte sich Vater Wenedikt. Er holte den kleinen Band eines Reiseevangeliums hervor und hielt ihn Mletkin hin.

Mletkin rückte näher ans Licht des Feuers und begann stockend zu lesen: »Im Anfang war das Wort, und es war das Wort Gottes, und das Wort war Gott …«

»Erstaunlich!«, rief Vater Wenedikt. »Kennst du unseren Herrn Jesus?«

»Mein Großvater Tynemlen hat mir ein Märchen von eurem Gott erzählt, das er selbst in seiner Jugend auf dem Jahrmarkt am Anjui gehört hat. Von dort hat er auch ein russisches Schamanenbuch mitgebracht, das wir in unserer Jaranga aufbewahren.«

»Interessant!«, sagte Vater Wenedikt. »Und was hat dein Großvater dir erzählt?«

»Der russische Gott wurde in der Familie eines Meisters geboren, der allerlei Dinge aus Holz herstellen konnte. Aber dieser Meister war nicht sein richtiger Vater, der richtige Vater hat heimlich mit der Frau des Meisters geschlafen und einen Mann gezeugt. Der in einem Stall für Haustiere geboren wurde und von einem Lager zum anderen zog, wie du, und von Gott erzählte. Dass man nicht stehlen darf, nicht töten, sich nicht in die Frau eines anderen vergaffen …« An dieser Stelle stockte Mletkin, denn ein unerwarteter Gedanke durchzuckte ihn wie ein Blitz: War doch Gottes Sohn deshalb zur Welt gekommen, weil der Heilige Geist mit einer fremden Frau geschlafen hatte!

»Fahre fort! Fahre fort!«, munterte Vater Wenedikt ihn auf.

Aber Mletkin entgegnete: »Weiter erinnere ich mich nicht.«

»Da sehen Sie!« Vater Wenedikt wandte sich an Wëip. »Wie kann man da überzeugt sein, dass das Wort Gottes in seiner wahren Bedeutung bis zum Verstand von solchen Wilden vordringt?«

»In welcher Sprache predigen Sie?«, fragte Wëip.

»Ich habe einen Dolmetscher, einen Ewenen aus Markowo.«

Wie sich herausstellte, kannte der Dolmetscher die tschuktschische Sprache fast gar nicht, und auch im Russischen kannte er nur die uralten Redewendungen der Anadyrer Kosaken, die meist nur von den Kosaken selbst verstanden wurden.

»Hören Sie!«, flehte plötzlich Vater Wendedikt. »Überlassen Sie mir Ihren Mletkin! Ich werde für Sie beten! Dieser gottgefällige Dienst wird Ihnen hoch angerechnet werden!«

»Das muss Mletkin selbst entscheiden«, entgegnete Bogoras.

Mletkin gab nicht sofort eine Antwort.

Er war völlig überrascht von der Entdeckung, dass sich die

Tangitan in ihrer Beziehung zum Glauben krass voneinander unterschieden. Selbst Menschen einer Gattung wie Wëip und Vater Wenedikt waren in ihrem Verhältnis zu Gott verschiedener Meinung, man konnte sogar sagen, entgegengesetzter. Und auch im Tangitan-Glauben selbst gab es viele Dinge, die zu bezweifeln waren. Wenn eines der wichtigsten Gebote die Warnung war, nicht das Weib seines Nächsten zu begehren, wie grob hatte der Tangitan-Gott dann selbst gegen das Gebot verstoßen.

Dass Götter mit Menschen schliefen, war nichts Ungewöhnliches. Solche Fälle gab es in den tschuktschischen Legenden mehr als genug. Es kam vor, dass Frauen ein Kind in Tiergestalt gebaren, so wie es bei den Vorfahren Mletkins geschehen war, den Kindern des Urvaters, des Wals Rëu. Die erste Frau gebar anfangs kleine Wale und erst dann Kinder in menschlicher Gestalt. Mletkin verwunderte nur die Tatsache, dass der Gott sein eigenes Gebot brach! Oder hatte der, der die Gesetze schuf, das Recht, sie zu übertreten? Aber die wichtigste Entdeckung, die Mletkin machte, sprach er nicht laut aus: Die Menschen selbst schaffen die Götter nach ihrem Bild und Ebenbild.

Mletkin zog es vor, bei Wëip zu bleiben. Hauptsächlich deshalb, weil Wëip ihm mit großem Eifer die russische Sprache beibrachte und weil dieser Tangitan mit erstaunlicher Meisterschaft die tschuktschischen Wörter in ihre Bestandteile zerlegte und zwischen den einzelnen Lauten eine Verbindung suchte. Mletkin hatte noch nie darüber nachgedacht, dass man seine Muttersprache genauso wie eine Nomadenjaranga auseinander nehmen und wieder zusammensetzen konnte. Und weil Wëip so begierig war, bei seinen tschuktschischen Gastgebern alte Geschichten zu hören, erfuhr Mletkin selbst viel Neues über die Vergangenheit seines Volkes, über das Leben der Stammesgenossen.

Vom breiten Meerbusen von Tschaunsk aus zog mit Beginn der langen Frühlingstage, als die Sonne ihre Winterzuflucht verlassen hatte, Wëips Rentierkarawane an der Kante der Küstenlinie in Richtung Osten, ohne direkt das Meeresufer zu berühren.

Mletkins Gespräche mit Wëip bestanden nicht nur aus Übungen in russischer Sprache. Der Forscher tauchte oft in Erinnerungen an sein Leben in Russland ein. Er war im Süden Russlands geboren. Als junger Mann war er nach Petersburg gekommen, dem Hauptlager des Zaren, wo er an der Universität studierte. Er beschrieb das Lager des Zaren wie eine Ansammlung von großen, aus Stein gebauten Häusern, und jedes Haus war auf ein anderes gestellt, und so in mehreren Schichten. Die Leute aus den oberen Etagen mussten auf so genannten Treppen nach oben krabbeln. Durch das Lager floss ein Fluss, der Newa hieß und in ein Meer mündete, in dem es weder Wale noch Walrosse gab. Das Lager war von Wäldern umgeben, dort befanden sich auch Weiden für Tiere mit kurzen Hörnern, und auch Felder für Pflanzen, aus denen das Mehl gemacht wurde. Wëip teilte Mletkin mit, dass er Revolutionär sei und zur Bestrafung ins Tschuktschen-Land geschickt worden war, auf Befehl des Zaren persönlich. Auf Mletkins Frage, ob er sich wieder mit dem Zaren vertragen hätte nach dem langen Aufenthalt in der kalten Tundra, antwortete Wëip ausweichend auf Tschuktschisch: »Ich weiß nicht.«

In Uëlen trafen sie in einer Frühlingsnacht ein, als die ersten Entenschwärme über die Landzunge flogen. Die Kinder und Erwachsenen, ausgerüstet mit dem Eplykytet, einer Waffe zum Vogelfangen, verbargen sich hinter den letzten Jarangas auf der Westseite der Siedlung, wo sie den tief fliegenden Vögeln auflauerten. Eingefangen mit dünnen Riemen aus Robbenleder, fielen die Enten mit einem dumpfen Schlag auf die Erde und in die Taupfützen auf dem Meereis.

Mlatangin empfing seinen Sohn so, als hätte dieser erst gestern seine heimatliche Jaranga verlassen. Etwas herzlicher fiel die Begegnung mit dem Großvater Tynemlen aus. Er sagte leise: »Großvater Kaljantagrau erwartet dich. Er möchte mit deiner Hilfe durch die Wolken gehen.« Mletkins Herz zog sich zusammen.

Wenn du aus dem hellen Sonnenlicht in einen dunklen Tschottagin trittst, muss erst einige Zeit verstreichen, bis deine Augen sich an das Halbdunkel gewöhnt haben. Noch auf der Schwelle vernahm Mletkin ein dumpfes Stöhnen und einen qualvollen Husten. Kaljantagrau lag im Polog und hatte den Kopf, auf dem sich nur noch wenige Haare befanden, in den Tschottagin hinausgestreckt. Auch er zeigte, genauso wie Mletkins Vater und Großvater, äußerlich keine besondere Freude über die Rückkehr des Enkels. Aber seine Stimme klang erregt: »Wie gut, dass du zurückgekehrt bist«, krächzte der Alte. »Genau zur richtigen Zeit. Mein Leben geht zu Ende. Jetzt kann ich beruhigt durch die Wolken gehen. Und du wirst mir dabei helfen.«

Kaljantagrau wollte den Tod nicht durch Erwürgen mit dem Riemen entgegennehmen, wie es normalerweise üblich war. Er sagte, er zöge es vor, dass Mletkin ihn mit dem Speer ersticht.

Wenn einer, der freiwillig aus dem Leben ging, erwürgt wurde, sah ihn der Mensch, der den Ritus vollführte, nicht. Er zog an den Enden des um den Hals gelegten Strangs, während er sich außerhalb der Jaranga befand. Das verlieh der rituellen Tötung Anonymität und galt deshalb als normal. Eine andere Sache war das Erstechen. Ein Erstochener konnte damit rechnen, einen Platz im Sternbild der Trauer zu bekommen, in der Gegend des Polarsterns.

Zwei Tage dauerte die Vorbereitung auf den schmerzvollen Ritus. Mletkin zögerte die Zeit bewusst hinaus, in der vergeblichen Hoffnung, der alte Schamane würde sich besinnen. Aber hatte Kaljantagrau etwas beschlossen, dann führte er es auch zu Ende. Er hielt den Enkel nicht zur Eile an, fragte ihn aber jedes Mal, was er getan hatte.

Um den schrecklichen Gedanken zu entfliehen, schärfte Mletkin wieder und wieder beharrlich und mechanisch den Speer und brummte unerwartet auftauchende Worte vor sich hin:

> Stirbt ein Mensch, wird die Sonne schwarz.
> Verstummt das Wort, ist Stille in der Welt.
> Das gesungene Lied löst sich im Himmel auf,
> Und die Melodie wird zum Echo.
> Höhere Mächte! Lasst mich den Ritus vollenden,
> Lasst den Speer in meiner Hand nicht zittern,
> Und lasst die Klinge ins Herz treffen!
> Höhere Mächte – helft mir!

Früh am Morgen, als die im Nachtfrost hart gewordene Nässe noch nicht von der Sonne aufgetaut war, nahm Mletkin den Speer mit der verhüllten Klinge und betrat die Jaranga des Großvaters.

Kaljantagrau saß ganz hinten im Fellpolog. Die Vorderwand war hochgehoben und mit einem Stock abgestützt. Die anderen Bewohner waren noch am Abend zuvor aus der Jaranga gegangen und hatten den Schamanen allein zurückgelassen. Die Tranlampen brannten nicht, aber in der Dämmerung war der Alte, gekleidet in weiße Totenkleider, gut zu sehen. Er schien zu schlafen. Ohne die Augen zu öffnen, fragte er: »Bist du es, Mletkin?«

»Ja, Großvater.«

»Bist du bereit?«

»Ja.«

»Nimm die Hülle von der Klinge.« Die Stimme des Alten war fest und deutlich und der eines Sterbenden überhaupt nicht ähnlich. Mletkin kam sogar der Gedanke, einen letzten Versuch zu machen und dem Großvater die Sache auszureden, aber das wäre sinnlos vertane Zeit gewesen.

Kaljantagrau hob den Saum der weißen Kamlejka und entblößte den dünnen, mit dunkler Haut überzogenen Körper. Die Linien der Rippen zeichneten sich deutlich ab. Mit der rechten Hand berührte der Großvater die linke Brust, spreizte den Zeige- und Mittelfinger und zeigte Mletkin auf diese Weise, wohin er die Klinge setzen sollte.

Mletkin nahm all seinen Willen zusammen, all seine innere Kraft und betete zu den Göttern, dass seine Hand nicht zittert, dass seine Kräfte im letzten Moment ausreichen, bis zum Herz vorzustoßen, das in diesen Sekunden seine letzten Schläge tat. Er fühlte plötzlich, wie seine Hand, die den Schaft hielt, schwitzte, wie Schweiß ihm in die Augen lief. Und in diesem Moment drückte er mit aller Kraft gegen den Speer. Er hörte die Metallklinge mit einem dumpfen Ton die Haut durchdringen und ins Fleisch stoßen. Ihm schien, als fühle er das Herz des Alten zittern, spüre, wie es unruhig wurde vor dem letzten Schlag. Kaljantagrau beugte sich leicht zurück und fiel auf die linke Seite. Seine Augen schlossen sich.

Mletkin zog mit einer kräftigen Bewegung den Speer aus der Brust und verschloss die Wunde mit einem weichen Fellstück. Als er den Saum der weißen Fellkuchljanka auf den leblosen Körper legte, sah er mit einem merkwürdigen Gefühl der Genugtuung, dass keine Blutspur darauf zu sehen war.

Kaljantagrau wurde am nächsten Morgen beerdigt, nachdem über dem Körper alle Riten vollführt worden waren. Mletkin hatte unter den Kopf des Toten ein Ende des Zauberstocks geschoben und den Stab nach den letzten Wünschen des Toten befragt. Er war keinem böse, vererbte seinem Sohn die Jagdausrüstung, die große Schamanentrommel aber übergab er dem Enkel Mletkin.

Den Körper brachten sie mit einem leichten Schlitten auf den Hügel der Herzensruhe. Nach der Rückkehr schüttelten sie über einem kleinen Feuer vor dem Eingang zur Jaranga die Kleider ab, um keine Krankheiten einzuschleppen, und jeder aß ein Stück getrocknetes Rentierfleisch – ein bitteres Totenmahl.

Großvater Tynemlen, der nur mit Mühe sein Stück hinunterschluckte, wandte sich an Mletkin: »Jetzt bist du der Schamane von Uëlen.«

Das Meer und der Mensch

Die Herbststürme begannen. Wellen spritzten an die Wände der Jarangas, die auf der Meerseite der Landzunge standen. In der Niederung, vor dem Anstieg auf den Hügel, strömte das Meerwasser wie ein Fluss in die Lagune und bildete eine neue Meerenge.

Tynemlen überlegte schon, an das Ostufer der Lagune zu ziehen und dort das Unwetter abzuwarten. Er beriet sich mit seinem Sohn. Mletkin aber sagte fest: »Es lohnt sich nicht. Das Eis ist schon ganz nah, morgen wird es das Meer zur Ruhe bringen.«

Am Morgen zeigte sich hinter dem Kap am Horizont ein weißer Streifen, das Wasser im Meer war schwerer geworden, als ob der Frost es zähflüssiger gemacht hätte. Die Wellen waren schwächer geworden. Am Ende des Tages hatte das schwimmende Eis Uëlen als feste Masse erreicht. Die Steinchen am Ufer gefroren, bedeckten sich mit einer glatten Haut, und es war nicht mehr möglich, auf den Kieseln zu laufen.

Äußerlich gab es in Mletkins Leben keine Veränderungen. Aber er fühlte sich jetzt zur Einsamkeit hingezogen. Auch bemerkte er, dass der alternde Vaters ihm anders begegnete.

Tynemlen wunderte sich, mit welcher Ruhe und Sicherheit der Sohn das Eis vorausgesagt hatte. Er hatte genau gewusst, wann es kam.

Naturerscheinungen vorauszusehen, war die wichtigste Gabe eines Schamanen. Denn die unsichtbaren, kaum fühlbaren Veränderungen in der Luft, im Wehen des Windes, in der Dichte und Zeichnung der Wolken waren nur einem Menschen zugänglich, der über eine besonders feine Sinneswahrnehmung verfügte. Tynemlen erinnerte sich, wie der verblichene Schamane Kaljantagrau ihm gegenüber geklagt hatte, dass gerade das am schwersten sei. »Einen Menschen zu heilen, ist viel einfacher«, hatte der alte Schamane gesagt. »Besonders wenn er jung und stark ist. Aber das Wetter vorherzusagen … Es gibt nur wenige Schamanen in unserer Gegend, die es unfehlbar bestimmen können …«

Und Mletkin hatte nicht einmal überlegt oder geschwankt. Einige Tage quälte sich der Vater mit dem Gedanken, ob er den Sohn danach befragen oder lieber schweigen sollte. Schließlich fasste er Mut.

Mletkin wunderte sich nicht über die Frage. Ein Lächeln huschte über sein Gesicht, und er antwortete schlicht: »Ich habe es eben gewusst.«

Er bemerkte an sich die neue Fähigkeit, Ereignisse vorauszufühlen und vorwegzunehmen. Nein, er hörte keine geheimnisvollen Stimmen, er sah keine Himmelszeichen und Erscheinungen mehr. Die einzige Erscheinung, die in seinem Gedächtnis haften geblieben war, war das plötzliche Auftauchen des Gesichts am Himmel über dem Bach Tejuweem, als er, kraftlos von den Erlebnissen und dem Hunger, aus der Bewusstlosigkeit aufgewacht war. Solche Gesichte sah er nicht mehr. Aber immer öfter beobachtete er an sich eine merkwürdige Schärfe des Gehörs und des Auges, als hätte sich der Körper in einen bloßen Nerv verwandelt, der auf die kleinste Veränderung in der Natur reagierte.

Zu Mletkin kamen nun Kranke und Schwache, und viele davon konnte er heilen. Die einen einfach mit Licht, anderen gab er Medizin, einen Heiltrank aus Tundrakräutern, wieder andere behandelte er mit Zaubersprüchen. Aber Beschwörungen wandte Mletkin selten an. Wenn der Kranke nicht allein kommen konnte, brachten ihn die Verwandten, oder Mletkin musste selbst in die Jaranga des Kranken gehen. Außer der Schellentrommel nahm er nichts mit und zog auch nicht die Heilige Kleidung an, die ihm Kaljantagrau hinterlassen hatte. Es war ihm unangenehm, in die zerschlissene, nach ranzigem Fett riechende Kuchljanka zu kriechen. Eine Ausnahme machte er nur bei der Opferung anlässlich des Feiertags im Frühling, wenn die Boote von den Gestellen genommen wurden, oder wenn im Herbst die jungen Rene gefeiert wurden und zum Feiertag des Wals.

Es kam vor, dass trotz seiner Bemühungen Menschen starben. Mletkin fühlte das Ende voraus. In solchen Fällen teilte er den Verwandten offen das Los des Kranken mit und riet ihnen, den Tod tapfer anzunehmen und den Menschen würdig auf seine Reise in die andere Welt zu geleiten. Er selbst war von einem anderen Leben, in das die Toten eingingen, fest überzeugt. Dort hatte jeder immer dasselbe Alter, mit dem er aus der Welt gegangen war: Die Kinder blieben Kinder, die Alten Alte …

Der überzeugendste Beweis für ein Leben nach dem Tod waren für ihn die Träume. In einem Traum kamen die Toten zu den Lebenden, als wäre es Wirklichkeit, und keiner wunderte sich darüber, wenn er aufwachte.

Im Übrigen führte Mletkin ein Leben wie jeder andere junge Uëlener.

In diesem Herbst schwamm das Eis, das zum Ufer gekommen war, unter dem Einfluss des Südwinds wieder zurück ins Meer. An Stelle von Schnee kam Regen aus tiefen Wolken, und die Eisdecke auf dem steinigen Ufer schmolz. Eines Tages wurden zwei Jäger auf einer Scholle vom Wind weggetrieben. Sie versuchten, sich mit Haken am Ufereis festzuhalten, aber vergeblich. Die offene Wasserfläche wurde immer größer, und es gab keine Chance auf Rettung. Nach altem Brauch wurde Jägern, die in eine solche Lage geraten waren, nicht geholfen. Sie waren die Beute der Meergeister, der Kelen. Wenn sie nicht ertranken, dann konnten sie sich in ein Teryky verwandeln. Dieses mit Fell bewachsene Wesen galt nicht mehr als Mensch und musste getötet werden.

Und plötzlich sahen alle, wie Mletkin mit einem kleinen Kajak losrannte. Er setzte das Boot ins Wasser, paddelte aus Leibeskräften zu der wegschwimmenden Scholle, lud die Todgeweihten ein, die sich bereits vom Leben verabschiedet hatten, und brachte sie aufs feste Eis.

Alle, vor deren Augen sich dieser unerhörte Bruch mit dem alten Brauch vollzog, erstarrten. Aber eine Bestrafung durch die Meergeister blieb aus. Die beiden Jäger kehrten wohlbehalten zu ihren Familien zurück. In der Tiefe seiner Seele fühlte Mletkin, dass er richtig gehandelt hatte, und er maß seiner Tat keine große Bedeutung bei. Erst später erinnerte er sich an einen seiner Vorfahren, an Goigoi, der aufs Meer getragen wurde, sich in ein Teryky verwandelte und von seinen Brüdern getötet wurde. Aber die beiden Jäger hatten sich ja noch nicht in Werwölfe verwandelt.

Wenn das Wetter es nicht erlaubte, die Jaranga zu verlassen, setzte sich Mletkin unter dem hellen Kreis des Rauchabzugs nieder und schnitzte aus Walrosselfenbein Tierfiguren oder las in der Bibel, wobei er sich große Mühe gab, das Wesen der göttlichen Sinnbilder des Tangitan-Gottes zu verstehen.

Tynemlen betrachtete seinen Sohn, und eine seltsame Unruhe befiel ihn. Die Überlegenheit des Sohnes belastete ihn. Manchmal bedauerte er, dass Mletkin ganz offensichtlich ein besonderer, von Oben erwählter Mensch war, was ihn von seinen Stammesbrüdern trennte. Die anderen Altersgenossen hatten meist schon Familie und Kinder.

Die Eltern versuchten, Mletkin für junge Mädchen zu interessieren. Als Schnee gefallen und für die Schlitten der Weg zur Eskimosiedlung Nuwuken frei war, brachte Tynemlen die entfernte Verwandte Anka, die Tochter von Sikajuk, einem Bärenjäger, nach Uëlen. Das fröhliche, umgängliche und hübsche Mädchen legte sich abends zu dem jungen Schamanen.

Kaum war das letzte Flämmchen in der steinernen Tranlampe niedergebrannt, rückte Mletkin ganz nah an das Mädchen heran und legte seine Hand auf ihre heißen Hüften. Anka seufzte laut und wollte sich mit dem Gesicht zu ihm drehen, aber Mletkin zwang sie, mit dem Rücken zu ihm liegen zu bleiben, und nahm sie leise von hinten, ohne einen Laut, wohl wissend, dass die Eltern sich schlafend stellten, aber aufmerksam zuhörten. Erst als Anka spürte, wie plötzlich der kühle, dickflüssige Samen in sie spritzte, drehte sie sich mit dem Gesicht zu Mletkin und schmiegte sich mit ihrem ganzen jungen, glühenden Körper an ihn.

In diesem Augenblick erinnerte sich Mletkin plötzlich an das junge Mädchen aus dem Tundralager, an ihren zierlichen, kindlichen Körper, an ihre Augen, die so schwarz wie Rentierkot waren, und an ihr Lächeln, das wie ein blasser Sonnenaufgang im Winter war. Bitterkeit und Trauer verließen ihn bis zum Morgen nicht. Er wollte den Gast aus Nuwuken nicht kränken, doch das Mädchen spürte selbst die Kälte, die von dem jungen Schamanen ausging, und wandte sich von ihm ab.

Früh am Morgen legte Mletkin die Jagdausrüstung an und begab sich aufs Eis. Der Purpurstreifen des Morgenrots schaute kaum hinter den dunklen Felsen des Kaps Tscheneljukwin hervor. Mletkin lief mit großen Schritten, er wollte das unangenehme Gefühl der Schuld vor dem Mädchen, das in Rentyrgins Lager zurückgeblieben war, vertreiben. Ob sie auf ihn wartete?

Aber die Zeit, sich zu binden, war noch nicht gekommen. Er wollte die Welt kennen lernen. Wenigstens seine nächste Umgebung, die sich bis zum Horizont erstreckte, bis zu jenem Streifen, an dem wie wunderbare, von Menschen bewohnte Holzinseln die großen Schiffe auftauchten. Vielleicht gab ihm das Schicksal die Chance, in das warme, grüne Land zu fahren, aus dem Wëip, der Schreibende Mensch, kam.

Die ständige Unzufriedenheit über seine mageren Kenntnisse von der Welt und den Menschen quälte Mletkin wie Durst auf dem Wintermeer, wo ringsum nur salziges Eis war. Jedes Mal, wenn er zum Horizont blickte, wünschte er sich, hinter diese Linie zu schauen, eine andere Welt zu erobern, den Himmelsvorhang wie die Wand eines Fellpologs hochzuheben. Er drohte in der Enge der eigenen Welt zu ersticken. Er wollte dorthin, wo die großen Schiffe gebaut, die Segel genäht wurden, die den Flügeln gigantischer Vögel glichen, wo mächtige Maschinen hergestellt wurden, die diese Schiffe antrieben, die so groß wie eine kleine Insel waren, dorthin, wo die Menschen Weisheiten aus den Büchern herauslasen und nicht nur aus dem Heiligen Buch, das er fleißig studierte und über die Wunder erstaunt war, die der Sohn eines Tischlers vollbrachte, der sich als Sohn Gottes erwies.

Ein unerreichbares Leben, das mit den fernen blauen Kaps hinter den Inseln Imaklik und Inalit lockte, rief ihn zu sich, und sein Herz wollte wie ein junger Vogel aus Uëlen wegfliegen. Wëip hatte gesagt: Es gibt Länder, wo die Menschen noch nie Schnee gesehen haben, und es gibt ein Land, wo der Sommer dann kommt, wenn hier Schnee fällt, wo Menschen leben, die anders aussehen, sie haben schneeweiße Haut oder schwarze, so dunkel wie die eines alten Walrosses.

Solche Gedanken kamen Mletkin, wenn er unter dem immer heller werdenden Himmel zum Eismeer lief, wo er eine Falle aus Eisstücken baute und auf eine Ringelrobbe wartete. Patronen hatte er nur wenige, er musste beim Schießen ganz sicher sein.

Mit Beute beladen, kehrte er zurück. Die getötete Ringelrobbe glitt leicht über das Eis. Noch vom Ufer aus bemerkte er in der Siedlung ungewöhnlichen Trubel. Die Menschen rannten zwischen den Jarangas hin und her, neben der des Vaters standen fremde Schlitten, und Mletkin hörte lautes Hundegebell.

Zuerst jedoch vollführte er den gewohnten Ritus des »Willkommenheißens der Beute«. Er nahm aus den Händen der Mutter ein Holzgefäß mit Wasser, goss es über den Kopf der getöteten Ringelrobbe, trank selbst einige Schlucke und schüttete den Rest in Richtung Meer.

Einer der angereisten Männer war zweifellos ein Tangitan. Er trug zwar Luorawetlan-Kleidung, aber man konnte sofort den Andersstämmigen erkennen, obwohl das Gesicht vom Frost und den Erfrierungen dunkel war. Vor allem der Bartwuchs und der eisige Glanz der hellen Augen verrieten seine Herkunft. Die Gäste traten unschlüssig von einem Fuß auf den anderen, schauten sehnsüchtig auf die Jaranga und drückten mit ihrer gesamten Erscheinung aus, dass sie den Wunsch hatten, so schnell wie möglich ins Warme zu kommen.

Nach altem Brauch wurden den Gästen keine Fragen gestellt, bevor sie nicht satt waren und sich nicht aufgewärmt hatten. Ein Gästepolog wurde für sie hergerichtet.

Als sie sich aufgewärmt, an frischem Robbenfleisch satt gegessen und an Tee satt getrunken hatten, zogen sie ihre Oberkleidung aus. Jetzt konnte Mletkin sie sich genauer ansehen. Einer war ein russischer Tangitan, der sich Vater Weniamin nannte, der zweite hieß Djakow und war Vater Weniamins Dolmetscher, ein Nachfahre der russischen Kosaken, die sich im Hochland von Anadyr niedergelassen hatten. Die beiden wunderten sich sehr, als sie aus Mletkins Mund russische Worte vernahmen.

»Wir sind Vertreter des russischen Gottes«, sagte Djakow. »Ich heiße Wassili, und mein Gefährte ist Vater Weniamin …«

Als Vater Weniamin erfuhr, woher Mletkin die russische Sprache kannte, sagte er: »Ich habe von Bogoras gehört. Er ist ein Feind der Zaren und hierher verbannt worden, um seine Strafe abzubüßen.«

»Er hat nicht sehr gelitten. Er hat unsere Sprache gelernt, unsere Bräuche … Er schien mir ein guter Mensch zu sein«, entgegnete Mletkin.

»Er hat dazu aufgerufen, den Zaren zu töten«, sagte Vater Weniamin.

»Von hier aus kommt er natürlich schwer an ihn heran«, antwortete Mletkin lachend.

Tynemlen betrachtete liebevoll seinen Sohn. Er lauschte seiner Rede und spürte die Unterschiede zu der Aussprache des Vertreters des russischen Gottes. Die tangitanische Rede des Sohnes klang besser als die Wassilis.

»Wir reisen durch euer Land, um euch das Wort Gottes zu bringen, euch zu taufen und euch in unseren orthodoxen Glauben aufzunehmen«, eröffnete Vater Weniamin.

»Bei uns war schon ein anderer Gesandter Gottes«, sagte Mletkin. »Zusammen mit Bogoras, den wir Wëip nennen, er hieß Vater Wenedikt. Aber unsere Leute haben den russischen Glauben nicht angenommen.«

Vater Weniamin bat die Hunde hinauszuwerfen. »Eure Behausung soll so etwas wie eine Kirche werden, für die Hunde ist kein Platz in einem Gotteshaus!«

Neugierige kamen in die Jaranga, um zu sehen, wie der Tangitan-Schamane eine tschuktschische Behausung in ein geistliches Haus verwandelte. Der Reisealtar wurde aufgestellt, auf dem dunkle, im Dämmerlicht kaum zu erkennende Heiligengesichter zu sehen waren. Auch die vielen Kerzen machten den Tschottagin nicht heller.

Vor das Abbild des Tangitan-Gottes, das von einer flackernden Flamme beleuchtet war, stellte der russische Schamane auf einen Walwirbel ein großes Metallgefäß, das an einen Kessel erinnerte.

Zum Glück hatte die Hausfrau am Vortag einen großen Eimer mit klein gehackten Eisstücken gefüllt, er stand im Warmen, und so war ein Vorrat an frischem Wasser vorhanden.

Vater Weniamin und sein Gehilfe kleideten sich in geistliche Gewänder.

Widersprüchliche Gedanken gingen Mletkin durch den Kopf. Vielleicht beging er eine große Sünde, wenn er dem russischen Schamanen erlaubte, einen den hiesigen Göttern fremden heiligen Dienst abzuhalten? Wenn sie zürnten oder beleidigt wären, würden sie dann außer ihm, den von Oben Behauchten, nicht auch die anderen Bewohner der Siedlung bestrafen? Wie waren die russischen Götter beschaffen? Ihre Abbildungen konnte man beim schwachen, flackernden Kerzenlicht kaum von den normalen Tangitan unterscheiden. Sie hatten allesamt ein menschliches Aussehen, waren allesamt Haarmünder und trugen mit Metallgeld verzierte Kleidung. Einer der Götter war eine Frau, laut Djakon die Mutter Gottes. Über ihren Köpfen war ein Regenbogen zu sehen, wie er bei Herbstnebel vorkommt, wenn aus der Tundra unverhofft warme Luft eindringt und für kurze Zeit die kalte und feuchte Meeresluft verdrängt. Aber der Ausdruck der Gottesgesichter war nicht froh, eher traurig, besonders bei der Frau. Mletkin hatte im Heiligen Buch gelesen, dass der Gott litt, bevor er zum Himmel emporstieg, dass er von bösen Menschen Qualen erdulden musste, sogar an ein Holzkreuz hatten sie ihn genagelt. Aber der große Tangitan-Gottvater rettete ihn, hauchte ihm wieder Leben ein und nahm ihn zu sich in den Himmel.

»Die Leute sollen reinkommen!«, rief Vater Weniamin feierlich und ruderte mit den weiten Ärmeln seines Schamanengewands wie ein Kranich mit den Flügeln. »Ruft sie herein.«

»Auch Frauen und Kinder?«, fragte Mletkin.

»Auch Frauen und Kinder, Alte und Kranke, alle!«

Darauf hatten die Leute nur gewartet. Der geräumige Tschottagin wurde schnell voll. Zuerst hielt Vater Weniamin eine Rede über seinen Gott, über Gottes Wort, indem er kurz den Inhalt des Heiligen Buches darlegte. Mletkin verglich unwillkürlich das Gehörte mit dem, was er selbst gelesen hatte.

»Wenn ihr euch vor den Geistern und den Kelen, den Idolen und heidnischen Göttern verneigt, schadet ihr euch, verdammt euch zu ewigem Leiden nach dem Tod. Aber alle, die sich dem neuen Glauben zuwenden, werden nach dem Tod zum Himmel aufsteigen und an einem kühlen Ort leben, ohne arbeiten zu müssen, sie werden sich an großen süßen Beeren laben, die auf hohen Bäumen wachsen. Aber alle, die bei ihrem alten Glauben bleiben, müssen sich in unvorstellbarer Hitze quälen, in ewigen Leiden.«

Offensichtlich hatte der Dolmetscher Djakow diese Übersetzung schon oft vorgetragen. Mletkin merkte, wie er häufig den Worten Vater Weniamins vorauseilte. In der Erzählung über das irdische Leben Christi unterstrich der russische Schamane besonders, dass dieser viele geheilt hatte, Lahme, Blinde, dass er Wasser in Wein verwandelt hatte und über die Wasseroberfläche wie über Erde gelaufen war …

»Wer den neuen Glauben annehmen möchte, der soll zu mir treten!«, rief Vater Weniamin.

In der Jaranga herrschte Schweigen. Die in der Nähe des Ausgangs saßen, gingen vorsichtig ins Freie, wobei sie versuchten, nicht aufzufallen.

»Wer den orthodoxen Glauben annimmt, erhält ein Geschenk – ein Hemd und ein Metallkreuz«, versprach Vater Weniamin.

Die Bewegung am Ausgang wurde langsamer. Im Tschottagin herrschte angespannte Stille.

»Vielleicht kann der tangitanische Gott mir mein Augenlicht wiedergeben?«, hörte man deutlich die Stimme des alten Ruptyn. Er bahnte sich einen Weg nach vorn, fuchtelte mit seinem Stock, bis er gegen den Reisealtar stieß.

»Warum stößt du mit deinem dreckigen Stock in Gottes Antlitz!«, schrie mit durchaus nicht frommer Stimme Vater Weniamin.

Ruptyn drehte sich um. In seinem breiten Gesicht traten die mit weißen Flecken bedeckten Augäpfel deutlich hervor.

»Im Heiligen Buch steht doch – Christus hat Blinde wieder sehend gemacht, solange er noch auf der Erde war, aber jetzt ist er im Himmel«, erklärte Djakow. »Geh weg und störe nicht den Gottesdienst!«

»Dann soll er mich vom Himmel aus heilen. Ich bin einverstanden«, entgegnete Ruptyn hartnäckig. »Was kostet es ihn, wenn er so mächtig ist, wie du sagst?«

Ruptyn hatte Mletkin gestanden, dass er die Quelle des Lichts wahrnehmen konnte, nun meinte er, man könnte von seinen Augen die weiße Schicht abkratzen, dann würde er wieder sehen. Ruptyn hatte als Kind und junger Mann sehr scharfe Augen gehabt, der Nebel war allmählich gekommen. Schon den verblichenen Kaljantagrau hatte er angefleht, mit einem scharfen Messer die weiße Schicht wegzunehmen, aber der alte Schamane hatte sich auf diese Operation nicht eingelassen.

Mletkin wusste, dass Zaubersprüche und Beschwörungen hierbei nicht halfen, und unter allen Kräutergetränken gab es keins, das den armen Ruptyn hätte heilen können. Nur ein Wunder konnte ihm helfen.

»Vielleicht soll ich den tangitanischen Glauben annehmen?«, fragte Ruptyn Mletkin kläglich.

»Das musst du selbst entscheiden.«

»Aber der russische Schamane sagt doch, dass Gottes Sohn Blinde und Lahme geheilt hat …«

»Dann musst du auf seine Wiederkehr warten«, entgegnete Mletkin. »Er ist doch nach seinem Tod zum Himmel aufgestiegen.«

»Ach!«, rief Ruptyn bitter und blickte mit seinen weißen Augen nach oben, zum Rauchabzug. »Warum bist du weggeflogen?« Und dann, nach kurzem Schweigen, sagte er fest: »Gut. Ich habe mich entschieden: Ich nehme den Tangitan-Glauben an. Komme, was wolle!« Er ging zu Vater Weniamin, wobei er sich an der flackernden Flamme der Kerzen orientierte.

»Es wird getauft der Sklave Gottes … Wie heißt du?«, fragte Vater Weniamin leise. Djakow wiederholte schnell die Frage.

Ruptyn antwortete laut: »Ruptyn!«

Vater Weniamin beugte den Kof des Blinden hinunter und tröpfelte Wasser aus dem heiligen Gefäß auf ihn.

Ruptyn stand eine Weile so da und trat von einem Bein auf das andere. Sein Gesicht drückte höchste Konzentration aus, so als lausche er nicht hörbaren Stimmen.

»Siehst du jetzt was?« In der angespannten Stille wirkte Galsmos Stimme ungewöhnlich laut.

Ruptyn antwortete nicht gleich. Er zwinkerte einige Male mit den wimperlosen Lidern und sagte bitter: »Nein, ich sehe immer noch nichts.«

»Man hat dir doch deutlich gesagt«, zischte beleidigt und ungeduldig der Gehilfe des russischen Schamanen, »ein plötzliches Wunder gibt es nicht. Heilen kann nur der Herrgott selbst.«

»Dann soll er das auch tun!«, schluchzte Ruptyn. »Was kostet es ihn, dieses kleine Wunder zu vollbringen?«

»Vielleicht hast du im Leben oft gesündigt.« Djakow hatte ein Argument gefunden. »Solange Gott dir deine Sünden nicht verzeiht, kann er dir auch kein Wunder zeigen.«

»Was soll ich denn für Sünden begangen haben? He, Leute?« Ruptyn schaute mit seinen weißen Augen auf die Menschenmenge.

In der Tat gab es in Uëlen keinen, der etwas Schlechtes über den Blinden sagen konnte. Im Gegenteil, Ruptyn zeichnete sich durch große Güte und Hilfsbereitschaft aus. Er kannte die Siedlung besser als mancher Sehende, er konnte überallhin ohne fremde Hilfe laufen, er arbeitete mehr als andere. Nach Gefühl konnte er jede Jagdausrüstung reparieren, die Spitze einer Harpune schärfen und sogar Kleider nähen, von der Kuchljanka bis zum Frauen-Kherker. Allein seines Charakters, seiner Menschlichkeit und Hilfsbereitschaft wegen hätte er ein göttliches Wunder verdient.

»Ruptyn hat im Leben nie etwas Schlechtes getan«, sagte Mletkin, »womit er den göttlichen Zorn hervorgerufen hat.«

»Vielleicht hat er etwas vergessen?«, fragte Djakow und übersetzte das Gespräch dem russischen Schamanen.

Vater Weniamin hörte sich den Dolmetscher an und sagte dann: »Jedes Wunder kommt zu seiner Zeit. Das Wichtigste ist, der Mensch hat den Glauben angenommen und wartet geduldig.«

»Wie lange muss ich warten?«, stöhnte Ruptyn. »Ich warte schon mein ganzes Leben. Sag deinem Gott, ich werde mein ganzes restliches Leben zu ihm beten, werde ihm Opfer bringen, werde sein Bild in weiches Fell wickeln. Was kostet es ihn, dieses kleine Wunder zu vollbringen?«

Mletkin beobachtete den russischen Schamanen mit wachsendem Interesse. Er wollte sich in den Streit einmischen, seinem nicht nachlassenden, unglücklichen Landsmann erklären, dass die Götter nie gleich und auf direktem Weg antworten. Sie schauen von oben auf den Menschen herab, so wie der Mensch auf winzige Insekten schaut, die zu seinen Füßen herumkriechen, und ein einzelnes winziges Wesen wie Ruptyn ist für die Götter genauso unbedeutend wie eine Fliege, Laus oder Mücke. Und wenn sie sich herablassen, so geschieht das aus Gründen, die man nicht erklären kann. Die Behauptung des russischen Schamanenbuchs, dass Gott den Menschen nach seinem Bild geschaffen hat, war sehr fraglich. Denn dann hätte er ihm wenigstens einen Teil seiner Kraft abgeben müssen.

»Vielleicht möchte sich noch jemand taufen lassen?«, fragte Djakow die anderen Anwesenden, die Tatsache ausnutzend, dass der unglückliche Blinde in lautloses Schluchzen ausgebrochen war. »Wer den tangitanischen Glauben annimmt, erhält dieses Kreuz hier und ein weißes Hemd.« Djakow zeigte die Geschenke, in der einen Hand hielt er das weiße Hemd, in der anderen ein Kreuz an einer dünnen Schnur.

»Wenn einer dieses weiße Hemd auf die nackte Haut zieht, unter die Fellkuchljanka«, sagte der schlaue Galmo nachdenklich, »kann er gut die Flöhe sehen, wie die Krähe auf weißem Schnee. Und aus dem Kreuz kann er einen Angelhaken machen.«

In der Folge wurde jedes Leinenhemd auf Tschuktschisch »Mytschykwyn« genannt, was so viel wie Läusefänger bedeutet. Aber das Kreuz kam nicht in Mode, obwohl es viele Luorawetlan bekamen, wenn sie sich von russischen Schamanen überreden ließen und formal den russischen Glauben annahmen. Sie machten daraus lieber einen Angelhaken.

Aber an jenem Tag trat kein Bewohner von Uëlen zum orthodoxen Glauben über, wenn man von dem blinden Ruptyn absah.

Abends versammelten sie sich und besprachen das, was der russische Schamane gesagt hatte. Anfangs unterzogen sie die biblische Version der Erschaffung der Erde, des Himmels, der Tiere und der ersten Menschen Adam und Eva einer ausführlichen Betrachtung.

»Ich würde ja gern in ewiger Wärme sitzen«, sagte Pananto nachdenklich, der in Uëlen als Frauenverführer bekannt war.

»Der Platz an der wärmsten Stelle im Jenseits ist dir schon gesichert«, bemerkte einer der Anwesenden.

Dann gingen sie zur Bergpredigt über und wunderten sich aufrichtig, dass die ewigen Regeln des menschlichen Lebens, nach denen sich die Uëlener von alters her richteten, dem Tangitan-Gott durchaus bekannt waren.

Mletkin selbst war etwas verwirrt. Natürlich war dieser Glaube für andere Menschen geschaffen worden, deren Land sich von dem der Tschuktschen unterschied, die Sprache war eine andere und die Bräuche auch. Aber die wichtigsten Dinge im Leben der Tangitan unterschieden sich im Wesentlichen nicht von denen der Tschuktschen. Sie vermehrten sich auf die gleiche Weise, sie weinten und lachten, aßen und tranken, froren und saßen gern an einem warmen Plätzchen, und ganz offensichtlich hatten sie auch Freude an fettem und reichhaltigem Essen. Kurz, ihr Körper unterschied sich in nichts. Aber ihre Seele und ihr Glaube waren anders. Anscheinend war ihnen die grundsätzliche Überzeugung der Luorawetlan unbekannt, dass jede Erscheinung der Natur – die Berge, Flüsse, Meere, Hügel, Flusstäler, Tiere, Vögel, die Bewohner der Meerestiefen, die Fische, die durch die Tundra krabbelnden Insekten und anderes Getier und sogar Dinge, die der Mensch erschaffen hatte – eine unsichtbare und nicht erkennbare Grundlage hatte: die Kelen, die Geister. Deren Anwesenheit konnte allein die empfindsame Seele des Schamamen erkennen. Aber diese zweite, unsichtbare Erdbevölkerung, die das Leben des Menschen beeinflusst, wurde vom russischen Schamanen offenbar nicht anerkannt.

Vater Weniamin reiste in der Morgendämmerung ab, als am Horizont die rote Scheibe auftauchte. Mletkin versuchte den russischen Schamanen, so gut er konnte, zu trösten und wünschte ihm in den anderen Siedlungen am Ufer des Eismeers mehr Glück.

Die Gespräche über Vater Weniamin waren noch nicht verstummt, als hinter den Hügeln vier Gespanne auftauchten, die auf den Kiesstrand zusteuerten und schließlich bei den schneeverwehten Jarangas Halt machten.

Sechs Schlitten, vor die ausdauernde Anadyrer Hunde gespannt waren, bildeten eine Karawane. Nachdem die Gäste sich aufgewärmt und gegessen hatten, erzählten sie, sie reisten seit dem Herbst durch die Tundra und hätten den ersten Schnee am Ufer eines großen tschuktschischen Flusses abgewartet. Sie waren Amerikaner und wollten Rene kaufen, um mit Sommerbeginn die Herde in ihr Land zu treiben, wo es keine Hausrene gab.

Mletkin fiel die alte Legende ein, die erzählte, wie sein Vorfahre Mlakoran mit Gewalt eine Rentierherde stahl und die Rentierzucht in der Tundra begründete. Die Überfälle auf die Kaaramkyner und die verwandten Korjaken hatten kein Ende gefunden und die Klagen der Nachbarstämme waren bis an die Ohren der weisen Zarin gedrungen. Als Katharina II. sich davon überzeugt hatte, dass die kriegerischen Räuber mit Gewalt nicht zur Ruhe zu bringen waren, wollte sie über ihre Vertreter mit den Tschuktschen in Verhandlung treten. Das Ergebnis war, dass das tschuktschische Volk das Recht erhielt, nach seinen alten Gesetzen zu leben, es war von der Pflicht befreit, wie alle Nachbarn Naturalsteuern zu zahlen. Dafür versprachen die Tschuktschen, nicht mehr mit den Korjaken zu kämpfen. Allerdings war inzwischen die Rentierzucht bei ihnen schon weit verbreitet, und ihre Herden waren bereits um ein Vielfaches größer als die Herden der Korjaken und Kaaramkyner. Die Notwendigkeit kriegerischer Überfälle entfiel damit ganz von selbst, aber die Tschuktschen vergaßen nie diesen Vertrag mit der Zarin Katharina II., und in der Folge wurden alle Versuche, ihre Freiheit einzuschränken, unbekannte Bräuche und den russischen Glauben einzuführen, abgewehrt.

Mletkin sah in den Amerikanern eine andere, sich von den Russen unterscheidende Gattung der Tangitan. Er empfand sie als fest entschlossene Menschen, die ihr Ziel rücksichtslos verfolgten. Auch ihre Stimmen passten dazu – die Amerikaner sprachen laut und deutlich. Ihre Kleider aus buntem Rentierfell von der Winterschlachtung zeugten davon, dass sie den Wert der Dinge kannten und mit Fellkleidung behutsam umgingen. Sie zogen die Kuchljanka vorsichtig über den Kopf und behielten nur die gestrickten Pullover an.

Ein Amerikaner, offensichtlich das Oberhaupt, wandte sich an ihn mit der Frage: »Do you speak English?«

»Nein«, sagte Mletkin, »aber Russisch kann ich.«

Wie sich herausstellte, kannten die Amerikaner die russische Sprache nicht, und sie mussten sich über zwei Dolmetscher verständigen. Einer übersetzte ins Russische, das Mletkin verstand, und die anderen brauchten noch eine weitere Übersetzung – vom Russischen ins Tschuktschische. Zwei Dolmetscher arbeiteten im Schweiße ihres Angesichts und kamen kaum dazu, am Abendessen teilzunehmen.

Auf die Idee, in Alaska Rene als Haustiere zu halten und den Eskimos die Rentierzucht beizubringen, war der bekannte amerikanische Prediger und Missionar Sheldon Jackson gekommen. Er hatte einige Jahre in den entlegensten Nomadenlagern verbracht, auf kleinen Inseln bei den Alaska-Eskimos, wo er nicht nur das Wort Gottes predigte, sondern ihr Leben erforschte. Wie überall bei den arktischen Meeresjägern herrschte auch in Alaska immer wieder der Hunger, besonders seitdem ganze Armadas von Walfangschiffen auf dem Meer kreuzten, die nicht nur Wale jagten, sondern alles Lebendige töteten, was ihnen in die Quere kam. Deshalb wollten die Amerikaner lebende Rene kaufen und nach Alaska mitnehmen.

»Wenn wir es schaffen, den Plan von Sheldon Jackson zu erfüllen, dann werden unsere Eskimos nie wieder hungern müssen und von den Launen des Meeres abhängig sein«, erklärten die Amerikaner.

»Es scheint nur so, als ob die Rentierzucht kaum Mühe kostet«, bemerkte Mletkin. »In Wahrheit ist das eine sehr schwere Arbeit. Meine Vorfahren, die die Rentierzucht bei uns eingeführt haben, waren voller Neid, als sie die Korjaken und Kaaramkyner sahen: Die haben es gut – bei denen weidet das Essen auf vier Beinen direkt vor der Jaranga, meinten sie.«

»All diese Argumente haben wir schon von den Gegnern der Hausrene in Alaska gehört«, wandte das Oberhaupt der Amerikaner ein. »Aber wir sind überzeugt, dass die Rentierzucht unsere Eskimos rettet.«

»Ist es nicht besser, man bittet die Walfänger, das Tier an der Küste von Alaska nicht zu töten?«, fragte Mletkin.

»Das ist hoffnungslos!«, winkte der Amerikaner ab. »Sagen Sie mir lieber, warum die Tschuktschen keine Rene verkaufen wollen. Für jedes lebende Tier biete ich wertvolle Ware. Aber sie wollen nicht. Haben Angst. Warum eigentlich? Im Verlauf eines Jahres schlachten sie selbst weit mehr Tiere, als ich kaufen will! Was für ein Unterschied ist es für sie, sich von einem toten Tier zu trennen oder einem lebenden?«

Als Mletkin in Rentyrgins Lager lebte, begriff er, dass für einen Tundrabewohner ein Ren sehr viel bedeutete. Das Schlachten war von streng befolgten Riten begleitet, die dann auch auf die Reste des getöteten Tieres übertragen wurden, auf die abgenagten Knochen, den Schädel, das Geweih. Und es kam überhaupt nicht infrage, ein Rentier abzugeben, geschweige denn eins zu verkaufen. Manchmal tauschte man Tiere, um die Zucht zu verbessern, man verschenkte sogar lebende Rene, aber verkaufen, und dann noch in ein Land auf der anderen Seite des Meeres … Das galt als schwere Sünde, die sich mit großem Unglück rächen konnte, mit Epidemien, Krankheiten der Rene, Überfälle von Wölfen, in die sich die bösen Geister, die Kelen, so gerne verwandelten.

Mletkin fiel es schwer, den Amerikanern die Unnachgiebigkeit seiner Landsleute zu erklären. Allerdings fand er sich dazu bereit, mit ihnen in Rentyrgins Lager zu fahren. Das war eine unerwartete Chance, Giwewnëu wieder zu sehen, an die er in letzter Zeit immer öfter denken musste. An ihr reines, helles Gesicht, in dem die Augen wie zwei Kohlestücke glänzten, an die hohe Stirn, die aussah wie der Hang eines Schneehügels.

Mletkin hielt den Schlitten vor der Nomadenjaranga an, und da sah er sie, als sie ihm entgegenkam. Das Mädchen warf ihm nur kurz einen Blick zu und senkte gleich wieder den Kopf. Hinter ihr tauchte ein junger, verschlafener Bursche auf. In seinem schwarzen Haar leuchtete Rentierflaum.

»Wo ist dein Vater?«, fragte Mletkin, an das Mädchen gewandt. Beim Anblick des Jungen, der ihn unverwandt ansah und sich ständig kratzte, stieg in Mletkin ein Gefühl hoch, das er bisher nicht gekannt hatte. Er stellte sich plötzlich vor, wie sich dieser Junge in der stockdunklen Jaranga an Giwewnëu schmiegte und sehnlichst darauf wartete, dass ihre Eltern endlich einschliefen, um ihren Körper mit ungeduldigen Händen abtasten zu können. Seine Abneigung nicht verhehlend, wandte sich Mletkin grob an den Jungen: »Und wer bist du?«

»Ein Bewerber!«, antwortete der Junge mit unverhohlener Zufriedenheit und lachte breit, wobei er seine gleichmäßigen weißen Zähne zeigte. »Noch ein halbes Jahr muss ich für meine Braut arbeiten. Ich heiße Janko. Ich komme von den Kurupkinern.« Zärtlich sah er Giwewnëu an.

Eine Eifersuchtswelle überrollte Mletkin. Er rief alle seine Kräfte herbei, um sich nicht auf den Jungen zu stürzen. Er warf Giwewnëu nur leise vor: »Du hattest doch versprochen, auf mich zu warten.«

»Er ist selbst gekommen. Aber ich habe noch nicht mein letztes Wort gesprochen …«

Die Hirten kamen und mit ihnen auch das Haupt des Lagers. Die Hunde witterten die nahende Herde und zerrten am Gespann. »Ich bin froh, dich wieder in unserem Lager zu sehen«, sagte Rentyrgin zu Mletkin. »Du bist ein richtiger Mann geworden!«

Das Gespräch wurde aufgeschoben, bis die Gäste satt waren und sich aufgewärmt hatten.

Rentyrgin klagte: »Die Wölfe sind außer Rand und Band. Solange ich denken kann, sind in der Tundra noch nie so viele Räuber geboren worden. Irgendetwas passiert mit unserem Land. Den ganzen Sommer über haben die Haarmünder am Kap Raupeljan Wale gejagt. Einige Schiffe hatten Maschinen im Bauch, die Feuer spuckten, die konnten den schnellsten Wal einholen. Es gab Tage, da war das Wasser rot von Blut, vom Ufer bis zum Horizont. Die Haarmünder machen unsere Wasser leer.«

»Und jetzt wollen sie auch noch unsere Rene«, teilte Mletkin leise mit. »Da sitzen sie.« Unauffällig deutete er mit dem Kopf in die Richtung der Amerikaner, die geschickt die Rentierläufe zerschlugen und das rosa Knochenmark auslutschten. »Seit dem Herbst reisen sie von einem Lager zum anderen und bieten für ein einziges Rentier einen ganzen Berg Waren an.«

»Diese Gespräche sind bis zu mir gedrungen«, bekannte Rentyrgin. »Alle, die ich kenne, haben abgelehnt. Getötete Rene bitte, davon könnt ihr so viel haben, wie eure Schlitten wegschleppen, aber lebende – kein einziges!«

Als das Oberhaupt der Amerikaner erfuhr, dass ihn auch in diesem Lager eine Absage erwartete, wurde er rot vor Wut. Die Dolmetscher schafften es kaum, seine schnelle, zornige Rede zu übersetzen: »Warum wollt ihr euren Verwandten am anderen Ufer der Beringstraße nicht helfen? Wir wollen die Tiere doch nicht umsonst haben. Noch niemand hat euch einen so hohen Preis geboten. Vielleicht wisst ihr das nicht?«

Rentyrgin antwortete nicht gleich. Er zog lange an seiner wohlschmeckenden Pfeife, die ihm die Gäste geschenkt hatten. »Wir kennen den Preis der Waren, die ihr für die Rentiere bietet. Wir wissen auch, wie viel ein Rentier wert ist. Ein totes Rentier, dessen Fleisch zum Essen bestimmt ist, das Fell zum Nähen von Kleidung, Sehnen für Garn und das Geweih für die Herstellung von Werkzeugen. Wir haben über dem geschlachteten Rentier alle heiligen Handlungen vollführt, Zaubersprüche gesprochen, einen Teil des Blutes in alle vier Himmelsrichtungen auf die Erde geschüttet. Solche Rentiere können wir verkaufen, so viel ihr haben wollt. Aber ein lebendes Ren können wir weder verkaufen noch verschenken. Das ist nicht möglich.«

»Warum denn nicht?« Der Amerikaner blieb hartnäckig.

»Weil das Ren ein Teil unseres Lebens ist«, entgegnete das Haupt des Lagers. »Kann ein Mensch einen Teil seiner Heimat verkaufen? Einen Berg, einen Fluss, eine Insel? Kann ein

Mensch einen Teil seines Körpers verkaufen? Die Hand, das Bein, den Bauch? Nein, das kann er nicht. Nicht mal für einen hohen Preis! Denn dann hört er auf, ein Mensch zu sein!«, sagte Rentyrgin langsam und deutlich.

Der Amerikaner murmelte etwas in seiner Sprache, wahrscheinlich ein kräftiges Schimpfwort.

Die Gäste fuhren am Morgen ab, ohne ein einziges Ren. Mletkin hatte sogar etwas Mitgefühl mit ihnen, aber Rentyrgin hatte Recht, da war nichts zu machen.

Nachdem Mletkin die Karawane verabschiedet hatte, kehrte er in die Jaranga zurück. Janko war zur Herde gegangen, um die Rentiere zu bewachen, das war seine Pflicht als Bewerber. Durch seinen Eifer und seine Arbeitsliebe musste er das Recht erwerben, Giwewnëus Mann zu werden.

Rentyrgin wandte sich hochachtungsvoll an Mletkin, so wie es sich gehörte, er hieß den bekannten Schamanen willkommen, dessen Ruhm bereits in die entlegensten Ecken der Tundra gedrungen war.

»Janko soll wegfahren!«, sagte Mletkin.

»Aber er verdient sich seine Braut«, wandte Rentyrgin ein.

»Giwewnëu ist mir versprochen.«

»Sie hat sich selbst versprochen, ohne meine Zustimmung. Du weißt, dass das Wort eines jungen Mädchens ohne väterliche Einwilligung nichts bedeutet«, sagte Rentyrgin.

»Es ist meine Schuld, dass ich dich nicht früher gefragt habe. Ich möchte jetzt meinen Fehler wieder gutmachen.« Mletkin neigte seinen Kopf. Er war zwar Schamane, aber viel jünger als Rentyrgin, dazu nur ein Gast, wenn auch ein geachteter. »Ich hatte es auch nicht eilig, ich dachte, sie muss noch wachsen.«

»Frauen werden schnell erwachsen«, bemerkte Rentyrgin und fügte hinzu: »Auf Giwewnëu haben viele Augen geblickt, aber der Geschickteste war Janko. Er lebt schon ein halbes Jahr in meiner Jaranga.«

»Ich hoffe, er schläft allein.«

»Er wollte sich zu Giwewnëu legen, aber meine Tochter hat entschieden: Solange er die Zeit nicht abgearbeitet hat, kann davon nicht die Rede sein.«

»Er soll das Lager so schnell wie möglich verlassen.«

»Willst du statt seiner hier bleiben?«, fragte Rentyrgin.

Eine schöne Vorstellung, in der Jaranga eines Rentiermenschen zu leben. Aber das konnte Mletkin sich nicht erlauben. Er hatte noch nicht genug gesehen, noch nicht genug erfahren. Vor allem hatte er das Leben der Tangitan noch nicht gesehen, ihre Bräuche noch nicht studiert. So wie Bogoras, genannt Wëip, der Schreibende Mensch, das Leben der Luorawetlan erforschte.

»Ich kann nicht für meine Braut arbeiten, aber ich hoffe, dass du mir Giwewnëu auch so gibst«, sagte Mletkin fest. »Ich komme sie holen.«

»Und die ganze Zeit wird sie allein sein?«, fragte Rentyrgin.

»Sie hat versprochen, auf mich zu warten. Und sie wird warten, egal, wie viel Zeit vergeht.«

In der folgenden Nacht schlief der Bewerber im Gästepolog, der nach der Abfahrt der Amerikaner noch nicht aufgeräumt worden war. Mletkin aber bekam den Platz neben Giwewnëu.

In der Luorawetlan-Liebe gibt es keine Worte. Sie ist stumm, aber wundervoll wie die Nacht, die sich auf Rentyrgins Lager senkt, geschmückt mit dem Nordlicht, mit vielen, vielen Sternen, die im hellen Licht des Monds matt leuchten.

Früh am Morgen fuhr der Bewerber mit einem schnellen Gespann, bestehend aus zwei Rentieren, in südliche Richtung davon, und Mletkin fuhr mit seinem Hundeschlitten in die Heimatsiedlung Uëlen. Giwewnëu stand vor der Jaranga und begleitete ihren zukünftigen oder wirklichen Mann schweigend mit den Augen.

Wale und Menschen

Archäologische Funde zeugen davon, dass die Walfischjagd bei den Bewohnern der Tschuktschen-Halbinsel von alters her blühte. Die stumme Erinnerung an die Bedeutung der Meeresriesen ist in den Tempeln verewigt, die auf der Insel Yttygran errichtet wurden, und an auffälligen Uferstellen der Tschuktschen-Halbinsel in Form von Alleen mit Bögen aus Walkieferknochen und Walrippen – den »Alleen der Wale«. Pyramiden aus weißen Walköpfen an den Spitzen der Landzungen und felsigen Kaps dienten den alten Seefahrern als eigenwillige Leuchttürme.

Wie sollten die Luorawetlan den Meeresriesen auch nicht verehren! Ein einziger erbeuteter Lygirëu – ein echter Wal, wie die Einwohner von Tschukotka den riesigen Grönlandwal nannten, bekannt auch unter dem Namen Blauwal – versorgte die Bevölkerung von Uëlen den ganzen langen Winter über ausreichend mit Fett für die Nahrung von Mensch und Hund und für die Beheizung des Fellpologs und mit nahrhaftem Fleisch und Itgilgyn. Nicht nur alte Überlieferungen, auch Reiseberichte und wissenschaftliche Untersuchungen bezeugen, dass die Menschen an der Küste der Tschuktschen-Halbinsel fast keinen Hunger und keine verheerenden Epidemien kannten und sich durch hervorragende Gesundheit auszeichneten.

Die ausreichende Nahrung, die unerschöpflichen Vorräte an Tran ließen den Tschuktschen auch genug Zeit für schöpferische Arbeiten. Ein hungriger Mensch in ständigem Existenzkampf hätte nicht die reiche darstellende Kunst schaffen können, die die Arbeitswerkzeuge und Gegenstände des täglichen Bedarfs schmückte, keine Kunstwerke des mündlichen Schöpfertums, bunt an reicher Fantasie und großer Weisheit, von Generation zu Generation weitergegeben.

Hungerjahre und verheerende Epidemien kamen erst mit der Ankunft der Europäer. Der kommerzielle Walfang und die räuberische Vernichtung der Walrossherden und Lagerplätze begann ungefähr 1835, als der Kapitän des Walfangschiffs »Granches«, Bartholomäus Folger, der Welt Mitteilung über riesige Herden noch nicht verschreckter Wale in den an die Beringstraße grenzenden Wassern machte. In dieser Zeit wurde für Waltran als Brennstoff für die Straßenbeleuchtung ein hoher Preis gezahlt, die elastischen Walbarten gaben den Röcken modebewusster Damen den letzten Pfiff.

Um 1845 machten mehr als zweihundertfünfzig Schiffe im Nordteil der Beringstraße auf Wale Jagd. Innerhalb von zehn Jahren erbeuteten Walfänger aus Neuengland tausende Grönlandwale. Der Preis für Walbarten stieg in den besten Jahren auf fünf Dollar das Pfund. So konnte der Gewinn von den Barten nur eines einzigen Wals bis zu 17 000 Dollar betragen. Das Fett wurde in riesigen Kesseln, eingemauert in feuerfesten Ziegelsteinen, direkt an Bord gekocht.

Der gleichen Vernichtung unterlagen die Walrossherden. Von einem getöteten Walross wurden nur das Fett und die Stoßzähne genommen. Danach wurde der Kadaver einfach ins Meer geworfen. Manchmal war die Küste über und über bedeckt mit Resten faulender Walrosse ohne Kopf. Man hat ausgerechnet, dass von 1869 bis 1874 für die Herstellung von 50 000 Barrell Fett 85 000 Walrosse getötet wurden. Innerhalb der letzten hundert Jahre wurden durch die weißen Jäger zwei bis drei Millionen dieser gegen menschliche Grausamkeit hilflosen Tiere vernichtet.

Die Tschuktschen jagten immer noch nach der alten Methode. Beim Erscheinen der ersten Wale an der Küste trat die Zeit der Stille ein. Die Hunde wurden aus Uëlen verbannt und ans südliche Ufer der Lagune gebracht, mit Metallgegenständen wurde äußerst vorsichtig hantiert, die Menschen unterhielten sich leise, und weinende Kinder wurden im

Polog versteckt, der mit Fell verhangen war. Es war nicht erlaubt, offene Feuer anzuzünden, die Menschen mussten sich mit kaltem oder getrocknetem Fleisch zufrieden geben.

Am frühen Morgen stieg Mletkin auf den Uferfelsen und beobachtete von dort den Meereshorizont. Er benutzte dazu ein Fernglas, das er im Jahr zuvor gegen zehn Bund Walbarten getauscht hatte. Es juckte ihn in den Fingern, das Instrument auseinander zu nehmen, um das Geheimnis zu lüften, wie entfernte Dinge wundersam näher kamen, doch er fürchtete den Mechanismus des Zauberinstruments zu zerstören. Die Kajaks am Ufer waren bereit, aufs Meer zu fahren, ausgerüstet mit Segeln und langen Paddeln. Ein frischer Südwind wehte, der gerade so viel Kraft besaß, wie für die Jagd gebraucht wurde.

Mit scharfem Blick erspähte Mletkin am Horizont ein Segelschiff. Von weitem sah es aus wie ein weißer Vogel mit vielen Flügeln, die über dem Wasser ausgebreitet waren. In der Stille hörte man deutlich das Krachen der Harpunenkanonen – die Haarmünder waren auf Jagd. Das große Schiff hatte bis zu sechs kleine Schiffe an Bord, etwa von der Größe eines Kajaks. Sie hingen wie kleine Kinder an den Schiffswänden. Die Haarmünder harpunierten den Wal nicht von Bord des großen Schiffes aus, sondern näherten sich der Beute auf diesen kleinen Booten.

Das Schiff fuhr bis zum Ufer von Uëlen. Es warf den Anker, und eine Schaluppe wurde ins Wasser gelassen. In ihr saßen acht Männer, einer davon fiel durch sein Äußeres auf. Schon von weitem rief er: »Wir kommen mit friedlichen Absichten! Wir wollen handeln!«

Es stellte sich heraus, dass er aus der Siedlung Unyin stammte, die auf der langen Landzunge am südlichen Ufer der Tschuktschen-Halbinsel lag. Dort lebten die erfahrensten und erfolgreichsten Walfischjäger. »Ich fahre schon die zweite Saison auf diesem Schiff«, erklärte Panlju. »Den letzten Winter habe ich auf Alaska verbracht. Dort habe ich die amerikanische Sprache gelernt.«

Die Schellentrommeln verstummten und das Volk kam zum Meer gelaufen. Die Seeleute interessierten sich sofort für die Frauen und bedeuteten mit Gebärden, was sie wollten. Sie hatten Erfahrung und waren mit verlockenden Nähnadeln, bunten Bändern und farbigen Tüchern ausgerüstet. Aber viele kamen mit Feuerwasser an Land. Anfangs schenkten sie kostenlos aus, aber schon für den zweiten Schluck verlangten sie eine Gegenleistung – Pelze, Fell, Elfenbein. Der kleine Platz vor dem heiligen Klegran verwandelte sich in einen Markt. Die Pärchen vereinigten sich in den Jarangas, und die Frauen kehrten von dort zwar ein wenig schwankend, aber in gehobener Stimmung zurück.

Der Kapitän des Schiffes »Belvedere« und der Dolmetscher Panlju blieben nüchtern und führten während des lauten Treibens ein ernstes Geschäftsgespräch mit Mletkin. Thema waren die Walbarten, die die Uëlener von einem kürzlich erlegten Wal erbeutet hatten. Der Kapitän bot zwei Winchester samt Patronen, vier Ballen weißen Stoff, Kupfergeschirr, eine Kiste mit Nägeln in verschiedenen Größen, einen Hobel und eine Feile. Mit dem Preis war Mletkin zufrieden, und der Handel wurde bei einem reichhaltigen Mahl mit Tee und einer großen, dunklen Flasche Feuerwasser begossen.

Mletkin lauschte aufmerksam Panljus Erzählungen über seinen Dienst auf dem Walfangschiff, seine Überwinterung in Port Clarence, wo mehrere Dutzend im Eis eingefrorene Schiffe lagen, über den Zeitvertreib der Menschen, die nichts zu tun hatten.

»Sie haben sogar versucht, mir das Schreiben beizubringen«, erzählte Panlju, »aber ich habe abgelehnt. Wozu? Bei uns in Unyin gibt es kein einziges Buch. Dafür hab ich Karten spielen gelernt und sogar oft gewonnen. Aber alles für Feuerwasser ausgegeben. Im Winterlager ist das Feuerwasser sehr teuer, und die Leute geben ihr letztes Geld her, um einen Schluck zu kriegen.«

Schon mehrmals hatte Mletkin von diesem Zaubertrank gekostet. Das Feuer rann schnell in den Körper, und Wärme breitete sich in allen Gefäßen aus. Dann erstarrten die Glieder, und darauf folgte eine seltsame Erregung, als ob die Kräfte wüchsen. Im Kopf entstanden Gedanken, einer wundersamer als der andere. Man glaubte, alles zu können. Lang gehegte Träume waren leicht zu erfüllen, der Abstand zwischen zwei Orten schrumpfte. Unter dem Einfluss des Feuerwassers spannten die Menschen Hundeschlitten an und begaben sich auf lange Reisen. Es kam vor, dass Betrunkene erfroren und die hungrigen Hunde Schlitten mit toten, angenagten Menschen anschleppten.

Mletkin traute dem Zustand der künstlichen Leichtigkeit nicht, weder in den Gedanken noch in den Handlungen. Wenn er einen bestimmten Punkt der Trunkenheit erreicht hatte, machte er Halt. Die Mehrzahl seiner Landsleute aber schluckte dieses Feuergetränk bis zum völligen Verlust des Gesichts und des Gedächtnisses. Die Frauen tranken etwas weniger, aber der unstillbare Durst auf das Feuerwasser brachte sie dazu, jegliche Scham zu verlieren und sich jedem Beliebigen hinzugeben, Hauptsache, er versprach einen Schluck vom Zaubertrank.

»Der Kapitän hat mir für meine Arbeit eine Schaluppe versprochen«, brüstete sich Panlju. »Die Bordwand ist zwar von einem Walross aufgerissen worden, aber das kann man leicht flicken. Vielleicht bin ich der Erste an unserem Ufer, der ein Holzschiff besitzt. Ich muss nur jemanden finden, der mich ablöst.«

Die letzten Reste des Rauschs flogen blitzschnell aus Mletkins Kopf. Er fragte vorsichtig, ob der Kapitän nicht ihn nehmen könnte. Er sei noch ledig, kräftig, könne einen Wal und ein Walross harpunieren und gut schießen. Nur amerikanisch reden könne er nicht …

»Das kann man lernen! Nichts einfacher als das! Am schlimmsten ist es, sich an die Sehnsucht nach den Heimatufern zu gewöhnen …«

Als der Kapitän Mletkins Wunsch vernahm, sah er ihn prüfend an, klopfte ihm auf die Schulter und sagte laut: »Good!«

Mletkin ging an Deck des Walfangschiffs »Belvedere«, über der Schulter einen kleinen Ledersack mit seinen Habseligkeiten. Die »Belvedere« setzte die Segel und bewegte sich langsam in Richtung Beringstraße. Mletkin stand an Deck, gemischte Gefühle beherrschten ihn. Er war froh, dass sein alter Traum, das Leben der Tangitan näher kennen zu lernen, sich zu erfüllen begann. Je mehr die niedrigen Jarangas, die von fern an kleine, am Ufer verstreute Steinchen erinnerten, aus dem Blickfeld verschwanden, desto mehr machten sich in seiner Brust Trauer und Unruhe breit. Wann würde er zurückkehren? Was erwartete ihn dort, im unbekannten Land, auf dieser Holzinsel, die mit riesigen Segeln ausgerüstet war, die den Flügeln eines gigantischen Vogels glichen?

Gerade waren sie an der Ewig Trauernden vorübergefahren, die am Ufer stand und sich beim Warten auf ihren verschollenen Liebsten in einen Felsen verwandelt hatte. Der grüne Hügel mit dem hohen Bogen aus den bleichen Kiefernknochen eines Grönlandwals bezeichnete das Grab von Nau, der ersten Frau, die vom Wal Rëu die ersten Waljäger gebar. Jedes Kap, jede Falte in den Uferfelsen hatten eine besondere Bedeutung. Hinter einem Kap tauchten die zur Hälfte unter Steinen verborgenen Jarangas von Nuwuken auf. Wer nicht wusste, dass hier Menschen wohnten und diese steinernen Hügel menschliche Behausungen waren, der hätte die alten Nachbarn der Uëlener gar nicht bemerkt.

Im Juli sind die Nächte in der Beringstraße noch hell. Die Sonne taucht nur für einen kurzen Augenblick ins Meer. Mletkin stand einige Stunden auf dem Deck und verabschiedete sich von den heimatlichen Ufern.

Über die Reinlichkeit der Tangitan hatte Mletkin viel gehört, von ihrer Gewohnheit, jeden Tag das Gesicht zu waschen und sich sogar mit einer speziellen Bürste die Zähne zu putzen. Was er jedoch sah, als Panlju ihn ins Zwischendeck, zu den Kajüten der Matrosen führte, spottete jeder Beschreibung. In der dicken Wolke aus den verschiedensten Gerüchen konnte man nur schwer den Geruch des Waltrans ausmachen. Diese Duftmischung bestand hauptsächlich aus den Ausdünstungen ungewaschener menschlicher Körper, aus starkem Tabakrauch und schmutzigem Fußschweiß, aber alles wurde von einem Gestank übertrumpft, der Mletkin unbekannt war. Diese Luft konnte man mit dem Messer schneiden, in einen Eimer legen und über Bord werfen. Die Menschen aber, die in dem von einer Tranlampe schwach erleuchteten Zwischendeck hausten und schwarzen Rauch zur niedrigen Decke pafften, fühlten sich sehr wohl.

Aus einer Ecke drangen Laute eines Musikinstruments, die von monotonem Gesang begleitet wurden. Ein riesiger Schwarzer sang. Mit seinem entblößten Oberkörper sah er wie ein Walross aus. In dem breiten Gesicht blitzten weiße Zähne und leuchteten große, durchdringende Augen. Er legte das Banjo zur Seite, reichte Mletkin seine breite Hand und stellte sich vor: »Nelson!«

Mletkin, der auf den Händedruck mit einer schwachen Bewegung seiner Hand antwortete, die in der mächtigen Pranke ertrank, nannte seinen Namen. Nelson hatte wohl nicht richtig verstanden, denn er sagte: »Willkommen, Frank!«

Mletkin berichtigte ihn nicht. Großmütig nahm er den neuen Namen an und dachte, dass es auf dem Tangitan-Schiff wohl einfacher wäre, wenn man ihn Frank nannte. Der Bootsmann teilte dem neuen Mannschaftsmitglied einen schweren Strohsack, ein dünnes Kissen und eine graue Decke zu. Mletkin nahm den Platz neben Nelson ein.

Nachdem er die Nacht ruhelos in der ungewohnten Matrosenkoje zugebracht hatte, fand er erst gegen Morgen einen kurzen, unruhigen Schlaf. Er träumte vom Fellpolog, in dem ihm heiß war, und er tastete in der Dunkelheit die Holzwand auf der Suche nach dem Fellvorhang ab, den er hochziehen wollte, um die frische Luft zu atmen.

Als er die Augen öffnete, sah er über sich Nelsons breites, lachendes Gesicht. »Zeit zum Aufstehen!«, sagte Nelson, und Mletkin verstand ihn zu seiner eigenen Verwunderung.

Nach einem schnellen Frühstück, bestehend aus kaltem Fleisch und steinhartem Zwieback, der in Kaffee getunkt wurde, rannten die Walfänger zu den Schaluppen. Nelson erklärte Mletkin durch Gesten, dass er am ersten Tag nur beobachten und die Fangmethode lernen sollte.

Die »Belvedere« war ein ziemlich großes Schiff mit vier Schaluppen, je zwei an einer Bordwand. In jeder befanden sich zwei Rollen festen Taus aus indischem Hanf, drehbare Harpunenspitzen, Handspeere, eine kleine Kanone mit todbringender Ladung, ein Beil, ein Messer, eine Schaufel, Haken und Trinkwasser für unvorhergesehene Zwischenfälle. Diese Ausrüstung musste sich immer in einem guten Zustand befinden, bereit zur sofortigen Benutzung.

Die Schaluppen fuhren vom großen Schiff weg auf die Walfontänen zu, die mal hier, mal da hochspritzten. Die Jagd begann. Die Wale schienen den im Vergleich zu ihnen kleinen Booten keine Bedeutung beizumessen, es hätte ihnen keine Mühe bereitet, schneller zu schwimmen und der leise fahrenden Schaluppe zu entkommen. Die Walfänger bemühten sich lediglich, einen Zusammenstoß mit den dickköpfigen Wesen zu vermeiden. Mletkin ruderte stundenlang gemeinsam mit den anderen und hätte sich längst blutige Schwielen zugezogen, hätte er nicht die Handschuhe aus Robbenleder dabeigehabt.

Nach einer ermüdenden Jagd gelang es schließlich, den Wal einzuholen und ihn zu harpunieren. Die Harpunenleine war direkt an die Mittelbank der Schaluppe angeknotet, und das kleine Schiffchen raste, die Nase im Wasser, mit großer Geschwindigkeit hinter dem Wal her. Von Zeit zu Zeit unterbrachen die Jäger das Rudern und holten die Harpunenleine ein, um immer dichter an den Wal heranzukommen und ihm schmerzliche Stöße mit den spitzen Speeren zu versetzen. Man musste schon über großen Mut verfügen, um sich so nah an das Riesentier heranzuwagen, das unter den schmerzhaften Schlägen immer wütender wurde. Hier war die Kunst des Steuermanns gefragt, er sah jede gefährliche Bewegung des verwundeten Tieres voraus und lenkte das Boot zur Seite. Der Hauptsteuermann nahm schließlich die kleine Kupferkanone, drückte sie an seine Schulter, wartete einen passenden Moment ab und gab den tödlichen Schuss auf den Wal ab.

Zuerst tauchte das riesige Tier tief ins Wasser, und zwar mit solch einer Geschwindigkeit, dass die Jäger es schwer hatten, Leine zu geben, und dann schoss es wie eine Kerze nach oben und klatschte mit seiner ganzen Länge auf die Wasseroberfläche. Die Jäger waren von Kopf bis Fuß nass gespritzt.

Alles Übrige war nicht mehr so schwer, obwohl mit viel Arbeit verbunden. Der Wal wurde zum Schiff geschleppt. Als er mit mehreren Tauen an der hohen Bordwand befestigt war, wurde er zerteilt und das Fett, die Walbarten und frisches Fleisch herausgeschnitten. Die übrigen drei Schaluppen kehrten ebenfalls mit Beute zurück, und das Zerteilen dauerte bis Mitternacht. Zu Mletkins Verwunderung kauten die Walfänger mit großem Vergnügen den Itgilgyn, und zum Abendessen reichte der Koch eine große Schale mit gekochter Walfischhaut.

Dieses Mal bemerkte Mletkin die dicke Luft im Zwischendeck nicht mehr und fiel, kaum dass sein Kopf das fettige Kissen berührt hatte, in einen tiefen, traumlosen Schlaf.

Die Jagd war in dieser Saison erfolgreich. Bald waren alle Laderäume der »Belvedere« voll mit Tonnen von Walfett, das gleich auf Deck in Kesseln gekocht wurde. Der Hauptkoch war Nelson, auf dem die Fett- und Rußschicht nicht so auffiel wie bei den weißen Tangitan.

Die »Belvedere« nahm Kurs auf San Francisco. Der Kapitän hatte es eilig – er wollte in dieser Saison auch noch im

Tschuktschischen Meer jagen, wohin die Walherden in der zweiten Sommerhälfte auf Nahrungssuche zogen.

Mletkin wurde erneut in die Kapitänskajüte gerufen. Er begriff leicht, dass der Kapitän etwas von den Fangmethoden der Tschuktschen erfahren wollte, um sie auf der »Belvedere« anzuwenden. Mit einem weichen Bleistift malte Mletkin einen Walfisch und eine Schaluppe auf, wobei er sich bemühte, dem Bild die größtmögliche Wahrhaftigkeit zu verleihen. Der Kapitän John Forster krächzte wohlwollend: »Good! Good!«

Dem Grönlandwal musst du dich von der Kopfseite her nähern, als wolltest du seine Bahn kreuzen, und so nahe an ihn herankommen, dass du aus dem Blickfeld der weit auseinander stehenden Augen verschwindest. Und die Leine darfst du nicht an der Schaluppe festbinden, denn das ist gefährlich (hier folgte die Abbildung eines auf den Meeresgrund hinabgezogenen Holzbootes), sondern du sollst eine Erfindung der tschuktschischen Jäger verwenden: Am Ende der Harpunenleine sollen Schwimmblasen befestigt werden – aufgeblasene Säcke aus Robbenhaut.

Kapitän Forster grunzte zufrieden, faltete Mletkins Zeichnungen säuberlich zusammen, bat ihn, den Finger in Farbe zu tunken und auf ein Formular zu drücken, und befahl, etwas zu trinken zu bringen. Mletkin lehnte das große Glas Feuerwasser ab, trank dafür aber mit Vergnügen zwei große Becher Kaffee mit süßer Kondensmilch.

Je mehr sich die »Belvedere« südlichen Breiten näherte, desto stärker spürte Mletkin, wie sich die Luft erwärmte und auf der Meeresoberfläche andere Vogelarten auftauchten, andere Tiere. Die Wale wurden seltener, und die Walrossherden verschwanden ganz.

In San Francisco legte die »Belvedere« in einem speziellen Hafen für Walfangschiffe an. Innerhalb von vierundzwanzig Stunden wurden die Laderäume geleert, die Mannschaft konnte für zwei Tage von Bord gehen.

Mletkin wollte auf dem Schiff bleiben, denn er wusste nicht, wohin und zu wem. Der Hauptgrund aber war, dass ihn die riesige, einem Ungeheuer gleichende Stadt erschreckte. Ihm schien, als wollte ihn dieser Moloch verschlingen, wenn er sich auch nur einen Schritt vom vertrauten, obwohl hier warmen Meer entfernte. Wer weiß, was zwischen diesen aufgetürmten Steingebäuden, die in den Himmel stießen, mit ihm passierte. Überall Lärm, quietschendes Metall, lautes Hupen, in dem die Stimme eines Menschen unterging.

Um sich zu beruhigen, stellte sich Mletkin auf die Seite des Schiffes, die zum Meer schaute. Zwischen den Segelschiffen lag eine Menge großer und kleiner Schiffe, die mit Maschinen ausgerüstet waren. Aus den Schornsteinen stieg Rauch auf, und Mletkin hatte Angst, dass er früher oder später den blauen Himmel, die heiße Sonne und die nächtlichen Sterne verdeckte. Durch die Stadtbeleuchtung erschien der Himmel sternenlos und blass.

Der Kapitän gab Mletkin ein bisschen Vorschuss. Nelson nahm den sich sacht wehrenden Kameraden entschlossen an die Hand. In dieser Stadt lebte seine Schwester. In Gedanken notierte Mletkin, dass er zum ersten Mal Tangitan-Boden betrat, und folgte gehorsam.

Im nächstliegenden Laden schafften sie Kleider und Schuhe an und gingen sich dann mit heißem Wasser waschen. Mletkin war einmal kurz in eine kleine Grube bei den Heißen Quellen von Uëlen getaucht, aber nach dieser gründlichen Wäsche mit einem rauen Schwamm und fetter Seife kam er sich wie neugeboren vor. Als er völlig neu eingekleidet war und weiße Wäsche und feste Lederschuhe statt der weichen Torbasen trug, fühlte er sich gar nicht wohl in seiner Haut, er hatte Angst, auf der harten, mit Steinen gepflasterten Straße hinzufallen. Obendrein gingen sie auch noch zum Friseur. Als Mletkin nach dem Haareschneiden in einen großen Spiegel sah, erkannte er sich nicht wieder. Ein junger Tangitan blickte ihn an, der nur entfernt an einen Uëlener Luorawetlan erinnerte.

Schlagartig überfiel ihn Traurigkeit. Ihm schien, dass er mit dem Schmutz, den alten Kleidern und Stiefeln einen wesentlichen Teil von sich selbst verloren hatte. Besonders der Gedanke an die zurückgelassenen Haare quälte ihn: Wer weiß, was die Tangitan mit ihnen anstellten. Zu Hause wurde nach dem Schneiden alles bis zum letzten Härchen eingesammelt und sorgfältig in einem Sack aus Robbenleder aufbewahrt.

Mletkin konnte dem schnellen Nelson kaum folgen. Die Schuhe fühlten sich schrecklich steif an, und die Füße, die an weiche Einlagen aus Tundragras gewöhnt waren, spürten schmerzhaft die harten Steine des Bürgersteigs. Mletkin bemühte sich, einen Sicherheitsabstand zu den Mauern der hohen Steinhäuser einzuhalten, damit ihm um Gottes willen nichts auf den Kopf fiel, zur Straße ebenfalls, auf der in halsbrecherischer Geschwindigkeit auf glänzenden Metallstreifen ein Haus mit Fenstern und Türen vorbeifuhr, das voller Menschen war. Als das Haus anhielt, stiegen die Menschen aus, andere wiederum gingen hinein. Und gerade in ein solches Haus zog Nelson seinen Kameraden. In der Tür empfing sie ein schnurrbärtiger Mann mit einer Ledertasche über der Schulter. Nelson gab dem Mann Geld für die Fahrt. Hier musste man für alles bezahlen. Für das Essen, die Kleider, das Haarschneiden, fürs Waschen …

Die Schwester empfing Nelson mit einem derart lauten Geschrei, als wäre er geradewegs aus dem Jenseits gekommen. Sie war genauso unbeschreiblich schwarz wie ihr Bruder, mit weißen, blitzenden Zähnen, wie eine junge Walrosskuh, und sie strahlte eine unwahrscheinliche Energie aus. Sie umarmte den Bruder mit solcher Kraft, dass Mletkin ernsthaft um Nelsons Wohlergehen besorgt war. Schließlich wandte sie sich dem Gast zu, reichte ihm die Hand und sagte kurz: »Herzlich willkommen. Ich heiße Sally.«

»Frank«, stellte sich Mletkin mit seinem neuen Namen vor.

Die Güte und das Lächeln auf Sallys Gesicht zeugten davon, dass ihre Freude über den Gast echt war.

An diesem Abend zog Mletkin auf einem blendend weißen Laken, auf das zu legen er sich anfangs fürchtete, Bilanz über seinen ersten Tag in der Stadt. Die Eindrücke konnte er nur schwer ordnen. Es gab vieles, worüber er sich wunderte, aber eins war doch merkwürdig: Er hatte absolut nichts gesehen, was wirklich sein Erstaunen weckte. Alle so genannten Tangitan-Wunder erwiesen sich bei näherer Betrachtung als Früchte menschlichen Erfindergeistes, als Produkte menschlicher Hände. Man konnte nur über den Einfallsreichtum und die Anpassungsfähigkeit der Leute staunen, die in diesem Massentrubel ein halbwegs erträgliches Leben führten. Nichts fiel den Passanten auf den Kopf, die beweglichen Häuser folgten streng den eisernen Wegen und zerdrückten niemanden unter ihren Rädern.

Mletkin war ein kleiner Junge aufgefallen, der aus vollem Hals schrie und ein großes Blatt Papier hin und her schwenkte. Nelson hatte sich ein Papier gekauft und dem Freund erklärt, hier wären alle Neuigkeiten abgedruckt, und zwar nicht nur aus dieser Stadt, sondern auch aus fernen Ländern.

Mletkin wunderte sich über das praktische und erfinderische Denken der Tangitan. Sie mussten also nicht erst auf einen Gast warten, auch nicht darauf, dass er endlich satt war und sich aufgewärmt und erholt hatte, um ihn ungeduldig nach Neuigkeiten auszufragen, die er auf dem langen Weg nach Uëlen gesehen hatte. Der Durst nach neuen Nachrichten war, wie Mletkin festgestellt hatte, bei den Menschen so groß, dass die Uëlener immer den beneideten, in dessen Jaranga der Reisende Halt machte.

Beim Abendessen hatte Sally Mletkin so viel unbekannte, schmackhafte Gerichte angeboten, dass es ihm schwer gefallen war, nach dem Mahl vom Tisch aufzustehen. Bier schmeckte ihm nicht. Es war harntreibend und roch nach nassem Kinderbett. Dafür trank er mit dem größten Vergnügen Orangensaft. Nelson erzählte seiner Schwester, woher Mletkin kam, er berichtete von Uëlen, von der Walfischjagd.

Sally schrie auf vor Verwunderung, rollte mit den Augen und schnalzte laut mit der Zunge. Sie strahlte eine wunderbare Körperwärme aus, die man sogar auf Entfernung spürte. Wenn ihre Hüfte oder ihre Hand Mletkin berührten, dann brannte sein ganzer Körper. Ob wohl alle Tangitan-Frauen diese Eigenschaft besaßen oder nur die schwarzhäutige Sally? Die ersten weißen Frauen hatte Mletkin auf den Straßen von San Francisco gesehen, und auch das nur im Vorübergehen, betäubt und aufgerieben vom Stadtlärm, von den rasenden Automobilen und den in den Kurven kreischenden fahrenden Häusern. Er erinnerte sich an Uëlen, wo man nur natürliche Geräusche hörte: den Lärm der Brandung, das Heulen des Windes, das Fallen der Schneeflocken aufs Lederdach der Jaranga, Vogelstimmen, Kinderweinen, Hundebellen, die Laute der Muttersprache … Beim Einschlafen sah er das junge, helle Gesicht Giwewnëus und ihr verlegenes Lächeln.

Im Morgengrauen zog sich Mletkin die Hosen an und ging, um die schlafenden Hausherren nicht zu wecken, barfuß ins Freie. Er hatte nur eine vage Vorstellung davon, wo er zwischen den Steinhäusern eventuell seine kleine Notdurft verrichten konnte. Der hellhörige Nelson wachte auf, erriet das Bedürfnis seines Gastes und zeigte ihm ein winziges Zimmer, in dem ein Mensch kaum Platz hatte. In den Boden war ein Topf aus Metall mit einem Holzsitz eingelassen. Nachdem Mletkin sich erleichtert hatte, schaute er sich um und entdeckte eine von einem Eisenkasten herabhängende Kette mit Holzgriff. Bei sich zu Hause, in Uëlen, verrichtete Mletkin seine Notdurft immer am Meeresufer. Nichts regt dich so zu tief schürfenden Betrachtungen an wie das nachdenkliche Sitzen vor der ewig brausenden Brandung beim gellenden Schrei der Möwen. Für gewöhnlich fraßen die hungrigen Hunde die Exkremente, oder sie wurden beim nächsten Sturm ins Meer gespült, sodass das Ufer von Uëlen immer rein war. Die Uëlener wischten sich mit einem glatten Stein ab. Als Mletkin auf den Haufen am Boden des Metallgefäßes blickte, überlegte er, was er damit anstellen sollte. Da kam ihm wieder der gute Nelson zu Hilfe. Er gab dem Gast ein Stück weiches Papier und zeigte ihm, wie er an der Kette ziehen musste. Das Wasser strömte mit solch ohrenbetäubendem Rauschen in den Topf, dass Mletkin erschrocken aus dem Toilettenzimmer rannte. Nelson war so rücksichtsvoll, dass er nicht einmal lächelte und Mletkin beruhigte: »Keinen Schreck kriegen, das muss so sein.«

Und dennoch ließ ein Gedanke Mletkin nicht in Ruhe: Wohin verschwanden der Urin und die Scheiße der vielen Bewohnern der Stadt? Nelson erklärte, dass alle Exkremente in unterirdischen Röhren gesammelt werden und ins Meer fließen. Wenn Mletkin nun durch die Straßen von San Francisco lief, stellte er sich vor, wie unter ihm die menschlichen Exkremente dahinflossen.

Die zwei Tage vergingen wie im Flug, und Mletkin kehrte mit einem Gefühl der Erleichterung auf die »Belvedere« zurück. Schon von weitem spürte er den bekannten Geruch von Waltran und faulendem Walfleisch, und er freute sich auf die bevorstehende Reise in die nördlichen Breiten, in die kalten Gewässer des Tschuktschischen Meeres. Die Stadt hatte niederdrückend auf ihn gewirkt, und wären nicht Sallys und Nelsons Güte und Zuneigung gewesen, hätte er diese schweren Tage nicht ausgehalten. Unter der schwarzen Haut hatte er in Sally eine junge, auf ihre Weise sogar anziehende Frau erahnt und Sally in ihm den jungen, starken Mann. Aber für eine ernsthafte Beziehung war die Zeit zu kurz gewesen. Als Sally die Männer verabschiedete, weinte sie ein bisschen, und noch lange fühlte Mletkin ihren heißen, wie Sirup so süßen Kuss auf seinen Lippen.

Mitte August nahm die »Belvedere« Kurs auf die Beringstraße.

Bei den Haarmündern

Bald wurde klar, dass John Forster seine Kräfte diesmal nicht richtig berechnet hatte, die zweite Walfangexpedition dieses Jahres brachte keine reiche Beute, wenn sie nicht gar zum Misserfolg verurteilt war.

Mletkin, der sich das ABC der Navigation bereits angeeignet hatte und auf der Brücke am Steuerrad stand, fühlte die Nähe der Eisfelder. Er konnte sogar genau den Ort bestimmen. Hier war das Kap Enurmin. Das teilte er dem Kapitän mit.

Sie entdeckten das Eis am nächsten Morgen. Die Luft war merklich kühler geworden, und von Zeit zu Zeit fiel in feuchten Flocken Nebel auf das Deck und bildete eine glatte Eisschicht. Der »Belvedere« drohte die Gefahr, von den Eisfeldern erdrückt zu werden, und John Forster entschied sich zur Umkehr, er wollte auf südliche Winde warten, die das Eis wegtrieben.

Das Kap Peek, wie die Tschuktschen das Kap Deshnjow nennen, passierten sie bei Sonnenaufgang. Uëlen lag verdeckt hinter dem Felsen, aber Mletkin, der auf dem Deck festgewurzelt war, sah im Geist die zwei Jarangareihen, die sich über die Kiesellandzunge erstreckten, und hörte deutlich die vertrauten Stimmen, und sein Herz zog sich in süßer Sehnsucht zusammen.

Einige Tage später fuhr die »Belvedere« in die Bucht Prowidenija ein, die die dortigen Bewohner Emma nannten. An ihrem südlichen Ufer standen an der wasserarmen Lagune die Jarangas.

Das Schiff hatte noch nicht einmal den Anker ausgeworfen, als ein kleiner Kajak vom Ufer losfuhr. Schon von weitem hörten sie den aus Leibeskräften paddelnden Mann rufen:

»Woman, Whisky! Woman, Whisky! Baba, Wodka! Baba, Wodka!« Der Mann, der eine verschlissene Sommerkuchljanka mit weitem Kragen trug, der seinen schmutzigen Körper sehen ließ, machte mit malerischen Gebärden deutlich, dass er die Reize seiner Frau, die neben ihm saß, gegen Wodka eintauschen wollte. Er versuchte an Bord zu klettern, aber der Kapitän gab den Befehl, den Eskimo nicht aufs Schiff zu lassen.

Mletkin blickte von der Brücke auf seinen Landsmann hinunter, und sein Herz zog sich vor Mitleid zusammen. Was hatte die Gier nach dem Feuerwasser aus ihm gemacht?

Die Frau versuchte den Mann zu unterstützen. Sie streifte den oberen Teil des Sommerkherkers herunter und stellte ihre dunklen, sehr vollen, bei weitem nicht mehr mädchenhaften Brüste zur Schau.

Der Kapitän bat Mletkin, dem ungebetenen Gast zu sagen, dass vom Schiff aus nicht gehandelt werde, alles finde an Land statt. Mletkin übersetzte zuerst ins Tschuktschische, dann in die Eskimosprache. Der Mann im Kajak starrte Mletkin verwundert an. »Du bist also kein Haarmünder! Wie bist du aufs Schiff gekommen? Was machst du dort? He, hilf mir. Kejnina ist bereit, sich zu jedem zu legen, der uns eine Flasche gibt. Wenn ihnen eine Flasche zu viel ist, reicht auch eine halbe. So viel, wie in einen Becher passt.«

»Du hast doch gehört, kein Handel vom Schiff aus! Nur an Land!«, wiederholte Mletkin. »Fahr zurück, und bereite deine Waren vor.«

»Geizig sind sie, die Haarmünder, und du auch, der du ihnen dienst!«, schimpfte der Eskimo und paddelte aus Leibeskräften in Richtung Ufer.

Aus dem Laderaum wurden zwei Fässer mit billigem, nicht sehr starkem Rum gerollt und in der Schaluppe ans Ufer gebracht, wo sich bereits die Bewohner des Ortes versammelt hatten. Nachdem die Fässer ausgeladen waren, kehrte die Schaluppe zum Schiff zurück.

Anfangs durchschaute Mletkin den Plan des Kapitäns nicht und wunderte sich über dessen unerwartete Großzügigkeit. Die »Belvedere« lichtete die Anker, umfuhr das Kap und machte in einer anderen Bucht Halt.

Erst gegen Abend, als die Dämmerung sich auf das Meer senkte, kehrte die »Belvedere« zurück und fuhr so weit an das Ufer heran, wie es die Wassertiefe erlaubte. Drei Schaluppen mit Matrosen fuhren ans Ufer, von wo bereits betrunkenes Geschrei, disharmonische Gesänge, das Bellen der Hunde und Kinderweinen drangen.

Mletkin hatten die Matrosen nicht mitgenommen, er stand auf dem Deck und blickte starr in die Dunkelheit.

In der Siedlung ging Unglaubliches vor sich. Von Zeit zu Zeit rannten Menschen mit Fackeln von einer Jaranga zur anderen.

In dieser Nacht herrschten Lüsternheit, Gewalt und Alkohol, erst gegen Morgen kehrten die Schaluppen zum Schiff zurück, beladen mit flauschigem Pelz von jungen Rentieren, Fuchs- und Polarfuchsfell, Walrosshauern und Pelzkleidung. Einige der Seeleute, die offenbar noch ein Quäntchen Gewissen hatten, gaben sich Mühe, Mletkin nicht anzusehen, und verschwanden schnell im Zwischendeck. Neben Mletkin stand wie ein schwarzer Berg der schweigsame Nelson und seufzte von Zeit zu Zeit tief wie ein verwundeter Wal.

Bei Sonnenaufgang kam der heiß ersehnte Wind auf, und als die »Belvedere« erneut die Beringstraße passierte, erschien John Forster auf der Brücke. Er überprüfte mit Karte und Kompass den Kurs und wandte sich dann an Mletkin: »Meine Jungs haben sich toll amüsiert in dieser Nacht! Ich bin sicher, sie werden in der Beaufortsee gut arbeiten. Wir kommen übrigens bald an Uëlen vorbei …«

»Ich möchte am Ufer abgesetzt werden«, bat Mletkin.

»Ein Halt in Uëlen steht nicht auf meinem Plan. Jetzt, wo das Eis nahe ist, zählt jede Minute.«

»Ich möchte nicht mehr auf dem Schiff bleiben.«

»Da kann ja jeder kommen! Du hast einen Vertrag unterschrieben, in dem du dich verpflichtest, jedem Befehl des Kapitäns zu gehorchen.«

»Was ist ein Vertrag?«, fragte Mletkin zerstreut.

»Ein Vertrag ist eine auf Papier festgehaltene Absprache zwischen dir und mir.«

»Das habe ich nicht getan.« Mletkin erinnerte sich: Als er bei der ersten Begegnung mit dem Kapitän die tschuktschischen Methoden der Walfischjagd aufgezeichnet hatte, sollte er einen eingefärbten Finger auf ein Stück Papier drücken. Vielleicht war das der Vertrag gewesen?

»Der Vertrag ist für ein Jahr abgeschlossen. Wenn er ausläuft, sehen wir weiter.« Wenn John Forster lachte, zeigte er eine erstaunlich gleichmäßige Reihe weißer Zähne.

Als Nelson und Mletkin nach der Wache auf den Kojen saßen, versuchte der Schwarze seinem Freund zu erklären, was ein Vertrag ist. Es zeigte sich, dass dieses Papierchen, das man ganz leicht zerreißen und vom Tisch pusten konnte, Riesenkraft besaß. Diese Kraft fesselte einen Menschen stärker als jede Eisenkette an den Arbeitsplatz, und die Verletzung der Bedingungen, die auf dem Blatt standen, zogen eine harte Bestrafung nach sich. Man konnte sogar im »düsteren Haus«, wie die Tschuktschen das Gefängnis nannten, eingesperrt werden. Von dieser Form der Bestrafung hatte Mletkin bisher nur gehört. Ein Mensch, den eine Gruppe von besonders bevollmächtigten Tangitan für schuldig befunden hatte, wurde in ein Haus mit dicken Mauern gesteckt, wohin kein Tageslicht drang. Ernährt wurde er wie ein gefangenes, wildes Tier, nämlich durch eine spezielle Öffnung. Früher oder später verlor der Mensch, der in einem solchen Verließ gehalten wurde, den Verstand oder brachte sich selbst um. Bei den Luorawetlan gab es Freiheitsberaubung als Strafe nie. Im schlimmsten Fall konnte ein Mensch zur Todesstrafe verurteilt und getötet werden. Am häufigsten aber wurde der Schuldige aus dem Heimatort verbannt. Manchmal musste der Verbrecher eine weite Reise machen, um eine Siedlung zu finden, die gewillt war, ihn aufzunehmen. Denn das Gerücht über seinen Gesetzesbruch hatte ihn längst überholt, und wo er auch auftauchte, gab man dem Reisenden, nachdem man ihm die vorgeschriebene Gastehre erwiesen hatte, zu verstehen, dass man ihn nicht bei sich wohnen lassen wollte. Solche Irrwanderungen konnten Jahre dauern.

Uëlen lag hinter ihnen, und die »Belvedere« fuhr ins Tschuktschische Meer. Meist tobte der Wind. An stilleren Tagen stieg Mletkin mit den anderen in die Schaluppe und fuhr auf Waljagd. Der Kapitän hatte sich in seiner Wahl nicht getäuscht. Während die anderen Schiffe nur Misserfolge erlebten, kehrte Mletkins Schaluppe jedes Mal mit Beute zurück.

Die Beute aus der Eskimosiedlung Guwrel in der Bucht Emma gehörte jedem Teilnehmer des Überfalls persönlich, und so waren nach dieser Nacht die Matrosenkajüten bis oben voll von Säcken mit Fell.

Jedes Mal, wenn Mletkins Freizeit mit Nelsons Freistunden zusammenfiel, setzten sich beide unter die Tranlampe und vertieften sich in das Studium der Tangitan-Sprache. Der gewissenhafte und neugierige Schüler begriff schnell die Entsprechung der auf Papier aufgezeichneten Zeichen mit den Lauten der mündlichen Rede. Allerdings wunderte ihn die große Zahl der gedruckten Buchstaben, die nicht mit der Aussprache übereinstimmten. Dahinter musste sich irgendein geheimer Gedanke verbergen, den selbst Nelson nicht erklären konnte. Fast alle Bewohner der engen Kajüte vertrieben sich die Zeit damit, Mletkin das Lesen und Schreiben beizubringen. Sie besorgten von irgendwoher Papierfetzen mit Gedrucktem und schrien jedes Mal beifällig auf, wenn Mletkin das eine oder andere Wort richtig aussprach. Er las alles, was es auf dem Schiff zu lesen gab, vom Namen auf den Rettungsringen bis zu den verschiedensten Verboten und Verfügungen. Große Schwierigkeit bereitete ihm der Übergang zum Schreiben mit der Hand. Aber auch damit wurde er nach einiger Anstrengung fertig.

Jack MacPherson holte aus der Truhe ein Buch mit dunklem Einband und einem kaum sichtbaren Kreuz darauf. Mletkin schlug es auf, las die ersten Zeilen und rief verwundert: »Dieses Buch kenne ich!«

»Woher denn?«, fragte MacPherson ungläubig. »Das ist eine Bibel. Die Bibel meiner Großmutter, die ich jedes Mal mitnehme, wenn ich auf Fahrt gehe.«

»Ich habe sie in Russisch gelesen«, erklärte Mletkin. »In unserer Familie wird genauso ein Heiliges Buch aufbewahrt, mein Vater hat es vor vielen Jahren auf dem Jahrmarkt am Anjui geschenkt bekommen.«

»Also bist du ein Christ!«, schloss MacPherson.

»Nein, ich bin kein Christ«, sagte Mletkin ruhig. »Ich halte mich an unseren Glauben.«

Das Gerücht über Mletkins ungewöhnliche Beschäftigung drang bis zu den Ohren des Kapitäns John Forster, und er ließ den Luorawetlan in seine Kajüte kommen.

Schon beim ersten Besuch hatte Mletkin hier zwei Dinge entdeckt – ein Bord mit Büchern und ein Grammophon mit Schallplatten. Der Kapitän hörte nie zusammen mit den Matrosen Musik, aber manchmal, wenn Mletkin Nachtwache hatte, vernahm er Gesang und Laute ungewöhnlicher, noch nie gehörter Instrumente. Diese Musik war nicht mit der zu vergleichen, die Nelson auf seinem Banjo spielte und die er mit seiner heiseren, manchmal herzerweichenden Stimme begleitete.

Der Kapitän setzte den Gast in einen bequemen Drehstuhl und bot ihm Kaffee an. Forster war frisch rasiert und ordentlich angezogen, sogar seine Schuhe glänzten ungeachtet der Schmiere überall an Deck. »Ich habe gehört, du lernst erfolgreich lesen und schreiben?«, fragte er.

»Mir macht das Spaß«, antwortete Mletkin.

»Schon in Uëlen habe ich erfahren, dass du ein ungewöhnlicher Mensch bist, ein Schamane.«

»In Uëlen ja«, entgegnete Mletkin, »aber hier bin ich nur ein einfacher Walfänger.«

»Eine Sache ist es, ein guter Walfänger zu sein, eine andere, Schamane zu sein.«

»Nein«, wandte Mletkin ein, »manchmal hängt beides zusammen. Alles, was ich weiß, habe ich von meinem Großvater, dem Schamanen Kaljantagrau, und alles, was ich kann, von meinem Vater.«

»Kann ein Schamane Wunder vollbringen?«, fragte der Kapitän ohne Umschweife. Seine Augen waren wie bei fast allen Haarmündern himmelblau. Aber auch bei guten Schlittenhunden kommt das vor, dachte Mletkin.

»Vielleicht«, entgegnete er. »Ich habe es noch nicht versucht.«

»Und wenn du es jetzt versuchst?« Der Kapitän kniff seine Hundeaugen zusammen.

»Ich fürchte, das klappt nicht«, antwortete Mletkin.

»Also kannst du keine Wunder vollbringen?« In der Stimme des Kapitäns klang ein spöttischer Ton.

Mletkin fehlten einfach die Worte, um John Forster zu erklären, dass Wunder nicht von den Schamanen geschaffen, sondern bei Bedarf von den Höheren Mächten herabgesandt werden. Ein Schamane konnte nur darum bitten, aber nie sicher sein, dass sein Wunsch in Erfüllung ging.

»Ich kann es nicht«, antwortete er.

Der Kapitän wechselte das Thema.

»Und wozu brauchst du das Lesen und Schreiben?«

»Damit ich wenigstens einen Vertrag lesen kann«, parierte Mletkin.

John Forster lachte laut. »Du gefällst mir! Ich bringe dir selbst das Schreiben bei und noch andere Wissenschaften«, verkündete er.

Der Kapitän unterrichtete auf seine eigene Art. Darin glich

er Wëip. Genauso wie Mletkins erster russischer Lehrer spaltete er die Wörter auf und erklärte dem Schüler den Aufbau der englischen Sprache, der dem Gerippe eines künftigen Kajaks glich, der noch nicht mit roher Walrosshaut bespannt war.

In der zweiten Unterrichtsstunde brachte er ihm Rechnen bei, in der dritten, die Mletkin am meisten liebte, erzählte er ihm von der Tangitan-Version des Weltalls und von der riesigen Sonne, um die die Planeten kreisten. Sie studierten eingehend den Globus, und Mletkin wusste nun, warum in seiner Heimat der Sommer kurz war und der Winter lang und kalt. Die Ursache für die unerträgliche Hitze in der ersten großen Stadt, die Mletkin besucht hatte, San Francisco, war nun ebenfalls klar.

Der Aufbau des Weltalls war harmonisch und relativ einfach. Und diese offensichtliche Einfachheit war es, die Mletkin am meisten verwunderte. Er nahm danach oft das Fernglas und ging auf Deck, um den mit Sternen übersäten Himmel zu betrachten. Das, was man mit dem einfachen Auge sehen konnte, war nicht zu vergleichen mit den unzähligen Lichtpunkten, die sich alle gemeinsam in das mit glänzenden Körnchen übersäte Ufer des Großen Sandflusses verwandelten. Der Große Sandfluss selbst, den die Tangitan Milchstraße nannten, erwies sich beim genaueren Hinsehen ebenfalls als eine Anhäufung von Sternen. Die Planetenlaufbahn und die Bewegung der Himmelssphäre erklärte John Forster anschaulich mit der Drehung des Erdballs. Bei aller Überzeugungskraft der Argumente fiel es Mletkin immer noch schwer, sich mit der Kugelform der Erde abzufinden. Er hatte nichts gegen eine solche Form seines Planeten einzuwenden, ganz und gar nicht, aber er konnte nicht verstehen, warum das Wasser in den Meeren nicht davonfloss und die Menschen, die auf der gegenüberliegenden Seite lebten, nicht herunterfielen, sondern sich wie Mücken auf einem verfaulten Stück Walrossfleisch festhielten. Da schleppte Forster

Mletkin auf das Deck und befahl ihm, einen Eimer mit Wasser und einen Strick zu holen. Er schleuderte den Eimer herum, wobei er fast den vorbeigehenden Nelson umgestoßen hätte, und schrie: »Siehst du! Das Wasser schwappt nicht raus. Die Geschwindigkeit der Erdumdrehung ist so groß, dass dabei eine riesige Kraft entsteht. Die schafft es, alles festzuhalten, was sich auf der Oberfläche unseres Planeten befindet.«

Die Matrosen verfolgten die ungewöhnlichen Handlungen ihres Kapitäns und hörten seinen merkwürdigen Erklärungen erstaunt zu. In der Kajüte grübelten sie lange über diese Gespräche zwischen Mletkin und dem Kapitän nach. Mletkin erzählte ihnen, was er erfahren hatte, und entdeckte zu seiner eigenen Verwunderung, dass diese Tangitan weniger über den Aufbau des Weltalls und die Bewegung der Sterne wussten als er. Dieser Umstand rief in seiner Seele eine gewisse Enttäuschung hervor, da er ja von der Überlegenheit des weißen Mannes fest überzeugt gewesen war.

Nachdem sie in Seattle ihren Fang ausgeladen hatten, rechnete der Kapitän mit einem Teil der Mannschaft ab, und mit einigen wenigen Übriggebliebenen fuhr er zum Überwintern nach Alaska, nach Port Clarence.

Port Clarence war in jenen Jahren ein recht belebter Ort, wo im Winter manchmal mehrere Dutzend Walfangschiffe lagen. Die Bucht hatte sich tief in das Festland eingeschnitten, und sogar die stärksten Winde konnten das ruhige Wasser nicht aufwühlen. Das Eis war hier harmlos, es gefror gleichmäßig, ohne Eishügel, die es im offenen Meer immer gab. Nur an der Uferlinie kennzeichneten aufgetürmte Eisschollen die Grenze von Ebbe und Flut. Im Winter wurden die Schiffe warm gehalten, indem man sie vom Bug bis zum Heck mit einer dicken Zeltplane zudeckte. Wenn Schnee fiel, wurde er nicht weggefegt, sondern man ließ ihn ungefähr ein Fuß hoch werden. Im Zwischendeck und in der Kapitänskajüte wurden Eisenöfchen auf Fundamente aus feuerfestem Ziegelstein gestellt.

Neben den Lektionen, die der Kapitän ihm gab, begann Mletkin bei Nelson das Banjospiel zu lernen. Als er das Musikinstrument beherrschte, spielte er Melodien aus seiner Heimat, die er im Gedächtnis behalten hatte, und summte dazu mit leiser Stimme. Nelson, der sehr musikalisch war, sang mit, und das gesamte Zwischendeck verstummte und lauschte den alten, unbekannten Liedern von der Beringstraße.

In Port Clarence gab es keine Polarnacht. Dennoch herrschten Tatenlosigkeit und Nichtstuerei. Jeder vergnügte sich auf seine Weise. Kapitän John Forster hörte tagelang Musik auf dem Grammofon und las. Und kümmerte sich um seine Gesundheit: er machte Morgengymnastik und goss eiskaltes Meerwasser aus einem Eisloch über sich, das man für den Fall eines Feuers an Bord immer offen hielt.

Die Hauptbeschäftigung der Seeleute bestand darin, das Heck der Schiffe, die mit einem Motor ausgerüstet waren, abzuklopfen. Auf diese Weise wurden die Schiffsschraube und das Ruder von Eis befreit und vor den durch Ebbe und Flut hervorgerufenen Bewegungen des gefrorenen Wassers bewahrt.

Der Morgen begann mit dem allgemeinen Wecken – einem lauten Pfiff aus der Bootsmannspfeife. Gefrühstückt wurde in der Kajüte, die neben der Kombüse lag. Da die Kessel zum Trankochen nicht in Betrieb waren, hatte Nelson Zeit, das Essen zu bereiten, und man muss sagen, dass er das nicht schlecht tat. Statt des Schiffszwiebacks, der allen schon aus den Ohren quoll, briet er dicke, fetttriefende Fladen. Sie rochen nach Waltran, doch diesen Geruch kannten alle, und wäre er verschwunden, hätten sich die Wintergäste von Port Clarence bestimmt nicht wohl gefühlt. Wenn Mletkin an Land fuhr, um Süßwasser zu holen, konnte er die Richtung sogar bei dichtem Nebel leicht bestimmen, weil er sich am Geruch orientierte. Der Koch Nelson verwöhnte die Matrosen auch mit wunderbaren Omeletts aus Eipulver, das er mit Trockenmilch vermischte. Zur Nahrungsration gehörte gefrorenes, rohes Robbenfleisch, das sie bei den Eskimos kauften. Besonderer Beliebtheit erfreute sich Robbenleber. Sie schmeckte nicht jedem, doch alte Walfänger und Polarreisende wussten um die wunderbare Eigenschaft dieser Nahrung, die die Männer vor Skorbut bewahrte. Zur Krönung des Ganzen tranken sie in großen Mengen schwarzen Kaffee.

Nach der Arbeit an Deck ging Mletkin in die Kapitänskajüte zur nächsten Schulstunde. Er bemerkte, dass der Unterricht John Forster großes Vergnügen bereitete. Der Kapitän gestand, dass er in seiner Jugend Schullehrer in Bethesda, einem Vorort von Washington, gewesen war. »Alle in unserer Familie sind Lehrer – mein Großvater, mein Vater und meine Mutter«, sagte er mit Stolz und schaute dabei liebevoll auf das leicht vergilbte, verglaste und eingerahmte Gruppenfoto an der Kajütenwand.

Je weiter sie mit dem Unterricht vorankamen und Wissen anhäuften, desto mehr fiel Mletkin ein merkwürdiger Widerspruch auf: Je mehr er erfuhr, desto mehr wollte er wissen. Das betraf vor allem Fragen nach der Religion. Kapitän Forster betrachtete sich selbst als Atheisten, als Menschen, der frei von religiösen Überzeugungen war und allein den Wissenschaften anhing. Von diesem Standpunkt aus kritisierte er unerbittlich die Bibel, wobei er seinen Schüler in Verlegenheit brachte. Das Schamanentum verlachte er gar und nannte es eine Erscheinung dunkler Instinkte von wilden Menschen.

»Sie halten mich also für einen Wilden?«, fragte Mletkin beleidigt.

»Dich persönlich nicht«, sagte John Forster lächelnd. »Doch deine Landsleute sind noch nicht weit entfernt von der Lebensweise der Tiere. Sie wohnen in schmutzigen Behausungen, waschen sich nicht, ihre Hütten stinken nach Gott weiß was, in den Fellkleidern krabbelt ein riesiges Heer von Insekten. In einem Lager habe ich gesehen, wie eine Alte in ihrem Fellkleid Flöhe fing und buchstäblich eine ganze Hand voll in den Mund steckte. Das ist widerlich!«

Mletkin hörte schweigend zu, dachte aber bei sich, dass die kleinen tschuktschischen Flöhe viel harmloser waren als die großen Wanzen und Schaben, die in den Kajüten der Haarmünder in Massen herumliefen. Und was war mit den Flüssen von Scheiße, die in den Städten unter den Füßen der Passanten dahinflossen? Aber er wollte nicht mit dem Lehrer streiten. Viel wesentlicher waren die Widersprüche im Leben dieses hellhäutigen Stammes. Vor allem in der Überzeugung der Haarmünder, sie seien etwas Besseres. Das, was sie in der Eskimosiedlung Guwrel angerichtet hatten, war für sie kein Grund, seelisch zu leiden. Als sie mit reicher Beute auf das Schiff zurückkehrten, prahlten sie auch noch voreinander, wie sie die Eskimos übers Ohr gehauen und gegen eine Flasche billigen Whisky das großartige Fell eines Eisbären samt einem Bündel Walrosshauer getauscht hatten. Einer erzählte eifrig, wie er für einen Schluck billigen Feuerwassers mit einer Frau geschlafen hatte und plötzlich ihre junge Tochter entdeckte, die sich ihm auf Befehl des Vaters und der Mutter für den restlichen Tropfen hingab.

Dabei waren die Jungs unter sich sehr ehrlich und schlossen niemals ihre Matrosentruhen ab.

Wenn es das Wetter erlaubte, wurde zweimal in der Woche auf dem Eis ein Basketballtournier veranstaltet. Der Mittelstürmer der »Belvedere«, Nelson, weckte in Mletkin Appetit auf dieses Spiel. Trotz der scheinbaren Eintönigkeit vergingen die Tage schnell.

Der wichtigste tangitanische Feiertag rückte heran – der Tag der Geburt Gottes. Fast auf jedem Schiff gab es einen Baum, der im kalten Laderaum stand, damit er seine grünen Nadeln nicht verlor.

Nelson, der tief religiös war, schmückte den Weihnachtsbaum und kochte ein Festtagsessen. Aus der Kombüse drangen die feinsten Gerüche, die manchmal sogar den gewohnten

Trangestank übertrumpften. Ein Geistlicher wurde gesucht, der auf dem größten Schiff, der »Victoria«, den festtäglichen Gottesdienst abhalten sollte. Der Altar wurde auf dem mit Segeltuch verhüllten Deck aufgebaut. Aus den Mündern der Sänger drangen Schwaden von Frostdampf. Oft fielen in den Weihnachtschor die Stimmen der übrigen Anwesenden ein, sie lobten Jesus Christus, seine Verwandten, vor allem seine Mutter, die Frau des Tischlers Josef.

Nach dem Gottesdienst gingen die Wintergäste zum abendlichen Weihnachtsmahl wieder zurück auf ihre Schiffe. Nelson zündete auf der geschmückten Tanne die Kerzen an. Trotz des Windes gelang es ihm, die Flammen so zu schützen, dass sie kaum flackerten. Das lustige Treiben auf den erleuchteten Schiffen dauerte die ganze Nacht. Auf der »Victoria« wurde sogar elektrisches Licht eingeschaltet. Die Matrosen schossen aus Walfangkanonen, Gewehren und Revolvern in die Luft.

Mletkin half Nelson, den Tisch in der Offizierskajüte und in der großen Matrosenkajüte abzudecken und das Geschirr abzuwaschen. Erst gegen Morgen legte er sich ins Bett, aber kaum hatte er die Augen geschlossen, wurde er sofort von einem gellenden Schrei aufgeschreckt.

»Feuer!«

In der Matrosenkajüte waren weder Feuer noch Rauch zu sehen. Der Schrei kam von draußen, vom obersten Deck. Die halb nackten, betrunkenen Menschen drängten sich vor der Luke und stießen Flüche aus. Als einer der Letzten kroch Mletkin aus dem Zwischendeck. Haare und Ohren waren sofort versengt. Er sprang aufs Eis und rannte vom Schiff weg.

Die »Belvedere« brannte wie eine große Weihnachtstanne und beleuchtete die anderen im Eis eingefrorenen Schiffe. Die Flamme war so hell, dass die Sterne am Himmel verblassten.

Alle Seeleute versammelten sich neben dem brennenden Schiff. John Forster blickte mit starren Augen auf das Feuer, und Tränen flossen über seine Wangen. Jemand versuchte das Ende des Löschschlauchs in das Eisloch zu schieben. Aber es war schon mit einer frischen Eisschicht bedeckt. Lange suchten sie die spitze Stange, um das Eis aufzuhacken. Aber allen war klar, dass kein Wasser das brennende Schiff mehr retten konnte. Das Holz knackte, im Laderaum rumorte es, offenbar war das der Sprengstoff für die Harpunierkanonen. Über das Deck fegten Feuerbälle und zerbarsten Funken sprühend. Die Riesenflamme war fett, durchsetzt mit dunkelroten Streifen von brennendem Waltran, mit dem das Schiff von den Segeln bis zum Kiel durchtränkt war.

Mletkin rieb sich die tränenden Augen, und plötzlich sah er eine riesige, brennende Figur, die vom Deck herunter aufs Eis geschleudert wurde.

»Das ist Nelson!«

Ja, das war Nelson. Und es grenzte an ein Wunder, dass er der einzige war, der ernsthafte Verletzungen davontrug. Seine Kleider qualmten, fielen vom Körper und zischten auf dem Eis. Nelson rollte hin und her, ließ keinen an sich heran und stöhnte laut. Manchmal schrie er wie ein verwundeter Wolf.

Durch die Menge bahnte sich ein Mann den Weg, der sich als Arzt bezeichnete. Er beugte sich über Nelson, fragte ihn etwas, erhielt als Antwort aber nur lautes Stöhnen.

»Helft mir!«, rief der Doktor. Mletkin kam angerannt.

»Bringt eine Trage!«, befahl der Arzt. Nelson wurde vorsichtig, um ihm keinen Schmerz zuzufügen, auf die Trage gerollt und weggebracht.

Die »Belvedere« ging langsam unter, wobei sie ein großes Loch ins Eis schmolz. Bevor Mletkin auf die »Victoria« ging, blickte er sich noch einmal um. In dem riesigen Spiegel, den das Eisloch gebildet hatte, schwammen einzelne brennende Stücke, die schnell verloschen.

Bald versank das Winterlager der Walfänger in Dunkelheit, das Licht der Sterne, des Mondes und die flackernden Lichter der Weihnachtstannen auf einigen Schiffen leuchteten heller.

Nelson wurde behutsam ins Schifflazarett getragen. Er war ohne Bewusstsein, fantasierte über Gott und seine Schwester Sally. Der Arzt bat Mletkin, sich gründlich die Hände zu waschen. Sie mussten Nelson von der am Körper klebenden Kleidung befreien. Von seiner Brust nahm Mletkin ein kleines Ledersäckchen mit Papieren und Geld.

Nelsons Körper bot einen schrecklichen Anblick, er war eine einzige offene, suppende Wunde. Er wurde vorsichtig mit einer dicken Schicht von gut gereinigtem Waltran bestrichen und in ein weißes, reines Laken gehüllt.

Wegen der schwarzen Farbe war oft schwer zu unterscheiden, wo die verbrannte Haut anfing und wo die gesunde. An vielen Stellen hatte sie sich vollständig gelöst, und Mletkin entdeckte mit kummervoller Verwunderung, dass das Fleisch des schwarzen Mannes genauso rosa war wie das der weißen Tangitan, wie das eigene.

Der Doktor drückte Nelsons Zähne auseinander und flößte ihm eine Flüssigkeit ein. Nelson schluckte krampfhaft, öffnete aber nicht die Augen. »Ich habe ihm einen Opiumsud gegeben«, erklärte der Doktor, »jetzt muss er nicht mehr so leiden. Das ist alles, was ich tun kann.« Er trat zur Seite und wusch sich gründlich die Hände.

»Aber er stirbt«, sagte Mletkin.

»Wahrscheinlich. Wir können nur noch seine Leiden mildern. Aber dazu müssen wir ihn nach Nome ins Hospital bringen.«

Die Seeleute sammelten Geld, um in der nächsten Eskimosiedlung einen Hundeschlitten zu besorgen. Nachdem sie als Begleiter den Eskimo Piu, der den Weg kannte, angeheuert hatten, schickten sie Mletkin auf die traurige Reise.

Er sah noch die Lichter der Schiffe hinter sich leuchten, als ein Schneesturm losbrach. Der kurze Wintertag wurde schwarz, es war so dunkel, dass Mletkin Halt machen musste. Nelson kam zu sich und begann zu stöhnen. Piu baute schnell eine Zuflucht aus Schnee. Die Hunde wurden so hingelegt, dass sie wie ein Ring die Reisenden schützten, in der Mitte des Kreises lag auf dem Schlitten Nelson, in warme Kleider und Wolldecken gehüllt.

Warmer, süßer Kaffee ruhte in einer großen Flasche an Mletkins Brust. Des starken Windes wegen hatten sie keine Chance, ein Lagerfeuer zu entfachen.

»Ich will leben!«, stöhnte Nelson laut.

»Du wirst leben!«, sagte Mletkin fest. »Ich werde alles für deine Rettung tun.«

»Mir kommt es so vor«, stöhnte Nelson, »als ob ich mich genau in der Mitte eines starken Schmerzes befinde.«

»Ich verstehe dich, Nelson.«

Mletkin gab ihm etwas Kaffee zu trinken und verließ die Zuflucht. Er schritt in die leuchtende Finsternis des tobenden Schneesturms und schrie, den Sturm übertönend:

Ihr Höheren Mächte, die ihr mich als Mittler
Erwählt habt zwischen Himmel und Mensch!
Ich bitte euch: Helft mir!
Mildert die Leiden des Unglücklichen,
Dessen Name Nelson Crawford Jackson ist!

Mletkin zitterte von Kopf bis Fuß, aber nicht vor Kälte, sondern vor unmenschlicher Anspannung, vor unglaublicher Konzentration aller seelischen Kräfte. Ihm schien, dass die Ausstrahlung seiner inneren Kraft so mächtig war, dass der Wind einen Bogen um ihn machte, dass er an seinem angespannten, verkrampften, schneeverklebten Gesicht vorbeiwehte.

Ich bete für ein Wunder,
Was nur ihr vollbringen könnt.
Mildert die Leiden des Menschen.

In der Schneehöhle schnarchte friedlich Piu, die Hunde fiepten leise im Schlaf, und Nelson atmete schwer. »Verlass mich nicht, Frank«, flüsterte er kaum hörbar. Nach einiger Zeit fügte er hinzu: »Weißt du, ich glaube, der Schmerz lässt nach.«

»Dir wird gleich leichter«, sagte Mletkin und gestand, unerwartet für sich selbst: »Ich habe meine Götter gebeten, dir zu helfen.«

»Danke … Wenn ich spreche, ist mir schon leichter … Warum habe ich bloß die Kerzen nicht ausgepustet, dann hätte der betrunkene MacPherson nicht den Weihnachtsbaum umgeworfen. Das Deck ist doch aus Holz, mit Tran durchtränkt. Das brennt wie Zunder, wenn man nur ein einziges Streichholz fallen lässt …«

In dieser Sturmnacht erzählte Nelson Mletkin die Geschichte seines Volkes und seiner Familie. Seine Vorfahren waren aus dem fernen, warmen Afrika mit Gewalt nach Amerika gebracht worden. Die Sonne schien dort so heiß, dass die menschliche Haut verbrannte, deshalb waren Nelsons Landsleute so schwarz. Manchmal schufteten bis zu hunderttausend schwarzer Sklaven von morgens bis abends auf Baumwollplantagen, unter den aufmerksamen Blicken der weißen Aufseher, die mit Peitschen und Gewehren bewaffnet waren und bissige Hunde hatten. Wenn jemand weglief, wurde er gnadenlos erschossen oder von den Hunden gehetzt. Die weißen Plantagenbesitzer verkauften Menschen wie Vieh, trennten die Kinder von ihren Eltern, Männer von ihren Frauen. Die schwarzen Sklaven machten einen Aufstand, aber sie wurden gnadenlos niedergemetzelt. Eines Tages aber vereinigten sich die Schwarzen mit solchen Weißen, die auch gegen die Sklavenhalterei waren. Es begann ein Krieg, der damit endete, dass Sklavenarbeit gesetzlich verboten wurde. Die hochmütige Haltung des weißen Mannes zu den Schwarzen aber blieb bestehen, bis zum heutigen Tag, auch bei denen, die eigentlich gegen unfreie Arbeit waren.

»Wir, Bürger des großen Landes Amerika, gelten bis heute als Menschen zweiter Sorte. Wir haben nicht mal eigene

Namen. Wir haben die Namen unserer Besitzer bekommen. Der, den ich trage, gehörte dem Mann, auf dessen Felder meine Vorfahren gearbeitet haben. Wir bekommen die schwerste Arbeit und die am niedrigsten bezahlte … Aber wir schuften mit ganzer Kraft, um dem weißen Mann zu zeigen, dass Gott uns liebt … Und jetzt bete ich zum Allmächtigen, dass er gnädig zu mir ist und mich am Leben lässt … Wie soll die arme Sally ohne mich fertig werden? Sie hat immer auf meine Hilfe gezählt, meine arme kleine Schwester.« Trübe Tränen flossen aus den roten Augen mit den verbrannten Wimpern, und Nelson wurde wieder bewusstlos.

Am dritten Tag der schweren Reise, als die Luft schon nach Steinkohlenrauch roch, kam Nelson wieder zu sich.

Mletkin machte ihm Mut: »Ich sehe schon die Häuser von Nome. Wir sind kurz vor dem Ziel. Halte durch, mein Freund!«

»Versprich mir, dass du meiner armen Schwester das Geld bringst.«

»Du bringst es ihr selbst!«, sagte Mletkin, aber in seiner Stimme klang keine Hoffnung mehr.

Das Hospital von Nome war eine lange Holzbaracke, eingeteilt in kleine Krankensäle. Der Arzt untersuchte Nelson und gab ihm ein Beruhigungsmittel. Zu Mletkin sagte er: »Es ist einfach erstaunlich, dass er so lange durchgehalten hat. Nach den Gesetzen der Wissenschaft müsste er längst tot sein.«

Nelson starb am nächsten Morgen. Vor dem Tod kam er noch einmal zu sich. Als er Mletkin erblickte, drückte er ihm schwach die Hand: »Wie gut, dass du bei mir bist … Ich … Ich gehe zu Gott …«

Mletkin konnte die Tränen nicht zurückhalten. Er drückte dem Freund die Augen zu und verließ den Krankensaal.

Mletkin begrub Nelson nach allen Regeln des Tangitan-Brauchs. Er zimmerte eine Holzkiste, legte den Körper des Toten hinein und brachte ihn mit einem Hundeschlitten auf einen trostlosen Friedhof am anderen Ufer des zugefrorenen

Flusses. Einen halben Tag musste er die harte Erde aufhacken, in den ewigen Frostboden ein Loch graben, das tief genug war. Auf das Holzkreuz brannte er mit einem glühenden Nagel: NELSON CRAWFORD JACKSON 1870–1893.

Die Völkerschau

Nach der Beerdigung des Freundes wusste Mletkin nicht, wohin mit sich. Vor Beginn der Schifffahrtsaison war nicht daran zu denken, über die Beringstraße nach Hause, nach Tschukotka, zu fahren. Eine Rettung war das Angebot Doktor Hutchinsons, für einen geringen Lohn, Essen und freies Logis bei ihm im Krankenhaus zu arbeiten. Mletkin heizte die Öfen, schleppte Eis vom Fluss, füllte damit den riesigen Kupferkessel und kochte Essen für die Kranken. Zum Glück hatte er bei Nelson einiges gelernt. Manchmal legte er sogar Verbände an, machte heiße Umschläge, salbte mit gereinigtem Waltran Erfrierungen ein und assistierte Doktor Hutchinson bei komplizierten Fällen, wie zum Beispiel bei Blinddarmoperationen und Schusswunden. Einmal obduzierten sie einen toten Eskimo. Und Mletkin stellte verwundert fest: die inneren Organe des Menschen unterschieden sich im Prinzip nicht von denen einer Ringelrobbe, eines Seehunds oder Walrosses. Die Unterschiede waren völlig unerheblich.

Abends rief Hutchinson Mletkin zu sich und bewirtete ihn mit Kaffee. Er fragte ihn nach den Gebräuchen der Tschuktschen, nach den Schamanen aus. Wie Kapitän John Forster interessierten auch den Doktor vor allem die Wunder, die ein Schamane vollbringen konnte.

»Ein Schamane vollbringt keine Wunder«, erklärte Mletkin kurz und gab damit zu verstehen, dass er darüber nicht reden wollte.

»Aber ich habe viel von Wundern gehört, von Verwandlungen in Tiere, von Seelenwanderung. Kommt das bei Schamanen nicht vor?«

Mletkin fühlte, wie sich sein Herz zusammenzog. In jenen fernen Tagen der Prüfung hatte er sich manchmal in einen Vogel verwandelt, in ein Walross und in eine Ringelrobbe, sogar in ein winziges Insekt, wie zum Beispiel eine Fliege, die über ein Stück Walrossfleisch kroch, das in der Sonne lag. Aber so einfach davon zu erzählen, bedeutete, sein Innerstes bloßzulegen, das mit heißem Blut gefüllte Herz herauszureißen und vor Doktor Hutchinson hinzulegen.

»Wunder vollbringt ein Schamane nicht«, wiederholte Mletkin. »Wunder schicken die Höheren Mächte, wenn sie es wollen. Oder sie können mich bitten, ein Wunder zu vollbringen.« Er wusste nicht, ob der Doktor ein gläubiger Mensch war oder genauso ein Atheist wie der Kapitän der unglücklichen »Belvedere«.

»Womit befasst sich ein Schamane dann sonst?«, fragte Doktor Hutchinson.

»Vor allem heilt er, wie du, Doktor. Mit Kräutern und Wurzeln, die er in der Tundra sammelt. Das hat mich mein Großvater gelehrt, der große Schamane Kaljantagrau. Mithilfe von Salben aus Fett heile ich Erfrierungen, manchmal benutze ich auch das Messer, wenn das schwarze Fleisch herausgeschnitten werden muss. So nennen wir das tote Gewebe, alles, was abgestorben ist und das Blut schwarz werden lässt. Alles andere macht der Kranke selbst. Ich bemühe mich, seine inneren Kräfte zu wecken, und die können tatsächlich Wunder vollbringen.«

Nach Nome kam ein Schiff, das mit einer Dampfmaschine ausgerüstet war. Zwischen den Segeln stand ein Schornstein, aus dem dicker, schwarzer Rauch quoll, dessen scharfen Geruch Mletkin schon spürte, als die »Bear« gerade erst in die Norton-Bucht einfuhr. Unter den Passagieren fiel ein hoch gewachsener Mann auf, der die Einheimischen aufmerksam und abschätzend betrachtete. Er war Mitarbeiter des amerikanischen Museums für Naturgeschichte – der Anthropologe und Ethnograf Alex Hrdlichka. Er sammelte Exponate für die Weltausstellung in Chicago, auf der mit maximaler Annäherung an die natürlichen Bedingungen Vertreter nichtzivilisierter Völker gezeigt werden sollten. Der arktische Teil der Sammlung unterstand Hrdlichka.

Der Anthropologe malte vor Mletkin ein zukünftiges Weltdorf aus, das am Ufer eines großen Sees gebaut wurde, und er versprach ihm viel Geld, einfach dafür, dass er vor den Besuchern auf einer grünen Wiese saß.

Mletkin willigte schnell ein, denn er wollte aus Chicago nach San Francisco fahren, um den letzten Willen seines gestorbenen Freundes Nelson zu erfüllen, nämlich seine Schwester zu besuchen, ihr von den letzten Tagen ihres Bruders zu erzählen und das Geld auszuhändigen.

Mletkin stand im Zug am Fenster und schaute auf die vorbeisausenden Städtchen, auf einzelne Lager, weidende Herden von Haustieren mit doppelten Hörnern, auf Pferdeherden. Manchmal hielt der Zug, und die Leute stiegen aus, um sich die Füße zu vertreten. Gleich waren sie von Händlern mit Bauchläden umringt, die Süßigkeiten, gekühlte Getränke und Zigaretten anboten. Mletkin kaufte süßes Wasser. Seine Gefährten – Galjagyrgyn von der St.-Lawrence-Insel und die Eskimofamilie aus Wales in Alaska – zogen Bier vor, was den Durst löschte und gleichzeitig ein bisschen schwindlig machte. Dreimal am Tag führte Alex Hrdlichka die Reisenden in den Speisewagen und bestellte für sie ein reichhaltiges Mahl. Der Anthropologe roch immer nach Schnaps, aber das Feuerwasser schien ihm Energie zu verleihen.

Als sie sich Chicago näherten, sahen sie am Horizont den Widerschein der Großstadtlichter, die wie eine von Menschen angezündete Nachtsonne das schwindende Tageslicht ablösten.

Die lebenden Exponate der Weltausstellung wurden zunächst in alten Soldatenkasernen untergebracht. Auf einer großen, durch einen Holzzaun abgeteilten Fläche auf dem Ausstellungsgelände wurden derweil Hütten, Jarangas, Nomadenzelte und Wigwams aufgestellt. Waren die Unterkünfte fertig, zogen die jeweiligen Volksstämme ein. Als Erste verließen die Bewohner Afrikas die Kasernen. Nach ihnen die Asiaten, dann die Ureinwohner von den Kurilen. Die Japaner hatten es am komfortabelsten: Ihre Häuser zeichneten sich durch Ordnung, Bequemlichkeit und Leichtigkeit aus. In den japanischen Gärten murmelten künstliche Bäche, und in kleinen Teichen schwammen Goldfische.

Als Letzter verließ Mletkin die Kaserne.

Alex Hrdlichka erklärte schuldbewusst, man habe für ihn keine Frau gefunden.

»Was für eine Frau?«, fragte Mletkin erstaunt.

»Verstehst du, für die Natürlichkeit und Echtheit wäre es besser, wenn in deiner Jaranga eine Familie lebt. Hier ist sozusagen das eine Leben und hinter der Absperrung das Leben der Zuschauer … Die Menschen vergleichen und denken nach, in ihren Köpfen entsteht Neugier.«

Die Jaranga war offensichtlich in einer Siedlung am Meer gekauft oder geraubt worden. Vielleicht war man mit den Bewohnern ähnlich umgegangen wie mit den Eskimos in der Bucht Emma. Ein Fass mit Rum oder Whisky war ans Ufer gerollt worden, dann war das Schiff wieder hinter den Horizont gefahren, und als die Menschen nicht mehr zurechnungsfähig oder in einen trunkenen, todesähnlichen Schlaf gesunken waren, kam das Schiff wieder, und die Jaranga wurde abgebaut. Als die Menschen wieder aufwachten, hatten sie kein Dach mehr überm Kopf. Denn freiwillig trennt sich ein Tschuktsche nie von seiner Jaranga, das war, als trennte er sich von seinem Leben. Oder stammte die Jaranga aus einer Siedlung, deren Bewohner gestorben waren?

Mletkin schaute sich die Jaranga von außen an. Alles war echt – die Walrosshäute, die Lederriemen, mit denen das Dach am Holzgerippe befestigt war. Sogar die runden Felssteine, die an den Enden der Riemen befestigt waren, waren echt und vom vielen Benutzen glatt. Den Eingang verschloss eine Flickendecke aus gegerbten Walrosslederstücken. Der Tschottagin war durch den Rauchabzug, in den die heiße Sonne schien, hell erleuchtet. Auch innen war die Einrichtung so vertraut, dass Mletkin das Herz wehtat: Fässer für Vorräte standen an den Wänden, über ihnen hing eine echte Jagdausrüstung, auf dem Boden standen Walwirbel zum Sitzen, ein niedriger Tisch war zu sehen, auf ihm ein längliches Holzgefäß und ein Frauenmesser. Als Mletkin die Vorderwand des Fellpologs hochhob, schlug ihm Todesgeruch entgegen, obwohl das Innere gründlich gereinigt zu sein schien und auf dem Boden aus Walrosshaut neue Betten aus Rentierfell ordentlich ausgebreitet waren.

»Hier ist jemand gestorben«, sagte er zu Hrdlichka.

»Woher weißt du das?«, fragte der Wissenschaftler verwundert.

»Ich fühle den Tod auf Entfernung und kann ihn sogar vorhersagen.«

Der Anthropologe wurde nachdenklich. Er setzte große Hoffnungen auf Mletkin – ein lebender, echter, tätiger Schamane! Ein Glücksfall für die Ausstellung.

»Na gut, mag sein, aber was geht es dich an? Wir haben die Jaranga gesäubert. Selbst wenn hier was Ansteckendes war, wir haben es ausgerottet. Da kannst du sicher sein.«

Mletkin wusste von der Arbeit im Krankenhaus von Nome, dass die Tangitan tatsächlich ein Mittel zur Vernichtung von Mikroben besaßen. Diese Mikroben stellte er sich als winzige, für das Auge nicht sichtbare Rekken vor, die kleinen Menschlein, die auf ihren winzigen Hundeschlitten mit winzigen Hunden Krankheiten anschleppten.

Vor die Behausung hatte man schon eine Tafel mit der Aufschrift gestellt: »Der Tschuktsche Mletkin, Rufname: Frank. Alter 28 Jahre. Sibirischer Schamane vom Kap Wostotschny am Ufer der Beringstraße. Besitzt magische Kräfte, Gebieter der Geister. Schamanenvorstellungen an Wochentagen ab 15 Uhr. Gesonderte Eintrittskarten!«

Mletkin las den Text aufmerksam durch und wandte sich an Hrdlichka: »Ich kann hier nicht zaubern.«

»Du bekommst dafür ein zusätzliches Honorar. Und kein kleines.«

»Und wo nehme ich Schamanenkleidung her? Eine Schellentrommel?«

»Kommt alles«, antwortete Hrdlichka fröhlich. »Bringt morgen alles mein russischer Freund Woldemar Bogoras mit.«

»Wëip?«, fragte Mletkin erstaunt.

»Wie nennst du ihn?«

»Wir haben ihm diesen Namen gegeben«, erklärte Mletkin. »Er kennt unsere Rede, unsere Bräuche. Er hat mich die russische Sprache gelehrt, die russische Schrift. Mit seiner Hilfe habe ich zum ersten Mal die Bibel gelesen.«

»Herr, deine Wege sind unergründlich!«, rief Hrdlichka lachend aus und hob die Hände zum Himmel, obwohl er eher dem Stamm der Atheisten angehörte. »Ein tschuktschischer Schamane, der die Bibel kennt! Das ist eine echte Sensation! Ich glaube, du wirst das populärste Exponat auf unserer Ausstellung.«

Aber auf der Weltausstellung in Chicago gab es außer Mletkin viele erstaunliche Sachen zu sehen. Am Tag vor der offiziellen Eröffnung streifte Mletkin über das riesige grüne Feld am Seeufer und machte sich mit den Bewohnern des Weltdorfs bekannt. Erstaunlicherweise hatte er den Eindruck, als lebten die Bewohner schon lange hier, jedenfalls brodelte in den Wigwams, den Bambushütten und den Lehmhäusern und Jurten das Leben. Vor den nach oben spitz zugehenden, mit Wildleder bedeckten Behausungen weideten Rentiere. Die beiden Männer in bunter Kleidung und leuchtenden Kappen, in Schuhen mit hoch stehenden Spitzen erinnerten stark an die Joker auf den Spielkarten. »Lappenfamilie aus Nordnorwegen« las Mletkin auf der Tafel, die an der symbolischen Begrenzungsschnur angebracht war. Die Organisatoren der Ausstellung hatten die Exponate nach geografischen Zonen aufgebaut. Neben den Lappen wohnten die Nenzen aus Russland, eine alëutische Familie von den Kommandeur-Inseln, Korjaken aus Kamtschatka … Dann kamen verschiedene exotische Völker. Der Großteil war samt Familie hergebracht worden, denn es waren Unmengen Kinder zu sehen. Neben vielen Behausungen hörte man außer Kindergeschrei und dem Rufen der Frauen auch Gesang, begleitet von unbekannten Instrumenten. Vor der Hütte aus Palmblättern blieb Mletkin lange stehen. Auf der Tafel konnte er lesen, dass der Bewohner ein Wilder von der tropischen Insel Borneo war. Völlig nackt und schwarz wie ein Grönlandwal, nur mit einem Lendenschurz bekleidet, mit beinernen Spießen in Wangen und Lippen und riesigen Ohrringen, machte er in der Tat einen schrecklichen Eindruck. Vor noch nicht allzu langer Zeit trugen Mletkins Verwandte ebensolchen Schmuck aus Walrosshauern. Als er den Ureinwohner aus Borneo aufmerksam betrachtete, begegneten sich ihre Blicke, und plötzlich zwinkerte ihm der Wilde mit den großen schwarzen Augen lustig zu!

Mletkin wunderte sich über die Vielfalt der menschlichen Rassen. Aber andererseits sah ein Blinder, dass es genau solche Menschen waren wie die Tangitan, die über das Feld schlenderten, und dass sie arbeiteten wie Hunderttausende oder Millionen außerhalb der Grenzen dieses Weltdorfs. Warum also stand neben den Schilf- und Bambushütten, neben den mit riesigen Palmblättern bedeckten Behausungen, neben den Wigwams und Jurten, Jarangas und Nynljus nicht das Haus eines weißen Menschen? Also sonderte er sich vom anderen Teil der Menschheit ab, jedenfalls von dem, dessen Vertreter zurzeit hier lebten. Der weiße Mann betonte, dass er höher stand. Könnte Mletkin nur auf das Geld verzichten! Diese malerischen Papierchen und Metallplättchen hatten bei den Tangitan uneingeschränkte Macht. Und die, die Wale und Walrosse in der Beringstraße und in den Tschuktschischen Meeren ausrotteten, froren und verreckten im Eis, nur um so viel wie möglich von diesen Papierchen und Metallplättchen zu besitzen. In der Welt der Tangitan, so schloss Mletkin, wurde der Mensch nicht an seinen körperlichen Kräften gemessen, nicht an seinem geistigen Vermögen, nicht an seiner Weisheit und seinem Wissen, seinem Können und seiner Meisterschaft, sondern daran, wie viel Papierchen und Metallplättchen er besaß.

Wëip kam am Vorabend der Eröffnungsfeier angereist. Er freute sich ganz offensichtlich, seinen alten tschuktschischen Bekannten wieder zu sehen. Im Unterschied zu den anderen Tangitan verhielt er sich Mletkin und den anderen Exponaten der Völkerschau gegenüber normal. Er fragte Mletkin gierig nach Neuigkeiten vom tschuktschischen Ufer der Beringstraße aus, und es war deutlich zu sehen, mit welchem Genuss er sich mit Mletkin in dessen Muttersprache unterhielt.

Hrdlichka, der dabeistand, schaute ihn neidisch an: »Wenn du tschuktschisch sprichst, siehst du aus wie ein Ureinwohner aus Sibirien, man könnte dich direkt als Exponat neben Mletkin stellen!«, kicherte er.

»Warum nicht? Wir werden noch zusammen Schamanenvorstellungen geben!«

Die Schamanenkleidung erwies sich als altersschwach und zerschlissen. Mit großer Vorsicht faltete Mletkin sie auseinander. Dafür war die Schellentrommel, überzogen mit der Haut eines Walrossmagens, wunderbar groß und gut gespannt. Mletkin feuchtete die trockne Haut gründlich an.

Am frühen Morgen, eine Stunde vor der feierlichen Eröffnung, wurde auf einem langen Holzgefäß, dem Kemeny, Fleisch gebracht. »Fang erst an, wenn das Publikum kommt«, wies Hrdlichka Mletkin an. »Und vor allem rohes Fleisch essen.«

Die Eröffnungsfeier, an der wichtige Gäste teilnahmen – Präsident Cleveland und der Gouverneur –, fand auf dem zentralen Platz der Ausstellung statt, auf dem die Wigwams der Ureinwohner von Amerika, der Indianer, standen. Geschmückt mit Federn, bewaffnet mit Speeren und langen Stöcken, an denen bunte Bänder wehten, hoben sie sich krass von der riesigen Menge ab, die den Platz bevölkerte. Zuerst wurden Reden gehalten. Unverständliche Fetzen drangen auch zu Mletkin. Die Ansprachen wurden durch Beifall, Pfeifen, dem Dröhnen von Kriegstrommeln und gellendem Kriegsgeschrei unterbrochen.

Dann verstummten die Reden, und die Menge ergoss sich über das große Lager. Der Lärm kam näher. Die hellen Blitzlichter der Fotografen flammten auf. Dann dröhnte wieder eine Trommel.

Mletkin trug auf Anweisung von Wëip seit dem Morgen die Schamanenkleidung. Doch diese Kleidung, die zum ewigen Meereswind von Uëlen passte, störte in Chicago nur. Er schwitzte am ganzen Leib und fühlte, wie das Leinenhemd auf der einen Seite an seinem Körper, auf der anderen an der Kuchljanka klebte. Auch in den Torbasen flossen Bäche von Schweiß, die Stiefel waren so nass, als wäre er durch feuchtes Tundragras gelaufen. Der Schweiß floss in die Augen, und Mletkin wischte ihn von Zeit zu Zeit mit einem speziell dafür ausgeteilten Handtuch ab. Die schwitzenden Finger rutschten über den beinernen Griff der Schamanentrommel. Die Fotografen blieben vor Mletkin stehen und blendeten ihn mit ihren Blitzlichtern. Bogoras und Hrdlichka stellten sich neben ihn.

»Herr Präsident, Herr Gouverneur!«, wandte sich Alex Hrdlichka feierlich an die Ehrengäste. »Vor sich sehen Sie einen sehr nahen Nachbarn vom anderen Ufer der Beringstraße, einen tätigen Schamanen vom Kap Wostotschny, genauer aus der Siedlung Uëlen – Mletkin!«

Der Präsident trat näher, reichte Mletkin unerwartet die Hand und sagte: »How do you do, Mister Mletkin.«

»Pleased to meet you, Mister President«, antwortete Mletkin.

»Sie sprechen englisch?«, fragte der Präsident verwundert und schaute fragend in die Runde. »Wie das? Mir wurde gesagt, Sie sind ein Wilder!«

»Mletkin ist in seinem Stamm ein ungewöhnlicher Mensch«, mischte sich Wëip in das Gespräch. »Er ist für sein Volk so etwas wie ein Bewahrer von Weisheiten und positivem Wissen … In einer Person ist er wissenschaftliches Zentrum, Wetterdienst, die National Geography Society und vieles andere mehr …«

»Aber kann er auch zaubern?«, fragte der Gouverneur. »Das ist doch schließlich das Wichtigste für einen Schamanen.«

In seinem ganzen Leben hatte sich Mletkin noch nie so erniedrigt gefühlt. Sogar Wëip, der ihm nahe war, stand jenseits dieser unsichtbaren Linie, die alle lebendigen Exponate der Völkerschau von der übrigen Welt trennte.

»Die Schamanenvorstellung beginnt am Nachmittag«, erklärte Hrdlichka.

»Vielleicht kann Mletkin für den Herrn Präsidenten schon jetzt ein bisschen zaubern?«, fragte der Gouverneur.

»Los, Mletkin«, munterte Bogoras ihn auf.

»Ich arbeite nur nach den Vertragsbedingungen«, sagte Mletkin laut und deutlich auf Englisch. »Meine Schamanenvorstellung beginnt am Nachmittag und nur an Wochentagen. Heute ist Sonntag!«

Der Präsident lachte und sagte laut: »Dieser Schamane gefällt mir!«

Die Menge bewegte sich weiter. Mletkin verschwand in der Jaranga und riss zornig die Schamanenkleider vom Leib. Er setzte sich auf den langen Stamm des Lagers und versank in Gedanken. Möglicherweise würden die Organisatoren ihn nach diesem frechen Auftreten gegenüber dem wichtigsten Mann von Amerika rausschmeißen. Sollen sie nur! Das wäre sogar besser. Zum Teufel mit dem Geld. Das kann man auch auf andere Weise verdienen, ohne sein Gesicht zu verlieren. Er war schließlich der wichtigste Schamane von Uëlen!

Das ging ihm durch den Kopf, während er das grelle Feuerwerk betrachtete – den Wasserfall von bunten Lichtern, die zu kleinen Funken zerplatzenden Sterne am Himmel, die Nachbildung des Polarlichts. Es beschloss den ersten Tag der Weltausstellung in Chicago.

Zu Mletkins Verwunderung hatten seine aufmüpfigen Worte keine negativen Folgen. Im Gegenteil, Bogoras, der ihn nach der Schließung der Ausstellung besuchte, lud ihn zum Abendessen in ein Restaurant ein. Alex Hrdlichka gesellte sich dazu. Beide lobten Mletkin und verkündeten, dass in den Zeitungsartikeln, die der Ausstellungseröffnung gewidmet waren, dieses Ereignis besonders hervorgehoben werde.

Gleich am nächsten Morgen kaufte sich Mletkin ein Blatt. In einem Artikel wurde bezweifelt, dass er ein reinrassiger Tschuktsche sei, da er »von der Zivilisation verdorben« sei. So stand es geschrieben: »von der Zivilisation verdorben«. Im Zusammenhang damit wurde vermutet, dass auch einige andere Exponate möglicherweise Fälschungen seien. Als Mletkin den Artikel las, musste er lachen.

»Was machst du da!«, hörte er Hrdlichka schimpfen. Der Anthropologe war schon ziemlich betrunken, wovon sein stark gerötetes Gesicht zeugte. »Du liest Zeitung, anstatt Fleisch zu essen!«

Vor Mletkin stand das lange Holzgefäß mit dampfendem Rindfleisch. Er fasste sich an den Kopf: Das war ja wirklich unpassend – ein Wilder, ein Schamane, las in der Sonne beim Frühstück die Morgenzeitung! Er ließ die Zeitung verschwinden, setzte sich bequem auf den Walwirbel und zog das Fleisch zu sich heran.

Die ersten Besucher erschienen. Die meisten waren mit Kindern gekommen, die laut schrien, schmatzend kauten, spuckten und ungeniert die Exponate betrachteten.

Ein Paar mit zwei Kindern blieb vor Mletkin stehen. Das Familienoberhaupt las aufmerksam die Aufschrift auf der Tafel, holte aus einer Papiertüte ein Bonbon in grellbuntem Einwickelpapier und warf es vor Mletkin auf die Erde.

»Nimm! Nimm!«

»Nimm, nimm!«, schrien die Kinder, ein Junge und ein Mädchen von etwa acht Jahren in bunter Kleidung.

Mletkin kaute konzentriert auf dem Fleisch, das ihm bitter vorkam. Er musste sich zusammenreißen, um nicht das Messer, mit dem er das gekochte Fleisch schnitt, auf den wohlgenährten und rotwangigen Herrn und seine Frau zu werfen.

»Er isst nur rohes Fleisch!«, erriet die Frau. »Kinder, zeigt ihm, dass man Bonbons auch essen kann.«

Der Junge und das Mädchen wickelten langsam ein Bonbon aus und steckten es in den Mund. Mit Grimassen und ausdrucksstarken Gebärden des Genusses begannen sie zu kauen, während Vater und Mutter immer wieder sagten: »Nimm! Nimm!«

Mletkin senkte die Augen, kaute auf dem Fleisch und konnte es nicht hinunterschlucken.

»Zum Teufel mit ihm!«, sagte der Mann verärgert und enttäuscht. »Wir gehen lieber zu den Papuas.«

»Zu den Papuas!«, riefen die Kinder und klatschten in die Hände.

Die Mehrheit der Ausstellungsbesucher trat an die Tafel heran, las den Text aufmerksam durch, schaute einen Augenblick auf das teilnahmslos kauende Ausstellungsobjekt und ging weiter. Mletkin hatte am meisten vor denen Angst, die längere Zeit vor ihm stehen blieben und ein Gespräch beginnen wollten.

Die Kinder warfen ihm Süßigkeiten hin, die Mletkin einsammelte und in einen Sack legte. Die Erwachsenen warfen kleine Taler, manchmal auch Papiergeld. Erst am Ende des Tages sammelte Mletkin auch das Geld ein. Ihm war aufgefallen: Wenn vor ihm auf der Erde bereits Geld lag, wollten die Besucher zu diesem Häufchen auch noch ihr Quäntchen hinzufügen.

Oft kamen Fotografen und Journalisten. Sie stellten den Apparat mit dem dunklen Glasauge auf ein Stativ, daneben ein Metallgefäß mit Brennpulver, und zielten lange, bevor sie endlich knipsten und ein weißes Wölkchen zum Himmel flog. Die Journalisten fragten Mletkin endlos über das Leben in Uëlen, über die tschuktschischen Bräuche aus. Am meisten gierten sie nach intimen Details, nach dem alten Brauch des Frauentauschs und dem gastfreundlichen Darbieten der eigenen Frau an einen müden Reisenden als Zeichen besonderer Zuneigung.

»Wenn ich zum Beispiel komme«, fragte ein Journalist mit brennenden Augen, »darf ich mich dann auch mit der Frau des Hausherrn ins Bett legen?«

Jeden Tag kamen Wëip und Hrdlichka vorbei und lobten ihn. »Du hast großen Erfolg!«, sagte der Anthropologe. »Du bist die Sensation der Ausstellung! Wir sind stolz auf dich.«

»Was soll ich damit machen?«, fragte Mletkin und deutete auf den Haufen mit Dollarnoten und Metallgeld.

»Das ist dein Geld!«, rief der Anthropologe. »Ehrlich erarbeitetes Geld.«

»Sie werfen es mir zu wie einem Tier«, sagte Mletkin traurig.

»Das musst du ertragen.« Wëip breitete bedauernd die Arme aus. »Ich sag dir ehrlich, das hiesige Publikum ist zum größten Teil wild und ungebildet. Du musst ihnen das verzeihen.«

Für die erste Schamanenvorstellung richtete Mletkin schon vorab die Kleidung her und feuchtete das getrocknete, hart gewordene Sämischleder mit Wasser an, auch die Oberfläche der Schellentrommel machte er nass.

Am Vorabend konnte er nicht einschlafen, er warf sich lange auf dem Lager hin und her und horchte auf den gedämpften Lärm des großen, vielstämmigen Dorfs. Aus einer Ecke drangen Gespräche, Frauenweinen, Kinderstimmen und Hundegebell zu ihm. Aber das alles wurde überdeckt vom Lärm der großen Stadt, die am Ufer des Sees lag, der so groß war wie ein Meer. In Gedanken kehrte Mletkin nach Uëlen zurück, an das heimatliche Ufer, zur tosenden Meeresbrandung, die im Sommer nie verstummte. Wirkliche Stille gab es nur im tiefen Winter, wenn der Sturm plötzlich nachließ und über den Jarangas das vielfarbige Polarlicht leuchtete. Hier in Chicago war es nie still.

Am Morgen wurde auf einem Wagen das Frühstück gebracht – Ei mit Schinken, Kaffee mit Milch, Brot mit Butter und Marmelade. Dazu gekochtes und rohes Fleisch für das Holzgefäß. Nach den zehrenden, heißen Tagen war das der erste kühle Morgen. Es wehte ein leichter Wind, der vom See eine frische Brise brachte. Am Nachmittag aber, kurz vor Beginn der Schamanenvorstellung, war die Luft wieder heiß und dick.

Zuerst erschienen die Ausstellungsmitarbeiter, dann der zerknitterte, vom Vorabend noch ein bisschen betrunkene Hrdlichka und der stets elegante Wëip mit kleinem Bärtchen und Nickelbrille. Zufrieden betrachtete er den Uëlener Schamanen in der heiligen Kleidung und fragte kurz: »Bist du bereit?«

Mletkin nickte schweigend. Er war schon in sich gekehrt, hatte sich in jene Gebiete der Seele zurückgezogen, die auf die Verbindung mit den Höheren Mächten eingestimmt waren. Mletkin hatte nicht mit einer Eingebung gerechnet und sich auf eine Show vorbereitet, mit der er das Volk an der Nase herumführen wollte. Aber plötzlich war dieser Zustand über ihn gekommen. Jeder Nerv, jedes fühlende Teilchen an ihm lag bloß und öffnete sich dem Eindringen der Höheren Mächte.

Er nahm die Schellentrommel zur Hand, berührte sacht die Haut und begann mit leiser Stimme zu singen:

In einen unendlichen Raum begebe ich mich,
Auf eine Reise, die keine Entfernung kennt.
Auf dem Weg von Stern zu Stern,
Auf himmlischen Pfaden,
Begegne ich der Höheren Macht.
Ich fülle die Hand mit Sternenstaub,
Ich berühre den Rand des Mondes,
Ich kehre zurück zur Erde
Auf die grüne Wiese.
Die Mächte der Himmelssphären
Sollen mir zu Hilfe eilen.

Er sah nicht, wie sich die Menschen vor der Jaranga drängelten, kein Laut war zu hören. Schweigend beobachteten sie den Schamanen, der langsam um das Feuer tanzte. Im hellen Sonnenlicht fraß die Flamme unsichtbar das trockne Holz, und ein leichter Rauch, der den Schamanen einhüllte, stieg nach oben.

Wëip stand neben Hrdlichka und beobachtete Mletkin. In den Jahren, in denen er das Tschuktschen-Land bereiste, hatte er schon mehrmals die Gelegenheit gehabt, dem Geheimnis der Schamanenzauberei beizuwohnen. Meist schien ihm jedoch, dass er betrogen wurde, dass man ihm einfach etwas vormachte. Nur ganz selten hatte er gesehen und gehört, was jetzt vor seinen Augen geschah, vor den Augen der vielen Besucher der Weltausstellung.

Mletkin verzauberte die Menge, sie wurde still, die Menschen hielten den Atem an und beobachteten stumm, wie der Schamane sich im Wirbel des Tanzes immer schneller drehte, als wollte er sich in eine Rauchsäule verwandeln. Das Dröhnen der Trommel wurde immer lauter, es erfüllte die ganze Umgebung und verschluckte die Geräusche des Dorfs und der Riesenstadt Chicago. Der Himmel verdunkelte sich, und plötzlich wurde es still. Der Schamane war verschwunden.

Über dem Feuer schwebte leichter Rauch, aber im Rauch selbst war nichts mehr zu sehen. Wëip und Hrdlichka sahen einander ungläubig an und wollten schon losrennen, um den Schamanen zu suchen, als plötzlich die Trommel in der entferntesten Ecke des Fellpologs ertönte und Mletkin wieder auftauchte. Er machte einige Schritte zum Feuer, schlug die Trommel, und zu ihrem Dröhnen gesellte sich das Grollen eines fernen, immer näher kommenden Gewitters. Es wurde immer dunkler, die Flamme des Feuers dagegen immer heller. Windböen fegten über die Menschen hinweg.

Mletkin hob die Trommel hoch über den Kopf, schlug einige Male darauf und sank dann neben dem Feuer nieder.

In diesem Augenblick fiel Regen auf die Erde. Die überraschten Menschen gingen aber nicht auseinander. Das Grollen des Donners vermischte sich mit dem Dröhnen des Beifalls, mit begeisterten Ausrufen und einem Pfeifkonzert.

Wëip ging vorsichtig zu dem auf der Erde liegenden Mletkin und fragte leise: »Lebst du?«

»Ich lebe«, entgegnete Mletkin müde. »Aber ich bin sehr erschöpft.«

»Ruh dich aus«, sagte Wëip teilnahmsvoll und half dem Schamanen in den Polog zu gehen und seine Kleidung auszuziehen. Er ließ den Fellvorhang nieder, und Mletkin fiel in einen tiefen Schlaf.

Die Menge ging auseinander. Am Himmel krachte der Donner, und auf die ausgetrocknete Erde ergoss sich segensreicher, warmer Regen.

Am nächsten Tag druckten alle Chicagoer Zeitungen begeisterte Artikel über das Wunder, das der tschuktschische Schamane Mletkin vom Kap Wostotschny, genannt Frank, vollbracht hatte.

»Vor den Augen der erstaunten Besucher der Weltausstellung verschwand der Schamane und rief den lang ersehnten Regen herbei!«

»Ein göttliches Wunder, vollbracht von einem Menschen!«

»Kommt dieser Schamane vom Kap Wostotschny nicht aus einer anderen Welt?«

»Die Skeptiker ziehen den Hut vor diesem ungewöhnlichen Wilden.«

Auf Drängen von Wëip und Hrdlichka führte Mletkin noch drei weitere Schamanenvorstellungen durch. Aber nicht mehr mit dieser Hingabe wie am ersten Tag. Er verschwand und tauchte unerwartet wieder auf. Das Publikum brüllte vor Begeisterung, aber immer häufiger ertönten Rufe, die nach einem neuen Wunder verlangten. Einmal zerschnitt Mletkin zum Erstaunen der Zuschauer den linken Arm von der Handwurzel bis zur Schulter. Blut tropfte auf das grüne Gras und zischte im Feuer. Dann zeigte er ihnen seinen heilen Arm ohne Spuren einer Wunde. Diesen einfachen Trick hatte ihm sein Großvater Kaljantagrau beigebracht. Die Menge tobte und hätte beinahe die Absperrung durchbrochen, wären die Polizisten nicht gewesen, die seit der ersten Vorstellung neben der Jaranga Wache standen.

Mit jedem Tag fiel es Mletkin schwerer, vor der Zuschauermenge aufzutreten. Manchmal konnte er seine Wut kaum zurückhalten, am liebsten hätte er einen Gegenstand in die glotzenden, rot-weißen Fratzen geworfen. Am schlimmsten waren die Kinder. Sie warfen ihm immer etwas zu, mit dem sie sein Gesicht und seine Kleidung beschmutzten – Süßigkeiten, klebriges Eis und kleine Steinchen. Sie versuchten mit Geldstücken sein Gesicht, seine Augen zu treffen. Am gefährlichsten waren die mit Schleudern bewaffneten Halbwüchsigen. Harmlos war es, wenn sie mit Kügelchen aus Kaugummipapier oder Brotkrümeln schossen, aber viele hatten sich mit kleinen Steinchen eingedeckt, manche sogar mit Metallkügelchen.

Schließlich kam der Tag der Schließung der Weltausstellung. Eine Menge hoch gestellter Gäste erschien. Es gab wieder ein Feuerwerk, ein Blasorchester dröhnte laut, aber all das ließ Mletkin, der seine Freude über die bevorstehende Freiheit nicht verbarg, gleichgültig.

Er kaufte sich anständige Kleider, einen kleinen Lederkoffer und schlief die letzte Nacht vor der Abfahrt nach San Francisco in einem Hotel.

An frühen Morgen begleitete ihn Wëip auf den Weg. Er ließ sich von Mletkin Sallys Adresse in San Francisco geben und sagte: »Ich werde dir schreiben. Vielleicht fahren wir zusammen nach Tschukotka.«

In San Francisco

Mletkin stand lange unschlüssig vor der bekannten Tür. Als sie sich auf sein zögerndes Klopfen hin weit öffnete, schaute Sally hinter den Rücken des Gastes und fragte mit einem schwachen Lächeln: »Und wo ist Nelson? Nelson, versteck dich nicht! Ich weiß, dass du da bist. Mach keine Scherze mit deiner Schwester.«

»Nelson ist nicht da«, presste Mletkin heraus.

»Ist er nicht mitgekommen?«

»Er kommt überhaupt nicht mehr.«

»Ich verstehe nicht.«

»Nelson ist nicht mehr.«

Sally begriff langsam den Sinn von Mletkins Worten und sank kraftlos zu Boden. Tränen liefen in Strömen über ihr Gesicht, und sie krampfte sich lautlos weinend zusammen.

Mletkin wusste nicht, was tun. Niemals hatte er solch einen offenen und ungewöhnlichen Ausdruck von Leid gesehen, solch ein lautloses Weinen, das stärker wirkte als das lauteste. Er fiel neben der Frau auf die Knie und streichelte ihr krauses, unerwartet sprödes Haar.

»Da kann man nichts mehr machen … Nelson ist jetzt sehr

weit von uns entfernt … Aber er hat immer an dich gedacht, und seine letzten Worte waren an dich gerichtet. Er war ein ungewöhnlich guter Mensch und ein echter Freund.«

»Ja, das war er«, sagte Sally tränenüberströmt.

Sie stand langsam auf und ließ Mletkin in die Wohnung. »Du bist sicher hungrig … Du musst mir verzeihen … Ich mach dir gleich was zu essen. Willst du was trinken? Bier, vielleicht ein bisschen Whisky?«

»Ich trinke keinen Alkohol«, sagte Mletkin. »Ich würde gern Kaffee trinken.« Während seiner Amerikazeit war Mletkin ein leidenschaftlicher Kaffeetrinker geworden. Dieses Getränk gefiel ihm weit mehr als der auf Tschukotka übliche Tee.

Kaffeegeruch erfüllte das Zimmer. »Wie ist es passiert?«, fragte Sally.

Mletkin erzählte von der weihnachtlichen Sternennacht in Port Clarence und vom Brand auf dem Schiff. Er schonte ihre Gefühle und beschrieb nicht den Anblick, den der verbrannte Nelson bot, nicht seine Leiden. Er betonte nur, dass Nelson den Schmerz mannhaft ertragen und nicht gejammert hätte.

»Auf dem Schiff haben ihn alle geachtet«, sagte Mletkin. Das stimmte: Auf der »Belvedere« gab es keinen Matrosen, der Nelson nicht geschätzt hätte. »Und geliebt«, fügte Mletkin hinzu.

Noch auf dem Weg hierher, als er die kümmerlichen Ersparnisse seines Freundes gezählt hatte, hatte er einen großen Teil seines eigenen auf der Ausstellung verdienten Geldes hinzugelegt.

Sally fragte: »Hast du was zum Leben?«

»Ja, natürlich«, antwortete Mletkin. »Ich habe gut verdient.« Er berichtete von der Weltausstellung in Chicago und fügte lächelnd hinzu, dass er dort sogar eine Schamanenvorstellung hatte geben müssen. »Ich bin nämlich Schamane.«

»Stimmt«, erinnerte sich Sally, »Nelson hat mir davon erzählt.«

Jedes Mal, wenn sie den Namen des Bruders erwähnte, wurden Sallys Augen feucht. Nachdem Mletkin einige Tassen Kaffee getrunken hatte, entschied er, dass es besser für ihn sei, zu gehen und die Frau mit ihrem Leid allein zu lassen. Er griff nach seinem Koffer. »Ich mach mich auf den Weg.«

»Willst du nicht bleiben? Nelsons Zimmer ist frei. Ich denke, hier ist es bequemer als in einem Hotel.«

Mletkin gefiel die bescheidene Gemütlichkeit von Sallys Wohnung, die betonte Ordnung. Er wunderte sich selbst: Ihm, der in einer Jaranga aufgewachsen war, wo man ein sehr lockeres Verständnis von Hygiene hatte, entsprach die Tangitan-Sauberkeit.

Nach einem kurzen Zögern willigte er ein. Allerdings genierte ihn die Nähe der jungen, anziehenden Frau. Es war verwunderlich, aber nach einiger Zeit nahm er nicht mehr wahr, dass ihre Haut schwarz war. Wenn er mit Sally sprach, sah er nur ihre großen Augen mit den riesigen weißen Augäpfeln und die unendliche Güte, die darin lag. Sie waren wie ein Tor zu ihrer Seele, in eine bodenlose Schatzkammer von Liebe und Zärtlichkeit. Und noch ein anderer Gedanke ging Mletkin häufig durch den Kopf: Vom Standpunkt eines Luorawetlan war Sally ungeachtet ihrer schwarzen Hautfarbe eine Tangitan-Frau. Aber gerade durch diese Farbe war sie etwas Besonderes in diesem vielstämmigen Tangitan-Volk, und dieser Umstand brachte sie ihm näher.

Einige Tage später, als er sich in Sallys gastfreundlichem Haus ausgeruht hatte, ging er zum Hafen, um sich über die Schiffe zu informieren, die nach Nordwesten fuhren. Zu seinem Ärger stellte sich heraus, dass alle Schiffe schon längst weg waren, die Saison in den nördlichen Breiten ging dem Ende entgegen, und es gab kein Schiff mehr, das zur Beringstraße fuhr.

»Ich muss den Winter über in den Staaten bleiben«, sagte er traurig, als er zu Sally zurückkehrte.

»Das macht nichts«, lachte Sally. »Besser den Winter in einem warmen Haus erleben als im Eis der Arktis.«

Ein wahres Wort. Aber die Sehnsucht nach dem heimatlichen Ufer ergriff immer öfter von Mletkin Besitz. Er dachte an die Jaranga, an die Eltern, die Freunde. An das Mädchen in Rentyrgins Lager, die versprochen hatte, auf ihn zu warten.

Von Zeit zu Zeit wünschte sich Mletkin eine Frau, und dieses Gefühl wurde stärker, wenn er die junge, anziehende Sally betrachtete. Von ihr ging die Hitze einer noch nicht verausgabten weiblichen Zärtlichkeit aus. Sie brauchte Mletkin nur im Vorübergehen zu berühren, schon sprang der Funke über, und der süße Schmerz des ungestillten männlichen Verlangens überwältigte ihn. Besonders schwer war es nachts. Sally lag hinter einer dünnen Bretterwand, und Mletkin stellte sich ihren nackten, heißen Körper auf einem weißen Laken vor, ähnlich einer jungen Walrosskuh, die aus dem kalten Wasser aufs Eis geklettert war.

Einige Male nannte Sally Mletkin aus Versehen Nelson, und Mletkin erbebte jedes Mal. Manchmal umarmte sie ihn, presste ihren weichen Körper an seinen und rief damit in ihm ein schmerzliches Gefühl hervor, als ob in seinem Körper etwas anschwölle, das kurz vorm Platzen war.

Mletkin war es nicht gewohnt, untätig herumzusitzen. Er konnte sich nicht zurückhalten und kaufte unweit des Hafens in einem Spezialgeschäft ein Seechronometer, eine besonders genau gehende Uhr, ein Barometer und einen Kompass. Diese Einkäufe belasteten seinen Geldbeutel, dabei wollte er sich noch ein Chirurgenbesteck anschaffen. Das Geld schmolz wie Frühlingsschnee hinter den Hügeln von Uëlen.

Bei der Suche nach einem zeitweiligen Job ging er im nächsten Krankenhaus vorbei und erhielt zu seiner Überraschung die Stelle eines Krankenpflegers. Es war ein Armenkrankenhaus, schlecht und karg ausgerüstet, aber es arbeiteten dort junge Absolventen des medizinischen College, tatkräftige und mutige Leute. Die Kranken kamen meist direkt von der Straße auf den Operationstisch, und Mletkin hatte mehrmals die Gelegenheit, den Chirurgen zu assistieren. Operationen gefielen ihm besonders, und er nutzte jede freie Minute, um dabei zu sein.

Zu Hause empfing ihn Sally mit einem späten, aber reichhaltigen Mittagessen.

Einige Male sprach Mletkin davon, dass er ein Zimmer mieten oder in ein billiges Hotel ziehen wollte, aber jedes Mal rief dieser Plan bei Sally einen Tränenstrom hervor, und sie klagte, dass sie nach dem Tod des Bruders ganz allein sei.

Das Unvermeidliche passierte an einem späten Abend. Auf der Straße regnete es, und Mletkin kam, bis auf die Haut durchnässt, nach Hause. Er hatte den riesigen Schirm nicht bewältigen können, den Sally ihm mitgegeben hatte. Er fand es sowieso komisch und unpassend, sich auf diese Weise vor dem Regen zu schützen. Das war ja, als wollte man ein Stück Himmel mit der Hand verdecken. Zuerst lachte er, als er sah, wie die anderen Leute in aller Seelenruhe und sogar mit einem Anflug von Würde unter dem Regenschirm einhergingen. Er selbst fing ironische und erstaunte Blicke auf, er benutzte nämlich mitten im strömenden Regen den Schirm wie einen Spazierstock.

»Du bist ja völlig durchnässt!« Sally tanzte um ihn herum und half ihm beim Ausziehen. Das Wasser war bis zur Unterwäsche gedrungen, und Mletkin merkte gar nicht, dass er plötzlich völlig nackt dastand. Sallys Körper war nur von einem leichten Baumwollkittel bedeckt. Sie berührte den nackten Mletkin, und er fühlte, wie in ihm ein unbezwingbares, tierisches Verlangen wuchs. Um sich davor zu retten, stürzte er in sein Zimmer, aber Sally folgte ihm, und sie fielen beide aufs Bett.

Er fühlte, dass Sally es wollte. Sie stöhnte leise und zärtlich unter ihm, bäumte sich auf wie eine Seelöwin, bedeckte ihn mit ihrem ganzen Körper und entfachte seine Hitze bis zu einem solchen Grad, dass er, ohne den Samenerguss zu merken, den heißen schwarzen Körper immer weiter in seinen Armen presste.

Als er sich völlig geschwächt zurücklegte, war sein erster Gedanke: Wie soll er sich mit dieser schwarzen Frau in Uëlen zeigen? Ob Giwewnëu eine amerikanische Frau als Freundin haben wollte, die dazu noch einen Ordnungstick hatte?

Zwei Frauen zu haben, war bei den Tschuktschen nichts Außergewöhnliches. Das Problem für Mletkin war die merkwürdige Mischung, das beunruhigte ihn mehr als alles.

»Kommst du mit mir nach Uëlen?«, fragte er Sally.

»Ich fahre mit dir, wohin du willst, von mir aus bis ans Ende der Welt«, flüsterte sie laut und verschloss seinen Mund mit einem schmatzenden, feuchten Kuss, der ihm den Atem raubte. Mletkin wäre fast erstickt, er befreite sich vorsichtig und sagte: »Bei uns küsst man anders.«

»Zeig es mir!«, forderte Sally.

»So!«

Mletkin brachte seine Nase in die Nähe von Sallys breiter Nase und atmete laut ihre Atemluft ein.

»Du beschnupperst mich ja!«, sagte Sally enttäuscht.

»Aber wir küssen so«, erklärte Mletkin.

Sally wollte sich nicht mit dem Geliebten streiten und sagte beschwichtigend: »Wir wollen uns so und so küssen.« Und mit diesen Worten saugte sie sich mit ihrem großen Mund wieder an Mletkin fest, umschloss mit den Lippen nicht nur seinen Mund, sondern auch seine Nase. Dann ließ sie von seinem Mund ab und begann ihn geräuschvoll von Kopf bis Fuß zu beriechen. Das kitzelte, und Mletkin erinnerte sich, wie zart und beinahe lautlos die junge Giwewnëu mit der Spitze ihrer winzigen Nase seine Nase berührte. In dieser leichten Berührung war große Zärtlichkeit verborgen.

Sally erwies sich als unersättliche Liebhaberin. Sogar mitten in der Nacht verlangte es sie nach Berührung, und Mletkin kam unausgeschlafen, traurig und niedergeschlagen zur Arbeit. Die Kameraden im Krankenhaus bemerkten seinen Zustand, sie untersuchten ihn sogar, befanden ihn aber für völlig gesund.

Mletkin hätte nie geglaubt, dass Liebe so belastend sein konnte. Er dachte immer öfter daran, weit weg zu fahren. Und dass Sally mit ihm nach Uëlen reiste, davon konnte natürlich nicht mehr die Rede sein. Sie hätte keine andere Frau neben sich geduldet, Mletkin hätte sich von Giwewnëu lossagen müssen. Zu allem Unglück begann Sally nach den heißen Umarmungen neuerdings auch die zukünftige Trauung und Hochzeitsfeier zu erörtern. Sie malte ihr Hochzeitskleid aus, den Anzug des Bräutigams und seine glänzenden Lackschuhe. Einmal führte sie Mletkin sogar in ein großes Handelshaus, wo alle möglichen Hochzeitskleider verkauft wurden, deren Preis aber so hoch war, dass man einen kleinen Walfangschoner samt Navigationsinstrumenten mit dem Geld hätte ausrüsten können. Hinter diesen äußerlich unschuldigen Träumen steckte die Drohung, dass Mletkin für immer in Amerika bleiben musste.

Er dachte immer öfter an Uëlen. Jetzt war dort die Jagd auf Ringelrobben gerade in vollem Gange. Danach würden erfahrene Spurenfinder aufs Eis gehen, um Bären aufzustöbern. In der Mitte des Winters gruben die Bärinnen in Schneeverwehungen unter den Felsen Höhlen und brachten dort ihre winzigen Jungen zur Welt, die nicht größer als ein Fellhandschuh waren. Wenn die Sonne am Horizont emporstieg, war die Zeit gekommen, Seehunde mit Netzen unter Wasser zu fangen. Das Eis war zu dieser Zeit am dicksten …

Hier in San Francisco gab es wohl überhaupt keinen richtigen Winter. Es regnete oft, und hohe Wellen schlugen ans felsige Ufer. Aber Eis war weder in der Nähe noch am Horizont zu sehen. Sally behauptete, das sei der echte kalifornische Winter. Wenn sie gewusst hätte, wie er auf Tschukotka war! So lang, rau und kalt, dass du dir unwillkürlich wärmere Tage herbeisehnst. Mit den warmen Tagen dann, wenn der Schnee schmolz und die Eisfelder vom tschuktschischen Ufer wegtrieben und Walrossherden auf den schwimmenden Schollen saßen, begann die Frühjahrsjagd auf die Tiere mit den großen Stoßzähnen. Mletkin kam seine erste Jagd in den Sinn.

Die junge Walrosskuh harpunierten sie vom Kajak aus, durchstießen mit dem Speer ihr Herz und zogen sie mit Mühe aufs Eis. Sie war so schwer, dass die Eisscholle bedrohlich schwankte und grünliches Wasser über den Rand schwappte. Auf dem Eis blieb eine helle Blutspur zurück.

Die Jäger unterhielten sich erregt und freuten sich auf das erste gute Essen nach dem langen Winter. Gemeinsam mit den anderen zog Mletkin an dem glitschigen, kalten Riemen und holte den tief in der dicken Haut sitzenden Metallhaken heraus. Schon längst hatte er die durchnässten Handschuhe aus Robbenfell zur Seite geworfen, er fühlte, wie seine Hände vom eisigen Wasser, der kalten Luft und dem nassen Riemen immer starrer wurden. Leise beschwerte er sich bei seinem Vater: »Die Hände sind ganz kalt und tun weh.«

Der Vater führte den Jungen zur Schwanzflosse der Walrosskuh, die hingestreckt auf dem Eis lag, und deutete auf den Schoß, der sich in den Falten der schwarzen Haut versteckte: »Wärme dort die Hände!«

Mletkin zögerte. Der hinzuspringende Ripitsch, der erste Harpunier, steckte gleich beide Hände in den Schoß und lächelte selig: »Warm! Sogar heiß!«

Mletkin bemühte sich, dem Blick der übrigen Jäger nicht zu begegnen, als er zuerst die eine erstarrte Hand und dann die andere in die Walrosskuh steckte. Und tatsächlich, obwohl das Tier bereits eine Stunde tot war, hatte sich die wunderbare Wärme gehalten, die allmählich den dumpfen Schmerz im Handballen und in den gefühllosen Fingern linderte. Er wurde von solch einer Glückseligkeit erfasst, dass er seine Hände ewig dort hätte stecken lassen können, aber die Jäger schärften schon die Messer, um die Walrosskuh zu zerteilen.

Wenn er jetzt auf die auf dem weißen Laken liegende Sally schaute, auf ihren schwarzen Körper, erinnerte er sich an seine erste Walrosskuh und an das Gefühl süßer Sünde, als er seine erfrorenen Hände in ihren Schoß steckte, der voller warmer Zärtlichkeit war.

In diesem Augenblick begriff er, dass er nicht mehr bleiben konnte, dass er nach Uëlen zurückkehren musste, zu seiner Braut Giwewnëu.

Hilfe kam von unerwarteter Seite. Mletkin erhielt einen Brief von Wëip aus New York. Er lud ihn ein, an der großen wissenschaftlichen Nordpazifik-Expedition teilzunehmen, die im Frühjahr nach Tschukotka aufbrechen sollte. Finanziert war sie vom Mäzen und Eisenbahnmagnaten Morris Jessop. Als er sein blühendes Unternehmen verließ, gründete er das Amerikanische Museum für Wissenschaftsgeschichte und war viele Jahre dort als Direktor tätig. Den Rest seines Lebens und nicht unbedeutende Mittel opferte er der Sammlung von Kollektionen aus dem Leben der Ureinwohner der Arktis und anderer Völker.

Nach dem schweren Abschied von Sally, der begleitet war von Tränen, Vorwürfen und Liebesschwüren, empfand Mletkin eine solche Erleichterung, dass er fast die ganze lange Fahrt von der Pazifikküste bis zum Atlantik schlief.

New York war weitaus größer und lauter als San Francisco, und Mletkin, der sich an die Erzählung des toten Nelson über den Verbleib der menschlichen Exkremente erinnerte, stellte sich diese riesige Stadt schwimmend auf einem Ozean von Scheiße und Urin vor, der in den Atlantik floss.

Einige Tage wohnte Mletkin im Keller des Museums für Wissenschaftsgeschichte, in dem vor ihm eine Eskimogruppe aus Grönland gelebt hatte, die von dem bekannten amerikanischen Polarreisenden Robert Peary als lebende Exponate nach New York gebracht worden war.

Mletkin traf hier nicht nur Wëip, sondern auch einen anderen alten Bekannten wieder, Alex Hrdlichka, der im Museum die Stelle des Leitenden Anthropologen innehatte.

Der Winter in New York erwies sich als äußerst unbeständig. Einmal war die Stadt in riesigen Schneemassen versunken, sodass es schien, der Schnee könnte unmöglich bis zum Frühling wegtauen. Ein anderes Mal waren die Tage und der Regen so warm, dass vom Schnee keine Spur mehr blieb. Frosttage wechselten sich ab mit Sonnentagen, die in Uëlen als sommerlich gegolten hätten.

Im Museum hatte er einen Job, und er legte jeden Cent zurück. So sparte er die Geldsumme für den Kauf von Dingen zusammen, die er für Uëlen brauchte. Er erstand ein Zahnarztbesteck und ein Zeissfernglas, und auch seinen lang gehegten Traum erfüllte er sich – er kaufte ein Grammofon.

Mletkin zählte die Stunden bis zur Abreise. Oft betrachtete er die große Karte der Vereinigten Staaten von Amerika, die im Museum hing, rollte im Geist mit der Eisenbahn von New York nach San Francisco, bestieg dort ein Schiff und fuhr in den Norden, zur Beringstraße. All seine Gedanken waren auf die Rückkehr in die Heimat gerichtet.

Aber erst im Mai gelang es ihm, den Hafen von San Francisco zu verlassen.

Mletkin stand auf dem Deck, als das Schiff langsam in die Bucht von Nome einfuhr. Er erkannte das vertraute Kieselufer nicht wieder, das voller weißer Zelte und merkwürdiger Häuschen aus Kisten, Fässern und Wellblech war. Überall ragten Blechrohre empor, aus denen Rauch quoll. Er vernahm das Rasseln irgendwelcher Maschinen, Menschenschreie, das Quieken unbekannter Tiere und sogar Pferdewiehern. Das war nicht mehr dasselbe Nome, in dem er zwei Jahre zuvor seinen Freund Nelson begraben hatte. Die Bevölkerung hatte sich verdoppelt. Riesige Schiffe lagen auf der Reede, darunter auch das russische Schiff »Jakut«, mit dem Wëip und Mletkin die Beringstraße überqueren wollten.

Das Gold war auf dem Strand von Nome ganz zufällig entdeckt worden. Ein echter Goldrausch begann. Die Nachricht von den Funden in Nome gelangte bis zum Yukon, und von dort strömten ganze Heerscharen von Goldsuchern, von denen viele außer einer Schaufel und primitivem Werkzeug zum Sandwaschen nichts mitbrachten, an das Ufer der Norton-Bucht. Unter ihnen gab es Abenteurer, kleine und große Gauner, Diebe, psychisch Kranke, die von der Idee des plötzlichen Reichtums besessen waren.

Mletkin fand das Grab seines Freundes Nelson kaum wieder zwischen den vielen neuen Gräbern und den kleinen Rasenhügeln, aus denen die von hungrigen Hunden und Wölfen abgenagten und von Polarkrähen herausgepickten Gebeine herausragten. Des Holzmangels wegen wurden die Toten selten in Särgen begraben, meist hüllte man den Leichnam in Sackleinen.

Mit Beginn des hellen Abends verstummten auf dem Steinstrand das geschäftige Leben und das metallische Knirschen, jetzt hörte man betrunkene Stimmen, Flüche und sogar Schüsse.

Bogoras und Mletkin, die bereits auf das russische Schiff »Jakut« umgestiegen waren, wagten es nicht, in diesen Stunden an Land zu gehen, sie beobachteten das fieberhafte Treiben der Goldsucher lieber aus der Ferne. Das alles ähnelte einem großen Irrenhaus, kein einziges Menschengesicht sah normal aus, alle hatten sie gierige, bittere Züge. Als die Leute erfahren hatten, dass Mletkin aus Tschukotka stammte, überfielen sie ihn mit Fragen nach goldhaltigen Landzungen an der Küste des Tschuktschischen Meeres, verlangten von ihm Informationen über die Möglichkeiten, in Uëlen und Umgebung Gold zu schürfen.

Allein bei dem Gedanken, dass diese ganze Menschenmasse plötzlich die Beringstraße überqueren und am Ufer von Uëlen landen könnte, bekam Mletkin das große Zittern.

»Ich glaube nicht, dass die russische Regierung Fremden erlaubt, an unserer Küste nach Gold zu graben«, meinte Bogoras. »Das wollen sie selbst tun.«

Schließlich lichtete die »Jakut« den Anker und nahm Kurs auf das Kap Wostotschny. Mletkin legte sich nicht schlafen.

Er verbrachte die ganze Nacht an Deck und schaute gierig auf das langsam näher rückende heimatliche Ufer.

Die Diomedes-Inseln umschifften sie von Süden her.

Backbord tauchte die zwischen Steinen versteckten Eskimosiedlung Nuwuken auf, dahinter die Senlun-Felsen, die aussahen, als wollten sie ins Meer schreiten, dann noch ein Kap, und dann zeigte sich schon die Landzunge von Uëlen mit den zwei Jarangareihen, die sich nach Osten erstreckten, zur schmalen Pilchyn-Bucht.

Zurück in Uëlen

Mletkin sog das heimatliche Ufer mit seinen Blicken gierig auf, auch die Menschenmenge, die sich am Strand versammelt hatte, wo Haufen von getrocknetem Tang lagen, winzige zerdrückte Krebse, Klumpen von ans Ufer geschwemmten Medusen und Baumrinde. Er fühlte, wie in seinem Herzen die Unruhe wuchs, wie eine kalte Welle von unten zu seinem Herzen hochschlug: In der Menge konnte er weder Vater noch Mutter entdecken. Auch andere bekannte Gesichter vermisste er, ohne die er sich seine Heimatsiedlung nicht vorstellen konnte. Am Ufer standen viele Frauen in bunten Stoffkamlejkas und wenige Kinder.

Als er das Ufer betrat, rannte Peen auf ihn zu, eine einsame Frau, die in Uëlen als meisterhafte Heilerin geachtet war, als Kennerin von Volksheilmitteln und als stete Begleiterin derer, die durch die Wolken gingen. Über ihr Gesicht liefen Tränen, ihr Körper zog sich in einem Weinkrampf zusammen.

»Unser armer Mletkin!«, wehklagte sie. »Kein Verwandter oder Freund empfängt den Heimkehrer aus fernen Ländern! Was für ein bitterer, trauriger Empfang!«

»Was ist passiert?« Mletkin rüttelte die Frau an den Schultern.

»Die Deinen sind für immer von uns gegangen!«, sagte Peen unter Tränen. »Ihre Körper liegen schon lange auf dem Hügel der Herzensruhe. Ach, was für ein Leid ist über uns gekommen!«

Mletkin stieg langsam auf die Kiesellandzunge, hoch zu den Jarangas.

Das Vaterhaus stand direkt gegenüber der Stelle, wo er vom Schiff gegangen war. Die Eingangstür war mit einem Stock verriegelt, was davon zeugte, dass die Hausherren nicht da waren. Neben der Jaranga war kein einziger Hund zu sehen.

Mletkin trat den Stock mit dem Fuß weg und ging in den Tschottagin.

Tritt man aus hellem Tageslicht in das Dämmerlicht der Jaranga, muss erst einige Zeit vergehen, bevor sich das Auge an die schwache Beleuchtung gewöhnt.

Ein heißer Weinkrampf zog Mletkins Kehle zusammen, er hielt ihn aber mit großer Willenskraft zurück, drängte ihn nach innen. Alles war verschwunden – die lebendigen Menschen, ihre Stimmen, zurückgeblieben war tote Stummheit, ein bodenloses, schwarzes Loch, durch das die Menschen für immer verschwunden waren. Ja, sie wohnten jetzt in einer anderen Welt, redeten miteinander, vielleicht sahen sie ihn sogar, konnten ihm aber kein einziges Wort mehr sagen … Wenn sie kamen, dann nur im Schlaf. Und Mletkin wollte schlafen, sich verlieren, durch den dunklen Vorhang gehen, der dieses Leben von der anderen Daseinsform trennte, in der Vater und Mutter sich bewegten.

Der vordere Teil des Fellpologs war hochgehoben und mit einem polierten Stock für die Bearbeitung von Häuten abgestützt. Ganz hinten leuchteten schwarz die längst verloschenen Tranlampen mit den trockenen Moosklümpchen und als heller Fleck das Rentierfell auf dem Bett. Mletkin legte sich hin und schloss die Augen. Er sank in einen tiefen Schlaf und wachte nicht vor dem Abend wieder auf.

»Er ist bei einem Wiedersehen mit den Seinen«, sagte Peen bedeutungsvoll.

Seine Eltern hatte Mletkin im Schlaf nicht getroffen. Dafür Sally. Sie hockte völlig nackt im Polog und richtete mit einem kleinen Stöckchen die Flamme in der Tranlampe. Ihre vollen schwarzen Brüste mit den hellen Höfen um die Brustwarzen lagen auf ihren Knien. Doch als Mletkin erwachte, dachte er an Giwewnëu, und Unruhe befiel ihn wie ein kalter Windstoß: Wenn das Massensterben auch die Tundralager betroffen hatte?

Peen hatte ihm mitgeteilt, dass in der Tundra weniger Menschen gestorben seien als in den Küstensiedlungen. Im benachbarten Keniskun an der Pazifikküste waren nur noch drei Familien am Leben. Am meisten hatte die Seuche die ältere Generation und kleine Kinder dahingerafft.

Mletkin ging durch Uëlen, und das Gefühl eines großen, unwiederbringlichen Verlusts überfiel ihn. Die Alten hatten gern auf der Sonnenseite der Jaranga gesessen, auf den warmen, riesigen Feldsteinen, die wie Anker die Riemen hielten, mit denen das Walrossdach der Jaranga befestigt war. Bekannte Gesichter sah er nicht mehr. Auch die Zahl der Hunde war kleiner geworden. Die Schlittenhunde waren verhungert und die, die sich vom Aas der beerdigten Leichen ernährt hatten, getötet worden.

Auf hohen Gestellen aus Walkieferknochen lag ein Kajakgerippe und gleich daneben der kleine Kajak, in dem Mletkin als Junge über die Lagune gefahren war, außerdem ein Schlitten mit von Hunden angeknabberten Riemen.

In die Jaranga zurückgekehrt, setzte sich Mletkin auf den Bettbalken. Wie sollte es weitergehen? Allein konnte er in der leeren Jaranga nicht leben, also musste er so schnell wie möglich Giwewnëu herbringen und eine Familie gründen. Die Kajaks mit neuer Haut überziehen, ein neues Dach auflegen … Das Leben ging weiter.

Mletkin hörte ein schwaches Winseln. Über die Schwelle

des Tschottagins schleppte sich ein Hund. Das war Lilikej, die Einzige, die aus dem großen, besten Gespann von Uëlen übrig geblieben war. Sie stammte von den Hunden aus Kolyma ab, die für ihre Ausdauer und Kraft besonders geschätzt wurden. Lilikej leckte Mletkins Hände – sie hatte den Hausherrn erkannt. Ihr Winseln klang wie eine Klage, als wollte sie in ihrer Hundesprache von dem großen Unglück erzählen, das auf Uëlen hereingestürzt war.

Einen halben Monat später begaben sich Mletkin und Wëip auf die Reise, immer der Küste entlang. Galmo und Seny, zwei alte Freunde, begleiteten sie.

Die erste Station machten sie im benachbarten Nuwuken. Die Seuche hatte auch die Eskimosiedlung nicht verschont. Nicht weniger als ein Drittel der Bewohner war aus dem Leben gegangen, Alte und kleine Kinder fehlten völlig.

Wëip interessierten die Tschuktschen mehr als die Eskimos, deshalb blieben sie nur eine Nacht und fuhren gleich am Morgen des nächsten Tages nach Keniskun.

Ein erstaunlicher Bau zog die Aufmerksamkeit der Reisenden schon von weitem auf sich. Ein merkwürdiger Hybride aus Jaranga und Tangitan-Haus stand im Lager. Ein rotbärtiger Mann von hohem Wuchs mit unbedecktem Kopf begrüßte Wëip in Englisch und stellte sich vor: »Carpenter, Händler, Vertreter der Handelsfirma ›Svensson‹.« Er lud die Reisenden in sein Jarangahaus ein.

Der geräumige Tschottagin war in zwei Hälften geteilt: Die linke Seite war ein richtiger Laden mit Regalen voller Waren. Was es nicht alles gab – Tee in hübschen Verpackungen, und nicht nur amerikanischen, sondern auch schwarze chinesische Teeziegel, die man mit dem Messer zerklopfen musste, Zucker in Stücken, Sirup in Gläsern, bunte Stoffballen, weiße Zeltbahn, Fangeisen, Ketten, Winchester verschiedenen Kalibers, Messer, Äxte, verschiedene Werkzeuge, Eisenschaufeln, Rauchtabak in Blechdosen mit der Abbildung von Prinz Albert, Zwieback, gezuckerte Kondensmilch, Mehl in

Säcken, getrocknete Kartoffeln in gelben Blechbüchsen und sogar Gummischuhe.

Ganz hinten im Tschottagin war der Schlafpolog, rechts davon befand sich eine Tür, durch die der Hausherr seine Gäste führte. In einem Zimmer mit breitem Lederdiwan und einem Tisch mit Stühlen stand ein kleiner, gusseiserner Elektroherd. Er strömte Wärme aus. An der Seitenwand war ein kleines Fenster mit Blick aufs Meer. Auf einem Extratisch stand das gleiche Grammofon, wie Mletkin es sich in Amerika gekauft hatte.

»Machen Sie es sich bequem!« Carpenter deutete mit einer weit ausholenden Geste auf zwei tiefe, bequeme Sessel. »Elisabeth! Bring Kaffee, eine Flasche und Fisch!«

Aus dem Hintergrund tauchte eine Frau auf. Sie trug ein Leinenkleid und bestickte Torbasen. Sie war ordentlich gekämmt und nett und lächelte den Gästen freundlich zu.

»Ihre Frau?«, wollte Wëip wissen und erhob sich galant aus dem Sessel.

»Bleiben Sie sitzen! Bleiben Sie sitzen!« Carpenter ruderte mit den Armen. »Sie ist eine Eingeborene. Andererseits aber sozusagen auch meine Frau. Unsere Ehe haben wir allerdings nicht registrieren lassen. Haben uns nicht in der Kirche trauen lassen. Aber Sie stimmen mir sicher zu: Unter den hiesigen Bedingungen ist das Leben ohne ständige Frau nicht nur unbequem, sondern auch gefährlich.«

»Wieso gefährlich?«, wollte Wëip wissen.

»Unter der hiesigen Bevölkerung hat man in den letzten Jahren Geschlechtskrankheiten festgestellt. Die Frauen lassen sich allzu gern mit Seeleuten ein, weniger des Vergnügens wegen als vielmehr wegen irgendwelcher Kinkerlitzchen. Deshalb ist es besser, du hast eine ständige Frau, von deren Gesundheit du überzeugt bist. Übrigens bedient sie sehr gern und mit großem Vergnügen einen weißen Mann. Und ihr beizubringen, wie man einen Haushalt führt und die primitivsten Hygieneregeln einhält, ist nicht besonders schwer. Glauben Sie mir, das Leben hier hat auch seine angenehmen Seiten. Alle lieben dich, achten dich, helfen dir. Hier gibt es keine Polizei oder irgendwelche Chefs … Wissen Sie, bei den Tschuktschen gibt es überhaupt keine Regierung. Hier wird der Starke verehrt, der Erfolgreiche, sonst niemand. Nein. In diesem Sinne ist das Volk hier sehr freiheitsliebend.«

Mletkin trank langsam seinen Kaffee und hörte aufmerksam dem Geschwätz des amerikanischen Händlers zu. Manchmal bemerkte er bei Wëip einen Ausdruck von Unbehagen, wenn Carpenter allzu offen daherplauderte. Denn der Händler war überzeugt, dass Mletkin kein Wort verstand, und kam immer mehr in Fahrt.

»Die russische Regierung hat sich erst vor kurzem an ihre Untergebenen im Nordosten des Imperiums erinnert … Aber schauen Sie doch mal auf die Landkarte: Wo ist Petersburg und wo Tschukotka? Bis eine Anordnung hier eintrifft, hat sie längst ihre Kraft verloren. Da haben sie zum Beispiel beschlossen, den Handel mit Alkohol zu begrenzen. Jeden Sommer kreuzt hier im Meer ein russisches Kriegsschiff, um Schmuggel und ungesetzlichen Handel zu unterbinden. Aber alle Handelskapitäne kennen den Fahrplan des Schiffs und legen an, wenn es gerade nicht da ist. Früher oder später wird die Angliederung von Tschukotka an die Vereinigten Staaten auf dem Tapet stehen. Ein bisschen Whisky?«

»Und Sie selbst, handeln Sie mit Alkohol?«, fragte Wëip.

»Nein!«, erklärte Carpenter entschieden. »Mein Patron Olaf Svensson ist für ehrlichen Handel mit der örtlichen Bevölkerung. Keine alkoholischen Getränke, keine Waren, die unnütz sind. Alles muss gute Qualität haben. Jeder Eingeborene hat ein Recht auf einen vernünftigen Kredit. Er bestellt die Ware, die kommt mit dem nächsten Schiff, und dann bezahlt er seine Schulden mit Fell, Walrosshauern und Produkten aus der Heimmanufaktur.«

Als Mletkin den Whisky ablehnte, rief das bei Carpenter

eine verdutzte Bemerkung hervor: »Zum ersten Mal sehe ich einen Tschuktschen, der Schnaps ablehnt.«

»Ich trinke nicht mal Bier«, sagte Mletkin in Englisch und brachte damit den Händler in Verwirrung.

»Was, du verstehst Englisch?«

»Ja, diese Rede ist mir bekannt«, sagte Mletkin höflich. »Aber es ist Zeit für uns aufzubrechen, damit wir noch im Hellen nach Pouten kommen.«

»In Pouten leben nur noch in einer Jaranga Menschen«, teilte Carpenter mit. »Alle anderen sind gestorben ...«

Nordwind wehte, der für die Fahrt günstig war. Das Lederboot glitt mit gesetztem Segel leicht dahin. Das Wasser unter dem Kiel und dem gegabelten Bug plätscherte. Das Ruder fest unterm Arm, dachte Mletkin an das Gespräch mit dem amerikanischen Händler. Die Haarmünder siedelten bereits in den Nomadenlagern, bauten sich Häuser und nahmen sich tschuktschische Frauen. Ehe man sichs versah, liefen in den Nomadenlagern am Meer blonde Kinder herum.

Einerseits verstand Mletkin, dass man sich nicht durch eine Mauer vom neuen Leben abschotten konnte, das ohne Rücksicht auf Hindernisse an die tschuktschische Küste schwappte. Man konnte sich nicht in der von den Vorfahren ererbten Lebensform verschließen. Aber andererseits konnte man auch nicht die Augen davor verschließen, welche Gefahr der bewährten Lebensform drohte. Eine kurze Zeit würde vergehen, und die Luorawetlan würden eine andere Sprache sprechen und ihre Muttersprache vergessen.

Mletkin schaute auf Wëip, der, den Kopf zwischen den Schultern, in der Mitte des Bootes saß, und dachte: Diese Tangitan werden immer zusammenhalten. Sie verstehen sich beim ersten Wort, der Umgang mit Carpenter ist für den gelehrten Wëip normaler als der mit ihm, Mletkin, obwohl er drei Sprachen kannte. Sogar für einen Menschen wie Wëip ist Mletkin ein Objekt der wissenschaftlichen Forschung, er ist für ihn kein Bruder aus ein und demselben Menschenstamm. Carpenter wird Wëip immer näher sein.

In Pouten fuhr das Boot langsam in die schmale Meerenge, in das stille Wasser der Bucht. Drei Jarangas standen auf einem Hügel, aber nur aus einer kamen Menschen zum Strand. Als rote Flecke ragten Dörrfische auf Spießen in die Luft. Die in Lumpen gehüllten, ausgemergelten Bewohner strahlten dennoch vor Freude über die Begegnung mit den Ankömmlingen.

Als einer von ihnen den Namen Mletkin hörte, rief er aus: »Mletkin? Du lebst?«

»Warum sollte ich nicht leben?«, wunderte sich Mletkin.

»Das Gerücht ging um, dass du in Amerika auf einem Walfangschoner von Schwarzen bei lebendigem Leibe gebraten und aufgefressen worden bist.«

Mletkin lachte laut.

Der nächste Halt war die Siedlung Nunjamo, die auf einer steilen Landzunge lag. Auf der Südseite floss ein wasserreiches Flüsschen, an dessen Mündung sie Zuflucht vor dem nahenden Unwetter finden konnten. Das Barometer fiel, Mletkin schaute beunruhigt auf das Zifferblatt. Er fühlte, wie sein gesamter Körper gleich dem Messgerät den Umschwung spürte. Er konnte also auch ohne Barometer auskommen.

Mithilfe der Einwohner von Nunjamo schleppten sie das Boot ans Ufer, kippten es auf die Seite und bauten sich auf diese Weise einen Platz zum Übernachten und gleichzeitig einen Schutz vor dem zunehmenden Wind. Wëip stellte daneben ein Stoffzelt auf und ging, ausgerüstet mit einem dicken Heft und Bleistiften, zu den Jarangas.

Ejnew, das Oberhaupt einer großen Familie, rief Mletkin in seine Jaranga. »Viele Menschen sind gestorben«, erzählte er trübselig und zog an seiner Pfeife. »Alte und ganz kleine Kinder sind als Erste aus dem Leben gegangen. Es hat uns so schlimm getroffen, weil die Krankheit in der Mitte des Winters gekommen ist. Die Fleischvorräte waren ausgegangen und im Meer die Wasserrinnen mit dickem, festem Eis bedeckt.«

Solche Epidemien, die einen bedeutenden Teil der Bevölkerung auslöschten, hatte es auch früher auf Tschukotka gegeben. Mletkin aber hatte gedacht, sie gehörten der Vergangenheit an. In der Gegenwart, wo immer die Möglichkeit bestand, für die harte Winterperiode Essen auf Vorrat anzuschaffen, käme so etwas nicht mehr vor.

Ihm kam eine bange Ahnung: Möglicherweise waren diese Krankheiten eine Folge der engen und häufigen Kontakte mit den Tangitan. Seit seiner Arbeit im Krankenhaus von Nome und dann in San Francisco wusste er von der Existenz der winzigen, für das bloße Auge nicht sichtbaren, ansteckenden Mikroben. Im Armenhospital hatte ihn der Doktor in ein Mikroskop schauen lassen. In einem einzigen Wassertropfen gab es eine solche Unmenge von diesen winzigen Lebewesen, dass Mletkin danach kein rohes Wasser mehr trank. Mikroben wimmelten zu tausenden in den Abstrichen, die man den Syphilis- und Gonorrhökranken abgenommen hatte. Besonders hatte sich ihm die blasse Spirochäte eingeprägt, die Verursacherin von Syphilis, einer Krankheit, mit der sich bereits viele Frauen und Männer an der Küste der Tschuktschen-Halbinsel angesteckt hatten. Die Kranken mit den abgefressenen Nasen und eiternden Geschwüren gingen ihm nicht mehr aus dem Sinn.

Als sich der Wind gelegt hatte, nahmen sie Kurs auf das Südufer der Bucht Kytryn, die auf der Landkarte von Wëip Bucht des heiligen Laurentius hieß. Mletkin hatte bemerkt, dass alle auffälligen Kaps und geografischen Punkte seiner Heimat auf den Karten Tangitan-Namen trugen, die sie zu Ehren reisender Seeleute, Heiliger, Herrscher oder völlig unbekannter Menschen erhalten hatten. Aber immer, wenn Wëip die tschuktschische Bezeichnung hörte, schrieb er sie gewissenhaft mit einem angespitzten Bleistift daneben.

Auf dem steinigen Kap Kytrytkyn stand eine einzige große Jaranga. Der Name ihres Besitzers war allen Menschen der tschuktschischen Küste gut bekannt – Pakaika. Aber noch berühmter war sein Großvater – Trootschgyn.

Auf der ganzen riesenlangen Strecke entlang der Küstenlinie von der Siedlung Janranai bis Uëlen stellte Kytrytkyn einen besonderen Ort dar. Hier liefen nämlich alle Reiserouten zusammen. Vor allem in der Winterzeit. Dieses Land war seit Jahrhunderten Eigentum derselben Familie. Trootschgyn war so berühmt geworden, weil er die Durchreisenden direkt am Weg abwartete und ausraubte. Aber diejenigen, die in seiner Jaranga Station machten, rührte er nicht an, weil er sich den strengen Gesetzen der Gastfreundschaft unterordnete. So ging das viele Dutzend Jahre, bis die Menschen die Geduld verloren und ihn töteten. Der Überlieferung zufolge wurde Trootschgyn direkt auf dem Kap Kytryn, auf dem Meereis, mit einem Speer erstochen. Aber noch lange erschreckte man die Kinder, indem man seinen Namen laut aussprach. Seine Familie allerdings wurde nicht angerührt. Seine Nachkommen lebten weiterhin in der großen, reichen Jaranga, und Pakaika war zu allen seinen Gästen sehr großzügig, als wollte er den schlechten Ruf seines Vorfahren wieder gutmachen. Seine zahlreichen Töchter und Söhne von zwei Frauen umsorgten den Ankömmling, übernahmen die Fütterung seiner Schlittenhunde, zogen ihm die Kleider aus, reparierten und trockneten sie. Es gab sogar Gerüchte, dass die erwachsenen Töchter auch liebevollere Beweise der Gastfreundschaft nicht scheuten.

Kaum hatte das Lederboot mit dem Bug das Ufer berührt, hatten Pakaikas erwachsene und kräftige Söhne es schon samt Passagieren, deren Füße nicht einen einzigen Wassertropfen abbekamen, ans Ufer gezogen, und der Hausherr selbst hieß die Reisenden laut willkommen.

»Ii«, antwortete Wëip und nannte seinen Namen.

»Ich habe schon in vergangener Zeit viel von dir gehört«, sagte Pakaika. »Dich aber, Mletkin, sehe ich zum ersten Mal, obwohl das Gerücht von deinem Tod auf amerikanischer Erde bis zu uns gedrungen ist.«

Die Gäste wurden in die Jaranga geführt, wo im Tschottagin drei Pologs standen und noch genug Platz war, um es sich auf den Walwirbeln bequem zu machen. Pakaikas Haushalt beeindruckte durch Gediegenheit und Wohlstand. Vor der Jaranga hatte Mletkin Gestelle aus Walkieferknochen gesehen, auf denen drei Kajaks ruhten – einer groß, einer etwas kleiner, und der dritte war ein Einmannboot. Unter ihnen lagen, angebunden, Schlittenhunde, um die viele kleine Welpen herumtollten. Auf Stöcken trockneten zerteilte und ganze Felle von Walrossen und Robben und auf langen Stäben die Häute von vier Eisbären. Auf Haken waren schwarze Stücke gedörrten Walross- und Walfleischs gespießt, eine Girlande von gereinigten, durchsichtigen Walrossdärmen für wasserdichte Umhänge schwankte im Wind.

»Anscheinend haben die Rekken euch ausgelassen«, sagte Mletkin.

»Bei uns ist niemand gestorben«, entgegnete Pakaika.

Wëip machte sich gleich an die Arbeit. Er verließ die Jaranga und zeichnete die Behausung und die Walkieferknochen, auf denen die Kajaks ruhten, in sein Heft. Den ganzen Abend skizzierte er den Aufbau des Bootgerippes und fragte nach der tschuktschischen Bezeichnung für jedes Detail.

»Du willst wohl selbst ein Boot bauen?«, fragte Pakaika verwundert. »Die Tangitan brauchen doch so was gar nicht. Ihr habt so schöne große Schiffe! Richtige schwimmende Inseln. Manche sind sogar mit Feuer speienden Maschinen ausgerüstet.«

»Alles, was ich aufzeichne, ist für die Sammelbüchse, in der das Wissen über das menschliche Leben aufbewahrt wird. Diese Büchse nennt man Wissenschaft«, antwortete Wëip.

»Für die Wissenschaft tut der Tangitan alles«, bemerkte Mletkin. »In Amerika zerlegen sie dafür unseren Bruder wie eine Robbe.«

»Lebendig?«, fragte Pakaika entsetzt.

»Sie warten, bis er stirbt«, sagte Mletkin. »In New York haben sie eine ganze Eskimofamilie eingeschläfert, ihre Knochen in Glaskästen ausgestellt und das Gehirn in Alkohol eingelegt …«

»Dass ihnen der Alkohol nicht Leid tut!«, warf Pakaika ein und leckte sich die Lippen.

Das Gespräch wandte sich dann wieder den Angelegenheiten an der Küste und in der Tundra zu. »Rentyrgin hat seine Tochter verheiratet«, teilte Pakaika mit. »Es heißt, sie hat schon einen Sohn zur Welt gebracht. Bei ihnen ist auch niemand gestorben, sie haben sich sogar vermehrt.«

Es war, als ob die Hitze des Feuers Mletkins Gesicht und Seele verbrannte. Er traute seinen Ohren nicht und fragte nach: »Giwewnëu hat geheiratet?«

»Der Mann hat nach unserem Brauch um sie gedient«, entgegnete Pakaika ruhig und holte einen glimmenden Span aus dem Feuer, um seine erloschene Pfeife wieder anzuzünden.

Mletkin verließ die Jaranga.

Die Wasseroberfläche war glatt, so weit das Auge sehen konnte, bis zum gegenüberliegenden Ufer, bis zum Kap Nunjamo, hinter dem auf den Sommerweiden Rentyrgins Herden am Meeresufer grasten.

Mletkin hatte die Absicht gehabt, auf dem Rückweg dort vorbeizufahren und Giwewnëu mitzunehmen. Aber nun war alles anders gekommen: Sie hatte geheiratet! Hatte wieder nicht auf ihn gewartet. Aber von ihr lassen konnte Mletkin nicht. Was sollte er tun, wenn sein Herz keine andere Frau annahm! Er hatte Giwewnëu schon als Hausherrin seiner leeren Jaranga gesehen. Nur sie konnte mit ihrer Fürsorge und ihrer Seelenwärme den Tod aus der erkalteten Behausung vertreiben. Wer wohl ihr Mann war? Etwa dieser Janko, der Tschautschu aus der Kurupkiner Tundra? Nein, Giwewnëu durfte nur ihm gehören! Er konnte sich nicht vorstellen, dass eine andere Frau in seiner Jaranga wirtschaftete und die Mutter seiner Kinder war. Sie war ihm vom Schicksal vorherbestimmt. Von den Höheren Mächten. Und nichts würde ihn daran hindern, sie sich zurückzuholen …

Aber zuerst musste er seine Pflichten bei Wëip erfüllen und ihn bis Anadyr bringen.

Das Wetter war den Bootsfahrern günstig, und am 17. Juli 1901 hatten sie die lange Kiesellandzunge, die die Bucht Anadyr verschloss, umschifft. Das Wasser unter dem Kiel des Bootes war gelb geworden. Seine beiden Begleiter, Seny und Galmo, schauten besorgt auf das niedrige, sumpfige Ufer. Eines freute ihn – in der Bucht gab es viele Robben. Und die Seehunde folgten den Fischschwärmen. Hier und dort tauchte aus dem gelben Wasser ein Weißwal auf.

Anadyr erwies sich als kleine Ansammlung von Holzhäuschen mit blind gewordenen, winzigen Fensterchen. An der Mündung des kleinen Tundraflusses Kasatschka stand eine lange Holzbaracke, über der die Fahne des Russischen Imperiums wehte. Hier saß der Gesandte des Zaren, der ein riesiges Territorium von Millionen Quadratkilometern unter sich hatte, spärlich besiedelt zwar, von Tangitan-Unternehmern jedoch sehr begehrt. In der Sommerzeit setzte sich die Mehrheit der Bevölkerung von Anadyr aus Koreanern, Japanern und Chinesen zusammen, die zum Lachsfang hierher gekommen waren. Das Ufer war voll gestellt mit riesigen Zelten und neuen, noch leeren, gelben, mit Eisenringen beschlagenen Holzfässern. Die schwarzhaarigen Menschen unterhielten sich mit hohen Vogelstimmen und flatterten wie Vogelschwärme von einer Stelle zur anderen.

Aber Mletkin war in Gedanken schon längst in der Tundra, im Sommerlager von Rentyrgin, wo die für Mletkin bestimmte Frau, Giwewnëu, sich in warmen Nächten der Liebe mit einem anderen Mann hingab. Mit seiner lebhaften Vorstellungskraft malte sich Mletkin Bilder von in leidenschaftlicher Umarmung verschlungenen Körpern aus, und er konnte an nichts anderes mehr denken.

Wie im Schlaf verabschiedete er sich von Wëip, der ihm zum Abschied sagte: »Ich ahne, dass wir uns in diesem Leben noch einmal begegnen.«

»Alles ist möglich«, antwortete Mletkin und blickte dabei wie abwesend auf die am Ufer hin und her rennenden Chinesen. »Die Welt wird eng.«

Mletkin rannte den Berg hinunter, sprang über kleine Erdhügel und jagte wie ein Rentierbulle zu den Jarangas.

Schon von weitem sah er eine weibliche Gestalt, die ein kleines Kind an der Hand hielt. Das war sie, Giwewnëu, die er unter tausenden Frauen herausgefunden hätte. Sein Herz zog sich schmerzhaft zusammen, der Atem stockte. Mletkin ging langsam auf das Lager zu, er fühlte, wie seine Beine immer schwerer wurden, und er musste viel Kraft aufbringen, um ein Bein vor das andere zu setzen.

Giwewnëu stand reglos vor der weißen Wand der Nomadenjaranga. Ein einziges Mal hielt sie die Hand zum Schutz gegen die Sonne über die Augen, aber Mletkin spürte, dass sie ihn schon von weitem erkannt hatte.

Als er näher kam, erblickte er kein junges Mädchen mehr, sondern eine reife Frau, eine Frau in der Blüte ihrer Schönheit. Sie lächelte nicht und erschrak nicht, ihr ganzes Äußeres drückte nichts als gespannte Erwartung aus. Nur in ihren Augen leuchtete ein seltsames Feuer. Ein Hund fing zu bellen an, und Rentyrgin trat aus der Jaranga.

»Willkommen! Mletkin!«, rief das Oberhaupt des Lagers.

Mletkin beachtete ihn nicht und erwiderte nicht seine Begrüßung, er trat zu Giwewnëu und fragte: »Du hast nicht auf mich gewartet?«

»Ich habe auf dich gewartet.«

»Aber ich sehe doch, dass du nicht auf mich gewartet hast.«

»Von dort kehrt niemand zurück«, sagte Giwewnëu.

»Wie du siehst, kommt es doch vor, dass einer von dort zurückkehrt«, sagte Mletkin lächelnd.

»Wir haben gehört, dass du auf einem Tangitan-Schiff verbrannt bist.«

Rentyrgin kam seiner Tochter zu Hilfe. »Augenzeugen haben es erzählt.«

»Wollt ihr etwa, dass ich verbrannt bin? Freut ihr euch denn nicht, dass ich am Leben bin?«

Peinliche Stille trat ein.

»Wir sind froh«, sagte Giwewnëu als Erste. »Wir haben aber nicht erwartet, dass ein Wunder geschieht.«

»In unserer Jaranga bist du immer ein gern gesehener Gast«, fügte Rentyrgin hinzu und lud Mletkin ein: »Komm rein!«

Im Tschottagin herrschte wie gewöhnlich Halbdunkel. In der Ecke flackerte das Feuer, durch die Decke drang Tageslicht. Der auf der heißen Kohle stehende verrußte Teekessel dampfte. Es roch nach gedörrtem Rentierfleisch und saurem Blut, das in grünlichen, aufgeblähten Rentiermägen aufbewahrt wurde, die unter der Decke hingen.

Giwewnëu schwieg, nur manchmal flüsterte sie dem kleinen Jungen etwas zu, der kaum älter als ein Jahr war, manchmal schaute sie Mletkin mit ausdruckslosen, ruhigen Augen an.

Beim Teetrinken wurden die Neuigkeiten ausgetauscht. Mletkin legte ein hartes Stück Zucker in den Mund, schlürfte laut die Teeschale leer und erzählte von seinen Reisen durch Amerika und vom großen Brand in Port Clarence, als er seinen Freund Nelson verlor. Dass er mit Sally gelebt hatte, verschwieg er.

»Stimmt es, dass die Menschen in Amerika auf eisernen Stangen fahren?«, erkundigte sich der Hausherr höflich.

Mletkin beschrieb die Eisenbahn, die öffentlichen Verkehrsmittel, erzählte von den großen Hunden mit Mähne, von den Kühen und anderen exotischen Haustieren der Tangitan. »In ihrer Lebensweise sind die Tangitan natürlich andere Menschen«, schloss er seinen Bericht.

Von Zeit zu Zeit unterbrachen Rentyrgin und seine Frau die Erzählung durch Fragen und erstaunte Ausrufe, Giwewnëu aber sagte kein Wort. Vielleicht war sie in Gedanken bei ihrem Mann, der die Herde bewachte? Der Junge schmiegte sich an sie, als fühlte er die Missgunst des unerwarteten Gastes.

Mletkin hielt schließlich die Spannung nicht mehr aus und wandte sich an Giwewnëu: »Du bist nicht froh, dass ich gekommen bin?«

»Ich bin froh, dass du lebst«, antwortete sie.

»Sie trifft keine Schuld«, warf die Mutter ein. »Wir haben ja geglaubt, du bist tot.«

»Nun bin ich aber lebendig bei euch erschienen, und alles muss sich ändern«, sagte Mletkin.

»Was meinst du damit?«, fragte Rentyrgin.

»Dass Giwewnëu zu dem zurückkehrt, für den sie bestimmt ist«, antwortete Mletkin.

»Sie hat einen Mann«, warf Rentyrgins Frau erneut ein. »Und sie haben ein Kind. Wie kann man einem lebenden Mann die Frau wegnehmen?«

»Ihr habt geglaubt, ich bin tot, und habt deshalb eure Tochter einem anderen gegeben«, sagte Mletkin langsam. »Damit sie mir gehört, muss also der, der jetzt als ihr Mann gilt, tot sein.«

»Ich möchte nicht, dass Blut fließt!«, erklärte Rentyrgin entschieden.

Den alten Gesetzen zufolge wurde ein Fall dieser Art durch Gewalt entschieden. Aber auch Mletkin neigte zu einer friedlichen Lösung. Er erinnerte sich, wie Janko damals demütig, ohne überflüssige Worte, Mletkins Recht auf den Besitz der Frau anerkannt und die Braut abgetreten hatte. Aber jetzt hatten sich die Umstände geändert. Giwewnëu war die Frau des Kurupkiners und hatte ein Kind von ihm. Er würde kaum freiwillig zurücktreten.

Janko kehrte am Abend heim, als die Sonne dicht über den fernen Hügeln stand und lange Schatten sich auf die Erde legten. Als er den Tschottagin betrat, blieb er stehen und konnte einen erstaunten Aufschrei nicht zurückhalten: »Kakomej!«

»Ich will die Frau holen, die für mich bestimmt ist«, antwortete Mletkin.

»Das ahne ich«, entgegnete Janko würdig, seine Aufregung verbergend. »Aber bevor wir reden, würde ich gern essen. Frau, gib deinem Mann Fleisch.« Janko machte es sich vor dem niedrigen Tischchen bequem. Er streckte seine Füße in den nassen Torbasen zum Feuer. Der kleine Junge ging zu ihm und setzte sich neben ihn.

Janko nahm ein Messer mit einer langen, gut geschärften Klinge und machte sich ans Essen. Er aß langsam, gebieterisch, trennte sorgfältig das Fleisch von den Knochen, sog geräuschvoll das Knochenmark aus, schmatzte und rülpste laut.

Mletkin erinnerte sich plötzlich, wie Sally ihm beigebracht hatte, anständig und leise zu essen, bei Tisch nicht zu schmatzen, nicht zu rülpsen und nicht vor aller Augen in den Zähnen zu stochern.

Von Zeit zu Zeit gab Janko dem Jungen auf der Messerspitze ein Stück Fleisch. Zum Abschluss des Mahls trank er Tee aus der Schale und rauchte eine Pfeife, erst dann erhob er sich von seinem Platz: »Ich bin bereit!«

Die Männer verließen die Jaranga und begaben sich auf einen Hügel, der von der niedrigen Sommersonne beleuchtet war. Als sie an den zusammengebundenen, im Sommer unnützen Nomadenschlitten vorbeigegangen waren, blieben sie stehen und schauten einander in die Augen.

»Ich habe keinen Speer«, sagte Janko.

»Ich auch nicht«, entgegnete Mletkin.

Bei einem Streitfall dieser Art, der die physische Beseitigung des Gegners verlangte, wurden von alters her Kampfspeere verwendet. Aber seit auf tschuktschischer Erde die Stammeskriege und blutigen Konflikte mit den Russen aufgehört hatten, waren die Kampfspeere überflüssig geworden. Allerdings wurden sie an der Küste noch benutzt, wenn auf dem Eis oder dem Lagerplatz Walrosse abgestochen wurden.

»Dann kämpfen wir damit«, sagte Janko und zog sein langes Messer heraus.

»Warte«, unterbrach ihn Mletkin. »Du kannst am Leben bleiben, wenn du bis zum Anbruch des neuen Tags das Lager verlässt und dich nie wieder an Giwewnëu und deinen Sohn erinnerst.«

»Mein Sohn heißt Kmol«, sagte Janko stolz. »Warum bist du davon überzeugt, dass ausgerechnet du am Leben bleibst?«

»Ich weiß es«, entgegnete Mletkin ruhig.

»Weil du ein Schamane bist?«

»Nein, weil Giwewnëu meine Frau ist.«

»Dann kämpfen wir!«, sagte Janko und nahm Kampfstellung ein. Er streckte seine rechte Hand mit der nackten Klinge weit vor.

»Dann kämpfen wir!«, antwortete Mletkin und zog ebenfalls sein Messer. Es war kürzer als die Waffe des Gegners, aber die Klinge war breit und gut geschärft.

Die Männer rissen die Kleidung vom Oberkörper und standen sich jetzt nur in Hosen aus Robbenleder und in Torbasen gegenüber. Mletkin unterdrückte seine inneren Kräfte, um physisch mit dem Gegner auf gleicher Stufe zu stehen. Er wollte nicht seine Schamanenenergie nutzen, die ihm ohne große Anstrengung zum Sieg verholfen hätte. Während er überlegte, merkte er nicht, wie der Kurupkiner plötzlich angriff und wie seine Klinge Mletkins nackte Hand streifte. Aber der Schnitt war nicht tief, obwohl er heftig blutete. Mletkin befahl sich noch einmal, nicht in blinden Zorn zu geraten und der Wut keine Macht über sich zu geben. Er musste gewinnen, aber nur in einem sauberen, fairen Kampf.

Janko sprang um ihn herum wie ein verspielter Welpe, die erste Wunde, die er dem Gegner beigebracht hatte, hatte sein Selbstbewusstsein gestärkt. Manchmal stieß er im Gegensatz zu Mletkin, der schweigend kämpfte, kurze Kehllaute aus, die dem Krächzen einer Krähe glichen, um sich Mut zu machen. Er stolperte über eine Wurzel und wäre fast hingefallen. In diesem Augenblick hätte Mletkin sein Messer leicht in Jankos Hals stoßen und den Kurupkiner mit einem Schlag töten können. Aber stattdessen trat er zurück, bis der Gegner wieder seine Kampfposition eingenommen hatte. Vor den Jarangas stand kein Mensch, das Lager sah aus wie ausgestorben. Kein Laut kam von dort.

Janko griff erneut an. Sein Ziel war jetzt Mletkins entblößte Brust. Offenbar wollte er mit einem einzigen Stoß seinem Feind den Garaus machen. Es gelang ihm mehrmals, unter Mletkins linke Brustwarze zu stechen, und Blutstropfen fielen auf Mletkins Torbasen.

Mletkin hatte keine Eile. Er wusste, er konnte Janko jederzeit den tödlichen Stoß versetzen. Er trat einen Schritt zurück und sagte:

»Du kannst dein Leben noch retten, wenn du Giwewnëu hergibst.«

»Das werde ich nie tun. Giwewnëu ist meine Frau und die Mutter meines Sohnes Kmol!«, zischte Janko und machte einen Ausfallschritt nach vorn. In diesem Moment stieß Mletkin mit einem dumpfen Geräusch das Messer zwischen die Rippen des Gegners, direkt in das zitternde Herz. Janko schaute Mletkin verwundert an und sank langsam zu Boden. Er fiel auf den Rücken, zuckte mehrere Male und erstarrte dann mit weit geöffneten Augen.

Mletkin zog das Messer aus Jankos Brust und wischte es sorgfältig an einem blauen Büschel Rentiermoos ab.

In der Jaranga wartete Giwewnëu auf ihn. Neben ihr lag ein Sack aus Rentierleder mit ihren Sachen.

»Bist du bereit?«, fragte Mletkin.

»Ich bin schon lange bereit!«, antwortete Giwewnëu.

»Dann lass uns gehen.«

Und alle drei wanderten durch die Tundra zum Meeresufer.

Mletkins neue Familie

Den ganzen Sommer und Herbst des Jahres 1901 kannte Mletkin keine Ruhe, er richtete das Leben in der Jaranga ein, brachte die Wirtschaft in Ordnung, reparierte die Jagdausrüstung, die Gerätschaften, lebte sich ein. Äußerlich schien alles gut zu sein.

Ungeachtet ihrer Jugend und ihrer Tschautschu-Herkunft lernte Giwewnëu schnell die Bräuche, machte Bekanntschaft mit den Uëlener Frauen und ging gemeinsam mit ihnen Beeren, Wurzeln und Kräuter sammeln. Manchmal brachte Mletkin seine Familie an das Ufer der zweiten Lagune, wo sich reiche Multbeerenfelder erstreckten und man vom Ufer aus die fette Schmerle mit dem zarten Fleisch angeln konnte.

Das Leben gestaltete sich nicht schlecht. Die Uëlener erholten sich von der schrecklichen Seuche. Es war nicht Brauch, die Gräber zu besuchen. Wenn man sich an die Toten erinnerte, dann nur, indem man ihre Namen in Gebeten und bei Opferungen nannte.

Auch die Jagd war erfolgreich. Es geschah selten, dass Mletkins Boot leer heimkehrte. Einmal gelang es ihm sogar, einen kleinen Grauwal zu harpunieren. Die Vorratshöhlen füllten sich mit Walrossfleisch, Tranfässern und eingesäuerten Kräutern. Giwewnëu nähte einen neuen Winterpolog und schichtete getrocknete Grasbündeln darum, um die Wärme zu halten.

Nur eines verfinsterte Mletkins Leben – die Erinnerung an den Tod von Kmols Vater, dem Kurupkiner Janko. Er wusste, dass das Schuldgefühl vor dem Jungen ihn lange bedrücken würde, und er kümmerte sich so viel wie möglich um ihn. Er schenkte ihm einen Welpen von Lilikej, bastelte Spielsachen und beschäftigte sich jeden Abend mit ihm. Doch fast jede

Nacht sah Mletkin vor dem Einschlafen die verwunderten, aufgerissenen Augen des sterbenden, auf das Tundramoos sinkenden Janko.

Bei den Uëlenern kamen neue Werkzeuge in Mode, neue Waffen, Kleider, Stoffe und solche Leckereien wie süßer Tee, Sirup und in Robbenfett gebratene Mehlfladen.

Es geschah selten, dass kein Schiff vor Anker lag. Die Seeleute trieben Handel, vor allem mit geschmuggeltem Schnaps, und verführten die jungen Frauen und Mädchen. Einige Uëlener, vor allem aus armen Familien, handelten damit, dass sie die Tangitan in ihre Jaranga lockten und ihnen für Ware und Schnaps ihre Frauen zur Verfügung stellten. Manche verbesserten auf diese Weise sogar merklich ihren Wohlstand. Tschotgytky, Vater von vier Töchtern, deckte seine unansehnliche Jaranga mit einem alten Segel und brüstete sich mit einer Kapitänsmütze, eine schwarze Pfeife mit Bernsteinmundstück zwischen den Zähnen. Den ganzen Sommer über war er betrunken und verkündete stolz, dass er bald Besitzer eines echten Schoners sein werde.

Tyneskyns Familie gelangte ohne Prahlerei und Frauenhandel in den Besitz einer wertvollen Holzschaluppe. Walbarten standen noch immer hoch im Kurs, aber von Alaska kamen immer häufiger Abenteurer herüber, die die Tschuktschen nach Goldstaub auf dem Kieselstrand und im Sand der Tundraflüsse ausfragten. Sie erzählten immer wieder die angeblich aus Tschukotka stammende Legende vom goldenen Riesen, der an der tschuktschischen Küste gewohnt haben und dort gestorben sein soll. Er fiel in den Irwytgyr, den die Tangitan Beringstraße nannten. Der goldene Riese kam so zu liegen, dass seine Beine in Alaska waren und der Oberkörper und Kopf auf der Tschuktschen-Halbinsel. In dieser Legende, die wohl eher von einem erfolglosen Goldsucher ausgedacht war, kehrte die uralte Geschichte von der schrecklichen Überschwemmung im Irwytgyr wieder, die die

Landverbindung zwischen Asien und Amerika für alle Ewigkeit unter Wasser gesetzt hatte.

Mletkin besuchte den Familientempel auf dem hohen Uferfelsen. Von dort aus hatte der Späher während der Jagd auf Wale und Walrosse einen weiten Blick aufs Meer. Auf der glatten Wasseroberfläche sah man die Fontänen der Wale, Walrosse und Robben. Vogelschwärme mit Kurs nach Süden flogen über das Wasser – vom Kap Enurmin rückte der Winter mit Eisfeldern heran.

Etwas abseits saß ein Rabe und krächzte laut.

Als Mletkin noch höher zum Tempel stieg, befiel ihn Unruhe. Hatte er in den fernen Ländern seine Gabe verloren, eins zu sein mit dieser Gegend? Seine Gabe der Erregung und, was das Wichtigste war, seine Gabe, mit dem inneren Ohr die Zaubermusik und die Stimme von Oben zu hören, die Worte, die sich zu klangvollen Zeilen fügten, zu heiligen Gesängen.

Der Wanderer kehrt in sein Heimatland zurück,
Und der Rabe empfängt ihn mit Krächzen.
Der prophetische Vogel und der Einzige,
Der die Tundra im Winter nicht verlässt.
Alles um mich herum
Soll wieder in meine Seele dringen,
Als ein Teil von mir, als mein Wesen,
Auch die Gnade der Höheren Mächte.

Tränen der Rührung und des Entzückens trübten seine Augen, und er merkte, wie das Gefühl des Einsseins mit der Natur von ihm Besitz ergriff, die unbekannte Kraft, mit deren Hilfe er im Geist über die riesigen Weiten der Heimaterde fliegen konnte.

Der Lagerplatz der Walrosse am Kap Intschoun war diesen Herbst sehr voll, und zu allem Überfluss hatten die Herbststürme einen riesigen Schwarm von Saikas – das waren kleine, aber sehr fette Fische – auf das Kieselufer von Uëlen geworfen. Der glitzernde Schwarm dieses Meeresgeschenks zog sich als Silberband der Küste entlang. Der Fisch wurde in Eimer und Ledersäcke gesammelt.

Jeden Morgen ging Mletkin lange vor Sonnenaufgang ans Ufer, in der Hoffnung, einen guten Holzstamm zu finden oder ein Stück versteinerten, schwarz gewordenen Walrosshauer. Manchmal entdeckte er Walrosse ohne Köpfe – die Amerikaner warfen sie ins Meer, weil sie die Tiere nur ihres Elfenbeins und ihrer Barten wegen töteten, aus denen sie Zahnstocher für vornehme Restaurants herstellten. Die Kadaver taugten nicht mehr als Nahrung, und Mletkin schleppte einige zerfetzte Körper in die Tundra, hinter die südlichen Hügel, um Pelztiere anzulocken.

Er hatte schon ein kleines Hundegespann beisammen, und auch Lilikejs Welpen wuchsen heran. Der kleine Kmol erhielt einen prachtvollen Schlitten mit Kufen aus gespaltenen Walrosshauern. Giwewnëu bemalte die polierte beinerne Oberfläche, in kleinen Bildern stellte sie die Legende von Pitschwutschin, dem märchenhaften guten Riesen, dar. Giwewnëu hatte sich zur Überraschung aller als begabte Künstlerin erwiesen. Sie färbte die Zeichnungen mit Ocker und mit in Tran aufgeweichtem Ruß, und sie wurden plastisch und traten deutlicher hervor.

Mit dem Ende der Saison, als die Tangitan-Schiffe die Tschuktschen-Halbinsel verließen, gab es in Uëlen weniger Betrunkene. Dennoch tauchten sie von Zeit zu Zeit auf, krochen auf wackligen Beinen aus ihren Jarangas und irrten mit unsicheren Schritten durch die Siedlung. Einer hatte gelernt, selbst Alkohol aus Mehl und Zucker herzustellen. Ope hatte in seiner Jaranga eine Vorrichtung aufgebaut und alte, zerfetzte Rentierhäute darüber gehängt. Darunter schwelte mit kleiner Flamme die Tranlampe. Aus dieser Vorrichtung ragte der dicke Lauf einer Winchester heraus. Der Hausherr saß direkt vor dem Visier und fing mit Speichel vorm Mund Tropfen für Tropfen der durchsichtigen Flüssigkeit auf.

»Wenn du Geduld hast, bekommst du sehr starkes Wasser«, sagte Ope. Zum Beweis tunkte er den Zeigefinger in den Becher und hielt ihn ans Feuer. Eine blaue Flamme zischte auf. Ope löschte sie und erklärte: »Wenn ich genug Zucker und Mehl hätte, könnte ich von dem üblen, fröhlich machenden Getränk so viel brennen, wie ich will. Hier, koste mal!«

»Ich trinke nicht.«

Ope sagte nachdenklich: »Du warst so lange im Land der Tangitan, hättest es ruhig lernen können.«

Aber Mletkin trank nicht und rief damit bei seinen Landsleuten Verwunderung, bei den Tangitan Misstrauen hervor, die darin eine heimliche Absicht vermuteten.

Carpenter aber verhielt sich dem Uëlener Schamanen gegenüber mit besonderer Hochachtung. Jedes Mal, wenn er auf dem Weg von Keniskun nach Hause war, besuchte er Mletkins Familie und brachte Giwewnëu und dem kleinen Kmol ein Geschenk mit. Offenbar hatte er Sehnsucht, in seiner Muttersprache zu reden, er unterhielt sich lange mit Mletkin, meist über religiöse Themen, er sprach sogar davon, zum Schamanenglauben überzutreten.

»Man kann nicht so einfach von einem Glauben zum anderen wechseln«, gab Mletkin zu bedenken. »Wie aus einer Jaranga in ein Holzhaus und umgekehrt. Wenn der Mensch den Glauben wechselt, wird er ein anderer. Zusammen mit dem alten, abgelegten Glauben geht auch der Mensch aus dem Leben.«

Aber die Hauptabsicht Carpenters war, so schloss Mletkin, ihn als Handelsagenten zu gewinnen und mit seiner Hilfe eine Niederlassung in Uëlen zu eröffnen. Keniskun war für den Handel ein äußerst ungeeigneter Ort: fünf Jarangas mit armen Bewohnern. Der Handelsposten war allein aus dem Grund gewählt worden, weil es, wenn die Nordwinde wehten, und das kam sehr oft vor, in der Bucht von Keniskun still war.

»Ich tauge nicht zum Händler«, lehnte Mletkin Carpenters Angebot höflich ab. »Ich bin ein Schamane, und Schamanen handeln nicht. In der Bibel wird berichtet, wie Jesus Christus einen Händler aus dem Gotteshaus jagt.«

Mletkin sagte das Wetter voraus, vollführte bei wichtigen Ereignissen die Riten, führte Opferungen durch, sprach Beschwörungsformeln, beerdigte die Toten und heilte die Kranken, indem er sich vor allem auf das medizinische Wissen stützte, das er in Nome und San Francisco erworben hatte. Er nähte Wunden, tröstete im Leid und war der wichtigste Organisator des Walfests, wenn es gelungen war, einen echten Grönlandwal zu harpunieren und ans Ufer zu schleppen. Bei seinen Wettervorhersagen benutzte Mletkin auch das Barometer, und Zähne zog er mithilfe seiner blitzenden Zange.

In diesem Winter fand das Meer lange keine Ruhe. Kaum hatte sich am Horizont der weiße Streifen des nahenden Eises gezeigt, kam Südwind auf, und Dauerregen vertrieb alle Zeichen des nahenden Winters. Dann löste der Nordwind den Südwind ab, riesige Wellen rollten auf die Kiesellandzunge und drohten die dicht am Ufer stehenden Jarangas zu überspülen. Der Zeiger auf dem Barometer bewegte sich unruhig hin und her, und Mletkin fühlte, wie sein ganzer Körper auf den Zustand des Wetters reagierte.

Er stieg zum Tempel hoch, brachte den Göttern, die das Wetter bestimmten, Opfergaben und sprach Beschwörungsformeln. In Erwartung des ersten Frostes beruhigte sich schließlich die Natur.

Rentyrgin und die anderen Rentierzüchter brachten ihre Herden an das Uëlener Ufer der Lagune. Der Herbsthandel begann. Rentierfleisch, Fell, Häute und Sehnen gegen Walross-, Robben- und Seehundfell, Tran, Lederriemen und Walbarten für Schlittenkufen.

Auch Carpenter war gekommen. Er wollte die Felle von jungen Rentieren und Pelzbekleidung haben, die am amerikanischen Ufer der Beringstraße einen sehr hohen Preis hatten.

In Mletkins Jaranga roch es nach Rentierfleisch und rohen Häuten. Abends, nach dem sättigenden Essen, setzte man sich ans glimmende Feuer und reinigte Rentierläufe, um an das Knochenmark heranzukommen. Der alte Rentyrgin, ermattet von einem bei Ope erstandenen Becher Feuerwasser, erging sich in Betrachtungen über die neuen Zeiten.

»Die Menschen haben sich mit den neuen Dingen geändert. Was wird aus unseren Enkeln?«

Mletkin spielte auf dem Banjo alte Gospelmelodien. Rentyrgin hörte ihm nachdenklich zu. Er galt auf der Tschuktschen-Halbinsel als bester Dichter und Schöpfer von Liedern und Tänzen. Zum Sommerausgang, wenn der Fang von Meerestieren für kurze Zeit beendet war, wurde in Uëlen ein Lieder- und Tanzfestival veranstaltet, zu dem auch Gäste vom amerikanischen Ufer des Irwytgyr angereist kamen. Auf solchen Festivals wurden nur neue Werke aufgeführt. Niemand erhielt eine Auszeichnung, aber die Anerkennung der Zuhörer und Zuschauer drückte sich darin aus, dass sie die Lieder und Tänze mit nach Hause in ihre Jarangas nahmen. Die Uëlener sangen in der Hauptsache Lieder von Rentyrgin, rezitierten seine Gedichte und tanzten seine Tänze. Der Alte hatte ein Recht darauf, sich Sorgen zu machen. Nachdenklich fragte er: »Welche Lieder werden sie singen?«

Mletkin schnallte die Schneeschuhe an und nahm Kurs auf das Meer. Er fand eisfreie Stellen mit offenem Wasser, suchte aber ein bestimmtes Loch, in dem die Ringelrobben an die Oberfläche tauchten. Mit seinem inneren, unerklärlichen Verstand erfühlte er den gesuchten Ort. Diese Gabe hielt er für eine Freundlichkeit der Höheren Mächte und jener Geister, die die Tierwelt beherrschten.

Bei der Jagd auf Ringelrobben war die Hauptsache die sorgfältige Vorbereitung des versteckten Hinterhalts, denn das Tier durfte den Jäger nicht entdecken. Als Mletkin einen nicht sehr hohen, jungen Eishügel gefunden hatte, verbarg er sich dahinter. Der kurze, helle Wintertag hatte gerade begonnen. Jetzt blieb ihm nur, geduldig zu warten.

Die Robbe tauchte wie immer unerwartet auf, lautlos. Der glatte, gleichsam ordentlich gekämmte Kopf glänzte, die großen, hervorstehenden schwarzen, fetthaltigen Augen traten deutlich hervor. Mletkin zielte. Der Schuss krachte und zerriss die Stille des Eismeers, das Wasser brodelte und wurde rot vom frischen, hellen Blut. Mit dem Akyn, einem Fanggerät, fischte Mletkin die Robbe heraus. Eine Minute später lag sie vor den Füßen des Jägers auf dem Eis. Sie war noch warm, aber die großen schwarzen Augen waren schon trübe vom Nebel des Todes.

An diesem Tag jagte Mletkin nur diese eine Robbe. Er kehrte erst beim Schein des Abendrots heim, als das Licht bereits hinter dem Kap Intschoun verschwand und die ersten Wintersterne aufleuchteten. Es sah so aus, als ob die Götter in dieser Nacht die Polarlichter anzünden wollten. Mletkins Herz fühlte das Nahen des vielfarbigen Himmelsfestes. Danach herrschte in der Natur für gewöhnlich lange Zeit ruhiges Frostwetter.

Auf dem Rückweg sah er schon von weitem die Lichter von Uëlen. Damit die heimkehrenden Jäger die Richtung fanden, wurden an solchen Abenden steinerne Lämpchen mit trangetränktem brennendem Moos vor die Jaranga gestellt. Die flackernden Zungen der Flammen sah man schon von weitem, und der Jäger konnte sich leicht an ihnen orientieren.

Giwewnëu erkannte ihren Mann und kam ihm mit einer kleinen Schöpfkelle voll Trinkwasser entgegen, in dem ein Eisstück schwamm. In erster Linie musste der Durst der Beute gestillt werden. Erst nach Vollendung dieses Ritus sagte sie: »Wir haben Gäste aus Nuwuken.« Dann verstummte sie und fügte nach einer Pause hinzu: »Bei ihnen ist ein Unglück geschehen.«

Mletkins Herz hatte schon vorher unruhig zu pochen begonnen. Er ging gleich in den Tschottagin und erblickte die entfernten Verwandten, die um den niedrigen Tisch saßen und Tee tranken.

Akosek erhob sich und sagte beherrscht: »Mit unserem Galgajëin ist ein Unglück geschehen.«

»Was ist mit ihm?«

»Sein Bein ist schwarz. Zuerst war der Fuß erfroren. Wir dachten, das heilt. Aber dann ist das schwarze Fleisch nach oben gekrochen … Er hat Schmerzen, verliert manchmal das Bewusstsein.«

Galgajëin, ein Junge von vierzehn Jahren, lag mit geschlossenen Augen im Polog und stöhnte leise.

Mletkin schlug das weiche Rentierfell auseinander, in das der untere Teil des Körpers gewickelt war, und erblickte das schwarz gewordene Bein, das wie ein verkohltes Holzscheit aussah. Die Zehen waren bereits abgestorben, sodass die Nägel abfielen. Der Junge war ohne Bewusstsein und wiederholte im Fieber unverständliche Worte.

»Warum habt ihr so lange gewartet?«, sagte Mletkin vorwurfsvoll. »Um den Jungen zu retten, muss ich das Bein bis zum Knie abnehmen.«

»Schneide meinetwegen das ganze Bein ab«, sagte Akosek, »Hauptsache, der Junge bleibt am Leben. Am wichtigsten sind seine Arme!«

»Als ob die Beine weniger wichtig sind«, sagte Mletkin, und er wies als Erstes an, von Ope so viel Feuerwasser zu holen, wie dieser hergeben konnte.

Dann bat er die Verwandten, bei den Nachbarn noch drei Tranlampen zu besorgen. Er holte das Chirurgenbesteck und legte es in den Teekessel, der über der Flamme der großen Tranlampe hing. Er befahl Giwewnëu, darauf zu achten, dass das Wasser kochte. Zur Desinfizierung der Wunde hätte er ein althergebrachtes Mittel anwenden können – Welpenblut. Aber Feuerwasser war besser. Hauptsache, Ope hatte nicht alles ausgetrunken.

»Er hat es schon fast im Mund gehabt«, sagte Akosek, als er

zurückkam, und reichte Mletkin einen Becher mit Feuerwasser. »Ich musste es ihm aus den Händen reißen.«

Das Licht reichte nicht aus, dazu drängten sich die neugierigen Verwandten um den Kranken, sie wollten genau wissen, was der Schamane von Uëlen tat. Aber Mletkin schickte alle in den Tschottagin und ließ nur Akosek und seinen Bruder da, die beiden sollten den Jungen halten. Und Giwewnëu. Durch die mit einem Metalllöffel auseinander gedrückten Zähne goss er den größten Teil des Feuerwassers in den Mund des Jungen und wartete einen Augenblick, bis es sich im Körper verteilt hatte. Er schnürte das Bein oberhalb des Knies mit einem Lederriemen ab und begann mit der Operation. Mletkin erinnerte sich, dass am wichtigsten war, dass der Patient so wenig Blut wie möglich verlor und nicht zu Bewusstsein kam. Deshalb schickte er noch einmal nach Feuerwasser.

Nachdem Mletkin das Bein untersucht hatte, beschloss er, es am Kniegelenk abzutrennen, um nicht den lebenden Knochen zersägen zu müssen. Er legte genügend Hautlappen für den Stumpf zurück, dann durchtrennte er die Sehnen und Blutgefäße. Giwewnëu tupfte wie eine richtige Operationsschwester das Blut mit Rentierwolle ab und warf die blutigen Bausche in eine Metallschüssel.

Als Mletkin den abgetrennten Beinstumpf beiseite gelegt hatte, zuckte Galgajëin plötzlich und schrie mit gellender Stimme.

»Gießt ihm Feuerwasser in den Schlund!«, befahl Mletkin.

Der Junge schluckte hustend den Selbstgebrannten, schrie und schlug um sich.

»Sei ruhig und halte durch!«, rief Mletkin laut, sammelte seine ganze Suggestionskraft und brachte den Jungen zum Schweigen. Der Kranke verstummte und sank wieder in Bewusstlosigkeit. Jetzt hatte Mletkin den Zustand des Jungen unter Kontrolle. Er befahl ihm, aus eigener Willenskraft zu schlafen und den Schmerz zu ignorieren. Selbsthypnose hatte er schon oft an sich selbst ausprobiert, als er unter Kaljantagraus Leitung die Schamanenprüfungen bestehen musste. Niemand ahnte, dass die Brandwunden auf seinen Armen und die vielen Narben auf seinem Körper Spuren selbst zugefügter Qualen waren, Spuren von mit eigener Willenskraft unterdrückten Schmerzen. Er hatte gelernt, die Qualen zu beherrschen und nicht zu empfinden. Jetzt half seine Kraft dem Jungen, der in Zukunft mit einem Bein leben musste. Während Mletkin den Stumpf mit in Feuerwasser getränkten Sehnen zusammennähte, betrachtete er das feine, durchgeistigte Gesicht und die langen, tränennassen Wimpern und bewunderte ihn. Hätte er doch solch einen Sohn! Kmol war noch klein, verstand noch nichts, es würde viel Zeit vergehen, bis er das Gesicht eines zukünftigen Mannes besaß … Jetzt war er einfach ein Kind, ein kleiner Junge.

Galgajëin öffnete die Augen und begegnete Mletkins Blick. »Ich habe dir ein Bein abgetrennt«, sagte der Schamane. »Hätte ich es nicht getan, wärst du in ein paar Tagen gestorben.«

Jetzt rollten die an den Wimpern hängenden Tränen über die Wangen des Jungen, und er sagte, einen Weinkrampf unterdrückend: »Und wie soll ich jetzt jagen?«

»Ich habe in Amerika einen Jungen gesehen, der mit seinen Krücken schneller lief als ein Mensch mit zwei Beinen!«, munterte Mletkin ihn auf.

Es bestand die Gefahr, dass das schwarze Blut sich versteckt hatte und den Organismus erneut angriff. Aber aus irgendeinem Grund war Mletkin überzeugt, dass er alles getan hatte, was nötig war, und der Junge jetzt nur noch geduldig warten musste, bis die mit Rentiersehnen vernähte Wunde zusammenwuchs und verheilte.

Drei Tage später fuhren Akosek, der den operierten Sohn auf den Schlitten bettete, und seine Verwandten wieder zurück nach Nuwuken. Der Ruhm von der wunderbaren Gabe des Uëlener Schamanen Mletkin, einen unbrauchbaren Körperteil wegzuschneiden und wegzuwerfen, verbreitete sich über die Tschuktschen-Halbinsel schneller, als die schnellsten Hunde und Zugrene laufen konnten, und gelangte sogar in die entlegensten Ecken der Tundra.

Im Frühling begann die Walrossjagd, und Mletkin fuhr mit seinem Kajak nach Nuwuken, wo es kein Packeis mehr gab und es leichter war, das Walross auf den schwimmenden Schollen zu erbeuten. Dort traf er Galgajëin. Der Junge hüpfte leicht an den Krücken umher, als habe er seine Behinderung vergessen. Er hatte im Kajak am Bug den ehrenvollen und verantwortlichen Platz des Harpuniers. Später wurde er ein berühmter Elfenbeinschnitzer, und jeder seriöse Sammler betrachtete es als großes Glück, Kunstwerke von ihm zu besitzen.

Das Leben ging seinen Gang. Tyneskyn kaufte sich einen Schoner und brachte ihn im Winter in die Lagune. Mletkin schaffte sich eine Holzschaluppe an und träumte von einem Gasolinmotor.

Oft dachte er an die Jahre zurück, die er in Amerika verbracht hatte. Abends nahm er manchmal das Banjo zur Hand und sang leise die Lieder, die er von seinem Freund Nelson gelernt hatte. Manchmal zog er das Grammofon auf, stellte den Trichter in die Tür und machte damit den Uëlener Kindern eine große Freude.

Zeiten und Menschen

Im Sommer 1910 gebar Giwewnëu einen Sohn. Mletkin hielt sich zu dieser Zeit gerade in Petropawlowsk-Kamtschatsk auf, von wo aus er eine ungewöhnliche Fracht nach Uëlen bringen sollte – eine Schule. Ein Jahr zuvor war sie mit dem Dampfer nach Kamtschatka gekommen, aber im vergangenen Herbst hatten die Eisverhältnisse dem Schiff die Durchfahrt nach Uëlen versperrt, und die Schule, in nummerierte Balken zerlegt und ordentlich verpackt, war bis zur nächsten Schifffahrtsaison am Ufer deponiert worden.

Von der Geburt seines Sohnes erfuhr Mletkin in der Bucht Guwrel, wo der Dampfer frisches Wasser tankte. Die dort lebenden Eskimos brachten ihm die Nachricht zusammen mit anderen Neuigkeiten von der Tschuktschen-Halbinsel.

Zusammen mit Mletkin fuhr auf dem Schiff der Leiter des Kreises Uëlen, Chrenow. Er entsprach voll und ganz der alten tschuktschischen Bezeichnung Haarmünder, denn er trug nicht nur einen struppigen Schnurrbart, sondern auch einen großen Vollbart. Seine Kleidung – eine dunkelblaue Uniform mit zwei Reihen glänzender Knöpfe, eine Schirmmütze mit Goldkokarde, in der man einen Raubvogel entdecken konnte, den zweiköpfigen Adler mit Krallenfüßen – war ebenfalls bemerkenswert. An Chrenows Gürtel hing ein langes Messer mit verschnörkeltem Schaft und zu allem Überfluss noch ein kleines Gewehr in Lederfutteral.

Chrenow unterrichtete Mletkin davon, dass der Zar beschlossen hatte, dem entlegensten Kreis seines Besitztums, der Tschukotka, besondere Aufmerksamkeit zu widmen. Von nun an würde jedes Jahr an der Küste ein Kriegsschiff entlangfahren und die amerikanischen Händler, die geschmuggeltes Feuerwasser bei sich hatten, vertreiben. Handelsrecht hatte nur die Firma von Svensson und seine Agenten. Es war beschlossen worden, für die Bildung des wilden Volkes eine Schule in Uëlen zu errichten. »Deine Landsleute werden lesen und schreiben lernen«, erklärte Chrenow stolz. Aber unter den Passagieren des Dampfers war kein Lehrer, der sollte erst im nächsten Jahr geschickt werden.

Giwewnëu empfing ihren Mann mit einem frohen, kurzen Aufschrei.

Mletkin ging schnell zum Fellpolog, in dem das Neugeborene schlief, und schlug die kleine Felldecke zur Seite.

»Hast du ihm schon einen Namen gegeben?«

»Ich konnte ihn nicht so lange ohne Namen lassen«, antwortete Giwewnëu schuldbewusst. »Ich habe ihn Giwëu genannt.« Der Name bedeutete »Der Bekanntheit erlangt«. Darin verbarg sich eine unausgesprochene Hoffnung.

»Ein guter Name«, sagte Mletkin ohne besondere Freude. Er war traurig, dass im Namen des Sohnes nicht das Sinnzeichen seines Stammesnamens wiedergegeben war, die Wurzel Mlen/Mlan. Das Neugeborene aber hatte tatsächlich nicht so lange ohne Namen leben können, es wäre für die bösen Geister eine leichte Beute gewesen, denn die warteten ja nur auf namenlose kleine Kinder.

Doch die Freude darüber, dass Giwewnëu endlich ein Kind von ihm geboren hatte, war stärker. Sie würden noch mehr Kinder haben, und bestimmt auch einen Jungen, in dessen Namen sich der von Jahrhundert zu Jahrhundert weitergetragene Sinn widerspiegelte.

Für die Schule wurde eine hoch gelegene, unbebaute Fläche über der Lagune ausgewählt. Die mit Mletkin angereisten Tischler stellten in Windeseile den Holzrohbau auf. Sie arbeiteten Tag und Nacht. Glücklicherweise versank die Sonne nur für kurze Zeit im Meer.

So stand neben den schwarzen Jarangas von Uëlen bald ein Gebäude, das der uralten Siedlung der Meeresjäger ein ganz anderes Aussehen gab. Als die Wände hochgezogen, das Haus mit Wellblech gedeckt und in die riesigen Fenster Gläser eingesetzt waren, drängten die Uëlener in die Schule, um sich das Innere der Holz-Jaranga anzusehen und durch die Fenster einen Blick auf die Lagune zu werfen. Die Öfen wurden geheizt, der schwarze Stein fing zu glühen an und strahlte große Hitze aus. In der Schule wohnte vorübergehend Chrenow mit seinem Gehilfen.

In Gesprächen mit dem Leiter des Kreises und dem häufig zu Besuch kommenden Carpenter erfuhr Mletkin, wie die Welt politisch eingerichtet war. Es stellte sich heraus, dass die

Tangitan die Erde schon vor langer Zeit unter sich aufgeteilt hatten. Die großen und starken Staaten hatten riesige Länder in ihren Besitz genommen. Mletkin erinnerte sich an die Karte der Erdhalbkugel, die er im Museum für Naturwissenschaften in New York gesehen hatte. Dort erstreckte sich Russland über die ganze Breite von Ost nach West und schloss dutzende Völker in sich ein, große und kleine. Chrenow erklärte, sie alle würden die Macht des Zaren anerkennen und Abgaben leisten. Unzufrieden bemerkte er, dass von allen Völkern des Russischen Imperiums allein die Luorawetlan sich weigerten, etwas abzugeben, dass die Zarenregierung im Gegenteil jedes Jahr den Tschuktschen Geschenke schicke. Diese Geschenke kämen aber auf dem langen Weg durch Diebstahl abhanden, und viele Ureinwohner von Tschukotka hätten keine Ahnung davon. Außerdem erfuhr Mletkin von Chrenow, dass der Zar seinem Gesandten nicht nur streng befohlen hatte, die Tschuktschen zu schützen und sie nicht im Stich zu lassen, keiner durfte sich in ihr Leben einmischen, alle mussten ihre Bräuche und ihren Glauben achten.

»Ich habe dich, den Schamanen, also auf Befehl des Zaren zu achten«, sagte Chrenow. »Obwohl ich als Orthodoxer deinen Glauben nicht akzeptiere. Aber dich mit Gewalt zum Christentum zu bekehren, dazu habe ich kein Recht. Zuerst muss ich dir Bildung beibringen. Vielleicht ist es dazu schon zu spät, aber bei deinen Kindern und Enkelkindern muss ich das tun. Dafür wurde hier die Schule gebaut, damit du und deine Landsleute durch Bildung, durch Lesen und Schreiben von den wilden Bräuchen und vom Schamanenglauben abgebracht werdet.«

»Ich kann russisch schreiben und sprechen und kenne die amerikanische Sprache und Schrift, aber ich habe nicht vor, mich von meinem Glauben und meinen Bräuchen loszusagen«, sagte Mletkin.

»Das ist schlecht«, entgegnete Chrenow streng.

Nach der Schule sollte in Uëlen eine Kirche gebaut und ein

Pope geschickt werden. Aber eine Schifffahrtsaison verstrich, dann die nächste, und die Schule stand immer noch leer. Chrenow zechte mit seinem Gehilfen in den Holzzimmern und schleppte Frauen dorthin.

Bald liefen hellblonde »Chrenow-Kinder« durch Uëlen. Die Nachricht von der schrecklichen Schlacht zwischen den Tangitan brachte Carpenter nach Uëlen. Deutschland hatte Russland den Krieg erklärt. Andere europäische Staaten hatten sich in diese Schlacht eingemischt. Amerika hielt sich noch zurück.

Je weiter die Zeit der blutigen Zusammenstöße zwischen den verschiedenen Stämmen auf Tschukotka in die Vergangenheit rückte, desto grausamer wurden die Tangitan, und von Zeit zu Zeit flammten große Konflikte zwischen ihnen auf. In Amerika hatte Mletkin von der Erfindung todbringender Waffen zur gegenseitigen Vernichtung erfahren. Die Kriegsschiffe der Haarmünder wurden mit Kanonen ausgerüstet, die in der Lage waren, ganze Siedlungen samt Bevölkerung und Haus und Vieh zu vernichten. Man hatte besondere Waffen zur Tötung einer großen Menschenmenge entwickelt – Maschinengewehre und Bomben. Der ganze Sinn des Kriegs zwischen den Tangitan bestand darin, so viel Menschen wie möglich umzubringen, Häuser zu zerstören, Schiffe zu versenken, Getreidefelder anzuzünden, Vieh zu vernichten und alles Erdenkliche zu tun, damit kein Mensch überlebte! Mletkin konnte den Höheren Mächten nur dankbar sein, dass seine Heimat weit weg von diesen Schlachten lag.

Im Sommer 1915 fuhr Chrenow mit seinem Gehilfen ab, und die Schule stand leer. Kein einziger Uëlener hatte lesen und schreiben gelernt. Am meisten bedauerte Mletkin das. Insgeheim hatte er gehofft, seine Kenntnisse in russischer Sprache zu vervollkommnen.

Dafür wurden die Amerikaner aktiver. Sie verkauften nicht nur Waren des täglichen Bedarfs, sondern auch Holzschaluppen und sogar Holzhäuser. Tyneskyn transportierte mit seinem Schoner Waren und eröffnete im Ort einen eigenen Laden, womit er Carpenters Konkurrent wurde. Der Amerikaner senkte sofort die Preise, bewirtete seine Kunden großzügig mit Tee, machte jedem ein kleines Geschenk, angesehenen Leuten reichte er ein Glas Feuerwasser. Er kannte jeden Kunden beim Namen, war über seine privaten Angelegenheiten informiert und ließ keine Gelegenheit verstreichen, um Frauen und Kindern ein kleines Geschenk zu schicken. Aber die Hauptsache war – er gab großzügige Kredite. Bald waren ganz Uëlen und die Bewohner der umliegenden Siedlungen bei ihm verschuldet. Also wurden auch alle Pelzwaren, Walrosshauer und Walbarten zu ihm nach Keniskun gebracht. Tyneskyn musste seinen Laden schließen und die Waren an Verwandte verteilen.

Tyneskyns Neffe, der junge Elfenbeinschnitzer Gemauge, baute sich ein Holzhäuschen, stellte einen großen Pfahl mit einem waagerechten Kreuz an der Spitze daneben und richtete darauf so etwas wie ein Nest ein, wie es sie auf Schiffsmasten für die Fänger gab, die die Walherden und den Zustand der Eisfelder beobachteten. Jeden Morgen kletterte Gemauge auf seinen Mast und betrachtete durch ein Fernglas den Meereshorizont.

Die Uëlener genossen das satte Leben. Neue Waffen und schnelle Schaluppen mit Stoffsegeln oder gar Gasolinmotoren ermöglichten es ihnen, weit draußen auf dem Meer zu jagen. Wale und Walrosse fingen sie mehr als genug. An süßen Tee, gebratene Fladen, süßen Sirup und den guten Tabak »Prinz Albert« hatten sie sich längst gewöhnt. Die Frauen trugen Kamlejkas aus buntem Stoff, und in den Pologs ratterten Nähmaschinen der Marke »Singer«.

Niemand hungerte. Allerdings hatten einige Uëlener das Feuerwasser so lieb gewonnen, dass sie ohne das Getränk nicht mehr auskamen. Dennoch schien es, als seien alle glücklich und zufrieden.

Alle außer einem – dem blinden Ruptyn.

Er kam häufig in Mletkins Jaranga und forderte von ihm, er solle mit dem Messer den weißen Schleier von seinen Augen kratzen. Ruptyn begann mit Bitten und Schmeicheleien, nannte Mletkin den größten Schamanen, der uralte magische Traditionen und Tangitan-Wissen vereine. Wenn Mletkin sich weigerte, verlor Ruptyn die Geduld, begann zu schimpfen und beleidigte und beschuldigte den Schamanen, er sei »wie ein Tangitan geworden«. Dieser Ausdruck galt bei den Luorawetlan als größte Herabsetzung, als moralische Degradierung, als Verwandlung in einen verachtungswürdigen Haarmünder, der zu niedrigen Handlungen fähig war. Wurde ein Luorawetlan so angeredet, dann musste er ernsthaft über sein Verhalten nachdenken, um nicht völlig abgelehnt zu werden.

Aber Mletkin konnte sich nicht dazu entschließen, den weißen Belag auf Ruptyns Augen zu berühren. Auch in seinem amerikanischen Leben hatte er kein einziges Mal erlebt, dass ein Arzt eine solche Operation durchgeführt hatte. Dieses Leiden galt offenbar als unheilbar.

Mletkin versuchte den Unglücklichen davon zu überzeugen, sich mit seiner Blindheit abzufinden und die Freuden des Lebens zu genießen, die für ihn zugänglich waren. Ruptyn komponierte Lieder und konnte sich in dieser Kunst erfolgreich mit dem anerkannten Rentyrgin und dem jungen Atyk messen.

Zu allem Unglück hatte Ruptyn am Feuerwasser Gefallen gefunden. Wenn er betrunken war, irrte er zwischen den Jarangas umher, fiel hin und blieb liegen. Im Sommer geschah es nicht selten, dass die Hunde seine Torbasen annagten.

Zu Mletkin kamen Menschen aus allen Nomadenlagern an der Küste und in der Tundra. Eines Tages wurde ein kleiner, kränklich aussehender Tangitan mit schwarzen Zehen zu ihm gebracht. Er hatte bräunliche Haut und war sowohl im Gesicht als auch am Körper stark behaart. Hätte er keine feinen Gesichtszüge und keine großen schwarzen Augen gehabt, dann hätte er haargenau dem Affen geglichen, den Mletkin im Zoo von New York gesehen hatte. Alex Hrdlichka hatte allen Ernstes behauptet, dass von diesem Tier der moderne Mensch abstammte. Mletkin hatte ganz entschieden seine Verwandtschaft mit dem abscheulichen Wesen angezweifelt und erst am Ende eines langen Streits eingeräumt, dass möglicherweise die Tangitan vom Affen abstammten, aber niemals die Luorawetlan, die als ihre Vorfahren den Urvater Rëu und die erste Frau Nau ansahen.

Der tangitanische Patient hieß Magomet Dobrijew. Nach der Operation rief er: »Ich habe nie geglaubt, dass mich, einen stolzen Kaukasier, einen Nachfahren des Stammes der Wainachen, einmal ein Schamane behandelt!«

Zehn Jahre zuvor war Magomet Dobrijew aus dem Kaukasus in das unbekannte Land Amerika gekommen, weil er von den seichten, goldhaltigen Stellen im Meer vor Alaska gehört hatte, wo man angeblich eimerweise Goldsand schöpfen konnte. Drei Jahre war er auf dem Schiff vom Süden nach dem Norden gefahren, ein Jahr hatte er gebraucht, um nach Nome zu gelangen, sein Ziel aber hatte er nie aufgegeben. Er glaubte fest daran, dass auf der Landzunge von Nome für ihn noch Gold übrig war. Aber am Ufer des kalten und dunklen Meeres lagen nur Schiffswracks und verrostete Motoren. Der Wind fing sich in den vom Sand zugewehten, zerfetzten Zelten – und kein Stäubchen Gold mehr! Dafür gab es genug Gerüchte über riesige Goldvorkommen am anderen Ufer der Beringstraße, auf Tschukotka. Mit dem erstbesten Lederkajak überquerte Magomet Dobrijew die stürmische und neblige Wasserstraße und landete in Nuwuken, wo er sich gleich am Ufer, buchstäblich auf den ersten Blick, in das hübscheste Mädchen der Eskimosiedlung verliebte – in Tschulchena. Sie war nicht nur nach europäischen Maßstäben schön, sondern entsprach allen Schönheitskriterien einer jungen Frau von der Beringstraße. Sie war stattlich, rundlich, hatte eine große

Brust und war von fröhlicher Natur. Ihr rundes, volles Gesicht war mit blauen Tätowierungen bedeckt, was sie noch schöner und anziehender machte.

Als Tschulchena Dobrijew heiratete, träumte sie davon, ihn zu einem echten Eskimo und Jäger zu machen. Aber Magomet verließ jedes Frühjahr seine schwangere Frau und ging auf Goldsuche in die Tundra. Kehrte er zurück, fand er jedes Mal ein neues Familienmitglied vor, und der Traum vom Reichtum flammte mit neuer Kraft auf.

Er sagte zu Mletkin: »Wenn ich Gold finde, melde ich es an und werde ein reicher Mann!«

»Und was willst du mit deinem Reichtum anfangen?«

»Ich fahre in meine Heimat, in den Kaukasus, damit alle sehen, was aus dem armen Magomet aus Achal-Jurt geworden ist! Ich kehre mit Hut und Handschuhen zurück!«

»Und Tschulchena und die Kinder?«

»Die kommen selbstverständlich mit. Alle bis auf den Letzten mit Mantel und festen Lederstiefeln, und mit Handschuhen! Tschulchena wird ein Seidenkleid tragen und einen großen Hut aus goldenem Stroh aufhaben, und in der Hand wird sie einen schönen weißen Sonnenschirm halten! Mit Fransen!«

»Die Menschen aus dem Norden vertragen die südliche Hitze nicht.« Mletkin erzählte Magomet von den Polareskimos aus Grönland, die in New York an dem ungewohnten Klima und an Heimweh zu Grunde gegangen waren. »Aber die Hauptsache ist, wie werden deine Landsleute Tschulchenas bemaltes Gesicht aufnehmen? Das, was hier als schön gilt, wird von den Tangitan nicht immer angenommen.«

Sogar nach dem Verlust einiger Zehen am linken Fuß hängte Magomet Dobrijew die Goldsucherei nicht an den Nagel. »Nur ein reicher Mann gilt was!«, sagte er zu Mletkin. »Reich sein heißt unabhängig sein. Dann kann ich tun und lassen, was ich will. Wenn ich will, fahre ich in den Kaukasus, und keiner darf Tschulchenas bemaltes Gesicht schief ansehen. Denn sie ist reich. Vielleicht haben die reichen Eskimos so einen Brauch, genauso wie die Muselmaninnen das Gesicht verschleiern? Aber wenn ich nicht will, fahre ich nirgendwohin und eröffne hier einen Laden wie Carpenter, rauche Zigarren und trinke abends in Gesellschaft meiner vielen Kinder Whisky.«

Mletkin empfand eine besondere Sympathie für diesen unglaublich mageren Mann, der den Spitznamen »Der Dürre« – »Kupkylyn« – trug. Er reagierte auf diesen Namen genauso bereitwillig wie auf seinen richtigen. Er befolgte alle Bräuche der Eskimos, er kritisierte sie nicht, sondern nahm sie so an, wie sie sich in Jahrhunderten herausgebildet hatten. »Bräuche muss man achten!«, sagte er feierlich und hob den schiefen Zeigefinger mit dem dicken, gelben Fingernagel hoch.

Im Winter ging er auf die Jagd und war erfolgreich. Seine Familie lebte trotz der vielen Kinder im Wohlstand, vor allem dank der Hilfe der Verwandten, die diesen seltsamen Tangitan ins Herz geschlossen hatten.

Im Frühling des Jahres 1917, als die Enten über die Uëlener Landzunge flogen, ging Ruptyn freiwillig aus dem Leben. Am Abend zuvor war er zu Mletkin gekommen, still, in sich versunken. Nachdem er dem Spiel des Banjos gelauscht und einige Lieder des Hausherrn gehört hatte, bat er Mletkin, das Grammofon aufzuziehen. Als die Töne der Opernarie verklungen waren, sagte er plötzlich:

»Ich erinnere mich, wie ich noch sehen konnte … Der Nebel hat meine Augen allmählich verschleiert. Und weißt du, ich bin nicht mal besonders betrübt deswegen gewesen. Denn unser Leben hat sich kaum verändert. Alles blieb, wie es Jahr für Jahr gewesen ist. Geändert haben sich nur die Menschen – zuerst waren sie Kinder, dann wurden sie erwachsen und dann alt … Aber meine Altersgenossen sehe ich alle jung vor mir. Am wenigsten verändert sich beim

Menschen die Stimme. Aber was mich am meisten betrübt – ich kann das Neue nicht sehen. Die neuen Waffen, die neuen Schaluppen, die neuen Schiffe. Diesen Musikkasten hier habe ich von allen Seiten abgetastet, kann ihn mir aber nicht insgesamt vorstellen. Einerseits ist er wie ein Vogel mit langem Hals, aber dann öffnet sich dieser Hals plötzlich, als ob er sich in eine breite Kehle verwandelt. Dann ist er ein kleiner Vogelkopf mit einer Nadel als Schnabel, die auf einer Platte kratzt, die sich in einem Kasten dreht. Wie die Stimmen und die Musik entstehen, kann ich mir nicht vorstellen. Und dass ich solche neuen Sachen nicht mal in Gedanken sehen kann, lässt mir keine Ruhe … Guck mal, was ich mit meiner Hand gemacht habe.«

Mletkin entdeckte eine Reihe schwarzer Punkte auf Ruptyns rechter Hand zwischen dem Zeigefinger und dem Daumen.

»Ich wollte begreifen, wie eine Nähmaschine funktioniert, und habe mir in die Haut genäht. Mehrere Male bin ich um das Holzhaus von Gemauge gegangen, um den Mast, auf den er klettert, um aufs Meer zu schauen. Aber wie er wirklich aussieht, kann ich mir nicht vorstellen … Gestern bin ich durch Uëlen gegangen und zweimal gegen etwas gestoßen. Zuerst gegen Gemauges Haus, dann gegen die Schule … Als ob ich hier fremd bin. Ich habe keine Frau gehabt, weil sie alle vor mir Angst hatten, vor meinen Händen, wenn ich sie abtastete. Die ganze Welt habe ich nur über Töne und Berührung kennen gelernt. Aber ich weiß, dass ich sehen kann!«, rief Ruptyn verzweifelt. »Ich habe als Kind sehen können, ich erinnere mich, wie die Welt ausgesehen hat, ich fühle und sehe Licht. Aber es ist, als ob ein dichter Nebelschleier vor mir hängt. Und du willst diesen Nebel nicht wegnehmen …«

Mletkin versuchte erneut Ruptyn zu erklären, dass er seine Augen damit völlig zerstören, dass er das Blut nicht stillen könnte, und dann käme der Tod.

»Aber die Tangitan machen solche Operationen!«, rief Ruptyn. »Sie haben es mir gesagt!«

»Dann musst du nach Amerika fahren«, sagte Mletkin.

Es war seltsam, Tränen auf den weißen Augen zu sehen. Die Augen selbst sahen aus wie schmelzender Frühjahrsschnee. Mletkins Herz zog sich vor Mitleid und Schwäche zusammen. In der Bibel hieß es, dass Jesus Blinde wieder sehend machte. Aber wo war Jesus? Warum musste man, um einen Unglücklichen zu heilen, unbedingt den Glauben von Jesus Christus, dem Hauptgott der Tangitan, annehmen? Wenn er so allgegenwärtig und allmächtig war, warum konnte er nicht barmherzig sein, es kostete ihn doch nichts? Nein, die Tangitan waren andere Menschen. Und auch ihre Götter waren andere.

Ruptyn schied auf alte tschuktschische Art aus dem Leben. Er erhängte sich an einem aus Rentiersehnen geflochtenen Strick.

Mletkin führte den Ritus der Befragung des Toten durch und fand heraus, dass er auf niemanden böse war. Wie zur Bestätigung antwortete die Natur mit klarem Sonnenwetter, das erstaunlich lange anhielt, bis zur Schneeschmelze.

Mit dem letzten Schlitten kam aus Anadyr die Nachricht, der Sonnenherrscher habe den Goldenen Sitz verlassen. Wie sich herausstellte, trug er den Namen eines ganz normalen Russen – Nikolai. Nur dass er im Unterschied zu den anderen, sterblichen Nikolais noch eine Zahl hatte – der Zweite.

Diese Nachricht hatte keine besonderen Auswirkungen auf das Leben der Luorawetlan. Aber alle Tangitan, vor allem die Händler, diskutierten lebhaft über die Ereignisse in der fernen Hauptstadt des Russischen Imperiums und fragten sich, was nun käme.

Svensson brachte auf seinem Schiff außer neuen Waren auch einen Stapel amerikanischer Zeitungen mit. Carpenter seinerseits studierte mehrere Tage sorgfältig die Druckerzeugnisse aus Russland, zeigte sie Mletkin und breitete die Arme aus: »Das ist alles nicht zu verstehen! Was soll das für eine provisorische Regierung sein? Wird in Russland jetzt ein Präsident gewählt wie bei uns in Amerika oder ein neuer Zar?«

Mletkin betrübte nur eine Tatsache: Wieder kam kein Lehrer nach Uëlen, die Schule, die schon so viele Jahr leer stand, wurde wieder nicht genutzt.

Die Söhne wuchsen heran. Sie halfen dem Vater. Sie kümmerten sich um den Hundeschlitten, holten Wasser aus dem Bach, im Winter Eis, und der Vater nahm sie manchmal schon zur Jagd mit. Im Winter angelten sie Fische. Aber am liebsten spielten sie. Sie ahmten die Erwachsenen nach. Gewöhnlich stellte der eine Bruder – Kmol – einen Rentiermenschen dar, und Giwëu einen Jäger vom Meer. Rentier-Kmol formte aus Grasbüscheln Rentiere, und Giwëu fing kleine Krebse, die natürlich eigentlich Robben und Walrosse waren. Manchmal gesellte sich Atyk zu ihnen. Er spielte die Rolle von Carpenter und handelte mit Kmol und Giwëu.

Mletkins Herz schlug froh, wenn er seine Söhne betrachtete. Niemals kam ihm der Gedanke, dass Kmol nicht sein leibliches Kind war. Dass er seinen Vater getötet hatte, vergaß er allerdings nicht. Aber er hatte ihn im ehrlichen Zweikampf erstochen, nach einem alten Brauch. In Uëlen wussten alle davon, keiner jedoch sprach laut darüber. Mletkin fragte Giwewnëu nie nach der Zeit, als sie Jankos Frau war. Die beiden Söhne waren für ihn gleich. Nur dass der eine älter war und der andere jünger. Aber das war gut so. Der ältere Bruder passte auf den jüngeren auf, brachte ihm etwas bei und beschützte ihn. Und Giwëu rannte Kmol hinterher und ahmte ihn in allem nach.

Im Winter 1918, der Frühling war schon nah, kehrte von einer weiten Reise ans südliche Ufer der Tschuktschen-Halbinsel Magomet Dobrijew nach Nuwuken zurück. Unterwegs machte er bei Mletkin Halt. Er hatte ein ausgezeichnetes Gespann, das beste in der ganzen Gegend, und er verstand sich auf Hunde, gab ihnen ausreichend zu essen und strapazierte sie nicht übermäßig. Er brachte Waren mit, die er von Carpenter bekommen hatte. Er fütterte die Hunde, legte sie an die Leine, und erst dann schlug er den Schnee von der Kleidung und ging in den Tschottagin. Dort reinigte er besonders sorgfältig seine Torbasen.

Der Hausherrin hatte er Tee mitgebracht, einen Zuckerhut und eine Flasche Sirup, jedem Kind einen Lutscher, und Mletkin zwei Fangeisen aus Stahl.

Im Polog legte der Gast die restliche Kleidung ab, einschließlich der unteren Fellhosen. Giwewnëu reichte ihm eine Flickendecke aus Rentierleder, damit er seine Scham bedecken konnte. Die Kinder und Giwewnëu konnten ihre Augen nicht von dem ungewöhnlichen Anblick wenden, den Magomet Dobrijew bot. Sein Körperbau entsprach voll und ganz seinem Spitznamen – Kupkylyn, der Dürre. Aber nicht seine Schmächtigkeit zog ihre Blicke an, sondern seine starke Körperbehaarung. Besonders dicht war die Wolle auf der Brust, und auch die Beine waren, obwohl nackt, immer noch mit Fell bedeckt. Wie wird er bei dieser Behaarung bloß mit den Läusen fertig, fragte sich Giwewnëu.

Nach dem Essen trank er Kaffee. Mit diesem für Uëlen ungewöhnlichen Getränk bewirtete Mletkin nur Carpenter und Dobrijew.

»Ein guter Kaffee!«, lobte Magomet. »Ein wunderbares Getränk. Warum bloß die Russen und Tschuktschen lieber Tee trinken?«

»Das verstehe ich selber nicht«, antwortete Mletkin und wartete geduldig, dass der Gast mit der Hauptsache beginnen würde – mit den Neuigkeiten.

»In Russland war Revolution«, teilte Magomet mit.

»Dass der Zar den Goldenen Sitz verlassen hat, davon habe ich gehört«, entgegnete Mletkin.

»Das ist eine alte Nachricht«, winkte der Gast ab. »In Russland gibt es jetzt einen neuen Stamm. Sie nennen sich ›Bolschewiki‹.«

»Also Riesen?«, wollte Mletkin genauer wissen.

»Das habe ich auch erst gedacht … Aber ›Die Größeren‹ ist nur ihr Spitzname. In Wirklichkeit sind sie genauso groß wie alle anderen. Aber sehr arm! Und ihr Führer heißt Lenin.«

»Ist der auch arm?«

»Angeblich nicht, aber sehr klug. Was der rausgefunden hat! In Russland soll es, so sagt er, sehr viele arme Menschen geben …«

Mletkin überlegte: Nach Tschukotka waren immer Russen gekommen, die man nicht gerade als arm bezeichnen konnte. Sie hatten immer Waren bei sich.

Magomet fuhr fort: » Da hat Lenin beschlossen: Warum soll man diesen Unglücklichen nicht helfen? Den Reichen was wegnehmen und den Armen was geben! Es heißt, dass bei den Russen deswegen eine große Kampelei im Gange ist. Sie schießen aufeinander.«

In Uëlen gab es auch ein paar arme Familien. Lonly, der seine Herde auf dem Glatteis verlor, hatte seine Jaranga am äußersten Ende der Kiesellandzunge stehen. Er hatte vier Töchter. Er selbst konnte nicht auf dem Meer fischen und wollte es auch nicht. Er tat einfach gar nichts. Seine scharfäugigen Töchter suchten die Jäger aus, die mit Beute heimkehrten. Hatten sie einen gefunden, gingen sie mit einem Ledersack zu ihm hin. Wenn mehrere Jäger mit Beute heimkehrten, dann gingen alle vier Töchter los, um eine Gabe zu erbitten. Und niemand dachte daran, ihnen etwas zu verweigern. So war es Brauch in Uëlen – man half einander. Wenn gehungert wurde, dann hungerten alle. Lonly galt als einer der Ärmsten, obwohl sein Uweran immer voll und in den Fässern immer Robben- und Walrosstran war.

Arm war auch die Familie von Wuskyne. Ihr Mann war von einer Eisscholle davongetragen worden, drei Kinder blieben zurück. Jeder in Uëlen hielt es für seine Pflicht, der armen Witwe und ihren Kindern zu helfen. Als das Dach ihrer Jaranga auseinander fiel, gab man der Familie neue Walrosshäute. Deshalb unterschied sich Wuskynes Jaranga äußerlich in nichts von denen der anderen Uëlener.

Dann gab es noch Jewjak. Aber der war einfach nur ein Schlamper und großer Liebhaber des Feuerwassers. Wenn er betrunken war, ging er von einer Jaranga zur anderen und redete lauter Unsinn. Aber immerhin war es ihm irgendwie gelungen, einige russische und englische Wörter aufzuschnappen, und er galt in Uëlen als Kenner der Tangitan-Rede.

»Bei uns wird es so was nicht geben wie in Russland«, sagte Mletkin energisch.

»Und wenn die neuen Russen kommen und sagen: Jetzt kommt unser Gesetz?« Magomet kniff sein rechtes Auge zu.

»Dann ist es ihr Gesetz und nicht unseres«, wandte Mletkin ein.

»Diese Tangitan werde ich nie verstehen!«, sagte Magomet wütend.

Mletkin lächelte in sich hinein: Der Kaukasier hielt sich für einen echten Eskimo.

In dieser Nacht hatte Mletkin einen schrecklichen Traum: Jewjak kam zu ihm in die Jaranga. Mit Besitzerblick musterte er den Tschottagin und nahm sich die Winchester, die Jagdausrüstung und das Barometer von der Wand. Nach ihm kamen Lonlys Töchter. Diesmal schaukelten hinter ihren Rücken riesige Ledersäcke, in die sie den Inhalt der Fässer packten – Fleisch, Fett, Itgilgyn und getrocknetes Rentierfleisch. Mletkin stellte den Diebinnen nach und entdeckte Lonly, der gerade dabei war, Mletkins Hunde einzuspannen. Die Hunde zerrten an den Riemen, weil sie dem neuen Herrn nicht dienen wollten. Der Leithund winselte, rannte zu Mletkin und leckte sein Gesicht.

Als Mletkin erwachte, merkte er, dass er im Schlaf aus dem Polog gekrochen war. Und der Leithund leckte tatsächlich sein Gesicht. Draußen heulte der Wind: Ein heftiger Frühlingssturm hatte eingesetzt, das letzte Aufbegehren des fliehenden Winters.

Magomet Dobrijew musste einige Tage in Mletkins Jaranga verbringen. Die langen abendlichen Gespräche drehten sich um die neuen Bräuche der Bolschewiki.

»In Russland gibt es sehr reiche Menschen«, sagte Magomet träumerisch. »Sie besitzen Ländereien, Paläste, riesige Viehherden, große Werkstätten, wo verschiedene Dinge hergestellt werden, Maschinen. Sie leben in riesigen Häusern. In einem solchen Haus findet die ganze Bevölkerung von Uëlen Platz, und dann bleibt immer noch Platz für die aus Nuwuken. Wenn man ihnen ein bisschen wegnimmt, ist das für sie kein großer Verlust. Aber alles sollte man ihnen lieber nicht wegnehmen.«

»Wenn man anfängt, ihnen was wegzunehmen«, mutmaßte Mletkin, »dann wird man ihnen alles nehmen.«

Magomet verstummte und dachte nach. »Diese Tangitan werden doch nicht etwa hierher kommen mit ihren neuen Gesetzen?« rief er. »Sie sollen uns bloß in Ruhe lassen!«

Aber die Welle der Revolution rollte bis in die entlegensten Winkel des Russischen Imperiums. In Anadyr, der offiziellen Hauptstadt des tschuktschischen Kreises, kam es zu bewaffneten Zusammenstößen zwischen den Anhängern der Bolschewiki und denen der provisorischen Regierung. Man erzählte, der Schnee in der Siedlung wäre rot von Menschenblut gewesen und die hungrigen Hunde hätten diesen Schnee aufgeleckt.

Auch Carpenter war beunruhigt. Er kam zu Mletkin gefahren und beteuerte, dass er als ehrlicher amerikanischer Händler jeder Macht gegenüber loyal sei. »Wir stehen außerhalb der Politik. Unsere Hauptaufgabe ist es, die Menschen für einen gerechten Preis mit Waren zu versorgen.«

»Und wenn die Bolschewiki kommen und die Waren wegnehmen und sie an die Armen verteilen?«

»Ich bin bereit, mit den Armen zu teilen«, erklärte Carpenter. »Aber du, Mletkin, wirst doch nichts nehmen, was gestohlen ist?«

Bei den Luorawetlan galt Diebstahl als schändliche Sünde, sodass derjenige, der dabei erwischt wurde, es vorzog, entweder auf eigenen Wunsch aus dem Leben zu scheiden oder so weit wie möglich wegzuziehen.

Mletkin versicherte dem Händler, dass Bolschewismus unter den Tschuktschen unmöglich sei. Beruhigt fuhr Carpenter nach Keniskun zurück, zu seiner Frau Elisabeth und seinen zahlreichen Kindern.

Dafür wurde Magomet Dobrijew immer mehr von der Idee angesteckt, den Reichen ihren Besitz wegzunehmen und unter den Armen zu verteilen. Wenn er nach Uëlen kam, ging er zwischen den Jarangas umher mit einem Blick, als ob er bereits festlegte: Dem Ersten wird das weggenommen, die Schaluppe dem Nächsten, der Kajak dem Dritten.

»Aber eigentlich gebe ich Lonly nicht gern eine gute Schaluppe«, sinnierte er in Mletkins Jaranga, während er genussvoll einen Entenknochen ablutschte. »Er macht sie nur kaputt. Außerdem vertrocknet das Boot nur am Ufer, denn auf die Jagd geht er nicht. Wer wagt sich auch mit ihm, einem ehemaligen Rentierzüchter, der das Meer fürchtet, auf Walfisch- oder Walrossjagd? Das muss alles wohl überlegt sein.«

Doch wie viel Magomet Dobrijew auch hin und her überlegte, immer kam heraus, dass es nicht zweckmäßig wäre, die Schaluppen und Schiffe denen wegzunehmen, die sie besaßen, und den Armen zu geben. Das einzig Annehmbare war, Carpenter zu berauben und seine Waren in Uëlen und Nuwuken gerecht zu verteilen, zu gleichen Teilen an die Besitzenden und die Armen.

»Na gut, Carpenter wird also beraubt, und seine Waren verteilen wir. Dann fährt er weg und erzählt überall, dass es gefährlich ist, nach Tschukotka zu kommen. Dort wird alles weggenommen. Dann ist es mit Zucker, Tee, Tabak und Patronen aus ... Und woher sollen wir das alles dann kriegen? Diese Waren gibt es nur bei den reichen Tangitan«, sagte Mletkin.

»Stimmt, daran hab ich noch gar nicht gedacht«, entgegnete Magomet enttäuscht und fügte plötzlich heftig hinzu: »Aber den Schoner nehmen wir Tyneskyn doch weg!«

Unruhe befiel Mletkin. Die Reichen geben doch ihren Besitz nicht so einfach her, dachte er.

Im Frühjahr 1919 kamen viele Leute nach Uëlen, um von hier aus nach Alaska aufzubrechen. In der Hauptsache waren es Beamte aus der zaristischen Administration in Anadyr, Militärleute, die Gerüchten zufolge im Krieg mit der neuen Armee der Bolschewiki, die »Rote Armee« oder »Partisanen« genannt wurde, eine Niederlage erlitten hatten. Tyneskyn hatte niemals zuvor so viele Passagiere auf seinem Schoner gehabt. Diese Menschen flüchteten vor der neuen Macht.

Von den Amerikanern erschien in Uëlen als erster Olaf Svensson auf seinem Schoner. Er ging wie üblich zuerst nach Keniskun, zu seinem Agenten Carpenter, aus Nuwuken hatte er Magomet Dobrijew mitgebracht.

Auf Mletkins Frage, ob der Amerikaner nicht plane, seinen Handel auf Tschukotka aufzugeben, entgegnete Olaf Svensson: »Wir haben uns an die Vertreter der neuen Macht in Wladiwostok und in Nowo-Mariinsk gewandt und erklärt: Wenn man die Schwierigkeiten bei der Versorgung der örtlichen Bevölkerung bedenkt, ist es doch zweckmäßig, unseren Handelsgesellschaften die Erlaubnis zu erteilen, ihre Tätigkeit fortzusetzen. Und sie haben uns die entsprechende Erlaubnis gegeben und die notwendigen Papiere ausgehändigt. Olaf Svensson und seine Agenten handeln also auf Tschukotka völlig gesetzmäßig!«

Niemals zuvor waren Olaf Svensson und seine Agenten so

freigebig wie in diesem Sommer. Die Preise für die Waren wurden spürbar gesenkt. Auf dem Schiff kam der Koch kaum mit dem Ausschenken von Kaffee nach, in den er Zucker und Milch tat. Die Gäste kamen in ihren Booten angefahren und brachten ihre ganze Familie mit, Frauen und Kinder und die Alten. Auf dem Deck standen große Blechdosen mit Schiffszwieback – nimm so viel mit nach Hause, wie du willst.

Vorsichtig begann Mletkin mit Olaf Svensson ein Gespräch über die Absicht der Bolschewiki, den Reichen alles wegzunehmen und an die Armen zu verteilen.

Der Amerikaner lachte laut: »Zuerst muss überhaupt festgelegt werden, was ein armer Mensch ist. Du zum Beispiel, Magomet«, wandte er sich an Dobrijew, »wozu zählst du dich – zu den Armen oder zu den Reichen?«

»Je nachdem«, antwortete Mohammed. »Im Vergleich zu dir bin ich ein armer Mann, wenn man mich aber neben Jewjak stellt, dann sehe ich wie ein Reicher aus.«

In der Tat war Magomet in wenigen Jahren einer der wohlhabendsten Leute in Nuwuken geworden. Aber Mletkin war aufgefallen, dass ein reich gewordener Mensch immer mehr haben wollte. Folgte man den Bolschewiki, dann müssten die Ärmeren Magomet alles wegnehmen, und er selbst könnte denen alles wegnehmen, die reicher waren als er. Seine nächsten Opfer waren also Svensson und Carpenter.

»Lenin behauptet, die Menschen sind alle gleich«, erklärte Olaf Svensson. »Deshalb muss alles, was die Menschen besitzen, Allgemeingut werden. Deine Schaluppe zum Beispiel, Mletkin, wird das Eigentum aller Uëlener sein, genauso wie du auch der Besitzer von Tyneskyns Schoner sein wirst.«

»Damit ist Tyneskyn niemals einverstanden«, warf Mletkin ein. »Eher versenkt er sein Schiff, er wird es mit niemandem teilen.«

Eine Zeit unruhigen Wartens begann in Uëlen. Aus Russland kamen die unwahrscheinlichsten Gerüchte. Angeblich sollten nicht nur die Schaluppen vergesellschaftet werden, die Kajaks, die Waffen und Jarangas, sondern auch die Frauen.

»Meinst du, das stimmt?«, fragte Giwewnëu ihren Mann.

Mletkin stellte sich vor, wie eines schönen Tages der alte, lüsterne Ermytagin abends in seine Jaranga tritt und sagt: »Heute werde ich mit deiner Frau schlafen, denn sie ist nach dem Brauch der neuen Russen, der Bolschewiki, auch meine Frau. Du kannst zu meiner Alten gehen!«

»Ich hoffe auf die menschliche Vernunft«, beruhigte Mletkin seine Frau und fügte hinzu: »Dich gebe ich niemandem her!«

Die neuen Russen

Sie kamen am späten Abend mit zwei Hundegespannen. Die Reisenden hatten einen langen Weg zurückgelegt, von Anadyr bis Uëlen, an der Küste entlang, dann durch die Tundra, über hohe Wasserscheiden, durch tiefe, schneeverwehte Täler.

Sie sahen aus wie Altersgenossen, aber der eine, der dunklere, schien etwas älter zu sein. Er hieß Bytschkow, der zweite Rudych. Sie stiegen in der leer stehenden Schule ab und heizten die Öfen. Zum Glück hatte Chrenow einen großen Haufen Steinkohle hinterlassen.

»Wir sind Bolschewiki«, erklärten sie den Uëlenern, die sie im geräumigsten Zimmer des Gebäudes zusammengerufen hatten. »Wir vertreten die Macht der Armen und Arbeitenden, die Macht, deren Kopf der Führer des Stammes der Armen ist – Lenin.«

Mletkin übersetzte die Rede und wunderte sich, dass die Vertreter der neuen Macht blutjung waren.

»Gibt es unter euch welche, die von den Reichen unterdrückt werden?«, fragte Rudych.

Die Antwort war Schweigen. Niemand in Uëlen bezeichnete sich offen als arm.

»Und wo sind die Reichen?«

Wieder Schweigen.

»Aber ihr werdet bestohlen!«, erklärte Rudych laut. »Wer euch am meisten betrügt, das sind die amerikanischen Händler, die dem werktätigen Volk von Tschukotka auf der Pelle sitzen und sein Blut trinken!«

Mletkin stellte sich im Geist vor, wie Carpenter sich mit seinem behaarten Mund an ihm festsog, und er schüttelte sich vor Widerwillen.

»Auch die Schamanen betrügen euch!«, fügte Bytschkow hinzu.

»Ich soll betrügen?«, fragte Mletkin verwundert zurück. »Ihr seht mich zum ersten Mal und bezichtigt mich des Betrugs. Wie kommt ihr darauf?«

Rudych hielt verstört inne und schaute seinen Genossen fragend an.

»Sie sind Schamane?«, fragte Bytschkow verwundert.

»Mletkin ist unser Uëlener Schamane und wird von allen verehrt.« Das sagte Galmo.

In der Vorstellung der neuen Russen war ein Schamane ein wildes Wesen, dessen Gesicht mit Ruß bemalt war, das Haar hing lang und zottlig und in fettigen Strähnen herunter. Er musste einen weiten Kittel mit Schellen tragen und eine Trommel in der Hand halten. So hatten sie ihn als ausgestopften Balg im Museum in Wladiwostok gesehen. Und nun stand ein normaler Tschuktsche vor ihnen, mit ordentlich geschnittenen Haaren und einem kleinen Schnurrbart.

»Trotzdem«, sagte Bytschkow bedeutungsvoll nach einer kurzen Pause, »Lenin lehrt uns: Die Religion ist Opium für das Volk. Betrug an den Armen und Arbeitenden. Die Schamanen ziehen euch in Dunkelheit und Unwissenheit …«

»Ich ziehe niemanden wohin«, unterbrach Mletkin den Gast, »sie kommen von selbst zu mir.«

»Weil sie betäubt sind!«, erklärte Rudych gewichtig und wandte sich an die Versammelten: »Gibt es noch einen anderen, der übersetzen kann?«

»Nur Mletkin kennt die Tangitan-Rede gut – die russische und die amerikanische«, erklärte Galmo.

Also mussten sich die neuen Russen mit dem Uëlener Schamanen zufrieden geben. Sie interessierten sich vor allem für die Händler. Auf die Frage, wann die Bolschewiki einen Lehrer schicken und den Uëlenern das Lesen und Schreiben beibringen würden, antworteten die jungen Revolutionäre folgendermaßen: »Wenn wir die Weißen besiegt haben, die Konterrevolution zerschlagen ist, dann bauen wir das neue Leben auf.« Als Weiße bezeichneten sie die, die gegen sie, die Roten, kämpften. Mletkin verstand das so: Weiße sind die, die für die Erhaltung der Macht der Reichen waren, und die Roten sind die, die für die Armen eintraten.

»Im Leben war der wichtigste Mensch immer der arbeitende Mensch«, belehrte Rudych den Schamanen. »Er hat die Fabriken gebaut, die Eisenbahn, die Schiffe, Häuser, Brücken, hat Weizen gesät, Vieh gezüchtet … Und die Reichen haben sich das angeeignet, was der arbeitende Mensch geschaffen hat. Ist das etwa gerecht?«

»Das ist ungerecht«, stimmte Mletkin zu. »Aber warum muss man deshalb jemanden umbringen? Kann man sich denn nicht friedlich einigen?«

»Wer gibt denn freiwillig Gestohlenes raus?«, lachte Rudych. »Lenin hat zu den Armen gesagt: Raubt das Geraubte! Bald wird es auch bei euch so sein!«

»Bei uns gibt es gar nicht so viel Arme«, zweifelte Mletkin.

»Macht nichts, die finden wir schon«, sagte Rudych entschlossen. »Und außerdem werden wir die Macht der Schamanen vernichten!«

»Ich habe keine Macht«, sagte Mletkin.

»Das werden wir noch sehen!« drohte Rudych.

Die jungen Bolschewiki liehen sich zwei neue Hundeschlitten aus und fuhren los, immer an der Nordküste entlang. Bytschkow hatte in Uëlen ein junges Mädchen gefunden, die jüngste Tochter von Tyneskyn, und sich rührend von ihr verabschiedet. Er hatte ihr Gesicht abgeleckt und sich mit seinen Lippen an dem Mädchenmund festgesaugt.

Rudych und Bytschkow sollten bei den Händlern Geld einsammeln.

Rechtzeitig zu Beginn der Schifffahrtsaison waren sie zurückgekommen. Als die ahnungslosen amerikanischen Besitzer der Handelsschoner die Anker auswarfen, stiegen die beiden an Bord und kassierten im Namen der Sowjetrepublik mit gezogener Pistole die Zollgebühren. Einige Kapitäne leisteten Widerstand, und einmal wurden die jungen Bolschewiki sogar über Bord geworfen. Wäre nicht gerade ein Kajak in der Nähe vorbeigefahren, wäre es mit Rudychs und Bytschkows revolutionären Aktivitäten auf der Tschuktschen-Halbinsel zu Ende gewesen.

Von Süden kamen beunruhigende Nachrichten. Carpenter hatte in Erfahrung gebracht, dass die so genannten Weißen beinahe vollständig den Fernen Osten und Kamtschatka besetzt und in der Hauptstadt von Tschukotka, in Anadyr oder Nowo-Mariinsk, wie sie jetzt hieß, die Macht erobert hatten. Die bewaffneten Truppen, so hieß es, sollten nach Norden ziehen.

Im Herbst überquerten Rudych und Bytschkow auf Olaf Svenssons Handelsschoner die Beringstraße und schlugen sich über Amerika und Europa mit den für die proletarische Revolution eingesammelten Geldern bis Petrograd durch. In Uëlen blieben Bytschkows Nachkommen zurück, die bis heute dort leben.

Es schien, als hätten die Weißen die Roten besiegt.

In Uëlen hatte sich äußerlich nichts verändert. Mletkin arbeitete als Arzt, sagte das Wetter voraus und verkehrte im Tempel auf dem Gipfel des Uferfelsens mit den Höheren

Mächten. Aber auf seiner Seele lag ständig eine Last: Was wird kommen? Der gleichmäßige Fluss, der das Leben bestimmt hatte, war auf seltsame Weise aus den Ufern getreten, und die Luorawetlan waren zusammen mit den Nachbarstämmen in eine fremde Zeit hineingezogen worden, in ein fremdes Leben.

Im Sommer 1923 roch Mletkin plötzlich Dampferrauch – einen Geruch, den er schon halb vergessen hatte. Hinter den Felsen kam ein riesiges, dunkles Schiff zum Vorschein. Sein hoher Schornstein stieß dicke, schwarze Wolken in den klaren Himmel.

»Ein Dampfer! Ein Dampfer!«

»Sieht aus wie ein russisches Schiff«, sagte Mletkin, als er den Namen an der Bordwand las – »Stawropol«.

Der Dampfer näherte sich langsam dem Ufer, ging aber in gebührender Entfernung vor Anker. Die Ankerkette rasselte, der Rauch aus dem Schornstein wurde dicker. Kajaks und Schaluppen fuhren zum Schiff.

Schon von weitem sah Mletkin eine rote Fahne mit einem Hammer auf einem gebogenen Messer mit Griff. Die gleiche Fahne hatten Rudych und Bytschkow auf der Schule gehisst, aber die Winterstürme hatten sie längst abgerissen.

An Deck drängten sich Tangitan und schauten neugierig auf die herankommenden Boote.

»Amyn ettyk!«, riefen die Uëlener schon von weitem.

»Seid gegrüßt, Uëlener!«, rief ein Tangitan in Lederjacke mit einem Riemen quer über der Brust. Am Gürtel hing ein kleines Gewehr. Das waren die nächsten Vertreter der neuen Sowjetmacht. Ihr Oberhaupt war von Kopf bis Fuß in Leder gekleidet und nannte sich Choroschawzew. Die neuen Russen zogen in die leere Schule, heizten die Öfen und benahmen sich so, als wären sie für immer gekommen.

Sie luden ein zusammengelegtes Holzhaus ab. Das erwies sich als so lang, dass es die gesamte Landzunge in der Breite einnahm. Mit einem Ende stützte es sich auf das Ufer der Lagune, mit dem anderen Ende auf das Meeresufer. Eine Wand des neuen Hauses hatte allein zwölf Fenster, insgesamt waren es mehr als zwanzig! Sogar die Schule war kleiner als das neue Haus der Sowjetmacht.

Die »Stawropol« lichtete die Anker und fuhr weiter nach Nordwest, an die Mündung der Kolyma.

Unter den Ankömmlingen war wieder kein Lehrer.

Choroschawzew tauchte von selbst in Mletkins Jaranga auf. Er sah den neuen Russen, die der Uëlener Schamane zuvor gesehen hatte, nicht ähnlich. Er war ein gebieterischer Mann, von sich selbst überzeugt, mit kaltem Blick. Seine Augen waren so blau wie Süßwassereis. Auch seine Stimme war hart und laut.

»Du bist also der Schamane Frank Mletkin?« Er kannte Mletkins amerikanischen Namen.

»So haben es das Schicksal und der Wille meiner Vorväter bestimmt«, entgegnete Mletkin ruhig.

»Aber du siehst gar nicht so aus, als ob du mit Geistern und anderem Teufelskram zu tun hast!«, sagte Choroschawzew lachend. »Es heißt, du kannst auch lesen und schreiben?«

»Meine Kenntnisse sind spärlich …«

»Na, na, keine falsche Bescheidenheit. Ich sag dir was, Herr Schamane, oder wie ich dich nennen soll … In eurem Volk ist ein gebildeter Mensch, der dazu Englisch und Russisch kann, eine große Seltenheit. Wir, die neue Macht, brauchen dringend so einen Mann! Der dazu auch noch Autorität unter der einheimischen Bevölkerung genießt. Deshalb schlage ich dir im Namen der Sowjetmacht und unserer Regierung vor, mit uns zusammenzuarbeiten und uns bei der Errichtung einer neuen, gerechten Ordnung für die tschuktschische Bevölkerung zu helfen.«

»Und warum gefällt Ihnen unsere Ordnung nicht?«

»Ich habe keine Zeit, dir das alles zu erklären. Ich sage dir kurz und bündig: Das frühere Leben ist vorbei. Unsere Macht ist die Macht der Werktätigen, die Macht der Vorhut der

Menschheit. Wir verwirklichen die große Lehre von Marx, Engels und Lenin. Sie haben uns den Weg gewiesen, wie die Menschheit sich von Ungerechtigkeit und Unterdrückung befreien kann. Die Tschuktschen werden vom heutigen Tag an anders leben!«

»Wie?«

»Ohne Reiche und betrügerische Schamanen!«, sagte Choroschawzew fest. »Willst du uns also helfen?«

»Das ist meine Bestimmung – den Menschen zu helfen. Das tue ich immer. Aber ohne Zwang«, entgegnete Mletkin.

»Wenn die Revolution das braucht«, sagte Choroschawzew hart, »dann können wir auch jemanden zwingen. Uns wurde das Recht dazu gegeben!«

»Was wollt ihr tun?«, fragte Mletkin.

»Zuallererst werden wir einen Sowjet, einen Rat, wählen, dann gründen wir eine Genossenschaft für die gemeinsame Jagd, eröffnen die Schule und bringen den Kinderchen das Lesen und Schreiben bei. Und wir werden gnadenlos die vernichten, die sich der Sowjetmacht in den Weg stellen, vor allem die Reichen und die Schamanen.«

»Ich bin nicht arm, aber ich bin Schamane«, erklärte Mletkin stolz.

»Wenn du auf unsere Seite kommst, auf die Seite der Bolschewiki, wirst du dein Schamanentum schnell vergessen. Und was den Reichtum betrifft«, Choroschawzew musterte Mletkins Tschottagin, »du bist doch gar nicht so wohlhabend.«

Als Choroschawzew ging, ließ er einen verwirrten Mletkin zurück.

Den ersten Auftrag der neuen Macht erhielt Mletkin schon am nächsten Morgen. Er sollte Choroschawzew nach Keniskun bringen.

Die Hunde liefen flink durch den nassen Tundraschnee. Der Bolschewik saß stolz auf dem Schlitten und stieg nur ungern ab, wenn die Stahlkufen im feuchten Sand und Lehm stecken blieben. Unterwegs malte der Bolschewik ein Zukunftsbild des Tschuktschen-Volks. Für ihn war klar, dass nur wenige Jahre vergehen würden, bis die Uëlener Kinder lesen und schreiben konnten. Richtige Ärzte würden die Menschen behandeln, man würde gemeinsam auf die Jagd gehen, russische Lieder singen, sich im Dampfbad waschen und mit dem Flugzeug nach Moskau und Petersburg reisen.

Carpenter empfing das Oberhaupt der Bolschewiki sehr unterwürfig. Er stellte eine Batterie Flaschen auf den Tisch, frisch zubereiteten Kaviar, gesalzenen Lachs, gekochte Rentierzunge und Gelee aus den Flossen eines jungen Walrosses.

»Herr Carpenter«, sagte Choroschawzew streng, während er den reich beladenen Tisch betrachtete, »Sie werden jetzt unter der Kontrolle des Revolutionskomitees von Tschukotka Ihren Handel treiben, das heißt unter meiner Kontrolle.«

Mletkin dolmetschte und beobachtete aufmerksam die zwei Tangitan. Eigenartig: Diese beiden Menschen, Fremde in seinem Land, führten sich auf wie die Herren, ohne ihn, den Einheimischen, auch nur im Geringsten zu beachten. Choroschawzew und Carpenter teilten die Macht untereinander auf. Choroschawzew gab dem Händler mit dem Recht des Stärkeren zu verstehen, dass dieser von nun an unter Aufsicht des neuen Herrn stünde.

»Mein Chef, Olaf Svensson, hat gute Beziehungen zur Sowjetmacht«, gab Carpenter ehrerbietig zu bedenken. »Wir versorgen hier die örtliche Bevölkerung mit den nötigen Waren, und zwar zu den niedrigsten Preisen, die wir uns überhaupt erlauben können, um nicht Bankrott zu machen.«

»Aber Sie verstehen, dass Sie mit der Zeit hier verschwinden müssen.«

Obwohl Choroschawzew mit dem amerikanischen Händler von oben herab sprach, ließ er sich die Getränke und Speisen nicht entgehen. »Warum trinkst du nicht?«, wandte er sich plötzlich an Mletkin.

»Ich trinke aus Prinzip nicht.«

»Überhaupt nicht?«, fragte Choroschawzew ungläubig.

»Überhaupt nicht.«

»Aber mir wurde erzählt, dass die Tschuktschen sehr anfällig für Feuerwasser sind und bereit, das Letzte für einen Schluck Schnaps herzugeben.«

»Leider stimmt das.« Mletkin nickte traurig.

»Siehst du«, sagte Choroschawzew belehrend zum Hausherrn. »Deine Landsleute haben die Einheimischen zum Trinken verführt!«

»Die Russen haben auch mit Wodka gehandelt«, warf Mletkin ein.

»Das waren die alten Russen«, winkte der schon merklich beschwipste Choroschawzew ab. »Aber wir, die neuen Russen, die Bolschewiki, werden das nicht mehr dulden!«

»Unsere Firma verkauft keinen Schnaps an die Einwohner«, erinnerte Carpenter. »Das ist streng verboten und passt nicht zu unseren Regeln.«

»Das werden wir noch sehen. Und dich, Carpenter, bitte ich, bei der Eröffnung eines Ladens in Uëlen zu helfen. Und der Händler soll einer von hier sein, nicht irgendein Amerikaner. Soll doch Genosse Mletkin der erste sowjetische Händler in Uëlen werden. Er passt in jederlei Hinsicht: Er kann lesen und schreiben, trinkt nicht, ist ehrlich …«

»Aber ein Schamane«, warf Mletkin ironisch ein.

»Das vergesse ich immer«, sagte Choroschawzew mit der Nachdenklichkeit eines Betrunkenen. »Du bist mir ein seltsamer Schamane! Siehst gar nicht danach aus. Vielleicht lügst du. Wie willst du das beweisen? Es heißt, einen echten Schamanen kann keine Kugel töten.« Mit diesen Worten zog Choroschawzew den Revolver. Mletkin hatte eine solche Waffe, die erfunden war, um auf einen Menschen zu schießen, noch nie aus der Nähe gesehen. Offenbar war sie gut geschmiert, denn sie glänzte schwarz.

»Nicht hier, Herr Choroschawzew!«, flehte Carpenter. »Nicht in meinem Haus!«

»Dann gehen wir auf die Straße«, kommandierte Choroschawzew.

Das Haus mit dem Laden und die Speichergebäude des amerikanischen Händlers standen auf dem Kieselstrand, etwas entfernt von den Jarangas auf dem grünen Grashügel.

Choroschawzew ging, mit dem Revolver herumfuchtelnd, zum Meeresufer und zog Mletkin hinter sich her. Der Bolschewik schwankte, hielt sich aber noch fest auf den Beinen. Carpenter trippelte hinterher und winselte händeringend: »Herr Choroschawzew, Genosse Choroschawzew, tun Sie das nicht! Ich flehe Sie an, ich bitte Sie!«

»Weg, bourgeoiser Schweinehund!«, wehrte Choroschawzew ihn ab und befahl Mletkin: »Halt!«

Mletkin blieb am Wasser stehen und wandte sich zu dem Bolschewiken um. Erstaunliche Ruhe und Frieden hatten seine Seele ergriffen, und er musste sich zusammennehmen, um Choroschawzew nicht anzulachen. Aber ein flüchtiges Lächeln konnte er nicht zurückhalten.

Wann hatte das alles begonnen? Dieser Umbruch der Zeit? Vielleicht in dem Moment, als er darüber nachzusinnen begann, dass die Heilige Schrift, dass die von den Tangitan-Göttern verkündeten Wahrheiten in Wirklichkeit den Horizont einengten und die menschliche Fantasie und den Denkprozess einschränkten. Der Mensch wurde in ein Netz von Regeln, Gesetzen und unumstößlichen Wahrheiten gepresst und geriet in die Lage eines Abhängigen. Und jetzt kamen neue Regeln, die ein anderer Weiser namens Lenin verkündete. Der menschliche Verstand wurde wieder eingespannt, das Denken ordnete sich nicht dem Denkenden unter, sondern den Weisheiten, die ein anderer entdeckt hatte. Das bedeutete das Ende wahrer geistiger Freiheit. Aber begonnen hatte es mit der Heiligen Schrift …

In Mletkins Rücken wehte hartnäckig der Seewind, schwere Wolken zogen am Horizont. Auch wenn der Bolschewik sich die größte Mühe gab, er konnte ihn mit seinem Gewehr nicht seelisch niederzwingen. Dieser Schamanentrick, den ihm seinerzeit Kaljantagrau beigebracht hatte, war nicht einmal der schwerste. Man musste dem Schützen nur fest in die Augen sehen.

Choroschawzew hob den Revolver und schoss.

Carpenter schrie auf, als hätte die Kugel ihn getroffen.

Mletkin aber stand nach wie vor am Wasser und lachte jetzt unverhohlen.

Der Bolschewik stieß einen russischen Fluch aus und schoss erneut. Mletkin blieb stehen.

»Das gibts nicht!«, brummte Choroschawzew und prüfte aufmerksam seinen Revolver. »Ich habe sicher getroffen!«

»Es reicht, Genosse Bolschewik! Sie hatten Ihr Vergnügen, und nun reichts! Kommen Sie, wir wollen was trinken und essen!«, schlug Carpenter vor.

Mit zitternden Fingern steckte Choroschawzew den Revolver in die Revolvertasche, ging zu Mletkin und berührte ihn. »Er lebt!«, brummte er. »Kapier ich nicht! Was hast du mit den Kugeln gemacht? Wo sind die Kugeln!« Er schüttelte Mletkin an den Schultern.

»Es gab keine Kugeln«, antwortete der Schamane ruhig.

Choroschawzew wurde augenblicklich nüchtern. Er wollte so schnell wie möglich nach Uëlen zurück, verlangte aber, dass Carpenter mit ihnen fuhr.

Den ganzen Weg über schwieg der Bolschewik. Manchmal hob er den Kopf und bohrte seinen Blick in den Rücken Mletkins, der vor dem Schlitten lief, und ein ungutes, unverständliches, Übelkeit hervorrufendes Gefühl stieg in ihm hoch.

Seit diesem Tag begegnete Choroschawzew Mletkin mit betonter Höflichkeit und nannte ihn, wenn er ihn sah, nie wieder Schamane.

Unterdessen hatte man in Uëlen das neue Haus zu Ende gebaut, in das die Ämter kamen und ein Laden. Händler wurde Carpenters ehemaliger Gehilfe Tegrynkëu.

Noch während der hellen Sommertage kam Carpenter einmal mit einer ungewöhnlichen Last nach Uëlen. Er lenkte das Gespann selbst, aber an Stelle der normalen Waren lagen auf dem Schlitten zwei große runde Feldsteine, die als Gegengewicht das Walrossfelldach auf der Jaranga straff hielten. Carpenter hängte sie wortlos an Mletkins Jaranga, befestigte sie gewissenhaft mit Riemen und zog sie hoch, damit die Hunde die Riemen nicht anknabberten.

»Was ist das?«, fragte Mletkin, als Carpenter schnaufend die für ihn ungewohnt schwere Arbeit beendet hatte.

»Diese Steine sollen an deiner Jaranga hängen«, sagte der Händler und fügte hinzu. »Und nur wir beide wissen davon.«

Mit der nächsten Schifffahrtsaison kamen zwei Lehrer nach Uëlen. In die Schule gingen nicht nur die Kinder, sondern auch die halbwüchsigen Jungen und Mädchen, darunter Mletkins jüngerer Sohn Giwëu. Die Lehrer lobten ihn. Vor allem für die schöne Handschrift und seine großen Fortschritte in der russischen Sprache. Giwëus Kindheitsfreundin Tuar hatte ihn nicht verlassen. Sie war jetzt sechzehn Jahre und kokettierte, was das Zeug hielt, mit den zugereisten Tangitan, womit sie Giwëus wilde Eifersucht entfachte. Er überredete sie, so schnell wie möglich zu heiraten.

Die Schüler lernten, dass das frühere Leben unrichtig war. Als große Sünde galt der Glaube an Schamanen, die Einhaltung althergebrachter Bräuche und Reichtum. Von der Jaranga der Schamanin Peep wurden die Figuren der Schutzgeister abgeschnitten. Den Aussichtsmast, der neben Gemauges Häuschen stand, versuchte man aus der Erde zu reißen, er stand aber fest und neigte sich nur ein bisschen. Die Schaluppen und Kajaks wurden zum Allgemeingut ernannt. Allerdings waren die Anführer der neuen Jagdgruppen die alten Besitzer der Lederboote. Tyneskyn war mit seinem Schoner zur tiefsten Stelle der Lagune gefahren und hatte ihn dort versenkt.

Am 24. August 1926 fand in Uëlen die erste Versammlung der Mitglieder und Kandidaten der Bolschewistischen Partei statt, auf der die Basisgruppe für die Kreisparteiorganisation von Tschukotka gebildet wurde. Zum Sekretär wurde der Vorsitzende des Revolutionskomitees Choroschawzew gewählt.

Im Herbst 1929 heiratete Giwëu Tuar, und Mletkin stellte in seinem Tschottagin einen zweiten Polog auf. Mletkins älterer Sohn Kmol nahm eine Eskimofrau aus Nuwuken.

Im Frühling des Jahres 1930, als an der Südseite der Jarangadächer die ersten Eiszapfen hingen, gebar Tuar einen Sohn.

Giwëu hatte verschwommene Zweifel, was die Vaterschaft betraf. Aber bei den Tschuktschen ist die Geburt jedes Kindes ein großes Glück und ein Geschenk des Höheren Wesens. Welche Ereignisse der Geburt des Kindes auch vorangingen, egal, mit wem die Frau zusammen war, als Vater galt immer der Ehemann, das Haupt der Familie.

Der Großvater Mletkin rieb das Neugeborene mit Schnee ab und betrachtete es aufmerksam. Was würde aus ihm werden? Wenn das neue Leben, das die Bolschewiki verkündeten, tatsächlich überall die Oberhand gewann, dann würde sein Leben ganz anders sein.

Giwëu wollte nichts von dem alten Ritus der Namensgebung hören. Er äußerte sogar die Absicht, seinem Sohn den Namen des Führers der Revolution, Lenin, zu geben.

»Aber Lenin ist tot!«, erinnerte ihn Mletkin.

»Die Bolschewiki sagen, er liegt wie lebendig, als würde er schlafen, in einer besonderen Jaranga, die auf dem Hauptplatz in Moskau errichtet wurde«, entgegnete Giwëu. »Sie sagen: Lenin ist zwar gestorben, aber seine Sache lebt.«

Als mehrere Jahre zuvor die Nachricht vom Tod Lenins Uëlen erreicht hatte, war in Mletkins Seele ein Hoffnungsschimmer aufgeflammt: Vielleicht würden die Bolschewiki jetzt wegfahren und das Leben auf Tschukotka nicht mehr nach ihrer Fasson umgestalten. Doch es war anders gekommen: Lenin war gestorben, aber seine Sache nicht!

Das neue Leben kam über sie wie eine nicht aufzuhaltende Invasion, die alles zerdrückte und die Menschen buchstäblich über Nacht veränderte. Die neuen Russen, die sich einmal Kommunisten, einmal Bolschewiki nannten, zeichneten sich durch unerschütterliche Selbstsicherheit aus. Für sie war nichts unmöglich. Wie beiläufig erklärten sie, dass das vergangene Leben der Tschuktschen, ihr Glaube und ihre jahrhundertalte Erfahrung ein Irrweg waren, das Resultat großer Unwissenheit und der Unkenntnis der großen Lebenslehre, die sich nach ihren Begründern Marxismus-Leninismus nannte.

Das Bitterste und Kränkendste daran war, dass alles, was Mletkin erlebt und gelernt hatte, im neuen Leben überflüssig war. Wenn die Landsleute nach den neuen Gesetzen, nach der Lehre des Marxismus-Leninismus lebten, hörten sie auf, Luorawetlan zu sein. Sie würden Sklaven fremder Weisheiten sein, andere Menschen, die nur äußerlich ihren Vorfahren glichen. Das war nichts anderes als Mord an einem ganzen Volk, nur ohne Blutvergießen!

In der Absicht, wenigstens ein Körnchen von dem vergehenden Leben zu bewahren, hoffte Mletkin anfangs auf seine Kinder. Aber die waren so von allem Neuen eingenommen, dass sie nur nachsichtig lächelten, wenn sie ihrem Vater zuhörten. Sogar der schweigsame und vernünftige Kmol ging zu den Abendkursen für Erwachsene.

Vielleicht würden die Enkel aus dieser schrecklichen Täuschung erwachen? Von nun an wurde Mletkins Leben von einer nicht verlöschenden Unruhe bestimmt, von dem Vorgefühl eines bevorstehenden Zusammenbruchs, eines großen Unglücks. Was lag hinter dem Horizont der Versprechungen der Bolschewiki? Die Hauptgefahr sah er vor allem in den süßen Versprechungen der neuen Russen. Die Verheißung eines satten, sorglosen Lebens zieht die Menschen an. Wer das Paradies auf Erden ankündigt, wird bald die Armen und

Pechvögel auf seiner Seite haben. Sie werden ungeduldig darauf warten, dass alle Reichtümer endlich ihnen gehören, ohne besondere Anstrengung.

Am Tag der Namensgebung stieg Mletkin bei Sonnenaufgang auf den Uferfelsen, er trug heimlich eine Schale mit klein geschnittenem Rentierfleisch dorthin.

Nachdem er zurückgekehrt war, holte er einen gut versteckten Sack aus Seehundleder hervor und legte ihn in die Mitte des Tschottagin, auf den hellen Lichtfleck.

Das Leder musste er mit aller Kraft auseinander biegen. Es war eingetrocknet und bröckelte sogar an manchen Stellen. Es roch nach Fäulnis und alten Zeiten. Mletkin steckte seine Hand in den ledernen Schlitz wie in den Rachen eines Ungeheuers und holte einen vom langen Liegen dünn gewordenen Riemen aus Robbenleder ans Licht und dann die Gespreizten Flügel aus Walrosselfenbein, im salzigen Meerwasser glatt poliert und gebeizt.

Tuar verfolgte neugierig die Handlungen ihres Schwiegervaters. »Was ist das?«

»Heute erfahren wir vor Sonnenuntergang, wie dein Erstgeborener heißen wird.«

»Schade, dass du deinem Enkel keinen revolutionären Tangitan-Namen geben willst.«

»Bisher ist er kein Revolutionär und schon gar kein Tangitan«, entgegnete Mletkin. »In unserem Geschlecht ist es so üblich, dass der Ältere dem neuen Menschen den Namen gibt.«

»Die russischen Lehrer sagen, dass wir uns von den alten Bräuchen trennen sollen, denn sie hindern uns beim Vorwärtsgehen.«

»Vorwärts wohin?«

»In die lichte Zukunft, in den Kommunismus«, antwortete Tuar.

»Weißt du, wie das Leben im Kommunismus aussieht?«

»Alle Luorawetlan werden wie Tangitan leben.«

»Die Tangitan leben ganz unterschiedlich. Die du siehst, sind große Chefs, deshalb leben sie gut. Sie gehen nicht auf die Jagd, sogar die Öfen lassen sie sich von Bediensteten heizen.«

»Genauso werden wir auch leben!«, sagte Tuar träumerisch und schaute zärtlich auf ihren friedlich schlafenden Sohn, als wollte sie ihm dieses süße Leben versprechen.

»Aber es können nicht alle Luorawetlan Chefs sein«, wandte Mletkin ein. »Jemand muss arbeiten … Ich habe die unterschiedlichsten Tangitan gesehen.«

»Du hast schlechte Tangitan gesehen.« Tuar gab nicht auf. »Alle möglichen reichen Amerikaner, die die Armen zwingen, für sich zu arbeiten … Lehrer Skorik sagt: Die Weltrevolution wird kommen. Das arbeitende Volk von Amerika wird die Macht in seine Hände nehmen, die Kapitalisten verjagen, ihnen die Reichtümer wegnehmen und auch den Kommunismus aufbauen wie wir.«

Mletkin hörte seine Schwiegertochter reden und wunderte sich nur, wie schnell sie die Ideen der Bolschewiki angenommen hatte. Er vermutete, dass es auch für sie verführerisch war, anderen ihren Reichtum wegnehmen zu können.

»Solange wir keine besonderen Reichtümer besitzen und nicht wie die Chefs leben, werden wir uns an unsere Bräuche halten«, sagte Mletkin, und Tuar spürte in seiner Stimme unbeugsame Entschlossenheit.

Am Abend versammelten sich alle Familienmitglieder in der Jaranga. Sie schauten neugierig und verwundert auf die seltsamen Gespreizten Flügel, die am Rauchabzug unter dem Dach hingen.

»Wie ein Flugzeug«, brummte Giwëu leise.

Mletkin glaubte, dass durch den Namen, durch seine Bedeutung, von Jahrhundert zu Jahrhundert etwas Wichtiges weitergegeben wurde, eine nicht immer verstandene Botschaft, ein Auftrag an die Nachkommen. Mithilfe der Familienüberlieferungen konnte er die Herkunft seines eigenen Namens weit in die Vergangenheit zurückverfolgen, in die Dämmerung der Zeit, als sein Geschlecht in Uëlen entstand. Er hoffte, dass der Ritus der Namensgebung der Familie in dieser schweren, gefahrvollen Zeit den schwindenden Sinn wiedergeben und einen richtungsweisenden Stern anzünden würde.

Die Gespreizten Flügel drehten sich langsam in den Strahlen der untergehenden Sonne, die durch den Rauch drangen.

Mletkin bat Tuar, sich näher ans Feuer zu setzen, direkt unter die Gespreizten Flügel, und das Kind so zu halten, dass es den heiligen Gegenstand sehen konnte.

Mletkin versetzte sich ohne Schellentrommel in Trance. Er stellte sich innerlich auf den Empfang der Höheren Mächte ein und öffnete seine Seele dem Himmel. Er verdeckte die Augen und verjagte unpassende Gedanken. Zuerst fühlte er so etwas wie ein rhythmisches Zittern – ein Zustand, der ihm seit seiner Jugend wohl bekannt war. In den Ohren ertönte ein Klang, zuerst fein wie das Summen einer Mücke, dann immer stärker werdend. Leise begann er zu singen:

Dein Name, Mensch, ist ein Wesen von dir,
In seinem Klang bist du ganz,
Dein Gesicht und deine lebendige Stimme.
Im Namen, der dir gegeben wird,
Liegt der Widerschein der Vergangenheit
Und die Botschaft der Jahrhunderte,
Der Faden, der uns verbindet,
Die Vergangenheit und das, was kommt.
Dem Willen der Götter gehorchend, gebe ich dir
Den Namen unseres Vorfahren – den Namen
Mlemekym!

Mletkin rief den Namen mit solcher Kraft, dass er allen im Tschottagin Versammelten einen Schreck einjagte. Die Hunde begannen zu heulen und rannten aus der Jaranga. Das Neugeborene fing zu weinen an und klammerte sich mit seinen winzigen Fingerchen an die nackte, volle Mutterbrust.

Mletkin schaute unverwandt auf die sich im erleuchteten Feuernebel langsam drehenden Gespreizten Flügel. Sie hingen gerade herunter und schlugen nicht, wie er erwartet hatte, in die Richtung des Kindes aus. Wenn der gewählte Name den Göttern gefiel, so mussten die Gespreizten Flügel sich sichtbar in die Richtung des Kindes bewegen.

Tuar gab dem Säugling die Brust. Das Neugeborene fing laut zu schmatzen an.

Mletkin saß einen Augenblick in Gedanken versunken, dann wiederholte er das Lied und nannte einen anderen Vorfahren, in dessen Name die Wurzel Mlen/Mlan steckte – Mlakoran. Aber darauf reagierten die Flügel ebenfalls nicht. Offenbar war das Neugeborene schon so weit von den Vorfahren entfernt, dass es schwer war, seinen Namen mit ihnen zu verbinden. Also musste er einen näher liegenden Namen suchen. Und plötzlich durchzuckte es ihn: Er musste dem Enkel seinen eigenen Namen geben! Den Namen Mletkin, der bedeutete: Mensch im Bruch der Zeit. Hatte Mletkins Großvater etwa gewusst, dass sein Enkelsohn am Beginn einer neuen Zeit leben würde? Bei seinen amerikanischen Irrfahrten hatte Mletkin sich mehr als einmal über die weise Voraussicht des Alten gewundert, der ihm solch einen bedeutsamen Namen gegeben hatte. Und Mletkins Enkel war ja auch zu Beginn einer neuen Zeit geboren worden!

Mletkin änderte den Ton. Er wiederholte das Lied noch einmal und wandte sich nur an das Kind, das in Tuars Armen friedlich eingeschlafen war. Die dunkle Brustwarze mit dem kleinen weißen Milchtropfen lag im halb geöffneten Mund des Kindes.

Dem Willen der Götter gehorchend, gebe ich dir
Den Namen deines nächsten Vorfahren, deines
Großvaters,
Mletkin!

Mletkin blickte unverwandt auf die sich teilnahmslos drehenden Gespreizten Flügel, die das flackernde Licht des verlöschenden Feuers auf ihrer fettigen Oberfläche widerspiegelten.

»Dein Name soll Mletkin sein!«, wiederholte Mletkin laut, und alle verstummten in angespannter Erwartung.

Die Gespreizten Flügel drehten sich langsamer, blieben stehen, als wollten sie überlegen, und begannen sich dann sachte in die andere Richtung zu drehen. Sie schlugen nicht in die Richtung des Neugeborenen aus, das seinen süßen Schlaf fortsetzte.

Mletkin erhob sich vom Walfischwirbel und sagte laut und deutlich, an den Enkel gewandt: »Wenn die Götter meinen Bitten kein Gehör schenken, dann sollst du von nun an Rytchëu heißen – der Unbekannte!«

Das Neugeborene schmatzte, sog sich mit den Lippen an der Brustwarze fest, und auf seinem Gesicht leuchtete ein Ausdruck süßer Wonne.

So erhielt ich meinen Namen.

Der Misserfolg bei der Namensgebung des Enkels hatte Mletkin erschüttert. Es schien, als ob er jegliches Interesse am Leben verloren hatte. Er willigte ein, mit Choroschawzew nach Moskau zu fahren, besuchte das Lenin-Mausoleum auf dem Roten Platz, in dem wie lebendig der gestorbene Führer des Weltproletariats lag, wurde vom Vorsitzenden des Zentralen Sowjetischen Exekutivkomitees, Michail Iwanowitsch Kalinin, empfangen, aber Bolschewik zu werden, lehnte er strikt ab.

Von den Umständen seines Todes erzählte mir ein Sohn Magomet Dobrijews, den ich auf meinem langen Weg von Uëlen nach Leningrad im Sommer 1946 kennen gelernt hatte. Alichan arbeitete damals als Setzer in der Kreisdruckerei im Dorf Lawrentija, und ich schaute oft zu, wie er den Zeitungstext in tschuktschischer Sprache setzte, indem er die kleinen Metallbuchstaben aus dem Setzkasten glaubte. Er wiederum hatte die Geschichte von seinem Vater gehört.

Nachdem beide aus Moskau zurückgekehrt waren, beschuldigten die Bolschewiki von Uëlen Choroschawzew, er hätte einen Schamanen protegiert. Mletkin selbst wurde nicht nur sein Schamanentum zur Last gelegt, sondern auch sein Aufenthalt in Amerika, wo er angeblich vom CIA angeworben worden war.

Choroschawzew beteuerte, Mletkin würde früher oder später die Bolschewiki und die Sowjetmacht anerkennen. Eines Tages auf der Jagd, auf dem Eis, beschloss Choroschawzew, noch einmal die Unverwundbarkeit des Schamanen zu prüfen und schoss ihm in den Rücken. Mletkin fiel tot um.

Er wurde direkt unter dem Felsengipfel begraben, von dem aus sich ein wundervoller Blick über die ganze Beringstraße bot. An das Kopfende der steinernen Begrenzung, in der der nackte Körper des Schamanen ruhte, wurden nach altem Brauch die zwei schweren Steine von Mletkins Jaranga gelegt. Als die Söhne am neunten Tag kamen, um dem durch die Wolken Gegangenen die letzten Opfergaben zu bringen, fanden sie weder seine sterblichen Überreste noch die Totenkleider. Der Körper war spurlos verschwunden, als ob der Tote zum Ozean geflogen und für immer ins Sternbild der Trauer eingegangen war.

Der Mord an dem Schamanen Mletkin konnte vertuscht werden, aber der Mörder starb bald darauf selbst und wurde auf dem Hügel der Herzensruhe begraben.

Das letzte Mal war ich im Sommer 1999 auf dem Uëlener Friedhof. Aber in der steinigen, sumpfigen Tundra habe ich weder Choroschawzews Grab noch das des letzten Schamanen von Uëlen gefunden, der mir den Namen »Der Unbekannte« gab.

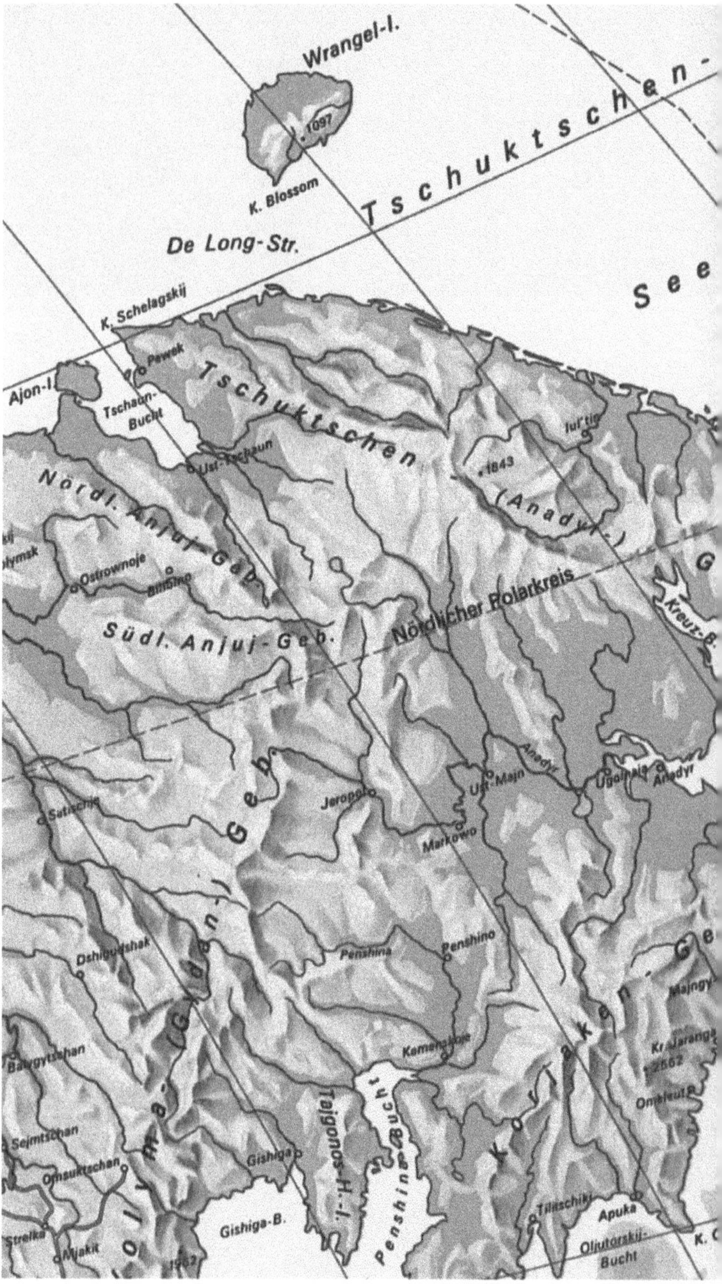

Wrangel-I.
K. Blossom
De Long-Str.
Tschuktschen-See
K. Schelagskij
Ajon-I.
Pewek
Tschaun-Bucht
Ust-Tschaun
Tschuktschen (Anadyr-)
Nördl. Anjui-Geb.
Ostrownoje
Bilibino
Südl. Anjui-Geb.
Nördlicher Polarkreis
Kreuz-B.
Anadyr
Ust-Majn
Ugolnaja
Jeropol
Markowo
Penshina
Penshino
Kamenskoje
Korjaken-Geb.
Majngy
Omolon
Kolyma (Gydan-) Geb.
Taigonos-H.-I.
Penshina-Bucht
Gishiga
Gishiga-B.
Tilitschiki
Apuka
Oljutorskij-Bucht
Sejmtschan
Omsuktschan
Strelka
Mjakit
Balygytschan
Dshigudshak

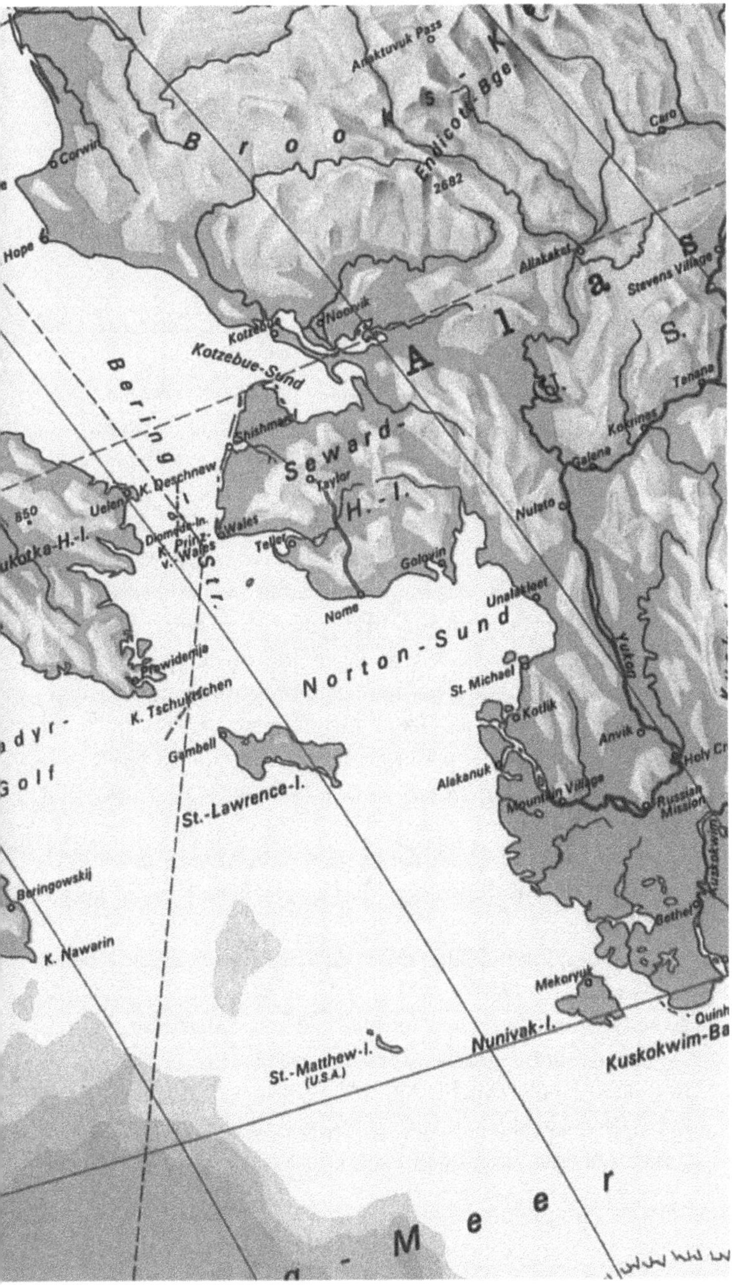
Anaktuvuk Pass
B r o o k s - K
Endicott-Bge.
2682
Caro
Corwin
Hope
Allakaket
Stevens Village
A l a s
Noorvik
Kotzebue
Kotzebue-Sund
U. S.
Tanana
Bering
Shishmaref
Seward-
Koyukuk
Galena
Taylor
H.-I.
Uelen
K. Deschnew
850
Nulato
Diomede-In.
K. Prinz-v. Wales
Wales
Teller
Golovin
Unalakleet
Nome
Str.
Norton-Sund
Yukon
St. Michael
Prowidenija
K. Tschuktschen
Kotlik
Anvik
Holy Cr
Gambell
Alakanuk
Mountain Village
Russian Mission
St.-Lawrence-I.
Golf
Beringowskij
Bethel
Kuskokwim
K. Nawarin
Mekoryuk
Quinh
Nunivak-I.
Kuskokwim-Ba
St.-Matthew-I.
(U.S.A.)
M e e r

Enenylyn Schamane (ein von Gott Behauchter), abgeleitet von Enen – oberste, allmächtige Kraft.

Enantomgyn Schöpfer, Höheres Wesen.

Eskimos mongolide Bewohner arktischer Küsten und Inseln; sie nennen sich selbst »Inuit« (»Menschen«), die Tschuktschen nennen sie Aiwanalin; Sprache Eskimoaleutisch.

Imaklik, Inalit Inselgruppe in der Beringstraße, der Große und Kleine Diomid.

Irwytgyr tschuktschische Bezeichnung für die Beringstraße.

Itgilgyn Walfischhaut mit Speck, gilt als besonderer Leckerbissen.

Jakuten Volk, das die sibirische Jakutische Autonome Republik bewohnt; Sprache Jakutisch.

Jaranga Wohnstatt der Tschuktschen und Eskimos. Ein rundes Holzgerüst trägt eine kuppelförmige Überdachung aus Walrosshäuten (Retem genannt), für deren festen Sitz darüber gezogene Riemen oder Seile sorgen – mit daran gebundenen Steinen in Spannung gehalten; eine Öffnung in der Mitte der Überdachung lässt Licht ein und dient als Rauchabzug. Bei den nomadisierenden Hirten, die als Gerüst lange Stangen verwenden, ist die Tundra-Jaranga eher zeltförmig, aber transportabel. Das Innere einer Jaranga gliedert sich in den Tschottagin und den Polog (siehe diese).

Jukagiren sibirisches Volk, das im Bereich des Mittellaufs der Kolyma und nordwestlich ihrer Mündung wohnt; Sprache Jukagirisch.

Junëu eingesäuerte Blätter einer süßlich schmeckenden Tundrapflanze.

Kaaramkyner ewenisches Geschlecht, dessen Sprache zu den tungusisch-mandschurischen Sprachen gehört.

Kakomej tschuktschischer Ausruf des Erstaunens.

Kamlejka Umhang aus Stoff mit Kapuze und Bauchtasche, den man über die Kuchljanka zieht, um deren Fell vor Schnee und Feuchtigkeit zu schützen.

Kajak Boot, bei dem ein Holzgerüst mit dünner, in Schichten zerteilter und in gegerbtem Zustand fast durchsichtiger Walrosshaut bespannt ist.

Kelen tschuktschische Bezeichnung für unsichtbare Kräfte, gute und böse Geister, Teufel und Dämonen.

Keniskun nicht mehr existierende tschuktschische Siedlung am Eismeer.

Kherker sehr weite Kombination aus Fellen (Hose und Oberteil zusammengenäht) mit sehr breitem pelzbesetztem Kragen; typische Frauenkleidung.

Klegran wörtlich Männerhaus. Jaranga für rituelle Versammlungen und heilige Handlungen.

Koo tschuktschisch sinngemäß »Weiß der Teufel«, »Nicht nötig«.

Kopalchen Rollen aus Walrossfleisch samt Haut und Fettschicht, in der ewig gefrorenen Erde eingelagert und während solcher Lagerung von den eigenen Säften durchtränkt; dient den Menschen und den Zughunden im Winter als Hauptnahrung.

Korjaken Volk, das einen eigenen nationalen Bezirk auf Kamtschatka bewohnt, aber auch im Gebiet Magadan ansässig ist; Sprache Korjakisch.

Kuchljanka knielanges Kleidungsstück aus Fell mit Kapuze. Kuchljankas wie auch andere Kleidungsstücke für Frauen unterscheiden sich von denen der Männer durch verschiedene Verzierungen, und statt der gesonderten Fellhose der Männer tragen die Frauen zur Kuchljanka eine Kombination mit großem Brustausschnitt, um beim Arbeiten den ganzen Arm frei machen zu können.

Kygmyn tschuktschische Bezeichnung für Alaska.

Kymgyt siehe Kopalchen.

Lamuten frühere Bezeichnung der Ewenen; sibirisches Volk, ansässig in Jakutien, in den Gebieten Magadan und Kamtschatka; Sprache Ewenisch (mit den Ewenken verwandt).

Luorawetlan so nennen sich die Tschuktschen selbst (»wirkliche Menschen«); ihre Sprache gehört zu den tschuktschisch-kamtschatkischen.

Malachai Ohrenklappen-Pelzmütze.

Narginen wörtlich der äußere Raum, die Natur, alles, was nicht Mensch ist.

Polarschlitten (Narty) bestehen in der Regel nur aus Holz und Riemenverbindungen; als Zugtiere dienen Hunde – maximal zwölf, mindestens sechs –, aber auch Rentiere; als Bremse dient der Ostol, ein Stab mit Metallspitze, den der Schlittenlenker zwischen den Querstreben in den Schnee stößt – bei längerem Halt wird er fest in den Schnee gerammt.

Polog so heißt der im Inneren der Jaranga durch Tranlampen erleuchtete und beheizte Schlafraum, aber auch der Fellvorhang, der ihn vom Tschottagin trennt; ein Holzbalken an seinem Kopfende dient – gegebenenfalls mit Fellauflage – als Kopfstütze, am Tage auch als Sitzgelegenheit.

Pychpych mit Luft aufgeblasener Hautsack.

Rekken winzige Männchen. Der Legende nach übertragen sie Krankheiten.

Rotschgyn Kap Prince of Wales, Alaska.

Rote Krankheit Masern.

Tangitan tschuktschisch – ein Fremder, Feindlicher, in weiterem Sinne alle »Weißen«, Ausländer/Europäer.

Torbasen Stiefel aus Ren- oder Robbenleder.

Tschautschu nomadisierender Tschuktsche.

Tschottagin der den Polog umgebende unbeheizte Innenraum der Jaranga, auch »kalter Raum« genannt; dient als Aufenthaltsraum, insbesondere bei der Verrichtung häuslicher Arbeiten; auf offenem Feuer wird hier gekocht. In der kalten Jahreszeit werden auch die Schlittenhunde im Tschottagin gehalten.

Tschuwanzen Nachkommen der ersten russischen Entdeckungsreisenden und der alteingesessenen Jukagiren (nicht identisch mit den Tschuwaschen).

Uweran in ewigem Frostboden ausgestemmte Grube zur Verwahrung des Fleisches von Meerestieren.

Wainachen kriegerischer kaukasischer Stamm.

Whän alte tschuktschische Bezeichnung für Anadyr, die Hauptstadt des Tschuktschischen Nationalen Bezirks, und für den gleichnamigen Fluss.

Juri Rytchëu: Leben und Werk

Juri Rytchëu wurde 1930 in Uëlen, im äußersten Nordosten Sibiriens, als Sohn eines Jägers geboren. Er wuchs in einer urtümlichen tschuktschischen Behausung nach alter Volkstradition auf. Erste Kontakte mit Russen und dem Russischen hatte er durch Seeleute, die hier manchmal anlegten, mit den Wissenschaftlern der Polarstation, dann aber vor allem in der Schule. Nach deren Beendigung war er als Gelegenheitsarbeiter tätig, absolvierte ein örtliches Lehrerbildungsinstitut und studierte schließlich als offizieller Delegierter des Nationalkreises der Tschuktschen bis 1954 an der Fakultät der Nordvölker in Leningrad.

Anfang der Fünfzigerjahre erschienen seine ersten Erzählungen in tschuktschischer Sprache, bevor sie – teils von ihm selbst – ins Russische übersetzt wurden. Später schrieb er seine Prosa auf Russisch und übersetzte sie nur noch selten ins Tschuktschische. Während er also sprachlich eine Entwicklung vom Tschuktschischen zum Russischen vollzog, ging er inhaltlich umso mehr in die Geschichte seines Volkes und dessen mündliche Überlieferungen zurück. Den Erzählungssammlungen *Menschen von unserm Gestade* (1953), *Der Name Mensch* (1955) und *Tschuktschische Sage* (1956) folgte 1958 der erste Teil einer episch angelegten Romantrilogie über die neuzeitliche Geschichte des Tschuktschenvolkes: *Zeit der Schneeschmelze*. Der zweite und dritte Band der Trilogie (1960 und 1967), die Eskimo-Erzählung *Nuniwak* (1962), die Romane *Im Tal der kleinen Häschen* (1962), *Die allerschönsten Schiffe* (1967), *Aiwangu* (1964), *Traum im Polarnebel* (1968), *Reif auf der Schwelle* (1970) und die Liebesgeschichte *Weket und Agnes* (1970) zeigen einen Autor, dessen Schaffen sich nach einer Periode relativ naiver Gestaltung der Tschuktschenwirklichkeit komplizierteren Konflikten und vom sozialistischen Realismus beeinflussten kompositorischen Ordnungsprinzipien zuwendet, um dann in der Bearbeitung mündlicher Überlieferungen eine Synthese tschuktschischer und russischer, mündlicher und schriftlicher Literatur zu finden. So gestaltete er den Schöpfungsmythos des tschuktschischen Volkes neu (*Wenn die Wale fortziehen*, 1975) und verfasste die Tschuktschenlegende *Teryky* (1980) über einen unglücklichen Jäger, der sich auf einer abdriftenden Eisscholle in ein fellbewachsenes Ungeheuer verwandelt. Sein letztes von ihm vollendetes Werk ist *Alphabet meines Lebens* (2008; erstmals erschienen 2010 auf Deutsch), in dem er in einem großen Bilderbogen sein Leben erzählt.

Juri Rytchëu lebte in St. Petersburg, war aktiv in verschiedenen Organisationen der arktischen Völker und Herausgeber des UNESCO-Bandes *Die Völker der Arktis erzählen über sich selbst.* Er starb im Mai 2008 in St. Peterburg.

Juri Rytchëu im Unionsverlag

»Der große Zauberer des Nordens heißt Juri Rytchëu.« *Crescendo*

»Mit seinem Blick für das Wesentliche, seinem Einfühlungsvermögen in psychologische Vorgänge und seiner unsentimentalen, mit kleinen dramatischen Höhepunkten versetzten Erzählweise schlägt Rytchëu den Leser in seinen Bann und weckt Hochachtung für die Menschen dieser Gegend.« *Deutsches Allgemeines Sonntagsblatt*

Wenn die Wale fortziehen
Teryky
Unter dem Sternbild der Trauer
Die Suche nach der letzten Zahl
Unna
Im Spiegel des Vergessens
Die Reise der Anna Odinzowa
Der letzte Schamane
Der Mondhund
Gold der Tundra
Traum im Polarnebel
Polarfeuer
Alphabet meines Lebens
Die Frau am See
Die Kraft der Schamanen

»Vieles, was über kleine Völker geschrieben wird, ist eine Fantasie von Leuten, die durch ein Fernglas auf das Ufer schauen.«
Juri Rytchëu

Die Grönland-Saga

Eine Reise ins Herz der Arktis: die große Roman-Saga über die Geschichte Grönlands.

Der Raub der Stammesmutter
Arluks große Reise
Sorés Heimkehr

Weitere Werke

Vor dem Morgen
Eine Inuit-Großmutter und ihr Enkel erleben Traum und Schrecken des Winters auf einer Polarinsel.

Das Haus meiner Väter
Dies ist die Geschichte des Inuit-Jungen Agorajaq, seiner zwei weißen Väter und seiner drei Onkel.

Nicht alle Eisbären halten Winterschlaf
Mit Witz und Poesie erzählt Riel von den Abenteurern, die ihr Glück in Grönland suchen – und finden.

Zu viel Glück auf einmal
So weit die Eiswüste ist, so unerschöpflich ist ihr Schatz an Geschichten.

»Das Wissen, das Jørn Riels Bücher vermitteln, ist eindrücklicher als ein Museumsbesuch. Näher kann man den Ureinwohnern nicht kommen, ihren Sitten und Tabus, ihren Göttern, dem harten Kampf um Nahrung und Wärme und ums Überleben.« *Gazette der Gemeinschaft für Seefahrt*

Tschingis Aitmatow im Unionsverlag

»Die Kreise des kirgisischen Schriftstellers, dessen frühe Novellen nun schon über zwei Lesergenerationen die Atemlosigkeit menschlicher Erfahrung mit dem Leid des Krieges, der Zerstörung der Kindheit, der Liebe, der Familie in Erinnerung rufen, sind weltumspannend.« *Freie Presse*

»Der Duft Kirgisiens nimmt uns gefangen, der poetische Zauber jeder Zeile. Als ›Sänger der Berge und Steppen‹, als großartiger Erzähler kann und will Aitmatow nicht verleugnen: seine Heimat ist Kirgisien.« *Stuttgarter Zeitung*

Abschied von Gülsary
Du meine Pappel im roten Kopftuch
Der Richtplatz
Dshamilja
Aug in Auge
Die Klage des Zugvogels
Ein Tag länger als ein Leben
Begegnung am Fudschijama
Der weiße Dampfer
Das Kassandramal
Goldspur der Garben
Kindheit in Kirgisien
Liebesgeschichten
Frühe Kraniche
Der Schneeleopard
Der Junge und das Meer
Die Kraft der Schamanen
Tiergeschichten

»Das Wort verkümmert und stirbt, wenn wir es nicht mit anderen teilen.« *Tschingis Aitmatow*

241202